Zij die moet sterven

In dezelfde reeks

Mannen die vrouwen haten
De vrouw die met vuur speelde
Gerechtigheid
Wat ons niet zal doden
De man die zijn schaduw zocht

Van dezelfde auteur

De val van Turing

DAVID LAGERCRANTZ

ZIJ DIE MOET STERVEN

MILLENNIUM 6

Uit het Zweeds vertaald door
Geri de Boer

SIGNATUUR

2019

Published by agreement with Norstedts Agency
Vertaald uit het Zweeds door Geri de Boer

Omslagontwerp: Wil Immink Design
Omslagbeeld: © Jörgen Einéus
Kaart: Emily Faccini
Foto auteur: © Cato Lein
Typografie: Pre Press Media Groep, Zeist
Druk- en bindwerk: GGP Media GmbH

ISBN 978 90 5672 572 3
NUR 305

Eerste druk, augustus 2019

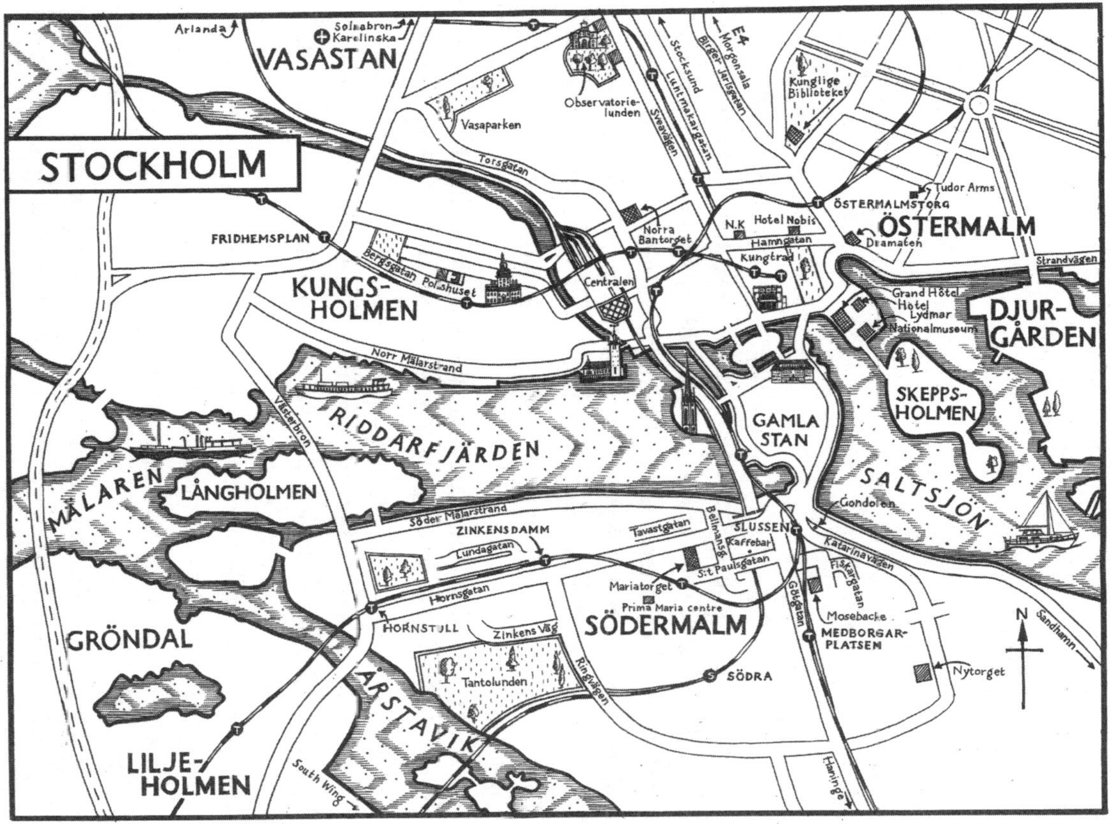
STOCKHOLM
Arlanda
Solnabron
Karolinska
VASASTAN
Vasaparken
Observatorie-lunden
Stocksund
E4 Morgonsala
Birger Jarlsgatan
Luntmakargatan
Sveavägen
Kungliga Biblioteket
Tudor Arms
ÖSTERMALMSTORG
ÖSTERMALM
Dramaten
Strandvägen
Torsgatan
FRIDHEMSPLAN
Norra Bantorget
N.K
Hotel Nobis
Hamngatan
Kungträd
Bergsgatan
Polishuset
Centralen
KUNGS-HOLMEN
Grand Hôtel
Hotel Lydmar
Nationalmuseum
DJUR-GÅRDEN
Norr Mälarstrand
SKEPPS-HOLMEN
Västerbron
RIDDARFJÄRDEN
GAMLA STAN
MÄLAREN
LÅNGHOLMEN
SALTSJÖN
Söder Mälarstrand
Gondolen
ZINKENSDAMM
Tavastgatan
Bellmansg.
SLUSSEN
Kaffebar
Katarinavägen
Lundagatan
St Paulsgatan
Fiskargatan
Mariatorget
Götgatan
Hornsgatan
Prima Maria centre
Mosebacke
HORNSTULL
Zinkens Väg
SÖDERMALM
MEDBORGAR-PLATSEN
N
Sandhamn
GRÖNDAL
Tantolunden
Ringvägen
SÖDRA
Nytorget
ÅRSTAVIK
LILJE-HOLMEN
South Wing
Haninge

PROLOOG

Die zomer verscheen er een nieuwe bedelaar in het centrum. Niemand wist hoe hij heette en het kon ook niemand iets schelen, al noemde een jong stel dat elke ochtend langs hem heen liep hem 'die gekke dwerg', maar dat klopte minstens voor de helft niet. Hij was geen klein mens in medische zin. Hij was 1,54 meter lang en zijn proporties klopten. Maar krankzinnig was hij wel en soms vloog hij op, greep mensen vast en sprak hen onsamenhangend toe.

Verder zat hij meestal op een stuk karton op het Mariatorg, naast de fontein en het standbeeld van Thor, en dan gebeurde het wel dat hij juist een zekere waardigheid uitstraalde. Met zijn geheven hoofd en zijn rechte rug zag hij eruit als een aan lagerwal geraakt opperhoofd, maar dat was dan ook zijn laatste sociale kapitaal en de enige reden waarom mensen hem af en toe nog munten of bankbiljetten toewierpen. Ze vermoedden een verloren gegane grootheid in hem, en daarin vergisten ze zich niet. Er was een tijd geweest waarin de mensen een buiging voor hem maakten.

Maar nu was alles hem al lang ontnomen, en de zwarte vlek op zijn wang maakte het er niet beter op. Die vlek leek wel een stukje van de dood zelf. Het enige waardoor de bedelaar zich onderscheidde van anderen was zijn met dons gewatteerde jas. Die was blauw en duur, een Marmot-parka. Hij verschafte hem echter geen normaliteit, en dat kwam niet alleen omdat hij vol vuil en etensresten zat. Zijn donzen jas zag er arctisch uit en het was zomer in Stockholm. Er hing een drukkende hitte over de stad, en wanneer het zweet de man van zijn wangen droop, keken de mensen gegeneerd naar zijn jas, alsof ze alleen al door de aanblik daarvan nog meer last kregen van de warmte. Maar hij deed hem nooit uit.

Hij was verloren voor de wereld en het leek niet erg waarschijnlijk dat hij voor iemand een bedreiging kon zijn. Maar begin augustus verscheen er een doelbewuster schijnsel in zijn ogen en op de middag van de elfde pende hij een verward verhaal op een gelinieerd A4'tje, dat hij die avond als muurkrant opplakte aan de bushalte bij het Södra-station.

Het was een hallucinaire beschrijving van een verschrikkelijke storm. Toch wist de jonge coassistent Else Sandberg, die op lijn 4 wachtte, een deel van de inleiding te ontcijferen, waarbij ze zag dat er een regeringslid in werd genoemd. Verder concentreerde ze zich vooral op het stellen van een diagnose. Paranoïde schizofrenie, veronderstelde ze.

Maar toen ze tien minuten later in de bus stapte, vergat ze alles weer en bleef er alleen een gevoel van onbehagen hangen. Het was zoiets als de vloek van Cassandra. Niemand geloofde de man, omdat de waarheid die hij had opgeschreven zo in waanzin was verpakt dat er nauwelijks meer in te zien was. Toch verspreidde de boodschap zich blijkbaar op de een of andere manier, want al de volgende ochtend stapte er een man in een wit overhemd uit een blauwe Audi en haalde de muurkrant weg.

In de nacht van vrijdag 14 op zaterdag 15 augustus had de bedelaar het Norra Bantorg opgezocht om zwart drank te kopen. Hij kwam daar een andere dronkenlap tegen, de oude fabrieksarbeider Heikki Järvinen uit Österbotten.

'Hallo, *brother*. Is de nood hoog?' vroeg Järvinen.

Hij kreeg aanvankelijk geen antwoord, maar toen volgde er een lange litanie, die Heikki opvatte als pure opschepperij en leugens. Hij beet de man toe: 'Gelul,' en liet dat volkomen overbodig – dat gaf hij toe – volgen door de opmerking dat de man eruitzag als een '*ching chong chinaman*'.

'*Me Khamba-chen, I hate China*,' schreeuwde de bedelaar.

En toen waren de poppen aan het dansen. Met zijn vingerloze hand gaf hij Heikki een klap, en hoewel dat er niet direct getraind of ervaren uitzag, zat er een onverwacht gezag in zijn geweld. Heikki bloedde uit zijn mond en vloekte vervaarlijk in het Fins toen hij wegwankelde naar het hoofdstation van de metro.

Toen de bedelaar weer werd gezien, was hij terug in zijn oude buurt, stomdronken en ziek. Er kwam speeksel uit zijn mond, hij hield zijn keel vast en brabbelde: '*Very tired. Must find a dharamsala, and an lhawa, very good lhawa. Do you know?*'

Zonder op antwoord te wachten stak hij de Ringväg over, als een slaapwandelaar, en even later smeet hij een halve fles drank zonder etiket op de grond en verdween tussen de bomen en struiken van het park Tantolunden. Wat er daarna gebeurde, wist niemand, alleen dat het die ochtend licht regende en dat er een noordenwind stond. Om acht uur nam de wind af en klaarde het op. De man zat op zijn knieën en leunde tegen een berk.

Op de straat onder het park werd alles klaargemaakt voor de Middernachtloop. De sfeer in dit deel van de stad was die van een volksfeest. De bedelaar was dood, maar er hing een feestelijke verwachting in de lucht en het kon niemand iets schelen dat hij een leven vol onwaarschijnlijke inspanningen en heldendaden had geleid, en nog minder dat hij in dat leven slechts van één vrouw had gehouden, en dat ook zij in verpletterende eenzaamheid was gestorven.

Deel 1

DE ONBEKENDEN

Veel doden krijgen nooit een naam en sommigen niet eens een graf.

Anderen krijgen een wit kruis te midden van duizenden andere, zoals op het Amerikaanse oorlogskerkhof in Normandië.

Aan sommigen wordt een heel monument gewijd, zoals het Graf van de Onbekende Soldaat onder de Arc de Triomphe in Parijs of in de Alexandertuin in Moskou.

1
15 AUGUSTUS

De eerste die zich naar de boom waagde en begreep dat de man dood was, was de schrijfster Ingela Dufva. Het was toen half-twaalf in de ochtend. Het stonk er en het gonsde er van de vliegen en de muggen, en Ingela Dufva was niet helemaal eerlijk toen ze later verklaarde dat de figuur die daar zat iets ontroerends had.

De man had overgegeven en had zware diarree gehad. Ze was niet zozeer vervuld van ontzag als wel van afkeer en van angst voor haar eigen dood. Ook de agenten Sandra Lindevall en Samir Eman, die een kwartier later ter plaatse waren, beschouwden hun werk daar puur als een straf.

Ze namen foto's van de man en doorzochten de nabije omgeving, al kwamen ze niet helemaal tot onder aan de helling bij de Zinkensväg, waar een halve fles drank lag, met een dun laagje drab onderin, en hoewel ze geen van beiden vonden dat 'het duidelijk op misdaad wees', onderzochten ze zijn hoofd en borst nauwkeurig. Er waren geen sporen van geweld en ook geen andere tekenen die op een verdachte doodsoorzaak wezen, afgezien van een dikke sliert kwijl die uit zijn mond liep, dus nadat ze de kwestie met hun meerderen hadden besproken, besloten ze de plek niet af te zetten.

In afwachting van een ambulance die het lichaam moest afvoeren, doorzochten ze de zakken van de vormeloze gewatteerde jas. Ze vonden een heleboel doorschijnende papiertjes van worstkraampjes, wat muntjes, een biljet van twintig kronen en een bonnetje van een kantoorartikelenwinkel aan de Hornsgata, maar geen legitimatie of identiteitsbewijs.

Toch dachten ze dat het gemakkelijk zou zijn om de man te identificeren. Het ontbrak hem niet aan opvallende kenmerken. Maar dat was, zoals meer wat ze dachten, een verkeerde hypothese.

Bij het forensisch instituut in Solna, waar sectie op het lichaam werd gepleegd, werden röntgenfoto's van het gebit gemaakt. Die gaven geen match in het register, evenmin als de vingerafdrukken, en nadat ze diverse monsters naar het NFC, het Nationaal Forensisch Centrum, had gestuurd, checkte forensisch arts Fredrika Nyman – hoewel dat helemaal niet tot haar taken behoorde – een paar telefoonnummers, die op een verkreukeld papiertje stonden dat in de broekzak van de man was gevonden.

Eén ervan was van Mikael Blomkvist van het tijdschrift *Millennium*, en een paar uur schonk ze er geen aandacht meer aan. Maar later die avond, na een splijtende ruzie met een van haar tienerdochters, herinnerde ze zich dat ze alleen al het afgelopen jaar drie lichamen had geobduceerd die een naamloos graf hadden gekregen. Ze vloekte – daarover en over het leven in het algemeen.

Ze was negenenveertig, alleenstaande moeder met twee kinderen, leed aan rugpijnen, slapeloosheid en gevoelens van zinloosheid, en zonder dat ze goed en wel begreep waarom, belde ze Mikael Blomkvist.

De telefoon zoemde. Het was een onbekend nummer en Mikael reageerde er niet op. Hij had net zijn appartement verlaten en liep via de Hornsgata naar Slussen en de oude stad, zonder dat hij ook maar enig idee had waar hij naartoe ging. Hij droeg een grijze linnen broek en een ongestreken jeansbloes en hij dwaalde een hele tijd gewoon maar wat door de steegjes, totdat hij uiteindelijk op een terras aan de Österlånggata ging zitten en een Guinness bestelde.

Het was halfzeven in de avond. Maar het was nog warm en uit

de richting van Skeppsholmen klonk gelach en applaus. Hij keek naar de blauwe lucht, voelde een zacht briesje vanaf het water en probeerde zichzelf ervan te overtuigen dat het leven zo slecht nog niet was. Dat lukte niet erg en een paar biertjes hielpen ook al niet, dus uiteindelijk mopperde hij wat, betaalde en ging weer naar huis om door te werken of zich domweg te verliezen in een tv-serie of een thriller.

Maar hij veranderde meteen weer van gedachten en liep in een opwelling naar de Fiskargata. Op nummer 9 woonde Lisbeth Salander, maar hij had weinig hoop dat ze thuis zou zijn. Na de begrafenis van haar oude voogd Holger Palmgren had ze door Europa gereisd en Mikaels mailtjes en sms'jes slechts sporadisch beantwoord. Toch besloot hij op goed geluk aan te bellen, dus hij liep vanaf het plein de trappen op en keek verbaasd naar het huis. De hele muur was bedekt door een grote nieuwe graffititekening. Daar had hij geen tijd voor, hoewel het wel een tekening was om goed te bekijken, vol surrealistische details, onder meer van een grappig mannetje in een Schots geruite broek, die op blote voeten op een groene metrowagon stond.

Hij toetste de voordeurcode in, stapte in de lift en keek nors in de spiegel die daar hing. Je kon niet aan hem zien dat het een warme, zonnige zomer was geweest. Hij was bleek, had holle ogen en dacht terug aan de beurskrach waar hij de hele maand juli druk mee bezig was geweest. Het was een belangrijk verhaal, dat stond buiten kijf, over een crash die niet alleen door hoge taxaties en overspannen verwachtingen, maar ook door hackeraanvallen en desinformatiecampagnes was veroorzaakt. Maar tegenwoordig verdiepte iedere zichzelf respecterende onderzoeksjournalist zich daarin en hoewel hij wel het een en ander had gevonden – en onder meer wist welke trollenfabriek in Rusland de grootste leugens verspreidde – had hij het gevoel dat de wereld het heel goed kon stellen zonder zijn inspanningen. Waarschijnlijk moest hij gewoon vrij nemen en wat meer gaan bewegen en misschien moest hij ook meer aandacht schenken aan Erika, die in scheiding lag met haar Greger.

De lift stopte, hij schoof het hek open en stapte uit op de verdieping, in de steeds sterkere overtuiging dat dit bezoek zinloos was. Lisbeth was ongetwijfeld op reis, en hij kon haar niets schelen. Het volgende moment werd hij ongerust. De deur naar haar appartement stond wagenwijd open, en plotseling drong het tot hem door hoe bang hij de hele zomer was geweest dat haar vijanden zich op haar zouden storten. Hij stormde over de drempel, riep 'Hallo, hallo' en werd begroet door de geur van verf en schoonmaakmiddelen.

Verder kwam hij echter niet. Hij hoorde voetstappen. Op de trap achter hem hijgde iemand als een briesende stier. Mikael draaide zich om en keek in de ogen van twee grote kerels in blauwe overalls. Ze droegen iets groots, en Mikael was zo over zijn toeren dat hij niet in staat was het alledaagse of normale van het tafereel in te zien.

'Wat zijn jullie aan het doen?' vroeg hij.

'Waar lijkt het op?'

Het leek op twee verhuizers die een blauwe bank naar boven zeulden, een nieuw, hip designmeubel, en Lisbeth – dat wist hij als geen ander – was niet het type voor designspullen en binnenhuisarchitectuur. Hij wilde er net iets over zeggen toen hij binnen een stem hoorde. Even dacht hij dat het die van Lisbeth was, en hij fleurde op. Maar dat was natuurlijk wensdenken. De stem leek niet eens op die van Lisbeth.

'Dat is nog eens leuk bezoek. Wat verschaft me de eer?'

Hij draaide zich weer om. Op de drempel stond een lange, zwarte vrouw van een jaar of veertig, die hem spottend aankeek. De vrouw had een spijkerbroek en een elegante grijze blouse aan. Haar lange haar was gevlochten. Haar ogen keken hem schuin en fonkelend aan, en zijn verwarring werd nog groter. Kende hij haar niet ergens van?

'Nee, nee,' mompelde hij. 'Ik ben gewoon...'

'Je bent gewoon...'

'Op de verkeerde verdieping.'

'Of wist je niet dat de jongedame haar huis had verkocht?'

Dat wist hij niet en daar baalde hij van, vooral omdat de vrouw maar bleef lachen. Hij was haast opgelucht dat ze haar aandacht weer op de verhuizers richtte, erop toezag dat de bank niet tegen de deurkozijnen stootte en het appartement weer binnenging. Hij wilde daar weg om deze informatie te verwerken. Hij wilde nog een Guinness. Maar hij bleef als aan de grond genageld staan en keek tersluiks naar de brievenbus. Daar stond niet meer V.K. Bont, maar Linder. Wie was Linder in vredesnaam? Hij zocht de naam op op zijn mobiel en kreeg de vrouw op zijn schermpje.

Het was Kadi Linder, de psycholoog en beroepsbestuurder. Hij dacht even over haar na – over het weinige wat hij van haar wist – maar hij dacht vooral aan Lisbeth, en had zich nog maar nauwelijks een beetje hersteld toen Kadi Linder weer in de deuropening verscheen, ditmaal met een blik die het midden hield tussen spottend en vragend. Ze keek om zich heen. Ze geurde vaag naar parfum, was slank, had smalle polsen en geprononceerde sleutelbeenderen.

'Nou, vertel. Had je je echt vergist in de verdieping?'

'Die vraag sla ik over,' antwoordde hij, en dat was geen goed antwoord, besefte hij onmiddellijk.

Hij begreep uit haar lachje dat ze die schijnbeweging doorzag en snapte dat hij er zo gemakkelijk mogelijk van af wilde komen. Niets zou hem er echter toe kunnen brengen om te verklappen dat Lisbeth hier onder een fictieve identiteit had gewoond, ongeacht wat Kadi Linder wist of niet wist.

'Dat maakt me nou niet bepaald minder nieuwsgierig,' zei ze.

Hij lachte – alsof het maar een grappige privézaak was.

'Dus je bent hier niet om onderzoek te doen naar mij?' vervolgde ze. 'Het was geen koopje, dit huis.'

'Als je geen paardenhoofd hebt afgehakt en dat in iemands bed hebt gelegd, zal ik je met rust laten.'

'Ik herinner me niet alle details van de onderhandelingen, maar ik geloof dat dat er niet in voorkwam.'

'Mooi. Dan wens ik je succes,' antwoordde hij met gespeelde

luchthartigheid, en hij wilde weglopen, tegelijk met de verhuizers die de flat weer uit kwamen.

Maar Kadi Linder wilde blijkbaar nog doorpraten. Ze friemelde nerveus aan haar blouse en haar vlechten, en het viel hem op dat dat wat hij aanvankelijk voor irritante zelfverzekerdheid had aangezien in feite iets heel anders maskeerde.

'Ken je haar?' vroeg ze.

'Wie?'

'De vrouw die hier woonde.'

Hij kaatste de vraag terug.

'Jij?'

'Nee,' zei ze. 'Ik weet niet eens hoe ze heet. Maar ik mag haar toch wel.'

'Hoezo?'

'Ondanks die hele chaos op de beurs werd er als een gek op dit huis geboden, en daar kon ik niet in meegaan, dus ik gaf het op. Maar ik kreeg het toch omdat "de jongedame", zoals de advocaat haar noemde, wilde dat ik het zou krijgen.'

'Grappig.'

'Ja, hè?'

'Misschien had je iets gedaan wat de jongedame aanstond?'

'In de media kennen ze me vooral omdat ik altijd ruziemaak met de mannen in de besturen.'

'Het is niet onmogelijk dat die dingen haar aanstaan.'

'Zou kunnen. Mag ik je uitnodigen voor een inwijdingsbiertje, zodat je er iets meer over kunt vertellen? Ik moet zeggen...'

Ze aarzelde weer.

'... dat ik je reportage over die tweeling geweldig vond. Heel aangrijpend.'

'Dank je,' zei hij. 'Heel vriendelijk. Maar ik moet gaan.'

Ze knikte, en hij wist nog een 'dag' uit te brengen. Verder wist hij nauwelijks hoe hij er wegging, alleen dat hij weer buiten kwam in de zomeravond. Het viel hem totaal niet op dat er twee nieuwe bewakingscamera's bij de voordeur hingen en zelfs niet dat er pal boven hem een luchtballon zweefde. Hij beende door Mosebacke naar de Urvädersgränd en ging pas langzamer lopen toen hij in de Götgata kwam en merkte dat hij helemaal de kluts kwijt was – terwijl er niet meer was gebeurd dan dat Lisbeth was verhuisd, en daar had hij eigenlijk heel blij om moeten zijn. Ze was nu veiliger. Maar hij was niet blij, hij had eerder het gevoel dat hij een draai om zijn oren had gehad, en dat was natuurlijk idioot.

Ze was Lisbeth Salander. Ze was zoals ze was. En toch voelde hij zich gekwetst. Ze had hem toch op zijn minst een hint kunnen geven. Hij pakte zijn mobiel om haar een sms'je te sturen, een vraag, maar nee, toch maar niet. Hij liep over de Hornsgata, zag dat de jongste kinderen hun rondje van de Middernachtloop al renden en keek verbaasd naar al die ouders die hen aan de rand van het trottoir stonden toe te schreeuwen en aan te moedigen. Hun vrolijkheid kwam hem onbegrijpelijk voor en hij moest moeite doen om een gaatje tussen de lopers te vinden om over te steken. Ook toen hij in de Bellmansgata was, bleven zijn gedachten rondtollen. Hij dacht terug aan de laatste keer dat hij Lisbeth had gezien.

Dat was in restaurant Kvarnen op de avond na de begrafenis van Holger. Ze zochten allebei naar woorden, wat natuurlijk niet zo vreemd was, en het enige wat hem van die ontmoeting was bijgebleven was haar antwoord op zijn vraag 'Wat ga je nu doen?'.

'Ik moet zorgen dat ik de jager ben en niet de prooi.'

De jager en niet de prooi.

Hij probeerde het haar te laten uitleggen. Dat lukte niet, en hij herinnerde zich dat ze daarna wegliep over de Medborgarplats, gekleed in een zwart maatpak waarin ze leek op een boze jongen die zich tegen zijn zin netjes had gekleed voor een feest. Dat was nog niet zo lang geleden: begin juli. Maar het leek al ver weg, en hij dacht onder meer daaraan terwijl hij doorliep naar huis. Toen hij eindelijk terug was in zijn flat en met een Pilsner Urquell op de bank zat, ging zijn telefoon weer.

Het was een forensisch arts, een zekere Fredrika Nyman.

2
15 AUGUSTUS

Lisbeth Salander zat in een hotelkamer aan het Manegeplein in Moskou. Ze keek op haar laptop en zag Mikael uit de voordeur aan de Fiskargata komen. Zijn houding getuigde niet van zijn gebruikelijke flinkheid maar leek enigszins radeloos. Ze voelde een steek van iets wat ze niet helemaal begreep en waar ze zeker niet de tijd voor nam om het wel te doorzien. Ze keek alleen even op van haar computer en richtte haar blik op de fleurig glinsterende glazen koepel buiten.

De stad die haar net nog onverschillig had gelaten, was nu uitnodigend en ze dacht erover alles te laten zitten, weg te gaan en zich een gat in de kraag te drinken. Maar dat was natuurlijk onzinnig. Ze moest gedisciplineerd blijven. Ze had zo ongeveer naast haar computer gewoond en nauwelijks geslapen. Toch zag ze er paradoxaal genoeg netter uit dan ze lange tijd had gedaan. Haar haar was pas geknipt en kort. Haar piercings waren verdwenen en ze droeg een zwart pak met een witte blouse, net als bij de begrafenis, niet ter ere van Holger, maar omdat het een gewoonte was geworden en omdat ze minder wilde opvallen.

Ze had zich voorgenomen om als eerste toe te slaan en niet als een opgejaagde prooi in een hoekje te gaan zitten wachten. Daarom bevond ze zich in Moskou en daarom had ze camera's laten ophangen aan de Fiskargata in Stockholm. Maar de prijs was hoger dan ze had verwacht. Niet alleen omdat haar verleden was opgerakeld en haar 's nachts wakker hield, maar ook omdat de vijand zich verschool achter rookgordijnen en hopeloze cryptoberichten, en ze uren bezig was om haar eigen sporen uit te wissen. Ze leefde als een ontsnapte gevangene. Niets van wat ze wilde, ging moeiteloos en pas nu, na meer dan een maand werk, begon ze haar doel te naderen. Maar dat wist ze niet zeker en soms vroeg ze zich af of de vijand toch niet een stap op haar voor lag.

Toen ze vandaag haar operatie had verkend en voorbereid, voelde ze zich in de gaten gehouden, en 's nachts luisterde ze soms ongerust naar de mensen in de gang van het hotel, vooral naar een man – ze was er zeker van dat het een man was – met een geheel eigen dysmetrie, een steeds terugkerende onregelmatigheid in zijn tred, die steeds voor haar deur inhield en daar leek te staan luisteren.

Ze spoelde de film terug. Mikael Blomkvist kwam nogmaals als een geslagen hond uit de Fiskargata. Ze dacht erover na, dronk haar glas whisky leeg en keek naar buiten. Donkere wolken trokken over de Staatsdoema naar het Rode Plein en het Kremlin. Er hing regen in de lucht. Er hing een verschrikkelijk noodweer in de lucht, en dat kwam misschien wel goed uit. Ze stond op en overwoog een douche of een bad te nemen, maar volstond met het aantrekken van een andere blouse. Ze koos voor een zwarte. Dat voelde goed. Uit een geheim vak in haar koffer haalde ze haar Cheetah, een Beretta-pistool dat ze al op de tweede dag in Moskou illegaal had gekocht, en stopte hem in de holster aan de binnenkant van haar colbert. Ze keek haar kamer rond.

Die beviel haar niet, en het hotel ook niet. Het was te luxe en te kitscherig, en in de salons beneden liepen niet alleen mannen zoals haar vader, enorme klootzakken met een vanzelfsprekend eigendomsrecht op hun minnaressen en ondergeschikten, er waren ook ogen die haar bekeken. Er konden berichten worden doorgegeven aan de inlichtingendienst of aan criminelen, en vaak waren haar vuisten gebald, zoals nu, en was ze voorbereid op een gevecht.

Ze ging naar de badkamer en spetterde koud water in haar

gezicht. Het hielp niet veel. Haar voorhoofd stond strak van de slapeloosheid en de hoofdpijn. Zou ze al gaan? Dat kon toch wel? Ze luisterde naar geluiden op de gang. Daar was niets te horen en ze vertrok. Haar kamer lag op de twintigste verdieping en het was niet ver naar de lift. Bij de liften stond een man van een jaar of vijfenveertig. Hij was elegant, had kort haar, droeg een spijkerbroek en een leren jack, en een zwarte bloes, net als zij. Ze had hem al eerder gezien. Er was iets eigenaardigs met zijn ogen – die hadden allerlei kleuren en schitteringen. Maar daar bekommerde ze zich niet om.

Met neergeslagen ogen ging ze samen met de man naar beneden. Ze stapte uit in de foyer en ging het plein op. Ze keek naar de grote glazen koepel met zijn ronddraaiende, in het donker glinsterende wereldkaart. Eronder lag een winkelcentrum van vier verdiepingen. Erbovenop stond een bronzen beeld van Sint-Joris en de draak. Sint-Joris was de schutspatroon van Moskou. Ze zag hem overal in de stad, met geheven zwaard. Soms legde ze haar hand op haar schouderblad in een soort beschermend, zorgzaam gebaar naar haar eigen draak. Af en toe raakte ze een oude schotwond in haar schouder aan of het litteken van een messteek in haar heup. Het was alsof ze zichzelf wilde herinneren aan die pijnlijke momenten.

Ze dacht aan branden en rampen, en aan haar moeder, en intussen deed ze de hele tijd haar best om niet te worden vastgelegd op bewakingscamera's. Daarom liep ze ongelijkmatig en gespannen, maar wel snel, naar de Tverskoj Boulevard, de grote paradestraat met haar parken en tuinen, en ze stopte pas toen ze bij Versailles was, een van de mooiste restaurants van de stad.

De zaak leek wel een barokpaleis, met pilaren, vergulde en kristallen ornamenten; het was een complete zeventiende-eeuwse pastiche en ze wilde niets liever dan er weer weggaan. Maar in Versailles zou die avond een feest plaatsvinden voor de allerrijksten van de stad. Ze zag de voorbereidingen al van afstand. Tot dusver was er alleen een horde jonge vrouwen gearriveerd, ongetwijfeld ingehuurde callgirls. Maar het personeel was hard aan het werk met de laatste loodjes. Ze kwam dichterbij en kreeg de gastheer in het oog.

Hij heette Vladimir Kuznetsov en hij stond in witte smoking en op lakschoenen bij de ingang. Hoewel hij nog niet oud was – net vijftig – zag hij eruit als de Kerstman: wit haar, witte baard en een dikke buik, die niet paste bij zijn dunne benen. Officieel was zijn verhaal een sprookje: een mislukte kruimeldief die van koers was veranderd en een succesvolle kok was geworden, gespecialiseerd in berensteaks en paddenstoelensauzen. Maar in het geheim leidde hij een aantal trollenfabrieken die nepnieuws produceerden, vaak met een antisemitische ondertoon. Kuznetsov had niet alleen chaos veroorzaakt en verkiezingen beïnvloed, hij had ook bloed aan zijn handen.

Hij had de randvoorwaarden voor massamoorden gecreëerd en van haat big business gemaakt, en uit het feit dat ze hem bij de ingang zag staan, putte Lisbeth kracht. Ze voelde even aan haar Beretta in zijn holster en keek om zich heen. Kuznetsov trok nerveus aan zijn baard, want dit was zijn grote avond. Binnen speelde een strijkkwartet waarvan Lisbeth wist dat het later op de avond zou plaatsmaken voor de jazzband Russian Swing.

Buiten was een rode loper uitgerold onder een dak van zwarte zonneschermen. De loper werd omzoomd door touwen en lijfwachten. De lijfwachten stonden dicht bij elkaar; ze droegen grijze pakken, hadden oortjes in en waren allemaal gewapend. Kuznetsov keek op zijn horloge. Nog geen van de gasten was gearriveerd. Het was een soort spel: niemand wilde als eerste komen.

Wel verdrongen zich al veel mensen op de straat die wilden kijken. Het bericht had blijkbaar de ronde gedaan dat er prominenten kwamen, en dat was goed, dacht ze. Dan viel ze minder op. Maar toen kwam de regen, eerst motregen, later stortregen. In de verte was een bliksemstraal te zien. De donder rolde en de menigte ging uiteen. Alleen een paar dapperen met een paraplu bleven staan, en even later kwamen de eerste limousines met gasten. Kuznetsov begroette hen buigend, een van de dames naast hem zette een kruisje in een zwart boekje en langzaam vulde het restaurant zich met mannen van middelbare leeftijd en nog meer jonge vrouwen.

Lisbeth hoorde het geroezemoes binnen, dat zich vermengde met de muziek van het strijkje, en af en toe ving ze een glimp op van figuren die ze bij het in kaart brengen van het netwerk was tegengekomen. Ze zag dat Kuznetsovs gezicht en zijn bewegingen veranderden al naar gelang het belang en de positie van de genodigden. Ze kregen de glimlach en de buiging waarvan hij meende dat ze die verdienden, en de echt hoge gasten kregen ook een grapje, hoewel vooral Kuznetsov zelf daarom moest lachen.

Hij grijnsde en grinnikte als een hofnar. Lisbeth zag het spektakel doodstil en kletsnat aan. Misschien ging ze er te veel in op. Ze viel een van de bewakers op. Hij knikte naar een collega en dat was niet goed, helemaal niet goed. Ze deed alsof ze wegging, maar verstopte zich in een portiek verderop. Ze merkte dat haar handen trilden en dacht dat dat niet door de regen of de kou kwam.

Ze was tot barstens toe gespannen, pakte haar mobiel en controleerde of alles klaar was. De aanval moest perfect getimed plaatsvinden, anders was ze verloren, dus ze nam alles nog een paar keer door. Maar de tijd verstreek en na een tijdje geloofde ze er niet meer in. Het regende en er gebeurde niets. Het leek steeds meer op weer een gemiste kans.

Alle genodigden waren er kennelijk. Toen zelfs Kuznetsov naar binnen ging, liep ze voorzichtig terug en keek naar binnen. Het feest was in volle gang. De mannen hadden al shotjes genomen en waren de meisjes al aan het betasten. Ze besloot terug te gaan naar het hotel.

Maar net op dat moment stopte er weer een limousine. Een dame bij de deur rende naar binnen om Kuznetsov te halen, die met het zweet op zijn voorhoofd en een glas champagne in zijn hand kwam aanzetten, en Lisbeth besloot toch nog even te blijven. Het was duidelijk een belangrijke gast. Dat was te merken aan de bewakers, aan de onrust die er in de lucht hing en aan het dwaze gezicht dat Kuznetsov trok. Lisbeth trok zich terug in haar portiek. Maar er stapte niemand uit de limousine.

Er sprong geen chauffeur uit de wagen in de regen om het portier te openen. De auto stond daar maar. Kuznetsov streek zijn haar en zijn vlinderstrikje goed en veegde zijn voorhoofd af. Hij trok zijn buik in en dronk zijn glas leeg, en op dat moment stopte Lisbeth met trillen. Ze ving iets op in Kuznetsovs ogen wat ze maar al te goed kende, en zonder aarzelen startte ze haar hackeraanval.

Daarna stopte ze haar mobieltje in haar zak en liet ze het programma automatisch zijn werk doen, terwijl ze met fotografische scherpte om zich heen keek en elk detail in de omgeving registreerde: de lichaamstaal van de lijfwachten, hoe dicht ze hun hand bij hun wapen hielden, de ruimtes tussen hun schouders aan de rand van de rode loper en de oneffenheden en de waterplassen op het trottoir voor haar.

Doodstil, haast catatonisch, bleef ze alles staan bekijken, totdat de chauffeur uit de limousine stapte, een paraplu openklapte en het achterportier openmaakte. Toen ging ze er met katachtige passen naartoe, met haar hand op het pistool in haar jasje.

3
15 AUGUSTUS

Mikael had geen goede relatie meer met zijn mobiel en hij had allang een geheim nummer moeten nemen. Toch wilde hij daar niet graag aan. Als journalist deed hij de deur naar het publiek liever niet dicht. Maar hij had echt een hekel aan al die eindeloze gesprekken en had het gevoel dat er alleen al het afgelopen jaar iets was veranderd.

De toon was grover geworden. Mensen scholden en schreeuwden of kwamen met de waanzinnigste tips. Hij was in principe opgehouden onbekende nummers aan te nemen. Hij liet zijn mobiel zoemen en bellen, en wanneer hij dan toch opnam, zoals nu, trok hij vaak onbewust een vies gezicht.

'Met Mikael,' zei hij, en hij pakte een biertje uit de koelkast.

'Sorry,' zei een vrouwenstem. 'Moet ik later nog een keer bellen?'

'Nee hoor,' antwoordde hij iets vriendelijker. 'Waar gaat het om?'

'Mijn naam is Fredrika Nyman en ik ben arts bij het forensisch instituut in Solna.'

Hij schrok. 'Wat is er gebeurd?'

'Er is niets gebeurd, niet meer dan er normaal gebeurt, en het heeft in elk geval niets met u te maken. Maar we hebben een lichaam binnengekregen...'

'Een vrouw?' onderbrak hij haar.

'Nee, nee. Een man in alle opzichten. Nou ja, in alle opzichten, zeg ik. Dat is een beetje raar geformuleerd, hè? Maar het is een man, in de zestig of iets jonger, die verschrikkelijke beproevingen heeft doorstaan. Ik heb eigenlijk nog nooit zoiets gezien.'

'Zou u alstublieft ter zake willen komen?'

'Sorry, het was niet mijn bedoeling u ongerust te maken. Ik kan haast niet geloven dat u hem kent. Het was duidelijk een dakloze, en waarschijnlijk stond hij zelfs in die kringen heel laag in de hiërarchie.'

'Dus wat heeft hij dan met mij te maken?'

'Hij had een papiertje met uw telefoonnummer in zijn zak.'

'Dat hebben veel mensen,' zei hij geïrriteerd – maar daar schaamde hij zich meteen voor. Hij voelde zich tactloos.

'Ik begrijp het,' ging Fredrika Nyman door. 'U wordt vast platgebeld. Maar het is iets persoonlijks voor me geworden.'

'Hoezo?'

'Ik vind dat zelfs de geringste onder ons respect verdient in de dood.'

'Natuurlijk,' zei hij overdreven nadrukkelijk om zijn ongevoeligheid van daarnet te compenseren.

'Precies,' zei ze, 'en Zweden is in dat opzicht altijd een beschaafd land geweest. Maar elk jaar krijgen wij meer lichamen binnen die we niet kunnen identificeren, en daar word ik oprecht verdrietig van. In de dood hebben we allemaal recht op een identiteit. Op een naam, op een geschiedenis.'

'Dat is zo,' zei hij met dezelfde nadruk, maar hij was zijn concentratie al kwijt en zonder dat hij zich er goed en wel bewust van was, liep hij naar zijn bureau en zijn computer.

'Soms was het inderdaad heel lastig,' vervolgde ze. 'Maar vaak komt het door een gebrek aan middelen en tijd, of nog erger: een gebrek aan wil, en met dit lichaam krijg ik bange vermoedens in die richting.'

'Waarom?'

'Omdat de dode nog geen hits heeft opgeleverd in de registers, en omdat de man er volstrekt onbeduidend uitziet. Iemand aan de zelfkant van de samenleving. Bij wie we het liefst wegkijken, die we willen vergeten.'

'Triest,' zei hij.

Hij doorzocht de files die hij in de loop der jaren voor Lisbeth had gemaakt.

'Hopelijk vergis ik me,' zei Fredrika Nyman. 'Ik heb net mijn monsters verstuurd, en misschien weten we binnenkort meer over deze man. Maar nu ben ik thuis, en ik dacht dat ik het proces misschien een beetje zou kunnen versnellen. U woont toch in de Bellmansgata? Dat ligt niet zo heel ver van de plaats waar hij is gevonden, en misschien zijn jullie elkaar wel ooit tegengekomen. Misschien heeft hij u zelfs weleens gebeld.'

'Waar is hij gevonden?'

'Bij een boom in Tantolunden, en u zou het u vast wel herinneren als u hem had gezien. Zijn gezicht was donkerbruin en smerig, met diepe voren. Dun baardje. Waarschijnlijk heeft hij blootgestaan aan sterke zonneschijn en hevige kou. Zijn lichaam vertoont bevriezingsletsel, hij mist bijna al zijn vingers en tenen. De aanhechting van de spieren wijst op extreme inspanningen. Ik zou denken dat hij ergens uit Zuidoost-Azië komt. Misschien zag hij er ooit in het verleden best goed uit. Zijn gelaatstrekken zijn gaaf, hoewel het gezicht wel zwaar te lijden heeft gehad. Zijn huid is geelachtig ten gevolge van leverbeschadiging. Een groot deel van het weefsel van zijn wangen is dood en zwart geworden. Het bepalen van zijn leeftijd is in dit vroege stadium lastig, zoals u waarschijnlijk wel weet. Maar ik schat dat hij tegen de zestig liep, zoals ik al zei, en dat hij lang heeft geleefd op de grens van uitdroging. Hij was klein, net iets groter dan 1,50 meter.'

'Ik weet het niet. Er gaat geen belletje bij me rinkelen,' zei Mikael.

Hij zocht naar berichten van Lisbeth, maar vond er geen. Ze leek hem niet eens meer te hacken, en zijn ongerustheid nam toe. Het was alsof hij voelde dat ze in gevaar was.

'Ik ben nog niet klaar,' ging Fredrika Nyman door. 'Ik heb het meest opmerkelijke aan hem nog niet genoemd: zijn donzen jas.'

'Wat was daarmee?'

'Die was zo groot en warm dat hij er in deze hitte heel wat opzien mee moet hebben gebaard.'

'U hebt gelijk, dat zou ik me moeten herinneren.'

Hij klapte zijn laptop dicht en keek uit over de Riddarfjärd. Hij bedacht opnieuw dat het verdomd verstandig van Lisbeth was geweest om te verhuizen.

'Maar dat doet u niet.'

'Nee...' zei hij aarzelend. 'Kunt u me geen foto sturen?'

'Dat zou ik niet ethisch vinden.'

'Hoe is hij gestorven, denkt u?'

Hij was er nog steeds niet helemaal bij met zijn aandacht.

'Op korte termijn door vergiftiging, denk ik, waarschijnlijk zelf veroorzaakt, voornamelijk door alcohol. Hij stonk naar drank, maar dat sluit niet uit dat hij ook iets anders binnen heeft gekregen. Ik krijg daar binnen een paar dagen uitsluitsel over van het forensisch-chemisch laboratorium. Ik heb een screeningtest gedaan die meer dan achthonderd stoffen dekt. Maar op langere termijn is zijn dood veroorzaakt door langzaam maar zeker bezwijkende organen en een vergroot hart.'

Mikael ging op de bank zitten en dronk zijn biertje op. Blijkbaar was hij te lang stil.

'Bent u er nog?' vroeg de arts.

'Ik ben er nog. Ik dacht alleen...'

'Nou?'

Hij dacht aan Lisbeth.

'Dat het misschien wel goed is dat hij mijn telefoonnummer had,' zei hij.

'Waarom?'

'Hij vond blijkbaar dat hij iets te vertellen had, en dat kan de politie ertoe brengen om hun best te doen. Op mijn beste momenten kan ik de recherche soms een beetje bang maken.'

Ze schoot in de lach.

'Dat kunt u inderdaad.'

'Maar soms irriteer ik ze.'

Soms irriteer ik mezelf, dacht hij.

'Laten we dan maar hopen op het eerste.'

'Ja, laten we dat maar doen.'

Hij wilde een eind maken aan het gesprek. Hij wilde in zijn eigen gedachten verzinken. Maar Fredrika Nyman wilde blijkbaar langer praten, en hij had het hart niet om op te hangen.

'Ik zei dat die man iemand was die we het liefst wilden vergeten, hè?' ging ze door.

'Ja, dat zei u.'

'Maar dat klopt niet helemaal, niet voor mij. Ik heb het idee...'

'U hebt het idee...?'

'Dat zijn lichaam iets te vertellen heeft.'

'Hoezo?'

'Hij lijkt kou en hitte te hebben doorstaan. Ik geloof dat ik nog nooit zoiets heb gezien.'

'Stoere kerel.'

'Ja, misschien wel. Hij was gehavend en onvoorstelbaar smerig. Hij stonk verschrikkelijk. En toch had hij een soort waardigheid. Dat probeer ik te zeggen, geloof ik. Hij had iets wat hem midden in zijn vernedering respect verleende. Hij had gevochten.'

'Was het een oud-militair?'

'Ik zie geen tekenen van kogels, niets van dien aard.'

'Of iemand van een primitieve stam?'

'Waarschijnlijk niet. Hij had een goed verzorgd gebit en kon blijkbaar schrijven. Er staat een tatoeage van een boeddhistisch wiel op zijn linkerpols.'

'Ik begrijp het.'

'Ja?'

'Ik begrijp dat hij u op een bepaalde manier raakt. Ik zal eens op mijn voicemail luisteren of hij contact met me heeft gezocht.'

'Dank u,' zei ze, en waarschijnlijk praatten ze nog even door; dat wist hij niet meer, hij bleef afwezig.

Maar even later hingen ze op en Mikael bleef nadenkend op de bank zitten. In de Hornsgata klonk geroep en applaus voor de Middernachtloop. Hij ging met zijn hand door zijn haar. Het was minstens drie maanden geleden dat hij naar de kapper was geweest. Hij moest zijn leven omgooien. Hij moest gaan leven, zich amuseren, zoals iedereen, niet alleen maar werken en het uiterste van zichzelf vragen, en misschien ook de telefoon opnemen en niet zo eenzijdig gericht zijn op zijn vervloekte reportages.

Hij ging naar de badkamer, maar daar werd hij niet veel vrolijker van. Er hingen kleren te drogen. Er zaten tandpastavlekken en scheerschuim in de wastafel en haren in de badkuip. Een donzen jas, dacht hij, midden in de zomer? Daar was iets mee, of niet? Hij kon zich echter maar moeilijk concentreren. Er drongen zich te veel gedachten aan hem op. Hij maakte de wastafel en de spiegel schoon, ruimde het wasgoed op, pakte zijn mobiel en luisterde zijn voicemail af.

Hij had zevenendertig nieuwe berichten. Een mens zou geen zevenendertig nieuwe berichten moeten mogen hebben. Hij beluisterde ze allemaal met tegenzin. God, wat was er toch aan de hand met de mensen? Veel bellers hadden tips en waren vriendelijk en bescheiden, maar de meeste waren alleen maar kwaad. Jullie liegen over de immigratie, schreeuwden ze. Jullie zwijgen over moslims. Jullie beschermen de Joden van de financiële elite. Hij bezweek haast onder de modder, en het scheelde niet veel of hij hing op. Maar hij luisterde dapper verder, en toen hoorde hij iets wat hij niet thuis kon brengen. Een moment van pure verwarring.

'Hello, hello,' zei een stem in gebroken Engels, zwaar hijgend, en na een korte stilte zei dezelfde stem: *'Come in, over.'*

Het klonk als een oproep via een walkietalkie. Er volgden nog een paar onverstaanbare woorden – misschien wel in een andere taal – die wanhopig en eenzaam klonken. Zou dat de bedelaar zijn? Dat kon. Maar het kon evengoed iemand anders zijn. Dat was niet uit te maken. Mikael hing op, liep naar de keuken en overwoog of hij Malin Frode zou bellen of iemand anders die hem in een beter humeur zou kunnen krijgen. Maar hij verwierp dat idee en stuurde in plaats daarvan een versleuteld sms'je naar Lisbeth. Wat maakte het uit dat zij niets van hem wilde weten?

Hij was en bleef met haar verbonden.

De regen daalde neer op de Tverskoj Boulevard en Camilla, of Kira, zoals ze zich tegenwoordig noemde, zat met haar chauffeur en haar lijfwachten in haar limousine. Ze keek naar haar lange benen. Ze droeg een zwarte jurk van Dior, rode hoge hakken van Gucci en een collier met een Oppenheimer-diamant, die blauw schitterde boven haar decolleté.

Ze was oogverblindend mooi, en dat wist niemand beter dan zijzelf. Vaak bleef ze nog even zitten op de achterbank, zoals nu. Ze hield ervan om het beeld al voor zich te zien: er gaat een schok door de mannen heen wanneer zij binnenkomt, en velen van hen kunnen hun ogen niet van haar afhouden of niet voorkomen dat hun mond openvalt. Slechts weinigen, wist ze uit ervaring, hadden de moed haar complimenten te maken en in de ogen te kijken. Kira droomde er altijd van om te stralen als geen ander, en nu, in de auto, deed ze haar ogen dicht en luisterde ze naar de regen die op de carrosserie kletterde. Daarna keek ze door de beslagen ruiten. Er was niet veel te zien.

Slechts een handjevol mannen en vrouwen stond onder paraplu's te kleumen, en ze leken nauwelijks geïnteresseerd in wie er uit zou stappen, dus ze keek geïrriteerd naar het restaurant. Binnen verdrongen de gasten zich proostend en babbelend, en verder naar binnen stonden een paar muzikanten viool en cello te spelen en daar, och god, sleepte Kuznetsov zich naar buiten. Kuznetsov, met zijn grijze ogen en zijn dikke buik, was een clown en ze had zin om uit te stappen en hem een draai om zijn oren te geven.

Maar ze moest haar kalmte en haar koninklijke uitstraling bewaren en mocht met geen blik laten merken dat ze de laatste tijd het gevoel had dat ze in een afgrond was gevallen en dat ze ziedend was omdat ze haar zus nog altijd niet hadden kunnen vinden. Ze had gedacht dat dat makkelijk zou zijn toen ze haar adres en haar valse identiteit hadden gekraakt. Maar Lisbeth bleef verdwenen en zelfs Kira's contacten bij de GROe hadden haar niet kunnen opsporen, zelfs Galinov niet. Ze wisten dat er geavanceerde hackeraanvallen waren uitgevoerd tegen Kuznetsovs trollenfabrieken en andere doelen die aan haar konden worden gelinkt.

Maar het was niet bekend welke door Lisbeth waren uitgevoerd en welke door andere hackers. Slechts één ding was zeker: er moest een eind aan komen. Ze wilde nu eindelijk rust.

In de verte klonk het onweer en er reed een politiewagen voorbij. Ze pakte een spiegeltje en glimlachte naar zichzelf alsof ze daar moed uit kon putten. Toen sloeg ze haar ogen weer op en zag dat Kuznetsov er goed voor ging staan, terwijl hij aan zijn strikje en aan de kraag van zijn overhemd frummelde. Die idioot was nerveus, en dat was dan toch iets. Ze wilde hem laten zweten en trillen, en hem geen kans geven om zijn verschrikkelijke grappen te spuien.

'Nu,' zei ze, en ze zag Sergei, de chauffeur, uitstappen en het achterportier openen.

De lijfwachten stapten uit. Zelf nam ze nog wat extra tijd en controleerde ze of Sergei de paraplu had opengeklapt. Toen stak ze een voet uit de auto en hoopte het gebruikelijke gezucht, gesmacht en oh en ah te horen. Maar er was niets te horen, alleen de regen, en het strijkje en het geroezemoes binnen, dus ze besloot kil en koel te zijn, en het hoofd hoog te houden. Ze zag nog net dat Kuznetsov stralend van verwachting, maar ook ongerust, zijn armen spreidde om haar te verwelkomen, toen ze ook iets anders waarnam: pure angst, die door haar hele lichaam heen ging.

Het was iets ongrijpbaars, rechts van haar, verderop bij de muur. Ze keek en zag een donkere gestalte naar zich toe komen en een hand die in een colbert werd gestoken, en ze wilde naar haar lijfwachten schreeuwen of zich op de grond gooien. Maar in plaats daarvan verstijfde ze in totale concentratie, alsof ze besefte dat ze op een randje balanceerde waarop zelfs de kleinste onvoorzichtige beweging haar het leven kon kosten. Misschien wist ze toen al wie het was, al kon ze niet meer zien dan contouren, een schaduw die dichterbij kwam.

Maar iets in de manier van bewegen en in de doelgerichtheid van de tred gaf Kira een vreselijk vermoeden, en voordat ze het zelfs maar voor zichzelf had kunnen formuleren begreep ze dat ze verloren was.

4
15 AUGUSTUS

Hadden ze ooit een kans gehad om nader tot elkaar te komen? Om iets anders te worden dan vijanden? Misschien had dat ooit gekund. Een tijdlang hadden ze ten minste één ding gemeen: de haat tegen hun vader, Alexander Zalachenko, en de angst dat hij hun moeder Agneta zou ombrengen.

De zussen woonden toen in een kamertje – het was eerder een hokje – in een flat aan de Lundagata in Stockholm, en als hun vader thuiskwam, stinkend naar drank en tabak, en hun moeder meetrok naar de slaapkamer en verkrachtte, konden ze daar elke kreet, elke klap en elke zucht horen. Soms pakten Lisbeth en Camilla elkaars handen en zochten ze troost bij elkaar – bij gebrek aan beter weliswaar, maar toch... ze hadden dezelfde ontzetting, dezelfde kwetsbaarheid. Maar ook dat werd hun ontnomen.

Toen ze twaalf jaar waren, werd het erger. Niet alleen de mate van het geweld, maar ook de frequentie. Zalachenko bleef af en toe bij hen in huis en soms verkrachtte hij Agneta elke avond. Toen veranderde er ook ongemerkt iets in de relatie tussen de zusjes, een verandering die aanvankelijk niet duidelijk was, maar die zich deed vermoeden in een glans van opwinding in Camilla's ogen, in een nieuwe veerkracht in de tred waarmee ze naar haar vader toe liep als die binnenkwam, en toen gebeurde het.

Toen de strijd dodelijk dreigde te worden, kozen ze verschillende kanten en daarna kwamen er geen kansen meer op verzoening, zeker niet nadat Agneta in de keuken in elkaar was geslagen en onherstelbare hersenschade had opgelopen en Lisbeth een molotovcocktail naar Zalachenko had gegooid waardoor hij op de voorstoel van zijn Mercedes bijna in de vlammen was omgekomen. Sindsdien was het een strijd op leven en dood. Sindsdien was het verleden een bom die elk moment kon exploderen en nu, veel later, nu Lisbeth Salander uit de portiek aan de Tverskoj Boulevard tevoorschijn kwam, trok die hele tijd aan de Lundagata als een serie flitsende filmfragmenten aan haar voorbij.

Ze bevond zich in het hier en nu. Ze zag precies door welke opening daarginds ze moest schieten en ze zag exact hoe ze daarna moest vluchten. Maar ze had meer herinneringen dan ze kon bevatten, en ze liep maar langzaam, heel langzaam. Pas toen Camilla in haar zwarte jurk en op haar hoge hakken op de rode loper stapte, verhoogde Lisbeth haar tempo, ook al liep ze nog steeds gebogen en stil.

In het restaurant speelde het strijkje en klonk het gerinkel van glazen, en de hele tijd regende het. Het stortte neer en op straat reed een politiewagen voorbij. Ze keek ernaar en naar de rij lijfwachten, en ze vroeg zich af wanneer ze haar weer zouden opmerken. Voor- of nadat ze had geschoten? Dat wist ze niet, er waren geen garanties. Maar het was nog niet zover. Het was donker en nevelig, en Camilla trok alle aandacht naar zich toe.

Ze straalde als altijd. Kuznetsovs ogen glansden, net als de ogen van de jongens op het schoolplein, lang geleden. Camilla kon de tijd doen stilstaan; met dat vermogen was ze geboren. Lisbeth registreerde dat haar zus naar de deur schreed en dat Kuznetsov zijn armen spreidde in een nerveus welkomstgebaar, en dat de gasten bij de deur het ook wilden zien en zich opdrongen. Maar precies op dat moment klonk er een stem op straat waarop Lisbeth eigenlijk had gewacht: '*там, посмотрите*. Daar, kijk!' Een van de lijfwachten – een man met blond haar en een platte neus – wees naar haar, en toen mocht ze niet langer aarzelen.

Ze bracht haar hand naar de Beretta in de holster en kreeg dezelfde ijzige kilte over zich als toen ze het met benzine gevulde melkpak naar haar vader gooide. Ze zag dat Camilla verstijfde van angst en dat zeker drie lijfwachten de hand naar hun wapen brachten, terwijl ze haar woedend aankeken, en toen wilde ze razendsnel en meedogenloos handelen.

Maar toch verstarde ze, was ze plotseling verlamd, zonder dat ze begreep waarom. Ze voelde een nieuwe schaduw uit haar jeugd over zich heen vallen en ze besefte dat ze niet alleen maar een kans had gemist. Ze stond vol in het zicht van een hele serie vijanden en er was geen vluchtweg meer.

Camilla zag de twijfel bij de gestalte niet. Ze hoorde alleen haar eigen schreeuw en merkte dat hoofden en lichamen schrokken en dat er wapens werden getrokken. Toch was ze ervan overtuigd dat het te laat was en dat haar borst elk moment door kogels zou worden doorzeefd. Maar er kwam geen schot, en ze wist naar binnen te rennen en dekking te zoeken achter Kuznetsov. Een paar seconden lang waren haar eigen zware ademhaling en onduidelijke bewegingen om haar heen het enige wat ze waarnam.

Het duurde even voordat ze begreep dat ze het niet alleen had overleefd, maar dat de situatie ook in haar voordeel was omgeslagen. Niet langer was zij degene die in levensgevaar verkeerde, dat was nu de donkere gestalte daarginds, waarvan ze nog steeds het gezicht niet kon zien. De gestalte boog het hoofd en controleerde iets op een mobiel, maar het móést Lisbeth wel zijn. Camilla voelde de haat en de moordlust als het ware in haar hals bonzen, ze voelde een enorm verlangen om die gestalte te zien lijden en sterven, en weer keek ze naar al het tumult.

De situatie zag er beter uit dan ze had durven dromen. Terwijl zijzelf omgeven was door lijfwachten en kogelvrije vesten, stond Lisbeth alleen op het trottoir met een heleboel wapens op zich gericht. Het was ronduit fantastisch. Camilla wilde het moment rekken, en ze wist nu al dat ze het steeds opnieuw zou beleven. Het was gebeurd met Lisbeth, ze zou zo dadelijk creperen, en Camilla schreeuwde, voor het geval dat iemand zelfs maar op het idee zou komen om te aarzelen: 'Schiet! Ze wil me vermoorden,' en een seconde later leek het er inderdaad op alsof de schoten knetterden.

Ze voelde haar hele lichaam daveren en dreunen, en hoewel ze Lisbeth niet meer kon zien – de mensen renden voor haar langs – stelde ze zich voor dat haar zus door een kogelregen was getroffen, bloedend op het trottoir stortte en stierf. Maar nee... er was iets mis. Het waren geen pistoolschoten, maar... ja, wat was het wel? Een bom? Een explosie? Uit het restaurant kwam een verschrikkelijk lawaai, en hoewel Camilla geen seconde van Lisbeths vernedering en dood wilde missen, staarde ze naar de mensenzee. Het was onvoorstelbaar.

De violisten waren opgehouden met spelen en keken verlamd van angst naar het feest. Veel gasten stonden doodstil, met hun handen over hun oren. Anderen hielden hun armen om hun borst of schreeuwden het uit van angst. De meesten renden echter volledig in paniek naar de uitgang, en pas toen de deur naar het restaurant openvloog en de eerste mensen de regen in renden, begreep Camilla het. Het was geen bom. Het was muziek, met het volume zo waanzinnig hoog opgedraaid dat je niet eens geluiden meer kon onderscheiden, maar alleen een vibrerende aanval op de luchtdruk voelde, en het verbaasde haar absoluut niet dat een oudere, kale man alleen maar schreeuwde: 'Wat is dat? Wat is dat?'

Een vrouw van een jaar of twintig, gekleed in een kort, donkerblauw jurkje, zakte met haar handen over haar hoofd op haar knieën, alsof ze dacht dat het plafond op haar neer zou storten. Kuznetsov, die naast haar stond, mompelde iets onverstaanbaars wat verdronk in het kabaal, en op dat moment werd Camilla zich bewust van haar fout. Haar aandacht was verslapt. Woedend keek ze weer naar het trottoir en de muur – maar daar stond haar zus niet meer.

Ze was als door de aardbodem verzwolgen en Camilla keek wanhopig om zich heen in de algehele waanzin van schreeuwende en radeloze gasten, en ze wilde net gaan vloeken en tieren toen ze een enorme klap tegen haar schouder kreeg en op de grond viel. Ze sloeg met haar elleboog en haar hoofd tegen het trottoir en terwijl haar voorhoofd bonsde van de pijn, haar lip bloedde en om haar heen voeten stampten, hoorde ze een ijzige, bekende stem vlak bij haar oor: 'De wraak komt, zusje, de wraak komt.' Ze was te versuft om op tijd te reageren.

Toen ze haar hoofd optilde en om zich heen keek, zag ze geen spoor meer van Lisbeth, alleen een gekrioel van mensen die het restaurant uit renden, en ze riep weer: 'Dood haar,' maar ze geloofde er zelf al niet meer in.

Vladimir Kuznetsov merkte niet dat Kira op de grond viel. Hij merkte bijna niets van de waanzin om hem heen. Hij had iets opgevangen in het lawaai wat hem meer angst aanjoeg dan alle andere dingen bij elkaar: een paar flarden van woorden, die in een bonkend, dreunend ritme werden uitgebruld, en hij durfde eerst haast niet te geloven dat hij het goed had gehoord.

Hij schudde alleen maar zijn hoofd, mompelde 'Nee, nee' en probeerde het af te doen als huiveringwekkende verbeelding, een streek die zijn op hol geslagen fantasie hem leverde. Maar het was inderdaad die song – de song van zijn nachtmerries – en hij wilde het liefst door de grond zakken en sterven.

'Het is niet waar, het is niet waar,' sputterde hij, terwijl het refrein hem tegemoet dreunde als de drukgolf van een granaat:

Killing the world with lies.
Giving the leaders
The power to paralyze
Feeding the murderers with hate,
Amputate, devastate, congratulate.
But never, never
Apologize

Geen song ter wereld joeg hem zoveel angst aan, en vergeleken daarmee stelde het niets voor dat het feest waarnaar hij zo had uitgekeken was gesaboteerd en dat hij schadeclaims van woedende oligarchen en hoogwaardigheidsbekleders riskeerde wegens gebarsten trommelvliezen. Het enige waaraan hij dacht, was de muziek, en dat was niet zo gek. Alleen het feit dat die hier, op dit moment werd gedraaid bewees dat een buitenstaander zijn ergste geheim had ontdekt. Hij liep het risico dat de hele wereld hem uit zou lachen. Een wilde paniek maakte zich van hem meester en hij kon nauwelijks meer ademen. Toch deed hij zijn best om zich groot te houden toen zijn mannen eindelijk een eind hadden weten te maken aan de herrie. Hij deed zelfs alsof hij een zucht van verlichting slaakte.

'Sorry, dames en heren,' verklaarde hij. 'Je kunt blijkbaar niet op de techniek vertrouwen. Duizendmaal mijn excuses. Maar laten we doorgaan met het feest. Ik verzeker u dat er niet bespaard is op de drank, en ook niet op andere verleidingen trouwens...'

Zijn blik zocht de schaars geklede callgirls, alsof enig vrouwelijk schoon de situatie kon redden. Maar de jonge meisjes die hij zag, stonden tegen de muur geleund en zagen er doodsbenauwd uit, dus hij maakte zijn zin niet af. Zijn stem miste overtuiging, en dat merkten de mensen. Ze zagen dat hij helemaal van streek was, en toen de muzikanten demonstratief langs hem heen naar buiten liepen, leken de meeste gasten alleen nog maar naar huis te willen, en eigenlijk was Kuznetsov daar blij om. Hij wilde alleen zijn met zijn gedachten en zijn angst.

Hij wilde zijn advocaten bellen en zijn contacten in het Kremlin, om op zijn minst een beetje troost te krijgen en te horen dat de westerse kranten hem heus niet als een schandalige oorlogsmisdadiger zouden neerzetten. Vladimir Kuznetsov had machtige beschermers en hij was ongetwijfeld een hoge piet die zonder al te veel gewetenswroeging vreselijke misdaden had begaan. Maar hij was geen sterke persoonlijkheid, niet als 'Killing the world with lies' werd gedraaid op zijn eigen pronkfeest.

Op zulke momenten was hij niet meer dan wat hij was toen hij begon: een onbeduidende nietsnut, een tweederangscrimineel die door een goddelijk toeval in dezelfde toeristische sauna was terechtgekomen als twee leden van de Doema en daar een paar sterke verhalen had verteld. Kuznetsov had verder geen talenten, geen opleiding en geen speciale vaardigheden, maar hij kon grandioze verhalen vertellen, en meer had hij niet nodig gehad.

Hij had lang geleden op een middag in een sauna gezopen en gelogen, daarna invloedrijke vrienden gekregen en sindsdien hard gewerkt. Op dit moment had hij honderden ondergeschikten, van wie de meesten heel wat intelligenter waren dan hijzelf: wiskundigen, strategen, psychologen, consultants van de FSB en de GROe, hackers, IT'ers, ingenieurs en experts op het gebied van kunstmatige intelligentie en robotica. Hij was rijk en machtig en bovenal: naar buiten toe associeerde niemand hem met de propagandabureaus en hun leugens.

Hij had zijn positie en zijn deelname handig verborgen en daar dankte hij de laatste tijd zijn gelukkige gesternte voor, en dat was niet vanwege zijn betrokkenheid bij de beurskrach – integendeel, die beschouwde hij als een veer op zijn hoed – maar vanwege de opdrachten uit Tsjetsjenië, die in de media waren uitgemolken en zelfs tot protestbewegingen en beroering in de VN hadden geleid en – en dat was het allerergste – tot een speciaal geschreven hardrocksong, die natuurlijk een wereldhit was geworden.

De song was bij elke klotedemonstratie tegen de moorden te horen geweest, en elke keer was hij doodsbenauwd geweest dat zijn naam in dat verband zou worden genoemd, en pas de laatste weken, toen hij zijn feest had gepland, was het leven weer normaal geworden. Zijn lach, zijn grappen en zijn sterke verhalen waren terug, en vanavond was de ene na de andere chique gast gekomen, hij was trots geweest en had genoten, totdat dat liedje opeens zo hard in het rond dreunde dat zijn hoofd er bijna van uit elkaar spatte.

'Wel godallemachtig.'

'Wat zegt u?'

Een oudere, gedistingeerde heer met een hoed en een wandelstok, die hij in zijn verwarring niet meteen kon thuisbrengen, keek hem kritisch aan. Hij zou het liefst tegen hem zeggen dat hij moest opdonderen, maar hij was bang dat die man machtiger was dan hijzelf, dus hij antwoordde zo beleefd als hij kon opbrengen.

'Sorry voor mijn taal. Ik ben een beetje kwaad.'

'U zou uw IT-beveiliging eens moeten controleren.'

Ik doe verdomme niets anders, dacht hij.

'Daar heeft het niets mee te maken,' zei hij.

'Wat is het dan?'

'Het was iets... elektrisch,' vervolgde hij.

Elektrisch. Was hij nou helemaal gek geworden? Hadden de leidingen kortsluiting gemaakt en helemaal uit zichzelf 'Killing the world with lies' opgezet? Hij schaamde zich, wendde zijn blik af en zwaaide zielig naar de laatste gasten die in taxi's vertrokken. Het restaurant liep leeg en hij keek uit naar Felix, zijn jonge chef-technicus. Waar was die lummel ergens?

Hij ontdekte hem uiteindelijk bij het podium, waar hij met dat malle puntbaardje van hem en in die belachelijke smoking die als een hooizak om hem heen hing, stond te bellen. Hij leek geschokt te zijn, en terecht. Die halvezool had gezegd dat er niets mis kon gaan, en toen was deze klereherrie gekomen. Kuznetsov wenkte hem nijdig naar zich toe.

Felix maakte een afwerend gebaar met zijn hand, en toen wilde Kuznetsov hem op zijn bek slaan of met zijn hoofd tegen de muur bonken. Toch reageerde hij heel anders toen Felix uiteindelijk naar hem toe gesukkeld kwam. Hij zag er hulpeloos uit.

'Hoorde je welke song dat was?'

'Ja,' zei Felix.

'Dat betekent dat een buitenstaander het weet.'

'Ik vrees van wel.'

'Wat denk je dat er nu gaat gebeuren?'

'Ik weet het niet.'

'Krijgen we nu een afpersingsbrief?'

Felix zweeg en beet op zijn lip. Kuznetsov keek met een lege blik naar de straat.

'Ik denk dat we ons op iets ergers moeten voorbereiden,' zei Felix.

Zeg het niet, dacht hij. Zeg het niet.

'Hoezo?'
Zijn stem was onvast.
'Omdat Bogdanov net belde...'
'Bogdanov?'
'Kira's man.'
Kira, dacht hij, heerlijke, akelige Kira, en toen herinnerde hij zich: met haar was het begonnen, met haar mooie gezicht dat zich verwrong tot een afschuwelijke grimas, met haar mond die riep 'Schiet', 'Dood', en met haar ogen die gericht waren op een donkere gestalte bij de muur. In zijn herinnering viel dat samen met de herrie die daarna kwam.
'Wat zei Bogdanov?' vroeg hij.
'Hij zei dat hij wist wie ons had gehackt.'
Elektrisch, dacht hij. Hoe kon ik in godsnaam 'elektrisch' zeggen?
'Dus iemand heeft ons gehackt.'
'Ik vrees van wel.'
'Maar dat kon toch niet? Jij stomme klootzak, dat kon toch niet!'
'Nee, maar deze hacker...'
'Wat is er verdomme met deze hacker?'
'Zij is uitzonderlijk goed.'
'Dus het is een zij.'
'Het is een zij, en ze is blijkbaar niet geïnteresseerd in geld.'
'Waar is ze dan wel in geïnteresseerd?'
'In wraak,' antwoordde Felix, en toen begon Kuznetsov over zijn hele lichaam te trillen en gaf hij Felix een klap in zijn gezicht.
Hij liep weg en zoop zich vol champagne en wodka.

Lisbeth zag er kalm uit toen ze haar hotelkamer binnenging, en ze leek niet eens haast te hebben. Ze schonk zelfs een glas whisky in, sloeg het achterover en pakte een paar noten van een schaaltje op de salontafel. Toen pakte ze haar spullen in. Haar bewegingen waren totaal niet hectisch of nerveus.
Pas toen ze haar koffer dichtmaakte en klaar was om te vertrek-

ken, kreeg haar lichaam een onnatuurlijke spanning en zochten haar ogen iets om kapot te slaan, een vaas, een schilderij of de kristallen kroonluchter aan het plafond. Ze volstond ermee de badkamer in te gaan en in de spiegel te kijken, alsof ze elke trek in haar gezicht bestudeerde, maar in werkelijkheid zag ze niets.

In gedachten was ze nog op de Tverskoj Boulevard. Ze dacht aan haar hand die naar het wapen ging, en aan diezelfde hand die zich ook terugtrok. Ze dacht aan wat zo simpel had geleken en aan dat wat het zo moeilijk maakte, en ze besefte dat ze voor de eerste keer deze zomer niet wist wat ze moest doen. Ze was... Ja, wat was ze? Volkomen de weg kwijt, waarschijnlijk, en het was zelfs geen troost dat ze, toen ze haar mobiel pakte, te weten kwam waar Camilla woonde.

Vanaf een satelliet op Google Earth keek ze neer op een stenen huis met uitgestrekte terrassen, tuinen, zwembaden en standbeelden, en ze probeerde zich voor te stellen dat het allemaal in brand zou staan, net als haar vader en zijn Mercedes in de Lundagata, maar het hielp niet. Wat kortgeleden nog een perfect plan was, was nu één grote puinhoop, en ze dacht aan haar aarzeling nu en toen, lang geleden, en besefte dat die levensgevaarlijk was en haar beperkte. Ze bromde iets onverstaanbaars en nam nog een whisky.

Vervolgens betaalde ze haar hotelrekening online en vertrok met haar koffer. Pas toen ze een paar straten verder was, gooide ze haar pistool in een rioolput. Toen nam ze een taxi en boekte voor de volgende ochtend vroeg met een van haar valse paspoorten een vlucht naar Kopenhagen. Ze checkte in bij het Sheraton Hotel, vlak bij vliegveld Sjeremetjevo.

In de kleine uurtjes ontdekte ze dat Mikael haar een sms'je had gestuurd. Hij maakte zich ongerust, schreef hij, en toen schoot de video van de Fiskargata haar weer te binnen en besloot ze via een achterdeurtje zijn computer in te gaan. Ze wist niet goed waarom, maar misschien moest ze even aan iets anders denken dan aan dat wat voortdurend in haar hoofd speelde, en ze zette zich aan haar bureau.

Het duurde niet lang of ze vond een paar versleutelde documenten die blijkbaar belangrijk voor hem waren. Toch leek hij te willen dat zij ze kon lezen. In de bestanden die hij voor haar had gemaakt gaf hij haar aanwijzingen en sleutels die alleen zij kon begrijpen, en nadat ze wat op zijn server had rondgedwaald, verdiepte ze zich in een lang artikel over de beurskrach en de trollenfabrieken. Hij had heel wat boven tafel gehaald, maar niet zoveel als zij, en nadat ze zijn stuk twee keer had doorgeploegd, schreef ze een extra stukje tekst en voegde ze een link met documenten en mailwisselingen toe, hoewel ze toen al zo moe was dat ze Kuznetsovs naam verkeerd spelde en helemaal afweek van Mikaels schrijfstijl. Ze wist alleen nog dat ze uitlogde en op haar rug in bed ging liggen zonder haar pak of haar schoenen uit te trekken.

Toen ze in slaap viel, droomde ze dat haar vader in een zee van vuur stond en zei dat ze zwak was geworden en geen kans had tegen Camilla.

5
16 AUGUSTUS

Mikael werd zondagochtend om zes uur wakker. Hij dacht dat het door de warmte kwam. Het was heet en drukkend alsof het zou gaan onweren. Zijn laken en sloop waren doorweekt van het zweet. Hij had pijn in zijn hoofd en even, voordat hij aan de vorige avond moest denken, vroeg hij zich af of hij ziek was. Maar toen herinnerde hij zich dat hij had zitten drinken. Dat was een reden om te vloeken, en ook het feit dat het ochtendlicht onder de gordijnen doorkwam. Hij trok het dekbed over zijn hoofd en probeerde de slaap weer te vatten.

Maar hij was zo dom om op zijn mobiel te kijken of Lisbeth zijn sms'je had beantwoord. Dat had ze natuurlijk niet, en toen begon hij weer over haar te piekeren. Dat was niet de manier om rust te krijgen, dus uiteindelijk ging hij rechtop in bed zitten.

Op het nachtkastje lag een rommelig stapeltje boeken waarin hij was begonnen maar die hij nooit had uitgelezen, en hij dacht er even over om te blijven liggen en te gaan lezen of misschien om door te werken aan zijn artikel. Maar hij ging naar de keuken en maakte een kop cappuccino. Daarna haalde hij de ochtendkranten en verdiepte hij zich in het nieuws. Hij beantwoordde een paar mailtjes, ruimde zijn flat een beetje op en maakte zijn badkamer verder schoon.

Om halftien kreeg hij een appje van Sofie Melker, hun jonge medewerkster, die net met haar man en hun twee zonen naar deze buurt was verhuisd. Sofie wilde een voorstel voor een reportage bespreken en daar had hij niet veel zin in, maar hij mocht Sofie graag en stelde voor over een halfuur koffie te gaan drinken in de Kaffebar aan de St. Paulsgata. Hij kreeg een duimpje als antwoord. Hij hield niet van emoticons. Hij had genoeg aan de taal zoals die was. Maar hij wilde niet ouderwets lijken en besloot toch een of ander blij figuurtje terug te sturen.

Helaas waren zijn vingers echter te onhandig, en in plaats van een smiley stuurde hij een rood hartje. Dat zou tot misverstanden kunnen leiden. Maar verdorie... die zijn onderhevig aan inflatie, dacht hij. Een hartje betekent niets meer, toch? Een hug was doeg en een hartje was zoiets als... beste. Hij liet het erbij, douchte, schoor zich en trok een spijkerbroek en een blauw overhemd aan.

Toen ging hij naar buiten. De lucht was strakblauw en de zon straalde. Hij liep de stenen trappen af naar de Hornsgata, ging het Mariatorg op en keek om zich heen, verbaasd dat er nog maar zo weinig herinnerde aan het volksfeest van gisteren. Hij zag zelfs geen peuk meer liggen op de paden. De vuilnisbakken waren geleegd en links van hem, bij Hotel Rival, zocht een jong meisje in een oranje hesje met een lange tang naar afval in het gras. Hij liep langs haar en langs het standbeeld midden op het plein.

Er was geen standbeeld in de stad waar hij zo vaak langskwam. Toch wist hij niet wat het voorstelde. Dat had hij zich nog nooit afgevraagd – zoals zo vaak bij dingen vlak voor onze neus – en als het hem gevraagd was, zou hij waarschijnlijk hebben gegokt op Sint-Joris en de draak. Maar het is Thor die de Midgaardslang doodt. In al die jaren had hij zelfs de inscriptie niet gelezen en ook nu keek hij langs het standbeeld naar de speelplaats, waar een jonge vader met een verveeld gezicht zijn zoontje op de schommel stond te duwen, en naar de bankjes en het grasveld waar mensen zaten te zonnen. Het leek een willekeurige zondagochtend. Toch bekroop hem het gevoel dat er iets ontbrak. Die gedachte verwierp hij als onzin, een vergissing, en hij liep door en ging de St. Paulsgata in. En toen drong het tot hem door.

Wat er ontbrak, was een figuur die hij nu al een week niet meer had gezien, maar die daar, onbeweeglijk als een mediterende monnik, bij het standbeeld op een stuk karton had gezeten. Die man had stompjes in plaats van vingers, een uitgedroogd, oeroud gezicht en een groot blauw donzen jack. Hij was zelfs enigszins een deel van Mikaels stadsbeeld, ook al was zijn stadsbeeld op dat moment, zoals altijd wanneer hij hard aan het werk was, vooral een coulisse.

Hij was te veel in zichzelf opgegaan om de man goed te zien. Maar die arme drommel was er al die tijd geweest, als een schaduw in zijn onderbewustzijn, en pas nu hij weg was, kwam hij duidelijker tevoorschijn. Mikael kon moeiteloos allerlei details over hem uit zijn herinnering oproepen: de zwarte vlek op zijn wang, de gebarsten lippen en de notie van trots in zijn houding, die een contrast vormde met zijn ellendige toestand. Hoe had hij die man kunnen vergeten? Ergens wist hij wel waarom.

Vroeger was iemand die anders was een soort open wond in de stad geweest. Tegenwoordig kon je nog maar amper vijftig meter lopen zonder dat iemand je een paar kronen wilde ontfutselen. Overal op de trottoirs, voor winkels, bij milieustraatjes en in metrotunnels zaten vrouwen en mannen te bedelen. Er was een heel nieuw, gehavend Stockholm ontstaan en in minder dan geen tijd was iedereen eraan gewend geraakt. Dat was de droevige waarheid.

Er waren meer bedelaars gekomen en dat was min of meer samengevallen met het moment waarop de Stockholmers waren gestopt met contant betalen. Net als alle anderen had Mikael geleerd zijn blik af te wenden en vaak voelde hij zich zelfs niet meer schuldig. Hij werd bevangen door een weemoed die niet per se door deze man werd veroorzaakt en zelfs niet door de bedelaars in het algemeen, maar eerder door de tijd die verstrijkt en het leven dat verandert terwijl we het nauwelijks in de gaten hebben.

Voor de Kaffebar stond een vrachtwagen zo krap geparkeerd dat hij niet zag hoe die later weer weg zou kunnen en in het café kende hij, zoals gewoonlijk, veel te veel mensen. Hij kon het niet opbrengen om met hen in gesprek te gaan, dus hij groette hen alleen maar braaf en bestelde een dubbele espresso met een cantharellentoastje, ging bij het raam naar de St. Paulsgata zitten en verzonk in gepeins. Even later voelde hij een hand op zijn rug. Het was Sofie. Ze had een groene jurk aan en droeg haar haar los. Ze lachte hem voorzichtig toe. Ze bestelde thee met melk en een flesje Perrier, en hield hem het rode hartje op haar mobiel voor.

'Is dat een flirt of personeelszorg?' vroeg ze.

'Dikke vingers,' zei hij.

'Verkeerd antwoord.'

'Personeelszorg dan. Opdracht van Erika.'

'Nog steeds een verkeerd antwoord, maar het is al beter.'

'Hoe is het met het gezin?' vroeg hij.

'De moeder van het gezin vindt dat de zomervakantie veel te lang duurt en dat de kinderen de hele tijd vermaakt moeten worden – het is een jeugdbende.'

'Hoe lang wonen jullie hier nu?'

'Bijna vijf maanden, en jij?'

'Al honderd jaar.'

Ze lachte.

'Ik meen het wel min of meer,' zei hij. 'Als je hier al zo lang woont als ik, stop je met kijken. Je loopt blind rond.'

'O ja?'

'Ik wel, in elk geval. Maar ik neem aan dat jij als nieuwe bewoner je ogen beter openhoudt.'

'Ik denk het wel.'

'Weet je nog dat er een bedelaar in een dikke donzen jas op het Mariatorg zat? Hij had een zwarte vlek in zijn gezicht en bijna geen vingers meer aan zijn handen.'

Ze lachte weemoedig.

'O ja, heel goed.'

'Hoezo, heel goed?'

'Je kon hem niet zomaar vergeten.'

'Ik was hem vergeten.'

Sofie keek hem verbaasd aan.

'Hoe bedoel je?'

'Ik heb hem minstens tien keer gezien zonder het echt te registreren. Pas nu hij dood is, komt hij voor me tot leven.'

'Is hij dood?'

'De arts van het forensisch instituut belde me gisteren.'

'Waarom belde die jou in vredesnaam?'

'De man had mijn telefoonnummer in zijn zak, en die arts hoopte dat ik haar kon helpen bij de identificatie.'

'Maar dat kon je niet?'

'Nee, totaal niet.'

'Hij dacht misschien dat hij een verhaal voor je had.'

'Waarschijnlijk.'

Sofie dronk haar thee op en ze zwegen even.

'Hij viel Catrin Lindås vorige week ook lastig,' zei ze toen.

'O ja?'

'Hij ging door het lint toen hij haar in de gaten kreeg. Ik zag het van een afstandje vanuit de Swedenborgsgata.'

'Wat wilde hij van haar?'

'Hij zal haar wel op tv hebben gezien.'

Catrin Lindås was af en toe op tv. Ze was een conservatieve journalist, schreef hoofdartikelen en columns, deed vaak mee aan debatten over law-and-order, discipline en de kwaliteit van het onderwijs. Ze was knap op een degelijke manier, ging gekleed in perfecte maatpakjes of keurig geperste blouses met lavallières en nooit lag er ook maar één plukje haar verkeerd op haar hoofd. Ze leek hem streng en fantasieloos. Ze had kritisch over hem geschreven in *Svenska Dagbladet.*

'Wat gebeurde er?' vroeg hij.

'Hij greep haar bij haar arm en schreeuwde tegen haar.'

'Wat schreeuwde hij?'

'Geen idee. Maar hij zwaaide met een tak of een stok. Catrin was er helemaal door van streek. Ik heb geprobeerd haar te kalmeren en heb geholpen een vlek van haar jasje te halen.'

'Oeps, dat zal ze wel erg hebben gevonden.'

Hij bedoelde het niet sarcastisch, dacht hij, maar Sofie reageerde onverwacht kribbig.

'Jij mag haar niet, hè?'

'Jawel, hoor,' zei hij defensief. 'Er is niks mis met haar, neem ik aan, hooguit een beetje te rechts en te braaf voor mij.'

'Juffrouw Perfect, hè?'

'Dat zei ik niet.'

'Maar dat bedoelde je wel. Heb je enig idee hoeveel shit ze op internet over zich heen krijgt? Mensen beschouwen haar als een upperclassbitch die op die internaatschool, Lundsberg, heeft gezeten en neerkijkt op gewone mensen. Maar weet je hoe haar jeugd in werkelijkheid was?'

'Nee, Sofie, dat weet ik niet.'

Hij begreep niet waarom ze opeens zo kwaad was.

'Dan zal ik je dat vertellen.'

'Graag.'

'Ze is opgegroeid in grote ellende. In een totaal verslaafd hippiecollectief in Göteborg. Haar ouders waren aan de lsd en de heroïne, en het was thuis één grote bende van rotzooi en trippende junks. Haar pakjes en haar netheid waren haar manier om te overleven. Ze is een vechter, een rebel op haar eigen manier.'

'Interessant,' zei hij.

'Precies, en ik weet dat je haar reactionair vindt, maar ze doet ontzettend veel goeds in haar strijd tegen new age en nieuwe spiritualiteit en al die shit waar ze mee opgegroeid is. Ze is veel interessanter dan mensen denken.'

'Zijn jullie vriendinnen?'

'Ja, wij zijn vriendinnen.'

'Dank je, Sofie. Ik zal proberen haar voortaan in een ander licht te zien.'

'Daar geloof ik niks van,' zei ze, en ze lachte verontschuldigend en mompelde dat dit gevoelig voor haar lag.

Daarna vroeg ze hoe het ging met zijn verhaal. Hij antwoordde dat hij nog niet erg opschoot. Het Russische spoor was vastgelopen, zei hij.

'Maar je hebt toch goede bronnen?'

'Wat die bronnen niet weten, weet ik ook niet.'

'Misschien moet je eens naar Sint-Petersburg gaan en wat rondsnuffelen naar die trollenfabriek, hoe heet die ook weer?'

'Het New Agency House?'

'Was dat niet een soort centrum?'

'Die deur lijkt me ook dicht te zitten.'

'Hoor ik hier nu een ongewoon pessimistische Blomkvist?'

Hij hoorde het zelf ook, maar hij had geen zin om naar Sint-Petersburg te gaan. Het wemelde daar al van de journalisten en niemand had zelfs maar ontdekt wie er achter die fabriek zat of hoe sterk de inlichtingendienst of het regime erbij betrokken waren. Hij had er genoeg van. Hij had sowieso genoeg van het nieuws en van al die zorgwekkende politieke ontwikkelingen in de wereld. Hij dronk nog een espresso en vroeg Sofie hoe het met haar reportage stond.

Ze wilde een stuk schrijven over de antisemitische ondertoon van de desinformatiecampagne. Dat was niets nieuws, want natuurlijk hadden de trollen het niet kunnen laten om de hele beurskrach een Joodse samenzwering te noemen. Het was dezelfde akelige lariekoek die nu al eeuwen werd verkondigd, en die al ontelbare keren was beschreven en geanalyseerd, maar Sofie had een concretere invalshoek.

Ze wilde beschrijven hoe het mensen in hun dagelijks leven raakte: schoolkinderen, leraren, intellectuelen, gewone mensen die zich eerder nauwelijks hadden gerealiseerd dat ze Joods waren, en hij zei 'Goed, doe maar', stelde allerlei vragen, stimuleerde haar en sprak in het algemeen over de haat in de samenleving, over populisten en extremisten, en over de idioten op zijn voicemail. Toen kreeg hij genoeg van zichzelf, gaf Sofie een hug, zei dag en sorry – zonder dat hij precies wist waarvoor – ging naar huis, kleedde zich om en ging hardlopen.

6
16 AUGUSTUS

Kira lag in haar bed in het grote huis aan de Rubljovka, in het westen van Moskou, en hoorde dat haar chef-hacker, Jurij Bogdanov, haar wilde spreken. Ze zei dat hij moest wachten. Voor de zekerheid smeet ze een haarborstel naar haar huishoudster Katya en trok ze het dekbed over haar hoofd. Het was een rotnacht geweest. De herinneringen aan het kabaal in het restaurant, de voetstappen en de contouren van haar zus achtervolgden haar, en steeds weer voelde ze aan haar schouder, waar de klap op het trottoir nog nawerkte, niet als pijn, maar als een fysieke herinnering, als een aanwezigheid die maar niet verdween.

Waarom hield het toch nooit op? Ze had zo hard gewerkt en zoveel bereikt. Maar het verleden kwam steeds terug, en het was nooit hetzelfde. Elke keer dook het op in een andere gedaante. Ze had nooit een goede jeugd gehad. En toch hield ze op haar manier van bepaalde facetten daarvan. Nu werden ook die haar een voor een afgenomen.

Als kind had Camilla er al wanhopig naar verlangd om weg te gaan, weg van de Lundagata en het leven met haar zus en haar moeder, weg van al die armoede en kwetsbaarheid. Ze verdiende beter, dat begreep ze al vroeg. Ze had nog een vage herinnering aan een warenhuis waar ze een vrouw in een bontjas en een broek met een bijzonder patroon zag, die lachte en zo onwaarschijnlijk mooi was dat ze tot een andere wereld behoorde. Camilla kwam dichterbij en stond ten slotte vlak naast haar benen. Toen kwam er een vriendin die net zo elegant was. Die kuste de vrouw op de wangen en vroeg: 'O, is dat je dochter?'

De vrouw draaide zich om, keek naar beneden, ontdekte Camilla en antwoordde glimlachend: '*I wish it were.*'

Camilla verstond het niet, maar ze begreep wel dat het vleiend was. Ze ging weg en hoorde nog iets: 'Wat een lief meisje. Kon haar moeder haar maar beter kleden.' Die woorden deden haar zeer. Ze keek naar Agneta – toen noemde ze haar moeder al Agneta – die verderop met Lisbeth naar de kerstetalage stond te kijken, en ze zag het gruwelijke verschil. Terwijl die andere vrouwen straalden alsof het leven er alleen maar voor hun plezier was, was Agneta gebogen en bleek, en droeg ze versleten, lelijke kleren. Er kwam een gevoel van onrechtvaardigheid in haar op. Ik ben verkeerd terechtgekomen, dacht ze. Verkeerd.

Er waren veel van dat soort momenten geweest in haar jeugd. Gelegenheden waarbij ze zich gesterkt en verdoemd voelde: gesterkt omdat de mensen haar mooi noemden, een prinsesje, en verdoemd omdat ze lid was van een gezin dat aan de rand van de samenleving stond, in de schaduw als het ware.

Ze was wel dingen gaan stelen om kleding en haarspelden te kunnen kopen, niet veel, beslist niet, vooral muntgeld, een paar bankbiljetten, een oude broche van oma, de Russische vaas in de boekenkast. Maar ze werd van veel meer diefstallen beschuldigd en ze kreeg steeds meer het gevoel dat Agneta en Lisbeth tegen haar samenspanden. Vaak voelde ze zich een vreemde in haar eigen huis, een wisselkind dat onder toezicht werd gehouden, en als Zala op bezoek kwam en haar als een straathond van zich afsloeg, was het al niet beter.

Op zulke momenten was ze de eenzaamste mens op aarde, en ze droomde van weglopen, van iemand anders die voor haar zorgde, iemand die haar meer verdiende. Maar langzamerhand sijpelde er wat licht binnen, vals licht misschien, maar het enige wat er was. Het begon met kleine observaties – een gouden horloge, een rolletje bankbiljetten in een broekzak, een gezaghebbende klank aan de telefoon, kleine tekenen waaruit bleek dat Zala meer was dan zijn gewelddadigheid. Langzamerhand zag ze ook zijn vanzelfsprekende autoriteit, zijn levenservaring, de kracht van zijn gebaren – kortom, de macht die hij uitstraalde.

Maar het viel haar vooral op dat híj háár begon te zien. Hij kon blijven staan en haar van boven tot onder opnemen, en dan glimlachte hij soms, en dat was onweerstaanbaar. Hij glimlachte anders nooit, waardoor het een kracht kreeg alsof er een schijnwerper op haar werd gericht. Op een gegeven moment was ze niet meer bang voor zijn bezoekjes, maar begon ze er zelfs over te fantaseren dat uitgerekend hij haar daar weghaalde en naar een rijkere, mooiere plek bracht.

Op een avond toen ze elf of twaalf was en Agneta en Lisbeth de deur uit waren, zat haar vader in de keuken wodka te drinken. Ze liep naar hem toe en hij streelde haar over haar haar en bood haar een glas aan, dat hij mixte met sinaasappelsap. 'Screwdriver,' zei hij, en hij vertelde dat hij was opgegroeid in een kindertehuis in Sverdlovsk in de Oeral en dat hij elke dag slaag had gekregen, maar zich had opgewerkt en dat hij rijk en machtig was geworden en in de hele wereld vrienden had. Dat klonk als een sprookje en hij legde zijn vinger tegen zijn lippen en fluisterde dat dat een geheim was. Ze rilde en durfde te vertellen hoe lelijk Agneta en Lisbeth tegen haar deden.

'Ze zijn jaloers. Iedereen wordt altijd jaloers op mensen zoals jij en ik,' zei hij, en hij beloofde ervoor te zorgen dat ze aardiger tegen haar zouden worden, en daarna werden de dagen thuis anders.

Zala werd de grote wereld die op bezoek kwam. Ze hield van hem, en niet alleen als haar redder. Hij was niet van zijn stuk te brengen. Door niets of niemand, niet door de serieuze mannen in grijze pakken die hen af en toe bezochten en zelfs niet door de politiemannen met hun brede schouders die op een ochtend aanbelden. Maar wel door háár.

Ze wist hem zacht en zorgzaam te maken en heel lang begreep ze niet welke prijs ze daarvoor betaalde, laat staan hoe ze zichzelf voor de gek hield. Ze beschouwde het gewoon als haar beste tijd. Ze werd gezien en was eindelijk gelukkig, en ze was blij dat haar vader steeds vaker kwam en haar stiekem cadeautjes en geld gaf. Maar net toen er een nieuwe, grote tijd aan leek te komen, pakte Lisbeth haar alles af en sindsdien haatte ze haar zus met een waanzinnige heftigheid, en die haat werd het meest duurzame en fundamentele van haar bestaan. Ze wilde terugslaan en Lisbeth vernietigen, en ze was niet van plan terug te deinzen omdat haar zus toevallig een stapje op haar voor lag.

Achter de gordijnen scheen de zon na de nachtelijke regen. Ze hoorde het geluid van de grasmaaiers en van stemmen in de verte. Ze sloot haar ogen en dacht aan de voetstappen die 's nachts naar hun kamer in de Lundagata kwamen. Toen balde ze haar rechtervuist, schopte het donzen dekbed van zich af en stond op.

Ze moest het initiatief hernemen.

Jurij Bogdanov wachtte al een uur, maar hij had niet zitten niksen. Hij had met zijn laptop op schoot geconcentreerd zitten werken en keek nu pas ongerust naar het terras en de grote tuin daarachter. Hij had geen goed nieuws en verwachtte niets anders dan een uitbrander en hard werk, maar hij voelde zich toch sterk en gemotiveerd, en hij had zijn hele netwerk gemobiliseerd. Zijn telefoon ging. Hij drukte het gesprek weg. Het was Kuznetsov weer. Die hysterische, stomme, vervloekte Kuznetsov.

Het was nu tien over elf en de tuinmannen hadden lunchpauze. De tijd verstreek snel en hij keek naar zijn schoenen. Bogdanov was tegenwoordig rijk en droeg maatpakken en dure horloges. Maar hij raakte de goot nooit kwijt. Hij was een oude junk die op straat was opgegroeid, en dat leven zat nog onuitwisbaar in zijn ogen en in zijn bewegingen.

Hij had een hoekig gezicht vol littekens, hij was lang en mager, had dunne lippen en amateuristische tatoeages op zijn armen. Maar hoewel Kira hem niet meteen in haar salons wilde vertonen, bleef hij van onschatbare waarde voor haar, en daar putte hij moed uit toen hij haar hakken op de marmeren vloer hoorde tikken. Ze kwam naar hem toe, bovenaards mooi als altijd, gekleed in een lichtblauw mantelpakje en een rode blouse die bij de hals openstond, en ging in de fauteuil tegenover hem zitten.

'En, wat hebben we?' vroeg ze.

'Problemen,' antwoordde hij.

'Voor de draad ermee.'

'De vrouw...'

'Lisbeth Salander.'

'We hebben er nog geen bevestiging van gekregen, maar ja, zij moet het zijn geweest, vooral gezien het niveau van de hackeraanval.'

'Wat was daar zo bijzonder aan?'

'Kuznetsov is zo paranoïde over zijn IT-systemen dat hij ze aan alle kanten heeft laten beveiligen. Hij had de verzekering gekregen dat ze onmogelijk te forceren waren.'

'Maar dat was blijkbaar een vergissing.'

'Dat was een vergissing. We weten nog niet hoe ze het precies gedaan heeft, maar wel dat de operatie zelf, toen ze eenmaal binnen was, betrekkelijk simpel was. Ze maakte een verbinding tussen Spotify en de luidsprekers die er die avond waren geïnstalleerd en zette een bekende rocksong op.'

'Maar de mensen werden er gek van.'

'Er was daar ook een equalizer die helaas digitaal en parametrisch was, en aangesloten op de wifi.'

'Leg het zo uit dat ik het begrijp.'

'De equalizer stelt het geluid in en stemt de bassen en de hoge tonen af, en Salander had daar een koppeling mee gemaakt, waardoor ze zo'n verschrikkelijke geluidsshock kon produceren. Het was vreselijk onaangenaam en zelfs voelbaar in het hart. Daarom grepen zoveel mensen naar hun borst en hadden ze niet eens door dat het geluid was.'

'Dus ze wilde tumult veroorzaken.'

'Ze wilde in de eerste plaats een boodschap afgeven. De song heet "Killing the world with lies" en is geschreven door Pussy Strikers.'

'Die roodharige slet?'

'Precies,' zei Bogdanov, zonder ook maar ergens uit te laten blijken dat hij Pussy Strikers eigenlijk heel gaaf vond.

'Ga door.'

'Het nummer is geschreven naar aanleiding van de eerste berichten over de moord op homo's in Tsjetsjenië, maar het gaat eigenlijk niet over de moordenaars en zelfs niet over de staat, maar over de organisator van de haatcampagne in de sociale media die aan het geweld voorafging.'

'Over Kuznetsov zelf dus.'

'Exact, maar het punt is...'

'Dat buitenstaanders dat niet horen te weten,' vulde ze aan.

'Niemand zou zelfs maar mogen weten dat hij achter de propagandabureaus zit.'

'Hoe wist Lisbeth dat dan?'

'Dat zijn we aan het uitzoeken, en we proberen de betrokkenen te kalmeren. Kuznetsov is helemaal de kluts kwijt. Ladderzat en doodsbang.'

'Waarom? Het was toch niet voor het eerst dat hij mensen tegen elkaar ophitste?'

'Nee, bepaald niet, maar in Tsjetsjenië liep het uit de hand. Er werden zelfs mensen levend begraven,' zei hij.

'Dat is Kuznetsovs eigen probleem.'

'In principe wel. Maar wat me zorgen baart...'

'Ja?'

'... is dat het Salander in eerste instantie niet om Kuznetsov te doen is. We kunnen niet uitsluiten dat ze ook van onze betrokkenheid bij de propagandabureaus op de hoogte is. Ze wil zich op jou wreken, niet op hem, toch?'

'We hadden haar al lang moeten doden.'

'Eén ding heb ik nog niet gezegd.'

'En dat is?'

Bogdanov wist dat het geen nut had het langer uit te stellen. 'Nadat ze jou gisteravond tegen de grond had gewerkt, struikelde ze,' ging hij door. 'Ze verloor haar evenwicht door de duw, viel voorover – zo leek het tenminste – en ving zichzelf met haar hand op tegen jouw limousine, net boven het achterwiel, en eerst vond ik het er heel natuurlijk uitzien. Maar later heb ik de beelden van de bewakingscamera's nog een paar keer bekeken, en toen zag ik dat ze helemaal niet viel, maar dat ze met haar hand iets tegen de wielkast drukte. Dit is het.'

Hij liet haar een rechthoekig doosje zien.

'Wat is dat?'

'Dat is een gps-zender, die mee is gekomen hiernaartoe.'

'Dus nu weet ze waar ik woon?'

Camilla foeterde wat met op elkaar geklemde kaken. Ze voelde de smaak van ijzer of bloed in haar mond.

'Het maakt me bang,' zei hij.

'Idioten,' brieste ze.

'We hebben alle veiligheidsmaatregelen genomen,' ging Bogdanov steeds nerveuzer door. 'We hebben de bewaking verscherpt, vooral van het IT-systeem, natuurlijk.'

'Dus nu zijn we in het defensief gedrongen, bedoel je?'

'Nee, nee, helemaal niet. Ik zeg het alleen maar.'

'Zorg er in godsnaam voor dat jullie haar vinden.'

'Dat gaat helaas niet zomaar. We hebben alle bewakingsbeelden van de buurt bekeken, maar we zien haar nergens, en we kunnen haar via geen enkel telefoon- of computersysteem vinden.'

'Zoek dan in de hotels. Stuur een opsporingsbevel uit. Haal alles wat jullie zien en horen ondersteboven.'

'We zijn ermee bezig en ik ben ervan overtuigd dat we haar eronder krijgen.'

'Onderschat die heks niet.'

'Ik onderschat haar geen moment. Maar ik denk dat ze haar kans heeft gemist en dat de situatie nu in ons voordeel is omgeslagen.'

'Hoe kun je dat verdomme zeggen als ze weet waar ik woon?'

Bogdanov aarzelde en zocht naar woorden.

'Je zei toch dat je dacht dat Salander je zou doden?' vroeg hij.

'Daar was ik van overtuigd. Maar blijkbaar is ze iets nog ergers van plan.'

'Ik denk dat je je vergist.'

'Hoezo?'

'Ik denk dat ze je echt wilde doodschieten. Ik zie niet in waarom ze die hack anders zou hebben uitgevoerd. Ze heeft Kuznetsov de stuipen op het lijf gejaagd, maar verder... Wat heeft ze ermee gewonnen? Niets. Ze heeft zich alleen maar blootgegeven.'

'Dus jij beweert...'

Ze keek naar de tuin en vroeg zich af waar de tuinmannen in godsnaam waren gebleven.

'Ik beweer dat ze aarzelde en het niet kon doen. Dat ze het niet in zich heeft. Dat ze toch niet zo sterk is.'

'Dat is een fijne gedachte,' zei ze.

'En ik denk dat het een goede gedachte is. Anders klopt het gewoon niet.'

Ze voelde zich opeens iets beter.

'Bovendien zijn er mensen om wie ze geeft,' zei ze.

'Ze heeft haar minnaressen.'

'En haar Kalle Blomkvist,' voegde ze eraan toe. 'Ze heeft vooral haar Mikael Blomkvist.'

7
16 AUGUSTUS

Het was halfacht in de avond en Mikael zat in restaurant Gondolen bij Slussen te eten met Dragan Armanskij, eigenaar van het beveiligingsbedrijf Milton Security. Hij had er spijt van. Zijn benen en zijn rug deden zeer na zijn hardlooprondje in Årstaviken en hij was eigenlijk uitgeput. Het was een eindeloos verhaal over ontwikkelingsmogelijkheden in het Oosten – of was het het Westen? – en toen ineens een anekdote over een paard dat een partytent op Djurgården was binnengegaan. 'En toen trokken die idioten de vleugel ook nog in het zwembad.'

Mikael begreep niet wat dat met het paard te maken had, maar hij luisterde ook niet erg goed. Een eindje verderop zaten een paar collega's van *Dagens Nyheter*, onder wie Mia Cederlund, met wie hij een mislukte affaire had gehad, en elders stond de bekende acteur Mårten Nyström, die niet erg vleiend was beschreven in het artikel in *Millennium* over machtsmisbruik in het theater. Geen van allen was erg dol op hem. Hij keek naar zijn bord, dronk wijn en dacht aan Lisbeth.

Lisbeth was wat Dragan en hij gemeen hadden. Dragan was de enige werkgever die ze ooit had gehad en hij was er nooit overheen gekomen dat ze was vertrokken – en dat was niet zo gek. Lisbeth, die lang geleden door Dragan was aangesteld in het kader van een soort sociale dienstverlening, was de briljantste medewerker geworden die hij ooit had gehad. Vermoedelijk was hij zelfs een tijdje verliefd op haar geweest.

'Klinkt waanzinnig,' zei Mikael.

'Stel je voor, en die vleugel...'

'Dus jij had ook geen idee dat Lisbeth ging verhuizen?' onderbrak hij hem.

Dragan moest even schakelen en misschien was hij een beetje gekwetst dat het verhaal Mikael niet wat meer amuseerde. Per slot van rekening lag er een vleugel in een zwembad. Dat zou een rockster nog jaloers hebben gemaakt. Maar hij werd algauw weer sericus.

'Ik zou het eigenlijk niet moeten vertellen,' zei hij.

Dat klonk als een goed begin, vond Mikael, en hij boog zich aandachtig over de tafel.

Lisbeth had na het eten een dutje gedaan en zat achter haar computer op haar hotelkamer in Kopenhagen toen Plague – haar vertrouweling in de Hackerrepubliek – haar een versleuteld bericht stuurde. Het was een korte, alledaagse vraag, maar hij stoorde haar toch.

Hoe gaat het? schreef hij.

Rot op, dacht ze, maar ze antwoordde: **Ik ben niet meer in Moskou.**

Waarom niet?

Ik was niet bij machte om te doen wat ik van plan was, schreef ze.

Wat was je niet bij machte om te doen?

Ze wilde de stad in en alles vergeten. Ze schreef: **Het afmaken.**

Wat?

Ja, hallo, Plague, dacht ze. **Niets,** schreef ze.

Waarom was je niet bij machte niets af te maken?

Dat gaat jou niet aan, bromde ze.

Omdat ik ergens aan moest denken.

Waar moest je aan denken?

Voetstappen, dacht ze, haar vaders voetstappen en haar eigen aarzeling, haar onvermogen om het te begrijpen, en toen de contouren van haar zus, die opstond, hun slaapkamer uit ging en met Zala, die klootzak, meeging.

Ellende, schreef ze.

Wat voor ellende?

Ze kreeg zin om haar laptop tegen de muur te smijten. Ze schreef: **Welke contacten hebben we in Moskou?**

Ik maak me zorgen om je, Wasp. Vergeet Rusland. Blijf daar ver uit de buurt.

Houd op, dacht ze.

Welke contacten hebben we in Moskou?

Goede contacten.

Wie kan een IMSI-catcher op een gevoelige plek installeren?

Plague antwoordde niet meteen. Toen schreef hij: **Katja Flip bijvoorbeeld.**

Wie is dat?

Ze is een beetje gek. Zat eerder bij Sjaltaj Boltaj.

Dat betekende dat ze duur was.

Is ze te vertrouwen?

Hangt van de prijs af.

Stuur me haar gegevens, schreef ze.

Toen klapte ze haar laptop dicht en stond op om zich te verkleden. Maar even later besloot ze dat het zwarte pak vandaag ook nog wel kon, ook al was het gekreukt in de regen van de vorige dag, zat er een grijze vlek op de rechtermouw en had het het pak geen goed gedaan dat ze erin had geslapen. Maar het moest maar, en ze was vandaag weer niet van plan zich op te maken. Ze haalde alleen haar hand door haar haar, verliet haar kamer, nam de lift naar beneden en ging met een biertje aan de bar op de begane grond zitten.

Die keek uit op Kongens Nytorv met zijn open ruimtes. De lucht was zwaarbewolkt. Lisbeth zag er echter niets van. Ze was terug op de Tverskoj Boulevard, bij de herinnering aan haar hand die aarzelde, en ze was terug in de film van het verleden die maar in haar hoofd bleef draaien. Ze lette helemaal nergens op, totdat een stem naast haar haar dezelfde vraag stelde als Plague: *'Are you okay?'*

Het ergerde haar. Dat ging niemand iets aan. Ze keek niet eens op. Ze merkte alleen dat ze een nieuw berichtje had gekregen van Mikael.

Dragan Armanskij boog zich naar hem over en fluisterde op een vertrouwelijke manier: 'Dit voorjaar belde Lisbeth. Ze wilde dat ik met de vereniging van eigenaren ging praten om ervoor te zorgen dat er bewakingscamera's werden geïnstalleerd bij de buitendeur van haar appartement aan de Fiskargata, en dat vond ik een goed idee,' zei hij.

'Dus je zorgde ervoor dat dat gebeurde.'

'Zoiets is niet zomaar in een handomdraai gedaan, Mikael. Er is toestemming voor nodig van het provinciaal bestuur, en nog van alles. Maar het ging goed. Ik kon toelichten dat ze bedreigd werd en commissaris Bublanski had ook een rapport geschreven.'

'Goed van hem.'

'We hebben allebei ons best gedaan, en al begin juli kon ik er twee mensen heen sturen om een op afstand bedienbare Netgears te installeren, en ik hoef je niet te vertellen dat we die zorgvuldig hebben versleuteld. Alleen wij moesten de filmpjes kunnen bekijken en ik gaf mijn mensen op de bewakingscentrale opdracht om de monitoren niet uit het oog te verliezen. Ik maakte me ongerust over Lisbeth. Ik was bang dat ze achter haar aan zouden komen.'

'Dat waren we allemaal.'

'Maar ik had niet verwacht dat ik al zo snel gelijk zou krijgen. Al zes dagen later, om halftwee in de nacht, hoorde onze operator Stene Granlund, die nachtdienst had, op de microfoons ter plaatse het geluid van motoren, en hij wilde net de camera's erop richten toen iemand anders dat al deed.'

'Oei.'

'Inderdaad. Maar Stene kreeg niet de tijd om er lang over na te denken. De motoren waren van twee mannen in leren jacks van de motorclub Svavelsjö.'

'Jezus.'

'Ja. Lisbeths adres was niet meer geheim, en de MC Svavelsjö komt meestal niet met koffie en gebak.'

'Nee, niet bepaald.'

'Toch keerden die kerels om toen ze de camera's zagen, en wij lichtten natuurlijk meteen de politie in, die de mannen kon identificeren. Een van hen heette Kovic, herinner ik me. Peter Kovic. Maar daarmee was het probleem natuurlijk niet opgelost. Ik belde Lisbeth en wilde haar meteen spreken, en daar ging ze met tegenzin mee akkoord. Ze kwam naar mijn kantoor en zag eruit als de droom van iedere schoonmoeder.'

'Dat lijkt me een beetje overdreven.'

'Voor Lisbeths doen, bedoel ik. Ze had geen piercings, kort haar en zag er heel respectabel uit, en ik dacht, verdorie, ik had dat gekke mens gemist en ik kon niet kwaad op haar worden, want ik had natuurlijk wel begrepen dat zij onze camera's had gehackt. Ik zei alleen maar tegen haar dat ze voorzichtig moest zijn. Ze zitten achter je aan, zei ik. Er hebben altijd al mensen achter me aan gezeten, zei ze, en toen werd ik kwaad. Ik beet haar toe dat ze hulp en bescherming moest zoeken, "anders zullen ze je ombrengen". Maar toen gebeurde er iets waar ik bang van werd.'

'Wat dan?'

'Ze keek naar de grond en zei: "Niet als ik ze een stap voor ben."'

'Wat bedoelde ze daarmee?'

'Dat vroeg ik me ook af, en toen schoot me die geschiedenis met haar vader te binnen.'

'Hoezo?'

'Omdat ze zich toen verdedigde door in de aanval te gaan, en ik had de indruk dat ze nu ook zulke plannen had: als eerste toeslaan. Dat maakte me bang, Mikael. Ik zag haar ogen en toen maakte het niet meer uit dat ze eruitzag als de droom van iedere schoonmoeder, of hoe ze er ook uitzag. Ze leek me levensgevaarlijk. Haar blik was pikzwart.'

'Ik denk dat je overdrijft. Lisbeth neemt geen onnodige risico's. Ze is altijd heel rationeel.'

'Ze is rationeel – op haar eigen gestoorde manier.'

Mikael dacht aan wat Lisbeth in Kvarnen tegen hem had gezegd: dat ze de jager wilde zijn en niet de prooi. Hij vroeg: 'En wat gebeurde er toen?'

'Niets. Ze ging gewoon weg, en daarna heb ik niets meer van haar vernomen. Ik zat er gewoon op te wachten dat ik ergens zou lezen dat het clubhuis van Svavelsjö in de lucht was gevlogen of dat haar zus verbrand was aangetroffen in een auto in Moskou.'

'Camilla wordt beschermd door de Russische maffia. Lisbeth zou daar nooit een oorlog tegen beginnen.'

'Geloof je dat zelf?'

'Ik weet het niet. Maar ik weet zeker dat ze nooit...'

'Wat?'

'Niks,' zei hij, en hij beet op zijn lip en voelde zich naïef en dom.

'*It ain't over till it's over*, Mikael. Dat gevoel had ik. Lisbeth en Camilla zullen allebei niet opgeven voordat een van hen dood is.'

'Ik denk dat je overdrijft,' zei Mikael.

'Denk je dat?'

'Ik hoop het,' corrigeerde Mikael zichzelf, hij nam nog een slok wijn en excuseerde zich voor even.

Hij pakte zijn telefoon en stuurde Lisbeth een sms'je.

Tot zijn verbazing kwam het antwoord onmiddellijk: **Kalm maar, Blomkvist,** stond er. **Ik heb vakantie. Ik houd me gedeisd. Ik doe niks stoms.**

Vakantie was wat veel gezegd. Maar wat Lisbeth van plezier wist had met verdriet te maken, met verdriet dat overgaat, en nu ze in de bar van Hôtel D'Angleterre stond en haar biertje net ophad, was dat precies het gevoel dat ze had: opluchting, een last die van haar afviel, alsof ze nu pas besefte hoe gespannen ze de hele zomer was geweest, hoe de jacht op haar zus haar naar de rand van de waanzin had gedreven. Niet dat ze nu ontspande of dat de herinneringen aan haar jeugd niet meer in haar hoofd rondtolden, maar het was toch alsof haar blik zich verbreedde. Er kwam zelfs een verlangen in haar op, niet per se naar iets speciaals, maar om weg te komen van dit alles, en dat was genoeg om haar een gevoel van bevrijding te geven.

'Are you okay?'

Ze hoorde het geroezemoes in de bar, en weer die vraag. Ze draaide zich om en keek recht in de ogen van een jonge vrouw die met een vragende blik naast haar stond.

'Waarom vraag je dat?' vroeg ze.

De vrouw was een jaar of dertig, donker, met felle, wat schuin staande ogen en lange, zwarte krullen. Ze had een spijkerbroek en een donkerblauwe blouse aan, en laarsjes met hoge hakken. Ze had iets hards, maar toch ook iets smekends. Ze had een verband om haar rechterarm.

'Ik weet het niet,' zei de vrouw. 'Zoiets vraag je nou eenmaal.'

'Dat zal wel.'

'Maar je zag er nogal belabberd uit.'

Dat had Lisbeth in haar leven heel vaak gehoord. Mensen kwamen naar haar toe en zeiden dat ze er chagrijnig of kwaad of gewoon belabberd uitzag, en dat vond ze altijd heel vervelend. Maar om de een of andere reden accepteerde ze het nu en antwoordde: 'Zo voelde ik me ook, geloof ik.'

'Maar nu gaat het beter?'

'Anders, in elk geval.'

'Ik ben Paulina, en ik heb het ook helemaal gehad.'

Paulina Müller nam aan dat de jonge vrouw zich ook zou voorstellen. Ze zei echter niets. Ze knikte niet eens. Aan de andere kant wees ze haar ook niet af. Ze was Paulina opgevallen door de manier waarop ze bewoog. De vrouw liep alsof ze zich niets van de rest van de wereld aantrok en alsof ze zich nooit anders zou voordoen dan ze was om bij iemand in de gunst te komen, en dat had iets bijzonder verleidelijks. Paulina dacht dat ze misschien ooit zo had bewogen, voordat Thomas haar die tred had afgenomen.

Haar leven was zo langzaam en geleidelijk verwoest dat ze het nauwelijks in de gaten had gehad, en hoewel de reikwijdte daarvan pas nu, na hun verhuizing naar Kopenhagen, tot haar begon door te dringen, zorgde deze vrouw ervoor dat dit inzicht haar nog sterker trof. Paulina voelde zich onvrij, alleen maar door naast haar te staan. De vrouw straalde een volstrekte onafhankelijkheid uit, die haar enorm aantrok.

'Woon je hier in de stad?' probeerde ze.

'Nee,' zei de vrouw.

'Wij zijn hier pas naartoe verhuisd vanuit München. Mijn man is directeur Scandinavië geworden bij Angler, de geneesmiddelenfabrikant,' ging ze door, en ze voelde zich heel degelijk.

'Aha.'

'Maar vanavond ben ik bij hem weggelopen.'

'O,' zei de vrouw.

'Ik was journalist bij het tijdschrift *Geo*, het wetenschapsmagazine, je weet wel, maar ik heb opgezegd toen we hierheen gingen.'

'Aha,' zei de vrouw.

'Ik schreef vooral over medicijnen en biologie.'

'O.'

'Dat vond ik heel leuk,' zei ze. 'Maar toen kreeg mijn man die baan, en toen is het gegaan zoals het ging. Ik heb wat gefreelancet.'

Ze bleef vragen beantwoorden die niet werden gesteld en de vrouw bleef 'aha' of 'o' zeggen, maar toen vroeg ze wat Paulina dronk, en toen Paulina zei 'Maakt niet uit', kreeg ze een whisky, een Tullamore Dew met ijs, en een glimlach – of toch in elk geval iets wat daarop leek. De vrouw had een zwart pak aan dat weleens naar de stomerij mocht, en een witte blouse. Ze was niet opgemaakt en had holle ogen, alsof ze al heel lang niet had geslapen. Haar ogen straalden een duistere, verontrustende kracht uit en Paulina probeerde grapjes te maken en te lachen.

Dat lukte niet erg goed. Wel kwam de vrouw wat dichter bij haar staan en dat vond Paulina fijn, merkte ze, en misschien keek ze daarom nerveus naar buiten, alsof ze nu nog banger was dat Thomas zou opduiken.

Toen stelde de vrouw voor nog wat te gaan drinken op haar kamer. Paulina zei nee, nee, dat kan niet, echt niet. 'Dat zou mijn man echt niet goedvinden.' Toen kusten ze elkaar, ze gingen naar de hotelkamer van de vrouw en bedreven de liefde. Ze kon zich niet herinneren dat ze ooit iets had meegemaakt wat zoveel woede en lust tegelijk opriep. Daarna vertelde ze over Thomas en de hele tragedie thuis, en toen zag de vrouw eruit alsof ze iemand kon ombrengen. Maar Paulina wist niet of dat Thomas was of de hele wereld.

8
20 AUGUSTUS

Mikael ging de week daarna niet naar de redactie en hij keek ook niet meer naar zijn verhaal over de trollenfabrieken. Hij maakte zijn appartement schoon, liep hard, las twee romans van Elizabeth Strout en ging uit eten met zijn zus Annika Giannini, vooral omdat zij Lisbeths advocaat was. Annika wist echter niet meer dan dat Lisbeth haar om advies had gevraagd over Duitse familiejuristen.

Verder liet Mikael gewoon de tijd verstrijken. Soms lag hij uren te niksen, belde met zijn oude vriendin en collega Erika Berger over de laatste ontwikkelingen in haar scheiding, en dat had paradoxaal genoeg iets bevrijdends, net of ze weer tieners waren die het alleen maar hadden over hun liefdesbeslommeringen. Maar het was duidelijk dat het voor haar ook een lastig proces was. Op donderdag belde ze weer, op een heel andere toon. Ze wilde over het werk praten, en toen vlogen ze elkaar in de haren. Ze vloekte en noemde hem verwaand.

'Het is geen verwaandheid, Ricky,' zei hij. 'Ik ben op. Ik heb vakantie nodig.'

'Je zei dat je verhaal in grote lijnen af is. Stuur het hierheen, dan ronden wij het wel af.'

'Het is alleen maar oude koek.'

'Daar geloof ik niets van.'

'Het is wel zo, helaas. Heb je het stuk in *The Washington Post* gelezen?'

'Ik moet bekennen van niet.'

'Die verslaan me op alle punten.'

'Het hoeft allemaal niet zo vervloekt nieuw te zijn, Mikael. Het is alleen al waardevol om het uit jouw perspectief te lezen. Je kunt niet voortdurend primeurs hebben. Het is zelfs gek om dat te denken.'

'Maar het stuk is niet goed. Het is duidelijk aan de tekst te merken dat ik hem heb geschreven toen ik moe was. Laten we er maar gewoon van afzien.'

'Wij zien nergens van af, Mikael. Maar oké, we wachten nog een nummer. Ik krijg het blad, denk ik, toch wel vol.'

'Vast wel.'

'En wat ga jij dan doen?'

'Ik ga naar Sandhamn.'

Het was niet bepaald de beste conversatie die ze ooit hadden gehad, maar naderhand had hij het gevoel dat er een last van zijn schouders was afgevallen. Hij haalde een koffer uit de kast in de slaapkamer en begon die in te pakken. Dat schoot niet op, alsof hij ook dit niet wilde, en toen dacht hij weer aan Lisbeth. Het was alsof hij de hele tijd aan haar dacht, en na een tijdje vloekte hij hardop omdat er niet aan te ontkomen viel: hoezeer ze ook had beloofd dat ze niets stoms zou doen, hij maakte zich zorgen om haar. Waarschijnlijk was hij ook boos. Hij was kwaad, omdat ze zo gesloten en cryptisch was. Hij wilde meer weten over de bedreigingen aan haar adres, over de bewakingscamera's, over Camilla en over de MC Svavelsjö.

Hij wilde alles goed bestuderen om te kijken of hij niet kon helpen, en weer dacht hij terug aan wat ze in Kvarnen had gezegd en herinnerde hij zich haar voetstappen die verdwenen in de avond op de Medborgarplats. Hij onderbrak het inpakken, slenterde naar de keuken en dronk yoghurt zo uit het pak. Toen ging zijn mobiel. Een onbekend nummer, maar hij bedacht dat hij best kon opnemen nu hij toch vrij had en zelfs wel een beetje vrolijk kon doen: *Goh, wat leuk dat u belt om mij de huid weer vol te schelden.*

Forensisch arts Fredrika Nyman kwam thuis in haar huis in Trångsund bij Stockholm en zag haar beide tienerdochters op de bank in de woonkamer zitten. Ze gingen helemaal op in hun telefoon, en dat verbaasde haar net zo weinig als het feit dat het meer er nog lag. De meisjes zaten al hun vrije tijd op hun mobiel. Ze keken naar YouTube of wat dan ook, en zij zou mopperen dat ze hun telefoon weg moesten leggen en een boek moesten gaan lezen, of pianospelen, en niet hun basketbaltraining overslaan of in elk geval naar buiten moesten gaan om van de zon te genieten.

Maar ze kreeg het niet voor elkaar. Ze had een hopeloze dag gehad en net met een malloot van een politieman gesproken, die zichzelf, zoals alle malloten, beschouwde als een genie. Hij had de zaak uitgezocht, zei hij, en dat hield in dat hij voorlas uit Wikipedia en nu expert was op het gebied van boeddhisten. *Misschien zat die lijpo zich ergens verlicht te voelen.* Dat was zo respectloos en dom dat ze niet eens had geantwoord, en nu ging ze bij haar dochters op de grijze bank voor de tv zitten in de hoop dat een van hen 'dag' zou zeggen. Geen van beiden zei 'dag', maar Josefin gaf in elk geval antwoord toen Fredrika vroeg waar ze naar keek.

'Zomaar iets,' zei ze.

Zomaar iets.

Dat was zo geweldig informatief dat Fredrika het uit wilde schreeuwen. Ze stond op, ging naar de keuken, nam het aanrecht en de keukentafel af en scrolde op haar mobiel door Facebook om te laten zien dat zij ook niet achterlijk was. Ze droomde een tijdje weg en surfte wat op internet, en ongemerkt bleef ze hangen op een site met vakantiereizen naar Griekenland.

Maar toen bedacht ze iets heel anders, wellicht geïnspireerd door een foto op de site van een oude, gegroefde man in een strandcafé, en daardoor moest ze aan Mikael Blomkvist denken. Ze had geen zin om hem weer te bellen. Ze wilde niet die zeurpiet zijn die de drukke journalist weer lastigviel. Maar hij was de enige die ze kon bedenken die misschien geïnteresseerd was in wat zij dacht, en daarom toetste ze toch zijn nummer in.

'Hallo,' zei hij. 'Wat leuk dat je belt!'

Hij klonk zo blij dat ze meteen het gevoel had dat dit het beste was wat haar vandaag was overkomen, en dat zei veel over haar dag.

'Ik dacht...' begon ze.

'Weet je,' onderbrak hij haar. 'Ik bedacht dat ik jouw bedelaar toch heb gezien. Het móét hem wel zijn geweest.'

'O?'

'Alles klopt: de donzen jas, de vlek op zijn wang, de geamputeerde vingers. Het kan niemand anders zijn geweest.'

'Waar heb je hem gezien?'

'Op het Mariatorg, en het is eigenlijk idioot,' vervolgde hij, 'dat ik hem helemaal was vergeten. Ik kan er haast niet bij. Maar weet je, hij zat altijd volkomen roerloos op een stuk karton bij het beeld op het plein. Ik moet er wel tien, twintig keer langs zijn gekomen.'

Ze ging mee in zijn enthousiasme.

'Dat is goed om te horen. Wat vond je van hem?'

'Tja... Ik weet het niet,' zei hij. 'Ik heb waarschijnlijk niet goed opgelet. Ik herinner me hem als gehavend, maar ook trots – een beetje zoals jij zei dat hij eruitzag toen hij dood was. De rug recht, het hoofd omhoog, een beetje zoals een indianenhoofdman in een film. Ik snap niet dat hij uren achter elkaar zo kon zitten.'

'Had je de indruk dat hij onder invloed van drank en pillen was?'

'Dat kan ik niet goed zeggen,' zei Mikael. 'Misschien wel, maar als hij dronken of stoned was, had hij vast niet zo lang zo kunnen blijven zitten. Hoezo?'

'Omdat ik vanmorgen de uitslag van mijn screeningtest heb binnengekregen. Hij had 2,5 microgram zopiclon per gram femoraal bloed in zijn lichaam – dat is bloed uit de bovenbeenader; dat geeft het betrouwbaarste resultaat. Dat is een heel hoog gehalte.'

'En wat is zopiclon?'

'Een substantie die in bepaalde slaapmiddelen zit, in Imovane bijvoorbeeld. Het ziet ernaar uit dat hij zeker twintig pillen ophad, samen met drank en bovendien nog dextropropoxyfeen, een pijnstiller.'

'Wat zegt de politie?'

‘De politie zegt: overdosis of zelfmoord.’

‘Waarom?’

Ze snoof.

‘Omdat dat het gemakkelijkst is, schat ik. De rechercheur leek vooral van de zaak af te willen.’

‘Hoe heet hij?’

‘De rechercheur?’

‘Ja.’

‘Hans Faste.’

‘O, nee toch.’

‘Ken je hem?’

Mikael kende Hans Faste maar al te goed. Hans Faste dacht ooit dat Lisbeth lid was van een lesbisch-satanische hardrockbende, en had haar zonder enige reden, anders dan vanuit oprechte vrouwen- en vreemdelingenhaat, aangeklaagd voor moord. Bublanski zei altijd dat Faste de straf was voor de zonden van het politiekorps.

‘Ik vrees van wel,’ zei hij.

‘Een lijpo noemde hij die man.’

‘Lijpo klinkt heel erg als Faste.’

‘Toen hij het resultaat van de bloedproef zag, zei hij meteen dat die lijpo een beetje al te blij was geweest met zijn pillen.’

‘Maar daar ben jij niet van overtuigd.’

‘Dat het een overdosis was, is natuurlijk de meest voor de hand liggende verklaring, maar dat het zopiclon is, stemt tot nadenken. Daar kun je natuurlijk verslaafd aan raken, maar dat is gebruikelijker bij benzodiazepinen. Toen ik hem daarop wees en zei dat de man waarschijnlijk boeddhist was, had dat ook al geen effect.’

‘O nee?’

‘Faste belde een paar uur later op en had research gedaan. Dat hield in dat hij op Wikipedia over zelfmoord had gelezen, en daar staat duidelijk dat boeddhisten die zichzelf verlicht vinden, het recht hebben om zichzelf van het leven te beroven, en dat vond hij blijkbaar leuk. Hij zei dat die man waarschijnlijk onder een boom had gezeten en zich verlicht had gevoeld.’

'Godsamme.'

'Precies. Ik werd er gek van. Maar ik heb het laten zitten. Ik kon het niet opbrengen om ruzie te maken, vandaag niet in elk geval. Maar toen kwam ik volkomen gefrustreerd thuis en toen bedacht ik dat het gewoon niet kon.'

'Waarom niet?'

'Ik dacht terug aan zijn lichaam. Ik heb nog nooit een lichaam gezien dat zulke beproevingen had doorstaan. Alles aan hem, zelfs het kleinste peesje of spiertje, getuigt van een leven dat een verschrikkelijke strijd was. Het is misschien een beetje psychologie van de koude grond, maar ik kan haast niet geloven dat zo iemand opeens besluit te stoppen met vechten en vervolgens een hoop pillen naar binnen werkt. Ik denk dat het niet uitgesloten is dat iemand hem heeft vermoord.'

Mikael schrok. 'Dat moet je melden, natuurlijk. Ze moeten meer mensen bij het onderzoek betrekken dan Hans Faste.'

'Dat zal ik doen. Maar ik wilde het jou toch ook vertellen, min of meer als verzekering voor het geval dat de politie het niet goed aanpakt.'

'Dank je wel daarvoor,' zei hij, en hij dacht aan wat Sofie had verteld over Catrin Lindås.

Hij dacht aan haar geperste mantelpakjes, aan de vlek op haar jasje en aan het hippiecollectief waarin ze was opgegroeid, en vroeg zich af of hij dat aan de recherche moest doorgeven. Misschien had zij de politie iets te vertellen. Maar toen bedacht hij dat hij haar moest beschermen tegen de bemoeienis van Hans Faste, dus hij vroeg alleen maar: 'En jullie weten nog steeds niet wie hij was?'

'Nee, nergens een hit. Niemand met die kenmerken is als vermist opgegeven. Maar dat had ik ook niet verwacht. Wat ik heb, is een DNA-sequentie die ik net binnen heb van het Nationaal Forensisch Centrum. Maar die sequentie is nog heel oppervlakkig, autosomaal. Ik zal ook nog een analyse vragen van zijn mitochondriale DNA en zijn Y-chromosoom, en dan kom ik hopelijk verder.'

'Toch zouden er ook veel mensen moeten zijn die hem kenden,' zei hij.

'Hoezo?'

'Hij trok aandacht. Alleen ik was van de zomer te veel met mezelf bezig. Anderen hebben hem ook gezien, dat heb ik wel begrepen. De politie zou met mensen rond het Mariatorg moeten praten.'

'Dat zal ik doorgeven.'

Mikael merkte dat hij een beetje op dreef raakte.

'En, weet je?'

'Ja?'

'Als hij die pillen heeft genomen, is het niet waarschijnlijk dat een arts hem die heeft voorgeschreven,' ging hij door. 'Die man zag er niet direct uit als iemand die een afspraak maakt bij een psychiater, en ik weet dat er een zwarte markt bestaat voor dit soort geneesmiddelen. De politie heeft vast wel informanten in die kringen.'

Fredrika Nyman zweeg een paar seconden.

'O, verdomme,' zei ze toen.

'Pardon?'

'Ik ben stom geweest.'

'Dat kan ik me niet voorstellen.'

'Jawel. Maar... ik stel het erg op prijs dat je je hem herinnert, hoor. Dat betekent echt iets voor me.'

Mikael keek naar zijn half ingepakte koffer en merkte dat hij geen zin meer had om naar Sandhamn te gaan.

Mikael Blomkvist zei iets aardigs terug. Fredrika Nyman hoorde niet goed wat. Ze maakte een eind aan het gesprek en luisterde nauwelijks naar Amanda, die opeens voor haar stond en vroeg wat ze gingen eten. Het zou zelfs wel kunnen dat ze haar excuus aanbood dat ze net zo kortaf was geweest. Fredrika mompelde alleen maar dat de meisjes maar iets moesten laten bezorgen.

'Wat dan?' vroegen ze.

'Maakt niet uit,' antwoordde ze. 'Pizza, Indisch, Thais, chips, drop.'

Het kon haar niets schelen dat de meisjes haar aankeken alsof ze gek was geworden. Ze ging naar haar werkkamer, deed de deur achter zich dicht en schreef naar het forensisch-chemisch laboratorium dat ze onmiddellijk een segmentale haaranalyse wilde hebben – dat had ze natuurlijk meteen moeten laten doen.

Een segmentale haaranalyse zou niet alleen aantonen hoeveel zopiclon en dextropropoxyfeen de man op het tijdstip van zijn dood in zich had, maar ook hoe hoog het gehalte de afgelopen weken en maanden was geweest. Het zou, met andere woorden, duidelijk worden of de man al langere tijd bepaalde preparaten gebruikte of dat hij die maar één keer had genomen, en dat zou een belangrijk puzzelstukje zijn. Door dit besef vergat ze haar dochters, haar rugpijnen, haar slapeloosheid en het gevoel van zinloosheid. Dat begreep ze eigenlijk niet goed. Ze analyseerde voortdurend verdachte sterfgevallen, en die raakten haar tegenwoordig bijna nooit meer zo, maar deze man fascineerde haar.

Ze hoopte misschien zelfs dat hem iets dramatisch was overkomen. Het was alsof zijn gekwelde lichaam dat verdiende. Ze zat een paar uur naar de foto's van de dode te kijken, en de hele tijd ontdekte ze weer nieuwe details, en af en toe dacht ze: wat heb jij meegemaakt, vriend? Wat voor helletochten heb je doorstaan?

Mikael ging achter zijn computer zitten en googelde Catrin Lindås. Ze was zevenendertig en was aan de universiteit van Stockholm afgestudeerd in politicologie en economie. Tegenwoordig was ze een gevestigde naam als conservatief debater en scribent. Ze schreef een succesvolle blog en columns in *Svenska Dagbladet,* in *Axess* en in *Fokus*, en in het tijdschrift *Journalisten.*

Ze was voor een verbod op bedelen en had het vaak over de risico's voor mensen die afhankelijk waren van een uitkering en over tekortkomingen in het Zweedse onderwijs. Ze was monarchist, voorstander van een sterke defensie en bescherming van het kerngezin, hoewel ze zelf geen gezin leek te hebben. Ze noemde zichzelf feminist, maar ze vond de feministen vaak tegenover zich. Op internet kreeg ze van links en rechts veel haat over zich heen. Haar flashbackthread was akelig lang. 'We moeten eisen stellen,' zei ze vaak. 'Van eisen en verplichtingen worden we beter.'

Ze had een hekel aan gewauwel, schreef ze, aan bijgeloof en aan religieuze overtuigingen, hoewel ze op dat punt voorzichtiger was. In een bijdrage in *Svenska Dagbladet* over constructieve journalistiek – een stuk waarin 'niet alleen wantoestanden worden beschreven maar ook een uitweg daaruit wordt aangegeven' – schreef ze: *Mikael Blomkvist zegt dat hij de populisten wil bestrijden, maar hij geeft ze wel brandstof door zijn zwartgallige kijk op de samenleving.*

Ze vond het verontrustend dat jonge journalisten hem als een voorbeeld zagen. Ze schreef dat hij mensen te snel als slachtoffer beschouwde en veel te automatisch partij koos tegen het gevestigde bedrijfsleven, dat hij veel vaker naar oplossingen moest zoeken in plaats van naar problemen. Dat kon ermee door, vond hij.

Hij had wel erger meegemaakt, en misschien zat er zelfs wel iets in. Toch joeg ze hem op een rare manier schrik aan. Ze zag eruit alsof ze met één blik zou onthullen dat hij niet had afgewassen, gedoucht of zijn gulp had dichtgemaakt en dat hij yoghurt zo uit het pak dronk. Er zat iets misprijzends in haar blik, vond hij, iets kils wat haar stijve schoonheid nog versterkte.

Toch bleef hij maar aan haar en aan de bedelaar denken, aan het paradoxale in hun ontmoeting – de ijskoningin en de schooier – en na een tijdje zocht hij haar nummer op en belde haar. Ze nam niet op, en dat was niet erg. Het ging ook nergens over. Het hele verhaal stelde niets voor en hij moest nu onmiddellijk naar Sandhamn vertrekken, voordat het te laat was. Hij zocht een paar bloezen uit en een colbertje voor het geval dat hij toevallig op een feestje in het Seglarhotell terecht zou komen. Toen ging de telefoon. Het was Catrin Lindås, en ze klonk net zo streng als ze eruitzag.

'Waar gaat het over?' vroeg ze, en hij dacht erover een paar vriendelijke dingen te zeggen over haar columns om de scherpe kantjes eraf te halen, maar dat stond hem toch te veel tegen, dus hij volstond met vragen of hij stoorde.

'Ik ben bezig,' zei ze.
'Oké, dan bel ik later terug.'
'Dat kan, als ik weet waar het over gaat.'
Ik schrijf een lelijk hoofdartikel over je, wilde hij zeggen.
'Sofie Melker vertelde me dat je laatst een onaangename ontmoeting had met een dakloze man in een grote donzen jas.'
'Ik heb veel onaangename ontmoetingen,' zei ze. 'Dat hoort bij het werk.'
Jesses, dacht hij.
'Ik zou graag willen weten wat die man zei.'
'Het was abracadabra.'
Hij keek nog een keer naar de foto's van Catrin op internet.
'Zit je nog op je werk?' vroeg hij.
'Hoezo?'
'Ik dacht: dan kan ik even langskomen en kunnen we erover praten. Je zit aan de Mäster Mikaels Gata, hè?'
Hij wist niet goed waarom hij dat voorstelde, maar als hij überhaupt iets te horen wilde krijgen, ging dat duidelijk niet via de telefoon. Het was alsof er prikkeldraad op de lijn zat.
'Oké, even dan,' zei ze. 'Over een uur.'

Het geratel van een tram op het Plein van de Republiek in Praag drong tot de hotelkamer door, waar Lisbeth weer te veel dronk, vastgekleefd achter haar computer, achter de schermen in haar kooi van Faraday. Ja, ze had momenten van bevrijding en vergeten gehad, maar dat was altijd met behulp van alcohol en seks, en daarna waren de woede en de machteloosheid teruggekomen.

Er had zich een soort waanzin van haar meester gemaakt, waarbij het verleden als in een centrifuge door haar hoofd draaide, en vaak dacht ze: dit is geen leven. Dit gaat niet. Ze moest iets doen, niet alleen maar wachten en luisteren naar voetstappen in de gangen en op straat, niet alleen maar vluchten, en daarom had ze geprobeerd het initiatief terug te krijgen. Maar het ging allemaal maar moeizaam.

De persoon die schuilging achter het pseudoniem Katja Flip,

die Plague haar had aanbevolen, zou een begenadigde waaghals zijn, hoewel het eerst vooral gebakken lucht leek. Katja vroeg meer geld en zei dat niemand met die tak van de maffia in gevecht gaat, en zeker niet nu Ivan Galinov zich ermee bemoeide.

Het was een vreselijk gezeur over Galinov, en ook over Kuznetsov trouwens, en over wraakacties, en pas na lange gesprekken op het darkweb had Lisbeth Katja zover gekregen om een IMSI-catcher te verstoppen in een rododendron honderd meter van Camilla's huis aan de Rubljovka, en na nog meer inspanning had ze het identificatienummer – het zogeheten IMEI-nummer – van het mobiele verkeer daar in huis opgevangen, en dat was al heel wat. Maar het bood geen garanties en het hielp haar niet van het verleden af, dat maar in haar bleef rondspoken, en vaak zat ze maar wat, zoals nu, at ze ongezonde dingen, dronk ze alle whisky en wodka uit de minibar op en staarde ze via een satellietlink die ze had gehackt naar Camilla's huis.

Het was gewoon gekte. Ze kon het niet opbrengen om te gaan trainen of zelfs maar de deur uit te gaan. Pas toen er werd aangeklopt, stond ze op en liet ze Paulina binnen, die over het een of ander begon te babbelen. Lisbeth hoorde er geen woord van, totdat Paulina uitriep: 'Wat is er gebeurd?'

'Niks.'

'Je ziet er...'

'Belabberd uit,' vulde Lisbeth aan.

'Zoiets. Kan ik iets doen?'

Wegblijven, dacht ze. Wegblijven. Maar in plaats daarvan ging ze in bed liggen en vroeg ze of Paulina het aandurfde om naast haar te komen liggen.

Mikael en Catrin Lindås gaven elkaar een hand. Haar handdruk was stevig, maar ze keek hem niet aan. Ze droeg een rok en een witte, hooggesloten blouse met een lichtblauw jasje en een Schots geruite sjaal, en zwarte hoge hakken. Haar haar was opgestoken in een knotje, en hoewel haar kleren strak om haar lichaam zaten en haar vormen accentueerden, zag ze er gesloten uit als een lerares op de Engelse school. Ze was kennelijk alleen op kantoor. Aan het prikbord boven haar bureau hing een foto van haar in een debat met Christine Lagarde, de directeur van het Internationale Monetaire Fonds. Ze leken wel moeder en dochter.

'Indrukwekkend,' zei hij, wijzend op die foto.

Daar reageerde ze niet op. Ze nodigde hem uit om op de bank vlak bij haar werkplek te gaan zitten en ging zelf in een fauteuil tegenover hem zitten, met rechte rug en met haar benen over elkaar. Hij kreeg het absurde idee van een koningin die tegen haar zin een onderdaan audiëntie verleent.

'Heel aardig van je om me te ontvangen,' zei hij.

'Geen dank.'

Ze bekeek hem onderzoekend, wantrouwend, en hij wilde vragen waarom ze zo slecht over hem dacht.

'Ik ben niet van plan om over je te schrijven, dus je kunt gerust ontspannen,' zei hij.

'Je mag over me schrijven wat je wilt.'

'Dat zal ik onthouden.'

Hij glimlachte. Ze glimlachte niet terug.

'Ik heb eigenlijk vakantie,' ging hij door.

'Fijn.'

'Hartstikke fijn, ja.'

Hij had de bijna onbedwingbare neiging om haar te provoceren.

'Dus daarom heb ik belangstelling opgevat voor die bedelaar. Hij is een paar dagen geleden dood aangetroffen met mijn telefoonnummer in zijn zak.'

'Aha,' zei ze.

Je mag er verdomme wel iets van vinden dat die man dood is, dacht hij.

'Ik dacht dat hij misschien iets had willen vertellen, dus ik was benieuwd wat hij tegen jou had gezegd.'

'Hij zei niet zoveel. Hij schreeuwde vooral, zwaaide met een tak en joeg me de stuipen op het lijf.'

'Wat riep hij?'

'De gebruikelijke bagger.'

'Wat is de gebruikelijke bagger?'

'Dat Johannes Forsell niet deugt, daar kwam het op neer.'

'Riep hij dat?'

'Hij brulde in elk geval iets over Forsell. Maar ik was vooral bezig om me los te trekken, eerlijk gezegd. Hij rukte aan mijn arm, was gewelddadig en akelig, dus sorry dat ik niet ben blijven staan om naar zijn samenzweringstheorieën te luisteren.'

'Ik begrijp het. Ik begrijp het helemaal,' antwoordde hij, maar hij kon er niets aan doen dat hij toch een beetje teleurgesteld was.

Hij had veel gekanker op de minister van Defensie gehoord, tot vervelens toe. Het was een van de lievelingsonderwerpen van de trollen, en het werd elke dag erger. Het leek nog maar een kwestie van tijd of Forsell had een pizzeria voor pedofielen, en voor een deel kwam dat ongetwijfeld door zijn onwankelbare houding tegenover rechts-extremisten en vreemdelingenhaters en de bezorgdheid die hij had uitgesproken over het steeds agressievere beleid van Rusland, maar misschien kwam het ook een beetje door zijn persoonlijkheid. Hij was rijk, goed opgeleid, heel sportief – marathonloper en Kanaalzwemmer – en soms klonk hij beslist een beetje superieur. Hij kon mensen ergeren.

Maar Mikael mocht hem graag. Ze kwamen elkaar af en toe tegen op Sandhamn en wisselden dan een paar beleefdheden uit, en hij had ook plichtsgetrouw de hardnekkige geruchten nagetrokken dat Forsell veel geld verdiend zou hebben aan de beurskrach, ja daar zelfs toe bijgedragen zou hebben. Hij had daar geen enkel bewijs voor gevonden. Forsells vermogen was ondergebracht in een discretionaire beheersmaatschappij, en voor of tijdens de crash waren er geen zaken gedaan, dus de beursinzinking had zijn positie beslist niet verbeterd. Hij was op dit moment de meest gehate man van de regering, en het enige wat hij in feite voor elkaar had gekregen, was meer geld voor de MUST, de Zweedse militaire inlichtingendienst, en de MSB, de nationale rampenbestrijdingsdienst. Maar dat was vanzelfsprekend, gezien de recente gebeurtenissen.

'Ik kan niet tegen al die leugens die er over hem worden uitgebraakt,' zei ze.

'Ik ook niet,' zei hij.

'Dan zijn we het toch ergens over eens.'

Dat irriteerde hem.

'Ik begrijp dat het niet zo gemakkelijk is om te converseren met een man die schreeuwt en met een tak zwaait,' zei hij.

'Heel genereus van je.'

'Maar soms is ook onzin de moeite waard om aan te horen. Soms kan ook daar een kern van waarheid in zitten.'

'Ga je me nu beroepsadvies geven?'

Hij werd gek van haar toon en had steeds meer zin om haar eens flink de oren te wassen.

'En weet je,' zei hij, 'ik denk zelfs dat je er gek van kunt worden als niemand je gelooft. Helemaal knettergek.'

'Huh?'

'Jarenlang genegeerd worden, daar ga je aan onderdoor.'

'Dus die man is dakloos en psychotisch geworden omdat mensen zoals ik het niet konden opbrengen om naar hem te luisteren?' vroeg ze.

'Dat bedoelde ik niet.'

'Zo klonk het.'

'Sorry, dan.'

'Dank je.'

'Jij hebt het ook niet zo gemakkelijk gehad, heb ik gehoord,' probeerde hij.

'Wat heeft dat ermee te maken?'

'Niets, neem ik aan.'

'Nou, bedankt voor je bezoek dan,' zei ze.

'Godsamme,' mopperde hij. 'Wat mankeert jou?'

'Wat mankeert míj?' herhaalde ze. Ze stond op en een paar seconden lang staarden ze elkaar woedend aan.

Hij kreeg het absurde idee dat het een duel was, dat ze twee boksers in een ring waren, en zonder dat hij goed en wel doorhad hoe, kwamen ze heel dicht bij elkaar. Hij voelde haar adem en zag haar ogen gloeien, haar borst op en neer gaan en haar hoofd een beetje opzij, en toen kuste hij haar. Even dacht hij dat hij een onvergeeflijke stommiteit had begaan, maar ze kuste hem terug en toen stonden ze elkaar een tijdje onthutst aan te kijken, alsof ze geen van beiden begrepen wat er was gebeurd.

Vervolgens pakte ze hem bij zijn nek, trok hem naar zich toe en in no time liep het helemaal uit de hand. Ze belandden op de bank en op de vloer, en te midden van die verstandsverbijstering besefte Mikael dat hij dit al had willen doen op het moment dat hij haar foto's op internet voor het eerst zag.

9
24 AUGUSTUS

Fredrika Nyman zat in het laboratorium van het forensisch instituut. Ze dacht aan haar dochters en vroeg zich af waar het was misgegaan.

'Ik kan er niet bij,' zei ze tegen haar collega Mattias Holmström.

'Waar kun je niet bij, Fredrika?' vroeg hij.

'Hoe ik zo kwaad kan zijn op Josefin en Amanda. Het lijkt wel of ik elk moment kan ontploffen.'

'Waar ben je kwaad om?'

'Ze zijn zo arrogant. Ze zeggen niet eens hallo.'

'Jee, het zijn tieners, Fredrika. Ze zijn heel normaal. Weet je niet meer hoe je zelf was op die leeftijd?'

Dat wist Fredrika nog wel. Zij was een modelkind geweest, goed op school, goed op de dwarsfluit en in volleybal, in zingen met het koor en waarschijnlijk ook in beleefd en fatsoenlijk zijn. Ze was één grote glimlach geweest en had 'ja mama, natuurlijk papa' gezegd als een vrolijk kindsoldaatje. Ze was ongetwijfeld onuitstaanbaar geweest op haar eigen manier. Maar toch... niet eens reageren als er iets tegen je werd gezegd!

Daar kon ze niet bij, en ze kon het niet helpen dat ze daardoor steeds weer uit haar humeur raakte en 's avonds verkeerde dingen zei en begon te schreeuwen. Ze was doodmoe. Ze had behoefte aan slaap en rust. Waarschijnlijk moest ze nu meteen een slaapmiddel voor zichzelf uitschrijven, en als ze dat dan toch deed, waarom niet iets wat op de drugslijst stond? Als ze zo'n brave tiener was geweest mocht ze nu wel even uit de bocht vliegen. En dan liefst nog vermengd met rode wijn en pijnstillers. Ze lachte bij zichzelf en zei een paar brave dingen tegen Mattias, die zo lief teruglachte dat ze zin kreeg om ook tegen hem te gaan schelden.

Toen dacht ze weer aan de bedelaar. Dat was het enige aan haar werk wat haar boeide, en ze gedroeg zich alsof ze niet wist dat het de politie niets kon schelen. Ze had met hoge prioriteit een C14-koolstofdatering van het gebit aangevraagd, die met een marge van twee jaar zou aangeven hoe oud de man was, en een C13-analyse, die iets zou zeggen over de eetgewoonten in zijn jeugd, toen zijn gebit werd gevormd, en over de structuur van strontium en zuurstof daarin.

Ze had ook het autosomale DNA-resultaat door de database internationalgenome.org gehaald, en daar was uitgekomen dat de man hoogstwaarschijnlijk uit de zuidelijke delen van Centraal-Azië kwam. Daar had ze echter niet veel aan, want ze wachtte nog op de segmentale haaranalyse. De testresultaten daarvan konden wel maanden op zich laten wachten. Ze had het laboratorium zo veel mogelijk onder druk gezet en vond het nu wel weer eens tijd om de secretaresse te bellen.

'Ingela,' zei ze. 'Ik weet dat ik een zeurpiet ben.'

'Jij zeurt het minst van allemaal. Pas de laatste tijd haal je ze een beetje in.'

'Is het resultaat van de haartest er al?'

'Van die naamloze man?'

'Ja, die.'

'Wacht even. Ik kijk even bij de uitslagen.'

Fredrika trommelde met haar vingers op de tafel en keek naar de klok aan de muur. Het was tien voor halfelf in de ochtend en ze verlangde nu al naar de lunch.

'Kijk eens aan, kijk eens aan,' zei Ingela na een tijdje. 'Ze hebben tempo gemaakt, hij is er al. Ik kom hem je brengen.'

'Zeg eerst maar wat er staat.'

'Er staat... wacht even.'

Fredrika was ongewoon ongeduldig.

'Hij had blijkbaar lang haar,' zei Ingela. 'We hebben wel drie segmenten, en die zijn... alle drie negatief. En ook geen spoor van opiaten of benzodiazepinen.'

'Dus hij was niet verslaafd aan gemengde drugs.'

'Nee, gewoon een ouderwetse alcoholist. Of wacht... Hier... Eerder heeft hij aripiprazol gebruikt, dat is een neurolepticum, toch?'

'Inderdaad. Dat wordt gebruikt tegen schizofrenie.'

'Maar dat is dan ook het enige wat ik kan vinden.'

Fredrika hing op en bleef even stil zitten nadenken. De man gebruikte dus behalve aripiprazol een tijd geleden verder geen psychofarmaca. Wat betekende dat? Ze beet op haar lip en keek geïrriteerd naar Mattias, die nog net zo stom lachte als net. Maar het was toch logisch? Of de man had plotseling, misschien toevallig, een heleboel slaappillen te pakken gekregen en die allemaal naar binnen gewerkt. Of iemand die hem wilde ombrengen had ze in zijn fles gedaan. Ze wist niet hoe de combinatie van drank en zopiclon smaakte. Waarschijnlijk niet erg lekker, maar ze nam aan dat de man niet erg kieskeurig was. Aan de andere kant, waarom zou iemand hem willen doden? Dat wist ze natuurlijk niet, voorlopig. Maar in zo'n scenario kon ze doodslag alvast uitsluiten. Dit was geen daad die je in een opwelling beging. Er was een zekere kennis voor nodig om de pillen met drank te vermengen, en dan nog te versterken met opiaten. Met dextropropoxyfeen.

Dextropropoxyfeen.

Daar was iets mee wat haar wantrouwend maakte. Dextropropoxyfeen maakte de cocktail een beetje te goed: alsof hij was samengesteld door een farmaceut of iemand die een arts had geraadpleegd, en ze voelde de opwinding weer komen. Ze vroeg zich af wat ze moest doen. Ze kon Hans Faste bellen en nog een keer uitleg krijgen over hoe een lijpo zich gedraagt, maar daar had ze geen zin in. Dus ze maakte haar rapport af en belde Mikael Blomkvist. Ze had nu toch haar mond voorbijgepraat, dus daar kon ze dan net zo goed mee doorgaan.

Catrin Lindås zat in Mikaels huisje op Sandhamn te proberen een hoofdartikel te schrijven voor *Svenska Dagbladet*. Het lukte niet zo goed. Ze had geen inspiratie, had genoeg van deadlines en was het zat om opinies te hebben. Ze was ongeveer alles zat, behalve Mikael Blomkvist. Dat was natuurlijk idioot, maar ze kon het niet helpen. Ze zou naar huis moeten gaan om haar kat en haar planten te verzorgen en sowieso een beetje zelfstandigheid aan de dag moeten leggen.

Maar ze kwam nergens toe. Het was alsof ze aan hem vastgeketend zat. Merkwaardig genoeg hadden ze geen ruziegemaakt, maar alleen maar gevreeën en uren gepraat. Dat kon natuurlijk komen doordat ze al honderd jaar geleden of zo verliefd op hem was geworden, zoals alle jonge vrouwelijke journalisten in die tijd. Maar eigenlijk vond ze het vooral verbluffend: het was de kracht van het volkomen onverwachte. Ze was er altijd van overtuigd geweest dat hij haar minachtte en haar een hak wilde zetten, daarom had ze zich defensief en arrogant opgesteld, zoals zo vaak wanneer ze onder druk stond, en had ze hem alleen maar haar kantoor uit willen werken, totdat ze iets heel anders in zijn ogen waarnam, een honger als van een ondervoede monnik, en toen ging het snel. Ze werd het tegenovergestelde van wat mensen van haar dachten en het kon haar zelfs niet schelen dat er elk moment een collega binnen kon komen. Ze stortte zich op hem met een vuur dat haar zelf nog steeds verbaasde. Later gingen ze de deur uit en dronken ze overdadig veel wijn, hoewel ze anders nooit iets overdadigs deed.

Laat in de nacht waren ze met een taxiboot in Sandhamn aangekomen en zijn huis binnengevallen, en sindsdien waren de dagen gewoon verstreken zonder dat ze veel anders hadden gedaan dan ineengestrengeld in bed liggen of in de tuin zitten of er met zijn motorboot op uit gaan. Toch weigerde ze te denken dat het serieus was, en tot dusver had ze geen woord gezegd over datgene wat in haar leven een constante factor was: de angst, die haar nooit verliet. Morgen, of misschien vanavond nog, zou ze naar huis gaan. Hoewel – dat had ze gisteren en eergisteren ook gezegd. Ze bleef, en nu was het maandagochtend halfelf. Op zee waaide het. Ze keek naar de lucht en naar een groene vlieger die nerveus trilde op de wind.

Er zoemde iets naast haar. Het was Mikaels mobiel. Mikael zelf was aan het hardlopen en ze was niet van plan op zijn telefoon te passen. Toch keek ze op het display. Daar stond *Fredrika Nyman*. Dat moest de schouwarts zijn over wie hij had verteld, dus ze nam toch op: 'Met Mikaels mobiel,' zei ze.

'Ik zoek Mikael.'

'Hij is aan het hardlopen. Kan ik iets doorgeven?'

'Wil je hem vragen me terug te bellen?' vroeg de arts. 'Zeg maar dat ik een testresultaat heb teruggekregen.'

'Gaat het over die bedelaar in zijn donzen jas?'

'Ja.'

'Weet je dat ik die heb ontmoet?' vroeg ze.

'O ja?'

Catrin hoorde de nieuwsgierigheid in de stem van de arts.

'Hij vloog me aan,' zei ze.

'Sorry, wie ben jij?'

'Catrin, Mikaels vriendin.'

'Wat gebeurde er?'

'Hij kwam schreeuwend op me af op het Mariatorg.'

'Wat wilde hij?'

Ze had er spijt van dat ze het had gezegd. Het gevoel van iets verschrikkelijks wat ze toen had, kwam terug, als een koude wind uit het verleden.

'Hij wilde praten over Johannes Forsell.'

'De minister van Defensie?'

'Hij wilde hem waarschijnlijk de huid vol schelden, zoals iedereen. Maar ik ben hem zo snel mogelijk gesmeerd.'

'Had je enig idee waar hij vandaan zou kunnen komen?'

Catrin dacht dat ze dat heel goed wist.

'Ik heb geen idee,' zei ze. 'Wat voor testresultaat bedoelde je?'

'Dat kan ik misschien maar beter met Mikael bespreken.'

'Ja, dat is beter. Ik zal hem vragen je terug te bellen.'

Ze hing op en voelde de angst weer in zich omhoogkruipen. Ze dacht aan de bedelaar, die op zijn knieën bij het standbeeld op het Mariatorg zat en haar een gevoel van déjà vu gaf, alsof ze weer op een van de reizen uit haar jeugd was, en misschien glimlachte ze wel een beetje nerveus naar hem, zoals ze vroeger altijd deed naar al die gekwelde stakkers. In elk geval voelde de man zich blijkbaar gesterkt. Hij vloog overeind, greep een tak die naast hem lag, waggelde op haar af en riep: '*Famous lady, famous lady.*'

Ze was verbaasd dat hij haar herkende. Toen kwam hij echter dichterbij en zag ze zijn vingerstompjes en de zwarte vlek in zijn gezicht, de wanhoop in zijn ogen en zijn gelige huid, en toen was het alsof ze verlamd was en zich niet kon bewegen. Pas toen hij haar jasje beetpakte en begon te raaskallen over Johannes Forsell wist ze zich los te rukken en weg te lopen.

'Weet je helemaal niet meer wat hij zei?' had Mikael gevraagd.

Ze had gezegd dat het de gebruikelijke onzin was, maar misschien was dat toch niet zo. Zijn woorden schoten haar nu weer te binnen, en nu vond ze ze niet meer zo onbegrijpelijk en ook niet een van die dingen die altijd over Forsell werden gezegd. Ze fluisterden haar iets heel anders toe.

Mikael naderde zijn huis. Hij was bekaf en bezweet, en keek om zich heen. Er was niemand achter hem, en toen dacht hij weer: het is maar inbeelding, flauwekul. Hij had de afgelopen dagen steeds het gevoel gehad dat hij in de gaten werd gehouden, en hij had iets te vaak naar zijn smaak een man van een jaar of veertig met een paardenstaartje, een baardje en tatoeages op zijn armen gezien, die weliswaar gekleed was als een vakantievierende toerist, maar die toch iets te waakzaam uit zijn ogen keek om vrij te hebben.

Hij dacht niet dat de man iets met hem te maken had, en meestal ging hij op in Catrin en vergat hij de rest van de wereld. Maar af en toe stak de ongerustheid de kop op en op zulke momenten dacht hij bijna altijd aan Lisbeth. Hij kreeg soms de vreselijkste beelden op zijn netvlies. Hij keek hijgend omhoog. De lucht was helder en wolkeloos. Het zou nog een tijdje warm blijven, had hij gelezen, maar er zou meer wind komen, misschien wel storm. Hij bleef staan voor zijn huis en zijn tuin met bessenstruiken, die hij had moeten snoeien, en keek naar het water en naar de badgasten, terwijl hij zwaar hijgend met zijn handen op zijn knieën stond.

Toen ging hij naar binnen. Hij rekende op een enthousiaste begroeting. Catrin had hem verwend met begroetingen alsof hij een terugkerende soldaat was, zelfs als hij maar tien minuten weg was geweest. Maar nu zat ze stijf en verbeten op bed. Hij werd ongerust en moest weer denken aan de man met de paardenstaart.

'Is er iets gebeurd?' vroeg hij.

'Hè? Nee,' antwoordde ze.

'En er is niemand geweest?'

'Verwachtte je iemand?' vroeg ze, en dat stelde hem een beetje gerust. Hij streelde haar haar en vroeg hoe het met haar ging.

Catrin zei dat het goed met haar ging. Hij geloofde haar niet helemaal. Aan de andere kant was het ook niet de eerste keer dat hij deze sombere momenten bij haar had gezien. Die waren altijd net zo snel verdwenen als ze gekomen waren, en toen ze vertelde dat de forensisch arts had gebeld, besloot hij er niet op door te gaan en belde hij Fredrika Nyman. Ze vertelde hem van de haartest.

'Ik snap het,' zei hij. 'Wat zijn je conclusies?'

'Eerlijk gezegd zit ik daarover te piekeren. Maar het ziet er verdacht uit,' antwoordde Fredrika Nyman.

Mikael keek naar Catrin, die haar armen om zich heen had geslagen. Hij glimlachte naar haar. Ze glimlachte moeizaam terug. Toen keek hij uit het raam en zag schuimkoppen op zee. Zijn bootje met buitenboordmotor deinde op de golven; het was slecht afgemeerd.

'Wat zegt Faste?'

'Hij weet het nog niet. Maar ik heb het in mijn rapport gezet.'

'Je moet hem informeren.'

'Dat zal ik doen. Je vriendin zei dat de bedelaar het over Johannes Forsell had.'

'Forsell is net een virus,' antwoordde hij. 'Alle gekken kennen hem.'

'Dat wist ik niet.'

'Het is ongeveer zoals bij de moord op Palme. Het werd een soort psychose. Ik word overladen met idiote samenzweringstheorieën over Forsell.'

'Hoe komt dat?'

Hij keek naar Catrin, die opstond en naar de wc ging.

'Dat weet je nooit,' antwoordde hij. 'Sommige publieke figuren stimuleren gewoon de fantasie. Maar hier is het vast van buitenaf aangedragen, als wraak omdat Forsell al vroeg zei dat Rusland betrokken was bij de beurskrach en omdat hij sowieso voorstander is van een harde, onverzoenlijke lijn tegen het Kremlin. Er is duidelijk bewijs dat hij het slachtoffer is van een desinformatiecampagne.'

'Is Forsell ook niet een beetje iemand die risico's neemt? Een avonturier?'

'Ik denk dat hij wel deugt, eigenlijk. Ik ben zijn zaken heel zorgvuldig nagegaan,' zei Mikael. 'Weet je nog steeds niet waar die bedelaar vandaan kwam?'

'Niet veel meer dan dat de C13-analyse aantoont dat hij waarschijnlijk in grote armoede is opgegroeid, maar dat vermoedde ik al. Hij lijkt vooral op groente en graan te hebben geleefd. Misschien waren zijn ouders vegetariërs.'

Hij keek naar de badkamer en naar Catrin.

'Is het eigenlijk niet allemaal wat merkwaardig?' vroeg hij.

'Hoezo?'

'Dat die man op een dag uit het niets verschijnt en dan opeens dood wordt gevonden, met een cocktail van dodelijk gif in zijn lijf?'

'Ja, ik denk het wel.'

Hij kreeg een idee.

'Weet je wat? Ik heb een vriend bij de recherche, een commissaris die met Faste heeft gewerkt en hem een volstrekte idioot vindt,' zei hij.

'Een verstandig man dus.'

'Zeker. Ik zou hem eens kunnen vragen of hij tijd heeft om hiernaar te kijken, dan kunnen we het proces versnellen.'

'Dat zou mooi zijn.'

'Bedankt voor de informatie,' zei hij. 'Ik meld me weer.'

Hij hing op, blij dat hij een aanleiding had om Bublanski te bellen. De commissaris en hij kenden elkaar nu al vele jaren. Hun contact was niet altijd ongecompliceerd geweest, maar de laatste jaren waren ze bevriend geraakt, en het was altijd stimulerend om met hem te praten, alsof Bublanski Mikael alleen al door zijn bedachtzaamheid perspectief op het bestaan gaf en alsof hij maakte dat Mikael zich los kon maken van de stroom wereldnieuws die zijn leven bepaalde, maar die hem soms ook het gevoel gaf dat hij verdronk in sensatie en gekte.

Bublanski en hij hadden elkaar voor het laatst gezien op de begrafenis van Holger. Ze hadden gesproken over Lisbeth en over haar toespraak in de kerk over draken, en ze hadden gezegd dat ze gauw weer zouden afspreken. Daar was echter niets van gekomen, zoals dat soms gaat, en nu pakte Mikael zijn telefoon om hem te bellen.

Toch aarzelde hij, en hij klopte eerst aan de deur van de badkamer.

'Alles goed daar?' vroeg hij.

Catrin had geen zin om te antwoorden, maar ze begreep dat ze wel iets moest zeggen, dus ze mompelde 'Wacht even', stond op van het toilet, spoelde haar gezicht met water en probeerde haar ogen wat minder rood te laten lijken, maar dat lukte niet goed. Toen deed ze de deur open, ging de badkamer uit en ging op het bed zitten. Ze was niet op haar gemak toen Mikael vlak naast haar kwam zitten en haar haar streelde.

'Hoe ging het met je stuk?' vroeg hij.

'Hopeloos.'

'Dat herken ik. Maar er is nog iets, hè?'
'Die bedelaar...' begon ze.
'Wat is er met hem?'
'Hij maakte me hysterisch.'
'Dat begreep ik, ja.'
'Maar je snapte niet waarom.'
'Niet helemaal, denk ik,' zei hij.
Ze aarzelde even, maar begon toen te vertellen, met haar blik op haar handen gericht.
'Toen ik negen jaar was, vertelden mijn ouders me dat ik een jaar niet naar school zou gaan. Mijn moeder overtuigde de schoolleiding ervan dat mijn vader en zij me zelf les konden geven, en ik denk dat ze een heleboel materiaal en huiswerkopdrachten kregen waar ik nooit iets van heb gezien. Toen gingen we naar India en naar Goa, en dat was in het begin best gaaf. We sliepen aan het strand of hingen in hangmatten, ik speelde met andere kinderen en leerde sieraden maken en houtsnijden, we speelden voetbal en volleybal, en 's avonds dansten we en maakten kampvuren. Mijn vader speelde gitaar, mijn moeder zong. Een tijdje hadden we een café in Arambol, en ik maakte en serveerde een linzensoep met kokosmelk die we Catrin's Soup noemden. Maar langzaam maar zeker liep het uit de hand. Mensen kwamen bloot naar het café, en bij sommigen zag je de sporen van injectienaalden op de armen. Anderen waren helemaal van de wereld, en die zaten soms aan me of probeerden me bang te maken met allerlei rare uitvallen.'
'Wat akelig.'
'Op een nacht werd ik wakker en zag ik mijn moeders ogen gloeien. Ze zette een spuit bij zichzelf. Mijn vader zat een stukje verderop te wiegen en zei slaperig: "Oei, oei", en kort daarna kregen we echt problemen. "Papa's wanen" noemden we het. Ik vroeg: "Wat is er met papa?" "Het zijn maar wanen," zei mijn moeder. Papa's wanen. Niet lang daarna verhuisden we, alsof we hoopten dat we dan ook aan die wanen konden ontkomen. Ik weet nog dat we uren, dagen, weken liepen. We sleepten een kar

met oude, vermolmde houten wielen mee, die volgestapeld was met sjaaltjes en kleren en andere prullen die mijn moeder probeerde te slijten. Op een gegeven moment moeten we het allemaal tegelijk kwijt zijn geraakt, want opeens hadden we bijna helemaal geen bagage meer en reisden we met de trein, of we liftten. We kwamen terecht in Benares en uiteindelijk in Kathmandu, en we woonden aan Freak Street, die oude hippiestraat, en daar begreep ik dat we inmiddels in heel andere zaken handelden. Mijn ouders gebruikten niet alleen heroïne, ze verkochten het ook. Mensen kwamen bij ons thuis en zeiden "Please, please", en soms zaten mannen ons op straat achterna. Velen van hen misten vingers of soms zelfs een arm of een been; ze hadden lompen aan, hadden een gele huid en vlekken in hun gezicht. Ze komen nog altijd terug in mijn dromen.'

'En de bedelaar deed je aan hen denken.'

'Het was alsof het allemaal weer terugkwam.'

'Het spijt me,' zei hij.

'Het is niet anders. Ik leef er nu al lang mee.'

'Ik weet niet of het erg helpt, maar die man was geen verslaafde. Hij slikte niet eens pillen.'

'Hij zag er wel zo uit,' antwoordde ze. 'Hij was net zo wanhopig.'

'De schouwarts denkt dat iemand hem heeft gedood,' vervolgde Mikael op een heel andere toon, alsof hij al vergeten was wat ze had verteld, en toen was ze gekwetst of ze had alleen maar genoeg van zichzelf. Ze zei dat ze er even uit moest, en hoewel Mikael haar halfhartig probeerde tegen te houden, was hij met zijn gedachten blijkbaar al bij iets anders.

Toen ze in de deuropening omkeek, zag ze dat hij een nummer intoetste op zijn mobiel, en toen bedacht ze dat ze hem niet per se alles hoefde te vertellen. Ze kon de zaak ook net zo goed zelf uitzoeken.

10
24 EN 25 AUGUSTUS

Jan Bublanski was een eeuwige twijfelaar, en op dit moment twijfelde hij of hij een lunch verdiende. Misschien moest hij alleen een broodje uit de automaat in de gang halen en doorwerken, hoewel een broodje ook niet zo goed was. Hij zou een salade moeten nemen of helemaal niets. Hij was aangekomen tijdens de vakantie in Tel Aviv – waar hij met zijn vriendin Farah Sharif was geweest – en was nog nauwelijks iets kwijtgeraakt. Maar het was niet anders, niet iets om zich druk over te maken. Hij concentreerde zich op zijn werk en verdiepte zich in een slecht geschreven proces-verbaal van een verhoor en het verslag van een slecht uitgevoerd technisch rechercheonderzoek in Huddinge, en misschien dacht hij juist daardoor aan iets anders, want toen Mikael Blomkvist belde, antwoordde hij heel eerlijk, dacht hij: 'Wat grappig, Mikael, ik zat net aan je te denken.'

Hoewel hij eigenlijk aan Lisbeth Salander had gedacht – maar misschien was dat ook maar een idee.

'Hoe gaat het ermee?' ging hij door.

'Goed, mag ik geloof ik wel zeggen.'

'Fijn dat je een kleine reserve inbouwt. Ik heb de laatste tijd moeite met mensen die ongecompliceerd blij zijn. Heb je nog vrij gehad?'

'Dat probeer ik op dit moment te zijn.'

'Dat lukt dan niet best, als je mij belt. Het gaat zeker om je vriendin?'

'Ze is mijn vriendin nooit geweest,' zei Mikael.

'Weet ik, weet ik. Niemand is zo weinig iemands vriendin als zij. Ze is een beetje zoals de gevallen engel in het paradijs, vind je niet? Ze dient niemand en behoort niemand toe.'

'Het is onbegrijpelijk dat jij politieman bent, Jan.'

'Mijn rabbi zegt dat ik met pensioen zou moeten gaan. Maar zonder gekheid: heb je iets van haar gehoord?'

'Ze zegt dat ze zich gedeisd houdt en niets stoms doet. Voorlopig geloof ik haar zelfs wel.'

'Daar ben ik blij om. De dreiging die er boven haar hangt, bevalt me niets. Dat Svavelsjö in haar zaken snuffelt, bevalt me ook niets,' zei hij.

'Dat bevalt niemand.'

'Je weet toch dat we haar bescherming hebben aangeboden?'

'Ja, dat heb ik gehoord.'

'En heb je ook gehoord dat ze daarvoor bedankt heeft en dat ze sindsdien niet meer te bereiken is?'

'Ja, jawel...'

'Maar...'

'Nee, geen maar,' zei Mikael. 'Niet meer dan dat ik me troost met de gedachte dat niemand zich zo goed schuil kan houden als zij.'

'Je bedoelt voor radiografische opsporing, Sigint en zo,' zei Jan Bublanski.

'Ze is niet op te sporen via gsm-masten of IP-adressen.'

'Dat is al heel wat. Dan moeten we maar afwachten.'

'Ja, dat zal wel moeten. Ik zou je iets heel anders willen vragen.'

'Laat maar horen.'

'Hans Faste heeft een onderzoek op zijn dak gekregen waar hij zich niet erg druk om lijkt te maken.'

'Vaak is dat beter dan wanneer hij dat wel doet.'

'Hm, ja, misschien wel. Maar het gaat om een bedelaar van wie forensisch arts Fredrika Nyman denkt dat hij weleens vermoord zou kunnen zijn.'

Mikael vertelde hem het verhaal en even later liep Bublanski zijn kamer uit, haalde twee in plastic verpakte broodjes kaas en een pennywafel uit de automaat op de gang en belde zijn collega, inspecteur Sonja Modig.

Catrin trok een tuinhandschoen aan die op het grasveld lag en begon brandnetels uit te trekken die onder Mikaels bessenstruiken stonden. Toen ze opkeek, zag ze een stukje verderop, bij het water, een man in een spijkerjack met een paardenstaart en een brede, wat dreigende rug weglopen. Ze dacht er niet verder over na, maar bleef even ongerust doorpiekeren als ze binnen had gedaan.

Het klopte dat de bedelaar op het Mariatorg er niet zo uitzag als de verslaafden op Freak Street. Ze was er echter van overtuigd dat hij uit datzelfde deel van de wereld kwam en dat hij door soortgelijke onzorgvuldige artsen was behandeld. Ze dacht aan zijn vingerstompjes en aan zijn eigenaardige manier van lopen, alsof hij geen zwaartepunt onder zijn voeten voelde.

Ze dacht aan de kracht waarmee hij haar had vastgepakt en aan zijn woorden: '*I know something horrible about Johannes Forsell.*'

Ze was ervan overtuigd dat het dezelfde bagger was als die elke dag via de mail binnenkwam, tegelijk met haatmails tegen haarzelf, en ze was als de dood dat hij gewelddadig was. Maar net toen ze helemaal verlamd was, liet hij haar los en zei, op droeviger toon: '*Me took him. And I left Mamsabiv, terrible, terrible.*'

Of misschien zei hij niet exact Mamsabiv, maar toch iets in die richting, een lang woord met klemtonen op de eerste en de derde lettergreep. Het woord galmde in haar na toen ze bij hem wegrende en Sofie Melker tegenkwam, op de Swedenborgsgata. Daarna was ze het waarschijnlijk weer vergeten, en pas nu, na het telefoontje van de forensisch arts in Mikaels vakantiehuis, was het haar weer te binnen geschoten en vroeg ze zich af wat het kon betekenen. Misschien was het toch de moeite waard om het na te gaan.

Ze trok de tuinhandschoen weer uit en zocht een paar varianten van het woord op, maar ze kreeg geen hits die in enige taal ook maar iets betekenden. Google vroeg wel of ze misschien Mats Sabin bedoelde, en dat deed ze misschien wel. Matssabin uitgesproken als één woord. Het was niet volkomen onwaarschijnlijk, zeker niet toen ze ontdekte dat Mats Sabin majoor bij de kustartillerie was geweest en later militair-historicus op de militaire academie. Hij zou dus best te maken gehad kunnen hebben met de vroegere inlichtingenofficier en Ruslandkenner Forsell.

Catrin zocht op goed geluk naar de combinatie van hun namen en kreeg meteen een hit waaruit niet alleen bleek dat ze elkaar kenden, maar ook dat ze vijanden waren geweest, in elk geval dat ze het flink met elkaar oneens waren geweest. Ze wilde naar binnen gaan om het Mikael te vertellen. Maar nee, het klonk te vergezocht en ze bleef nog wat in de tuin hangen, trok de tuinhandschoen weer aan, haalde nog wat onkruid weg en brak takken af terwijl ze, vol tegenstrijdige gedachten, naar de zeekant keek.

Lisbeth was nog in Hotel Kings Court in Praag. Ze zat aan het bureau bij het raam en keek weer naar het grote huis van Camilla aan de Rubljovka in het westen van Moskou, maar niet meer zo dwangmatig of als deel van het proces om het zich in te prenten. Het huis leek steeds meer op een fort, een hoofdkwartier. Er kwamen en gingen de hele tijd mensen, ook hoge pieten zoals Kuznetsov; iedereen werd gefouilleerd en elke dag waren er meer bewakers. Het leed ook geen twijfel dat de computerbescherming keer op keer werd gecontroleerd.

Lisbeth kon dankzij de gsm-mast die Katja Flip had geplaatst en na een paar dagen weer had weggehaald elke stap van Camilla via de transmissiesignalen van haar mobiel volgen. Ze was er echter nog niet in geslaagd het IT-systeem te hacken, dus ze moest maar raden wat er daar in huis gebeurde. Zeker was wel dat er meer activiteit was.

Het huis bruiste van een nerveuze energie alsof er een grote operatie aanstaande was, en gisteren had Camilla zich naar het Aquarium laten rijden, zoals het hoofdkantoor van de militaire inlichtingendienst GROE in Chodinka bij Moskou werd genoemd.

Dat was ook al geen goed teken. Het zag ernaar uit dat Camilla alle hulp zocht die ze kon krijgen.

Tot nu toe leek ze echter geen idee te hebben van waar Lisbeth was, en dat gaf haar toch een zekere veiligheid. Zolang haar zus nog in het huis aan de Rubljovka was, zouden Paulina en Lisbeth niet in gevaar zijn. Maar je wist het maar nooit.

Lisbeth sloot het satellietbeeld af en keek wat Paulina's man Thomas op dit moment deed. Niets, zo te zien. In de webcamera staarde hij haar alleen maar met zijn gebruikelijke verongelijkte gezicht aan.

Je kon niet beweren dat Lisbeth de laatste tijd erg openhartig was geweest. Maar 's avonds had ze toch wel uren naar Paulina geluisterd, en daardoor wist ze meer dan genoeg over haar leven. Ze kende vooral het verhaal van het strijkijzer. Thomas, die op dat moment voor de webcamera zijn neus snoot, had zijn overhemden in Duitsland altijd naar de stomerij gebracht. In Kopenhagen liet hij ze door Paulina strijken – 'dan had ze overdag iets te doen'. Maar op een dag had ze het strijkijzer laten staan, en de afwas ook, en had ze alleen maar wat rondgelopen in haar slip en een van zijn ongestreken overhemden en had ze whisky en rode wijn zitten drinken.

De avond ervoor had hij haar geslagen. Haar lippen waren gebarsten en ze wilde dronken genoeg zijn om de zaak op de spits te drijven of het uit te maken. Daardoor werd ze steeds benevelder en sloeg ze per ongeluk een vaas kapot, en daarna, niet helemaal per ongeluk, glazen en borden, en op de een of andere manier knoeide ze ook rode wijn op het overhemd en whisky op de lakens en het vloerkleed, en ten slotte viel ze in slaap, dronken en koppig, en met het gevoel dat ze hem nu eindelijk zou durven vertellen dat hij naar de hel kon lopen.

Maar toen ze wakker werd, zat Thomas op haar armen en sloeg hij haar in haar gezicht. Daarna trok hij haar naar de strijkplank en streek hij zijn overhemd zelf, maar daar wist Paulina niet veel meer van, zei ze, behalve de lucht van verbrande huid en onbeschrijflijke pijn, en het geluid van haar eigen voetstappen die naar de voordeur renden. Lisbeth dacht daarover na, en hoewel ze soms, zoals nu, recht in de ogen van Thomas keek, vloeide zijn gezicht vaak over in dat van haar vader.

Als ze moe was, vloeide alles in elkaar over: Camilla, Thomas, haar jeugd, Zala, alles, en dat trok als spanriemen rond haar borst en voorhoofd, en soms gebeurde het wel dat ze naar adem moest happen. Buiten klonk muziek: er werd een gitaar gestemd. Ze rekte zich uit en keek naar buiten. Er waren daar veel mensen, ze stroomden het winkelcentrum Palladium in en uit. Op een groot, wit podium rechts werd een concert voorbereid. Het was vast zaterdag of een of andere feestdag, dat maakte niet uit. Waar hing Paulina uit? Ze was zeker weer op een van haar eeuwige wandelingen door de stad. In een poging haar gedachten te verzetten controleerde Lisbeth haar mail.

Tot haar spijt was er niets van de Hackerrepubliek, geen antwoord op de vragen die ze in de loop van de dag had gesteld. Daarentegen waren er wel een paar versleutelde documenten van Mikael, en toen moest ze ondanks alles een beetje lachen. Dus je hebt eindelijk je eigen artikel weer eens gelezen, dacht ze. Maar nee, die bestanden hadden niets met Kuznetsov en zijn leugens te maken. Het ging over... ja, wat was dat?

Het waren een hoop cijfers en letters, XY, 11, 12, 13, 19, eindeloze rijen. Het was een DNA-sequentie – maar van wie of wat? Ze las de documenten vluchtig, ook het bijgevoegde obductieverslag, en ze begreep dat het van een man was die volgens een koolstofanalyse tussen de vierenvijftig en zesenvijftig jaar oud was. Hij kwam ergens uit zuidelijk Centraal-Azië. Hij had geamputeerde vingers en tenen, was erg verlopen en verslaafd aan drank. Er stond dat hij was overleden door vergiftiging met zoplicon en dextropropoxyfeen.

Mikael schreef: **Als je dan toch vakantie hebt en niets stoms doet, kun je misschien nagaan wie dit is. De politie heeft geen naam, niets. Een goede forensisch arts, Fredrika Nyman, denkt dat de man mogelijk vermoord is.**

Hij is op 15 augustus gevonden bij een boom in Tantolun-

den. Ik stuur je een DNA-analyse – autosomaal – en nog wat informatie: de uitslag van een C13-test, een haartest en een foto met een papiertje met het handschrift van de man (ja, dat is mijn nummer).

M

'Om de dooie dood niet,' mompelde ze. Ik moet de deur uit, Paulina zoeken, me weer bezuipen of wat dan ook, maar zeker niet hier boven DNA-analyses zitten of met schouwartsen communiceren.

Maar dat lukte niet, want ze hoorde algauw Paulina's stappen op de gang, en toen pakte ze twee flesjes champagne uit de minibar en spreidde haar armen in een dappere poging om er niet belabberd uit te zien.

Het hele idee was natuurlijk bespottelijk, maar Mikael voelde zich eenzaam en somber sinds Catrin had gezegd dat ze naar huis moest om voor haar kat en haar planten te zorgen – vooral planten waren natuurlijk fantastisch om de concurrentiestrijd van te verliezen – en nadat hij haar bij de haven had uitgezwaaid, was hij naar zijn vakantiehuis teruggegaan en had hij Fredrika Nyman weer gebeld.

Hij beweerde dat hij een gerenommeerde vrouwelijke geneticus kende die misschien verder zou kunnen komen met de DNA-analyses. Fredrika wilde natuurlijk weten wie dat was en wat haar specialiteit was. Hij antwoordde vaag dat het iemand was die bijzonder doelgericht was, professor in Londen en gespecialiseerd in het achterhalen van de oorsprong van mensen. Dat was natuurlijk je reinste verzinsel. Maar het was wel waar dat Lisbeth geweldig was in DNA-analyses. Ze had ambitieuze pogingen gedaan om uit te vinden waarom haar familie genetisch zulke extremen vertoonde. Want je had niet alleen haar vader, Zala, met zijn hoge intelligentie en zijn kwaadaardigheid. Je had ook haar halfbroer, Ronald Niedermann, met zijn kracht en zijn onvermogen om pijn te voelen. En je had Lisbeth zelf met haar fotografische geheugen. Je had in dat geslacht een hele serie mensen met uitzonderlijke eigenschappen, en hoewel Mikael geen idee had wat ze had uitgezocht, wist hij dat Lisbeth zichzelf in minder dan geen tijd de wetenschappelijke methodiek had aangeleerd, en nadat hij wat had aangedrongen, had Fredrika Nyman hem de resultaten tot nu toe gestuurd.

Die stuurde hij door naar Lisbeth. Hij had er niet veel vertrouwen in. Misschien was het vooral een manier om contact te zoeken. Hij zou wel zien. Hij keek uit over het water. Het ging nog harder waaien. De laatste badgasten pakten in en Mikael verzonk in gedachten.

Wat was er met Catrin aan de hand? In een paar dagen waren ze zo intiem met elkaar geworden dat hij had gedacht... Ja, wat had hij eigenlijk gedacht? Dat ze de ware was? Dat was onzin. Ze waren als dag en nacht. Hij moest haar laten zitten en Erika bellen. Die moest hij compenseren voor het feit dat hij zijn stuk had uitgesteld en haar problemen had bezorgd om het tijdschrift vol te krijgen. Hij pakte zijn mobiel en belde... Catrin. Dat gebeurde gewoon. Eerst verliep het gesprek ongeveer zoals het vorige was geëindigd, stijfjes en aarzelend.

Toen zei ze: 'Sorry.'

'Waarvoor?'

'Omdat ik ervandoor ging.'

'Geen plant zal ooit door mijn schuld omkomen.'

Ze lachte triest.

'Wat ga je nu doen?' vroeg hij.

'Weet ik niet goed. Zitten en niet kunnen schrijven, of zo.'

'Klinkt niet leuk.'

'Nee,' zei ze.

'Maar je moest weg, hè?'

'Ik geloof het wel, ja.'

'Ik zag je buiten toen je onkruid aan het uittrekken was.'

'O ja?'

'Je zag er bezorgd uit.'

'Ja, dat kan wel.'

'Was er iets gebeurd?'

'Niet direct.'

'Maar indirect wel?'

'Ik dacht aan die bedelaar.'

'Wat dacht je over hem?'

'Dat ik niet heb verteld wat hij ijlde over Forsell.'

'Het was de gebruikelijke bagger, zei je.'

'Maar misschien was het dat toch niet.'

'Waarom zeg je dat nu opeens?'

'Omdat ik het me weer herinnerde toen die schouwarts belde.'

'Wat zei hij dan?'

'Zoiets als: "*Me took Forsell. I left Mamsabiv, terrible, terrible.*" Zoiets.'

'Dat klinkt vreemd.'

'Ja.'

'Hoe vat jij het op?'

'Ik weet het niet. Maar toen ik zocht op Mamsabiv of Mansabin, van dat soort woorden, kreeg ik Mats Sabin. Dat kwam er het dichtstbij.'

'De militair-historicus?'

'Ken je hem?'

'Ik was ooit zo iemand die alles las over de Tweede Wereldoorlog.'

'Weet je ook dat Sabin vier jaar geleden is omgekomen tijdens een bergwandeling in Abisko? Hij is doodgevroren bij een meer. Ze denken dat hij een hersenbloeding had gehad en in de kou geen hulp kon vinden.'

'Dat wist ik niet,' zei hij.

'Ik geloof trouwens niet dat dit iets met Forsell te maken heeft...'

'Maar...?' probeerde hij.

'Maar ik kon het niet laten om op hen samen te zoeken, en toen vond ik dat Forsell en Sabin in de media ruzie hadden gemaakt.'

'Waarover?'

'Over Rusland.'

'In welk opzicht?'

'Mats Sabin veranderde na zijn pensionering van mening. Hij was een havik, maar werd toen vriendelijker voor de Russen en schreef in diverse stukken, onder andere in *Expressen,* dat heel Zweden leed aan russofobie en paranoia, en dat we meer begrip voor Rusland moesten opbrengen. Forsell verklaarde in een tegenartikel dat wat Sabin zei identiek was aan de Russische propaganda. Hij insinueerde dat Sabin een betaalde lakei was, en daarna was het spel op de wagen. De termen "laster" en "stemmingmakerij" vielen, en toen krabbelde Forsell terug en maakte zijn excuus.'

'En wat zou die bedelaar daarmee te maken kunnen hebben?'

'Geen idee. Hoewel...'

'Nou?'

'*I left Mansabin*, zei hij, of iets in die richting, en dat zou kunnen kloppen, in theorie tenminste. Mats Sabin stierf alleen en eenzaam.'

'Het is een spoor,' zei hij.

'Ongetwijfeld idioot.'

'Dat hoeft niet.'

Ze zwegen en hij keek uit over het water.

'Kun je niet de boot terug nemen, dan praten we er verder over, en over de zin van het leven en al die andere dingen?' vroeg hij.

'Volgende keer, Mikael. Volgende keer.'

Hij wilde haar overhalen, hij wilde bidden en smeken, maar hij voelde zich pathetisch, dus hij wenste haar een fijne avond en hing op. Toen stond hij op, pakte een biertje uit de koelkast en vroeg zich af wat hij nu eens zou gaan doen. Het meest voor de hand liggende was om niet meer te denken aan Catrin en de bedelaar. Dat zou niets opleveren, dacht hij. Hij zou terug moeten gaan naar zijn artikel over de trollenfabrieken en de beurskrach of echt vakantie moeten vieren.

Maar hij was nu eenmaal wie hij was, eigenwijs en stom, vermoedelijk. Hij kon dingen niet loslaten, en nadat hij had afgewassen en de kookhoek in orde had gemaakt, en weer naar het water had gekeken, ging hij zoeken op Mats Sabin. Hij bleef hangen in een vrij lange necrologie in het blad *Norrländska Socialdemokraten.*

Mats Sabin groeide op in Luleå en werd officier en majoor bij de kustartillerie. Hij zat in de jaren tachtig bij de eenheid die jacht maakte op buitenlandse onderzeeërs, maar hij studeerde ook geschiedenis en verliet de marine een tijdlang om in Uppsala te promoveren op een proefschrift over Hitlers invasie van de Sovjet-Unie. Hij eindigde als docent aan de militaire academie, maar publiceerde ook, zoals Mikael al wist, populairwetenschappelijke boeken over de Tweede Wereldoorlog. Hij was lange tijd voorstander van Zweedse toetreding tot de NAVO. Hij was er stellig van overtuigd dat hij in de Oostzee jacht had gemaakt op Russische onderzeeërs. Toch werd hij in zijn laatste jaren wat meer Ruslandgezind, en hij verdedigde de Russische interventie in Oekraïne en op de Krim en noemde Rusland een vredesmacht in Syrië.

Het werd niet duidelijk waarom hij van mening was veranderd, behalve dat hij zelf had gezegd dat 'meningen er zijn om te veranderen als we ouder en wijzer worden'. Mats Sabin was volgens het blad een goede veldloper en duiker. Hij werd zevenenzestig jaar oud. Kort na het overlijden van zijn vrouw maakte hij de klassieke wandeltocht van Abisko naar Nikkaluokta. Dat was begin mei, en hij was 'in goede conditie', stond er, en de weersverwachting was goed. Toch begon het op de avond van 3 mei te vriezen. Er werden acht graden onder nul gemeten. Sabin kreeg waarschijnlijk een beroerte, zakte niet ver van de rivier de Abiskojåkk in elkaar en slaagde er niet in een van de berghutten aan de wandelroute te bereiken. Hij werd op 4 mei door een groep bergwandelaars uit Sundbyberg gevonden. De omstandigheden waren niet verdacht, werd er gezegd, en er waren geen sporen van geweld.

Mikael probeerde toch uit te vinden waar Johannes Forsell – ook een buitensporter immers – zich op dat moment bevond. Dat was op internet niet uit te maken. Het gebeurde in mei 2016, bijna anderhalf jaar voordat Forsell minister van Defensie werd, en zelfs de lokale pers hield hem toen thuis in Östersund niet voortdurend in de gaten. Wel stelde Mikael vast dat Forsell enkele zakelijke belangen had in de buurt van Abisko. Het was dus niet onmogelijk dat hij daar toen was geweest.

Toch was het natuurlijk veel te onzeker en speculatief om op voort te borduren, dus Mikael stond op en keek in de boekenkast op zijn slaapkamer. Daar stonden vooral thrillers, en die had hij allemaal al gelezen. Hij belde Pernilla, zijn dochter, en Erika, maar kreeg ze geen van beiden te pakken. Hij werd steeds rustelozer en ging eten in het Seglarhotell aan de haven. Toen hij 's avonds laat thuiskwam, had hij het gevoel dat de fut er helemaal uit was.

Paulina sliep. Lisbeth tuurde naar het plafond. Dat was de gebruikelijke gang van zaken, tenzij ze allebei wakker lagen. Geen van beiden sliep veel, en geen van beiden voelde zich erg goed. Vanavond hadden ze elkaar heel fijn getroost met champagne, bier en een paar orgasmes, en daarna waren ze algauw in slaap gevallen, maar Lisbeth was niet veel later met een schok wakker geworden, vol herinneringen en vragen aan de Lundagata en haar jeugd, die als een ijzige wind over haar heen gingen. Wat was er met hen allemaal gebeurd?

Al voordat Lisbeth er wetenschappelijk in geïnteresseerd raakte, zei ze altijd dat er een genetische fout in haar familie zat, en lange tijd dacht ze dat er in haar familie gewoon veel extreme en slechte mensen voorkwamen. Maar een paar jaar geleden had ze besloten die hypothese tot op de bodem uit te zoeken en met behulp van een reeks hacks vond ze Zalachenko's Y-chromosoom in het forensisch DNA-laboratorium in Linköping.

In een aantal lange nachten leerde ze zichzelf hoe ze die gegevens moest analyseren, en ze bestudeerde alles wat ze kon vinden over haplogroepen. In alle geslachten vinden kleine mutaties plaats. Haplogroepen laten zien tot welke menselijke tak ieder afzonderlijk individu behoort, en het had haar niet verbaasd dat haar vaders groep bijzonder ongewoon was, en dat werd ook bevestigd toen ze terugzocht in de tijd. Ze vond overal een oververtegenwoordiging niet alleen van hoge intelligentie, maar ook van psychopathie – en daar werd ze niet blijer en niet wijzer van.

Ze leerde er echter wel de DNA-techniek van, en nu, al na twee uur in de nacht, terwijl ze alleen maar herinneringen ophaalde en huiverend naar de brandmelder aan het plafond lag te turen, die als een boos rood oog flikkerde, vroeg ze zich af of ze toch niet even naar het materiaal zou kijken dat Mikael haar had gestuurd. Dan kon ze in elk geval even aan iets anders denken.

Dus ze stond voorzichtig op, ging aan haar bureau zitten en opende de bestanden. Eens kijken, bromde ze. Eens kijken. Wat is dit? Een voorlopig autosomaal DNA met een aantal zogeheten STR-markers – *short tandem repeats* – dus ze opende de BAM Viewer van het Broad Institute, die haar kon helpen die markers te analyseren. Aanvankelijk was ze nog een beetje verstrooid en stopte ze even om naar de satellietbeelden van Camilla's huis te turen. Maar langzaam maar zeker begon het materiaal haar te fascineren, en toen constateerde ze dat de man geen voorvaderen of verwanten had in de noordse landen.

Hij kwam van ver weg, en nadat ze het obductieverslag, de C13-analyse en de beschrijvingen van de kwetsuren en amputaties nogmaals had gelezen, kwam ze op een verbluffend idee. Ze bleef lange tijd volkomen roerloos voorovergebogen zitten, met haar hand op de oude schotwond in haar schouder.

Ze gaf een aantal zoekopdrachten op internet en bromde wat voor zich uit. Kon dit echt kloppen? Ze kon het bijna niet geloven en stond op het punt de server van de forensische arts te hacken.

Toen kwam ze op het onconventionele idee om eerst eens op de traditionele manier te zoeken. Ze stuurde een mailtje en pakte toen het laatste wat er nog in de minibar zat, een Coca-Cola en een flesje cognac. De uren verstreken en de ochtend kwam, en waarschijnlijk viel ze op haar stoel in slaap. Maar ongeveer op het moment dat Paulina haar ogen opendeed en er geluiden te horen waren in de gang, kreeg Lisbeth een signaal op haar mobiele telefoon. Ze logde weer in op de satellietbeelden en keek eerst wat turend en vermoeid, maar was toen ineens klaarwakker.

Op haar scherm zag ze dat haar zus en drie mannen, van wie er een uitzonderlijk lang was, het huis aan de Rubljovka verlieten en in een limousine stapten. Lisbeth volgde hen de hele weg naar de internationale luchthaven Domodedovo bij Moskou.

11
25 AUGUSTUS

Fredrika Nyman lag te woelen in bed en keek op de wekker op het nachtkastje. Ze hoopte dat het ten minste halfzes was, maar het was tien voor halfvijf en ze vloekte hardop. Ze had hooguit vijf uur geslapen. Maar ze deed nu geen moeite om weer in slaap te komen. Ze voelde – met de zelfkennis van de slapeloze – dat dat niet zou lukken, dus ze stond op en zette in de keuken een potje groene thee. De ochtendkranten waren er nog niet. Ze ging met haar mobieltje aan de keukentafel zitten en luisterde naar de vogels. Ze miste de stad. Ze miste een man, of sowieso iemand die geen tiener was.

'Ik heb weer niet kunnen slapen en ik heb pijn in mijn hoofd en in mijn rug,' zou ze tegen die persoon willen zeggen, en ze zei het ook, maar alleen tegen zichzelf. Daarom moest ze ook zelf antwoorden: 'Arme Fredrika.'

Na de rukwinden van die nacht was het meer tot rust gekomen, en in de verte zag ze de twee zwanen van het meer. Ze gleden over het water, dicht bij elkaar. Soms was ze jaloers op de dieren, niet omdat het haar zo leuk leek om een zwaan te zijn, maar omdat ze met zijn tweeën waren. Ze konden samen slecht slapen. Konden in vogeltaal tegen elkaar klagen.

Ze checkte haar mail. Ze had een bericht van iemand die zich Wasp noemde. Er stond:

Kreeg van Blomkvist de STR-markers en de obductierapporten. Heb wel een idee waar de man vandaan komt. Interessante C13. Maar heb een volledige genoomsequentie nodig. Denk dat dat het snelst gaat bij het UGC. Vraag of ze tempo maken. Heb geen tijd om te wachten.

'Nou ja, wat een toon, zeg,' bromde ze, en ondertekend was het mailtje ook al niet. Sequentieer jezelf, dacht ze. Ze kon niet tegen dit soort aspergerachtige onderzoekers. Haar man was ook zo geweest, volkomen hopeloos, achteraf. Toen las ze het mailtje nog een keer en kalmeerde ze een beetje. Het was onbeleefd en gebiedend, maar het kwam overeen met haar eigen ideeën, en ze had een week geleden al een bloedproef naar het Uppsala Genomcenter, UGC, gestuurd en om een volledige sequentie van het organisme gevraagd.

Ze had de bio-informatici achter de vodden gezeten en hun gevraagd alle ongewone mutaties en varianten rood te markeren. Ze verwachtte het antwoord elk moment, dus ze stuurde een mailtje naar hen in plaats van naar die rotonderzoeker, en toen ze toch eenmaal bezig was, bediende ze zich van ongeveer dezelfde toon.

Ik heb die sequentie nu nodig, schreef ze.

Ze hoopte dat ze ook onder de indruk zouden zijn van het tijdstip. Het was nog geen vijf uur in de ochtend, en zelfs de zwanen op het meer leken nog een beetje sloom en misschien toch ook niet zo akelig tevreden dat ze met zijn tweeën waren.

De elektronicawinkel van Kurt Widmark aan de Hornsgata was nog niet open, maar inspecteur Sonja Modig zag binnen een oudere, kromme man staan en ze klopte aan. De man kwam met een gespannen glimlachje naar de deur gesjokt.

'U bent vroeg. Maar welkom,' zei hij.

Sonja stelde zich voor en vertelde waarvoor ze kwam. Toen verstijfde de man. Hij keek geïrriteerd, zuchtte en bromde wat. Hij was bleek en had een enigszins scheef gezicht, dat verbitterde trekken vertoonde. Zijn haar was in een lange lok over zijn schedel gekamd.

‘Het is al lastig genoeg in deze branche,’ zei hij. ‘Internet en de grote warenhuizen nemen het helemaal over.’

Sonja glimlachte en probeerde begrijpend te kijken. Ze was die ochtend op goed geluk wat aan het rondvragen gegaan, en een jonge vent in een kapperssalon wist dat de bedelaar vaak voor die winkel naar de tv-schermen had staan kijken.

‘Wanneer hebt u hem voor het eerst gezien?’ vroeg ze.

‘Hij kwam hier een paar weken geleden zomaar binnen en ging voor een van mijn toestellen staan kijken,’ zei Kurt Widmark.

‘Wat was er op tv?’

‘Het nieuws, een nogal stevig interview met Johannes Forsell over de beurskrach en de landsverdediging.’

‘Waarom was die bedelaar daar zo in geïnteresseerd?’

‘Geen idee.’

‘Helemaal niet?’

‘Nee, hoe zou ik dat nou moeten weten? Ik probeerde hem de zaak weer uit te krijgen, niet onvriendelijk trouwens, hoor. Mensen mogen eruitzien zoals ze willen, maar ik wees hem erop dat hij mijn klanten angst aanjoeg.’

‘Hoezo?’

‘Hij stond daar wat te mompelen, hij stonk en hij zag eruit alsof hij niet goed bij zijn hoofd was.’

‘Hoorde u wat hij zei?’

‘O ja, hij vroeg me in heel duidelijk Engels of Forsell nu beroemd was. Dat verbaasde me een beetje en ik zei: “God ja, dat is hij. Hij is minister van Defensie en steenrijk.”’

‘Dus hij kende Forsell blijkbaar al voordat hij beroemd werd?’

‘Dat weet ik niet. Maar ik herinner me dat hij zei: *“Problem, now he has problem?”* Hij zei het als een vraag en alsof hij “ja” als antwoord verwachtte.’

‘En wat zei u?’

‘Ik zei: “Jazeker, hij heeft grote problemen. Hij heeft geknoeid en gerommeld met zijn aandelen en achter de schermen een paleisrevolutie ontketend.”’

‘Maar dat zijn toch maar geruchten?’

'Ik heb het van veel kanten gehoord.'

'Hoe reageerde de bedelaar?'

'Hij begon te schelden en te tieren, en toen pakte ik zijn arm en probeerde hem naar buiten te trekken. Maar hij was sterk en wees op zijn gezicht. "*Look at me. See what happened to me! And I took him. And I took him,*" schreeuwde hij. Of iets in die trant. Hij zag er wanhopig uit, en toen heb ik hem even laten staan. Na het interview met Forsell kwam er iets over het Zweedse onderwijs, en toen was die bekakte tuthola er weer op.'

'Over welke bekakte tuthola hebben we het dan?'

Sonja Modig raakte geïrriteerd.

'Die Lindås. Als er nou íémand arrogant is... Maar die zwerver keek naar haar alsof hij een engel zag en bromde: "*Very, very beautiful woman. Is she critical to Forsell also?*" en ik probeerde duidelijk te maken dat het een niets met het ander te maken had, maar dat begreep hij geloof ik niet. Hij was buiten zichzelf, en niet lang daarna ging hij weg.'

'Maar hij kwam terug?'

'Hij kwam ongeveer een week lang elke dag om dezelfde tijd terug, vlak voor sluitingstijd, en keek, en vroeg naar journalisten en andere mensen die hij kon bellen. Op het laatst was ik het zo zat dat ik de politie heb gebeld, maar die deden natuurlijk niks.'

'Dus u weet geen naam of andere dingen over die man?'

'Hij zei dat hij Sardar heette.'

'Sardar?'

'"*Me Sardar,*" zei hij een keer toen ik hem eruit probeerde te krijgen.'

'Dat is toch al heel wat,' zei Sonja Modig. Ze bedankte de man en liep naar het metrostation Mariatorg.

In de metro naar het Fridhelmsplan en het politiebureau googelde ze op 'Sardar'. Het was een oud Perzisch woord waarmee prinsen en aristocraten werden aangeduid, of leiders van een groep of stam in het algemeen. Het woord werd gebruikt in het Midden-Oosten en in Centraal- en Zuidoost-Azië. Het kon ook worden gespeld als Sirdar, Sardaar of Serdar. Een prins, dacht Sonja Modig.

Een prins in bedelaarskleren. Dat zou wat zijn. Maar het leven is nooit zoals in sprookjes.

Het had lang geduurd voordat ze weg konden, en dat kwam niet alleen omdat ze geen spoor hadden gevonden van Lisbeth Salander. Ivan Galinov, de oude GROe-agent, was met andere dingen bezig geweest en Camilla wilde hem koste wat kost mee hebben. Galinov was drieënzestig jaar, een ontwikkeld man met veel ervaring in inlichtingenwerk en infiltratie.

Hij was een polyglot: hij sprak elf talen vloeiend en kon wisselen tussen dialecten en standaardtalen. Hij kon voor een geboren Brit, Fransman of Duitser worden aangezien en hij was ongetwijfeld elegant, hoewel zijn gezicht iets vogelachtigs had. Hij was lang, recht van houding en knap, had grijs haar en witte bakkebaarden, en was altijd beleefd en galant. Toch waren mensen bang voor hem. Er werden verhalen over zijn leven verteld die een bijlage bij zijn karakter, een verlengstuk van zijn lichaam waren geworden.

Een van die verhalen ging over zijn oog, dat hij in de oorlog in Tsjetsjenië was kwijtgeraakt. Hij had het vervangen door een emaillen oog, waarvan werd gezegd dat het het beste was wat er verkrijgbaar was. Volgens het verhaal – dat geïnspireerd was door een oude grap over een kredietverstrekker bij een bank – kon niemand uitmaken welk oog het echte en welk oog het valse was, totdat een van Galinovs ondergeschikten met een eenvoudige verklaring kwam: 'Het oog dat een zweem van menselijkheid vertoont, is het emaillen oog.'

Er was ook een verhaal over het crematorium op verdieping -2 van het hoofdkwartier van de GROe in Chodinka. Galinov zou een collega die geheim materiaal aan de Britten had verkocht, mee naar beneden hebben genomen en hem daar levend hebben verbrand. Er werd gezegd dat zijn bewegingen trager werden en dat hij niet meer met zijn ogen knipperde als hij zijn vijanden martelde. Dat waren waarschijnlijk vooral praatjes en gemythologiseerde overdrijving, en hoewel ook Camilla de kracht van die verhalen gebruikte om haar zin door te drijven, was dat niet de reden waarom ze hem er graag bij wilde hebben.

Galinov was een vertrouweling van haar vader geweest, en net als zij had hij van Zala gehouden en hem bewonderd, en net als zij was hij in de steek gelaten. Die ervaring had hen samengesmeed. Zij ondervond geen wreedheid van Galinov, maar eerder begrip, een vaderlijke bezorgdheid, en voor haar was het nooit moeilijk om te zien welk oog het echte was. Galinov had haar geleerd door te gaan, en niet zo lang geleden, toen ze begreep wat voor mokerslag het voor hem was geweest dat Zalachenko naar Zweden was overgelopen, had ze gevraagd: 'Hoe heb je het overleefd?'

'Net als jij, Kira.'

'En hoe heb ik het overleefd?'

'Jij hebt het overleefd door net zo te worden als hij.'

Die woorden was ze niet vergeten. Het waren woorden die haar aan de ene kant bang maakten, maar aan de andere kant ook kracht gaven, en vaak wanneer het verleden haar achtervolgde, zoals nu, wilde ze Galinov bij zich in de buurt hebben. Tegenover hem durfde ze klein te zijn. Hij was de enige in haar volwassen leven die haar had zien huilen, en nu, in haar privévliegtuig op weg naar vliegveld Arlanda bij Stockholm, zocht ze zijn glimlach.

'Bedankt dat je mee bent gekomen,' zei ze.

'We grijpen haar in de kraag, lieverd. We krijgen haar te pakken,' antwoordde hij, en hij streelde teder haar hand.

Lisbeth was waarschijnlijk naar bed gegaan toen ze Camilla en haar gevolg naar het vliegveld zag vertrekken, want ze werd in bed wakker en trof op het nachtkastje een briefje aan dat Paulina naar beneden was gegaan om te ontbijten. Het was tien over elf. De eetzaal was al dicht, dus Lisbeth bleef op haar kamer. Ze vloekte toen ze zich herinnerde dat er geen junkfood meer in de minibar zat. Ze dronk water uit de kraan en at wat chipskruimels die nog bij haar laptop lagen. Toen nam ze een douche, trok een spijkerbroek en een zwart T-shirt aan, ging aan haar bureau zitten en checkte haar mail. Ze had twee bestanden van meer dan tien gigabyte gekregen, waaronder een bericht van forensisch arts Fredrika Nyman.

Zeg, ik ben niet gek. Ik had natuurlijk al een volledige genoomsequentie opgevraagd. Die heb ik vanmorgen gekregen. Weet niet hoe nauwkeurig de bio-informatici zijn geweest, maar ze hebben een paar eigenaardigheden gemarkeerd. Ik heb mijn eigen specialisten natuurlijk, maar ik neem aan dat het geen kwaad kan als jij er ook naar kijkt. Ik stuur een bewerkt bestand met notities mee en een FastQ met ruwe gegevens, voor het geval dat je daar liever rechtstreeks mee werkt. Graag snel terugkoppelen.
F

Lisbeth had niets in de gaten van de woede of de onderliggende irritatie tussen de regels door, en ze was ook niet erg geconcentreerd. Ze stelde tegelijkertijd vast dat Camilla nu in Zweden was. Ze reed op de E4 van Arlanda naar de binnenstad van Stockholm. Ze balde haar vuisten en vroeg zich af of ze daar niet ook onmiddellijk naartoe moest. Ze bleef echter achter haar bureau zitten, opende de bestanden die Fredrika Nyman had gestuurd en liet die voor haar ogen langsrollen als een flikkerende microfilm. Wat kon het haar eigenlijk schelen?

Maar ze bedacht dat ze ze net zo goed even kon bekijken, terwijl ze nadacht over wat haar volgende stap moest zijn. Dus ze begon er toch maar aan, en hier was ze heel goed in, dat had ze altijd al geweten.

Lisbeth kon zich altijd heel snel een beeld vormen, zelfs van ongestructureerde stukken en daarom gaf ze, zoals de schouwarts al vermoedde, de voorkeur aan werken met de ruwe data, en wilde ze liever niet worden gestuurd door andermans perspectief en aantekeningen. Met het dataprogramma Sam Tools maakte ze een zogeheten BAM-file van de informatie, een document met al het erfelijk materiaal, en dat was niet weinig.

Het was in zekere zin een reusachtige crypto, uitgedrukt in vier letters: A, C, G, T, de nucleobasen adenine, cytosine, guanine en thymine. Op het eerste gezicht zag het eruit als een onbegrijpelijke massa. Maar er zat een heel leven achter, en om te beginnen zocht Lisbeth naar afwijkingen, welke dan ook, door de index te doorzoeken en grafieken te bestuderen. Toen pakte ze haar BAM Viewer, haar IGV, en vergeleek ze specifiek en willekeurig geselecteerde sequenties met DNA-sequenties die ze vond in het *1000 Genomes Project* – waarin genetische informatie uit de hele wereld wordt verzameld – en toen ontdekte ze een anomalie in de frequentie RS4954 van het zogeheten EPAS1-gen, dat de productie van hemoglobine door het lichaam regelt.

Iets was zo opzienbarend anders dat ze meteen ging zoeken in de database PubMed, en het duurde niet lang of ze vloekte en schudde haar hoofd. Was dit mogelijk? Ze vermoedde al iets in die richting, maar ze had niet gedacht dat het zo snel zwart-op-wit zou staan. Ze verzonk in diepe concentratie en merkte niet eens dat Paulina binnenkwam, 'Hallo hallo' riep en doorliep naar de badkamer.

Lisbeth ging helemaal op in het verder bestuderen van deze variant van het EPAS1-gen. Het was niet alleen bijzonder ongewoon, het had ook een spectaculaire achtergrond, die terug te voeren was op de Denisovamens, een tak van het geslacht Homo die al vierduizend jaar uitgestorven was.

De Denisovamens was in de wetenschap lang onbekend, maar was in kaart gebracht sinds Russische archeologen in 2008 een botfragment en een tand van een vrouw hadden gevonden in de Denisovagrot in het Altagebergte in Siberië. De Denisovamens bleek zich in de loop van de geschiedenis te hebben gemengd met de homo sapiens in Zuidoost-Azië, en zo had hij een deel van zijn genen overgedragen op de nu levende mensen, waaronder deze variant EPAS1.

Deze variant stelt het lichaam in staat ook kleine hoeveelheden zuurstof in zich op te nemen. Hij zorgt ervoor dat het bloed dunner wordt en sneller circuleert, waardoor de kans op bloedproppen en oedeem kleiner wordt. De variant is bijzonder gunstig voor mensen die in hoge bergen wonen en werken, waar het zuurstofgehalte lager is, en dat kwam overeen met Lisbeths eerste veronderstelling, gebaseerd op de kwetsuren en amputaties van de bedelaar en op de C13-analyse.

Maar hoewel ze nu een zo duidelijke aanwijzing had, wist ze het nog niet zeker. Het was een ongebruikelijke variant, maar hij kwam overal in de wereld voor, dus ze zocht in het Y-chromosoom en het mitochondriale DNA van de man en zag dat hij tot de haplogroep C4a3b1 behoorde. Toen ze die groep controleerde verdween haar laatste twijfel.

Deze groep bestond alleen bij de mensen die hoog in het Himalayagebergte van Nepal en Tibet leefden, en die bij bergbeklimmingsexpedities vaak als dragers en gidsen werkten.

De man was een sherpa.

Deel 2

DE BERGMENSEN

De sherpa's zijn een etnische groepering in de Himalaya in Nepal.
Veel sherpa's werken als gids of drager voor bergbeklimexpedities.

De meeste sherpa's zijn aanhangers van het nyingma, een oude boeddhistische traditie. Ze geloven dat er in de bergen goden en geesten leven. De goden moeten volgens religieuze rituelen worden gerespecteerd en geëerd.

Volgens dit geloof kan een lhawa, een sjamaan, een sherpa helpen die ziek is of een ongeluk heeft gehad.

12
25 AUGUSTUS

Terwijl het op zee waaide, zat Mikael achter de computer in zijn vakantiehuis op Sandhamn. Hij zocht niets bepaalds, maar werd steeds naar informatie over Forsell toe gezogen. Hij had hem die zomer een paar keer bij de kruidenier en in de haven ontmoet, maar hij had hem ook een keer geïnterviewd. Dat was toen Forsell precies drie jaar minister van Defensie was, in oktober 2017. Hij dacht eraan dat hij in een grote kamer met kaarten aan de muren had zitten wachten en dat Johannes Forsell zijn hoofd om de deur stak als een jongetje dat blij was dat hij bij het feestje was aangekomen.

'Mikael Blomkvist,' zei hij. 'Goh, wat leuk.'

Het gebeurde niet vaak dat politici hem op die manier begroetten, en misschien had hij het moeten afdoen als slijmen, maar Forsell leek oprecht enthousiast en Mikael herinnerde zich dat het een stimulerend gesprek was. Forsell was een snelle denker, hij was belezen en hij gaf echt antwoord, alsof hij serieus geïnteresseerd was in de vragen en helemaal geen partijpolitiek bedreef. Maar de beste herinnering bewaarde Mikael aan de koffiebroodjes. Op tafel stond een schaal vol koffiebroodjes, en Forsell zag er niet bepaald uit als een groot eter van koffiebroodjes.

Hij was lang en goed getraind; met zijn prachtige fysiek had hij zo voor een model kunnen doorgaan. Elke ochtend liep hij vijf kilometer hard en drukte hij zich tweehonderd keer op, vertelde hij, en hij vertoonde ook verder geen enkel teken van lichtzinnigheid. Misschien waren de koffiebroodjes een poging om enige volkse zwakheid ten toon te spreiden, een poging van iemand uit de elite om gewoon over te komen, zoals toen hij in *Aftonbladet* vertelde dat hij gek was op het Songfestival, zonder dat hij later ook maar één controlevraag daarover kon beantwoorden.

Mikael en hij waren even oud, constateerden ze, hoewel Forsell er ongetwijfeld jonger uitzag en meer complimenten zou krijgen bij gezondheidschecks. Hij barstte van energie en optimisme. 'Het ziet er somber uit in de wereld, maar het gaat vooruit en er zijn minder oorlogen, vergeet dat niet,' zei hij, en hij gaf Mikael een boek van Steven Pinker dat hij nog altijd ergens ongelezen had liggen.

Johannes Forsell was geboren in Östersund, in een gezin van kleine ondernemers die leefden van een pensionaat en een aantal vakantiehuisjes in Åre. Hij deed het heel goed op school en was een veelbelovend langlaufer. Hij ging naar het skigymnasium in Sollefteå. Na een test werd hij aangenomen voor de militaire tolkenopleiding. Hij leerde Russisch en werd inlichtingenofficier. Zijn jaren bij de MUST, de militaire inlichtingendienst, waren uiteraard het geheimzinnigste deel van zijn leven. Mogelijk werkte hij mee aan het in kaart brengen van de activiteiten van de GROe in Zweden; dat zou je kunnen opmaken uit gelekte informatie aan het tijdschrift *The Guardian*, toen Forsell in het najaar van 2008 uit Rusland werd uitgewezen, waar hij werkte bij de Zweedse ambassade.

Een jaar later stierf zijn vader. Hij zegde zijn baan op, nam het familiebedrijf over en maakte daar binnen de kortste keren een groot concern van. Hij bouwde hotels in Åre, Sälen en Vemdalen, later in Järvsö en zelfs in Geilo en Lillehammer in Noorwegen. In 2015 verkocht hij het bedrijf voor een kleine tweehonderd miljoen kronen aan een Duitse reisorganisatie – maar hij behield wel een kleiner belang in Åre en Abisko.

Datzelfde jaar werd hij lid van de sociaaldemocratische partij en zonder echte politieke ervaring werd hij gekozen tot wethouder in Östersund. Hij werd snel populair en stond bekend om zijn daadkracht en om zijn onvoorwaardelijke liefde voor de plaatselijke voetbalclub. Daarna werd hij plotseling minister van Defensie en dat leek heel lang een geslaagde keuze, een pr-succes voor de regering.

Hij werd afgeschilderd als een held en een avonturier, vooral natuurlijk vanwege de twee grote bedrijven die hij naast zijn carrière had, maar ook omdat hij in de zomer van 2002 het Kanaal over was gezwommen en zes jaar later, in mei 2008, de Mount Everest had beklommen. Maar algauw ging de wind uit een andere hoek waaien, en waarschijnlijk was dat terug te voeren op zijn stellige uitspraak dat Rusland in de verkiezingstijd stiekem de xenofobe partij Sverigedemokraterna had gesteund.

Hij werd steeds fanatieker aangevallen. Toch was dat niets vergeleken bij wat hem nog te wachten stond. Na de beurskrach in juni werd er nepnieuws over hem in omloop gebracht, en het was niet zo moeilijk om sympathie op te brengen voor zijn Noorse vrouw Rebecka, die de leugens in een interview in *Dagens Nyheter* schaamteloos noemde, en vertelde dat hun beide kinderen zelfs bewaking nodig hadden. Er heerste een sfeer van haat, die steeds meer werd aangewakkerd en steeds een stap verderging.

Op de meest recente foto's zag Forsell er helemaal niet meer uit als een man met onuitputtelijke energie. Hij leek moe en vermagerd, en vrijdag werd er gezegd dat hij een extra week vakantie had opgenomen. Er gingen zelfs geruchten dat hij ingestort was. Nee, hoe Mikael de zaak ook wendde of keerde, hij kon het niet laten om mee te voelen met Forsell. Maar dat was misschien een domme houding als hij moest uitzoeken of er verband was met de bedelaar en misschien zelfs met de militair-historicus Mats Sabin.

Het was normaal gesproken toch onmogelijk dat Forsell alleen maar onberispelijk en enthousiast was? In de algehele lastercampagne werd gezegd dat hij bij zijn Kanaalzwemtocht was meegevaren op een begeleidende roeiboot, en dan was er natuurlijk de bewering dat hij de Everest nooit had beklommen, zoals hij claimde. Maar Mikael kon geen bewijzen vinden voor die beschuldigingen, alleen was de akelige chaos op de Everest wel een drama geweest, een soort Griekse tragedie, waarvan niets met zekerheid kon worden vastgesteld, hoeveel er ook over geschreven was.

Forsell was echter niet de meest besproken persoon. Hij bevond zich op grote afstand van het epicentrum van het drama toen de spectaculaire en vermogende Amerikaanse Klara Engelman en haar gids Viktor Grankin op achtduizend meter hoogte stierven, dus daar verdiepte Mikael zich verder niet in. Hij concentreerde zich op Forsells carrière als officier.

Alleen al het feit dat hij inlichtingenofficier was geweest had natuurlijk geheime informatie moeten zijn. Dat was echter uitgekomen toen hij uit Rusland werd uitgewezen, en hoewel er in de huidige haatcampagne natuurlijk de absurdste geruchten rondgingen, noemde opperbevelhebber Lars Granath het optreden van Forsell in Moskou nog altijd 'volstrekt eervol'.

Voor het overige waren de feiten niet te achterhalen, en uiteindelijk liet Mikael het zitten en kwam hij niet verder dan de constatering dat Johannes en Rebecka twee zonen hadden, Samuel en Jonathan, respectievelijk elf en negen jaar oud. Het gezin woonde in Stocksund bij Stockholm, maar bezat ook een vakantiehuis niet ver bij Mikael vandaan, aan de zuidoostkant van Sandö. Misschien waren ze daar nu zelfs wel.

Mikael had Forsells privénummer gekregen. 'Bel maar als je vragen hebt,' had hij op zijn eigen onnavolgbare manier gezegd. Maar Mikael had geen reden om hem nu lastig te vallen. Integendeel, hij zou er helemaal de brui aan moeten geven en een middagdutje moeten doen. Hij was doodmoe. Maar hij ging toch zeker niet liggen slapen! Hij belde commissaris Bublanski, praatte weer met hem over Lisbeth en vertelde dat de bedelaar misschien iets over Mats Sabin had gezegd, al zei hij er voor de zekerheid wel bij: 'Het zal wel niets zijn.'

Paulina Müller kwam in het hotel in ochtendjas uit de badkamer en zag dat Lisbeth nog steeds in volle concentratie achter haar laptop zat. Ze legde voorzichtig een hand op haar schouder. Lisbeth keek niet meer naar het grote huis bij Moskou, zoals anders. Ze las een artikel, en zoals gewoonlijk kon Paulina het niet bijhouden. Ze had nog nooit iemand ontmoet die zo snel las. De zinnen vlogen over het scherm.

Toch kreeg ze een paar woorden mee: *Denisovan genome and that of certain South Asian...* en toen raakte ze geïnteresseerd. In *Geo* had ze over de oorsprong van de homo sapiens en zijn verwantschap met de neanderthaler en de Denisovamens geschreven, en ze zei: 'Daar heb ik over geschreven.'

Lisbeth reageerde niet en daar werd Paulina gek van. Lisbeth betaalde alles en beschermde haar, maar ze voelde zich vaak alleen en buitengesloten. Ze kon niet tegen Lisbeths zwijgen en haar eindeloze uren achter de computer. De nachten dreven haar tot waanzin, en de nachten waren toch al zo zwaar. Al het kwaad dat Thomas haar had aangedaan kwam dan weer in haar boven en de hele tijd droomde ze over wraak en eerherstel, en op zulke momenten had ze Lisbeth nodig.

Maar Lisbeth had haar eigen hel. Soms was haar lichaam zo gespannen dat Paulina zich niet eens tegen haar aan durfde te drukken, en hoe kon een mens zo weinig slapen? Altijd als Paulina wakker werd, lag Lisbeth met haar ogen open naast haar, luisterend naar geluiden op de gang, of ze zat aan haar bureau naar beelden van bewakingscamera's en naar satellietbeelden te kijken. Ze had steeds meer het gevoel dat ze niet langer buitengesloten wilde worden als ze zo dicht op elkaar leefden, en ze wilde wel schreeuwen: 'Wie zit er achter je aan? Waar ben je mee bezig?'

Ze zei: 'Wat doe je?'

Ook nu kreeg ze geen antwoord, maar Lisbeth draaide zich om en keek haar aan met een blik die toch iets weg had van een uitgestrekte hand. Er straalde een ander, een donkerder licht in haar ogen.

'Wat doe je?' vroeg ze weer.

'Ik probeer de identiteit van een man te achterhalen,' antwoordde Lisbeth.

‘Van een man?’

‘Een sherpa, ruim vijftig jaar, dood nu, waarschijnlijk afkomstig uit het Khumbudal in het noordoosten van Nepal. Hij zou ook uit Sikkim of Darjeeling in India kunnen komen, maar Nepal, het gebied rond Namche Bazaar, is toch waarschijnlijker. Hij is afkomstig uit het oosten van Tibet. Hij lijkt in zijn jeugd extreem vetarm te hebben gegeten,’ zei ze, en voor Lisbeth was dat al een hele lezing. Paulina fleurde op en ging op een stoel naast haar zitten.

‘Weet je nog meer?’ vroeg ze.

‘Ik heb zijn DNA en een obductierapport. Gezien zijn verminkingen weet ik vrij zeker dat hij drager of gids is geweest voor bergbeklimmers. Ik denk dat hij daar heel goed in was.’

‘Waarom denk je dat?’

‘Hij had zeldzaam veel spiervezels type 1 en moet zware lasten hebben kunnen dragen zonder dat het hem erg veel energie kostte. Maar vooral vanwege het gen in zijn lichaam dat de hemoglobine in het bloed regelde. Hij moet sterk zijn geweest en heel taai in een zuurstofarme omgeving. Ik denk dat hij iets vreselijks heeft meegemaakt. Hij had ernstig bevriezingsletsel en allerlei breuken. De meeste van zijn tenen en vingers waren geamputeerd.’

‘Heb je zijn Y-gegevens?’

‘Ik heb zijn hele genoom.’

‘Moet je dat dan niet laten checken door Y-full?’

Y-full was een Russisch bedrijf – Paulina had er een jaar geleden nog over geschreven – dat geleid werd door wiskundigen, biologen en programmeurs uit de hele wereld, mensen die hadden deelgenomen aan academische studies of die DNA-tests van zichzelf hadden laten uitvoeren om meer over hun afkomst te weten te komen.

‘Ik wilde het checken bij Familytree en Ancestry, maar Y-full, zei je?’

‘Die zijn volgens mij het beste. Ze worden geleid door mensen zoals jij, een stel vreselijke nerds.’

'Oké,' zei Lisbeth, 'maar ik denk dat het lastig wordt.'

'Hoezo?'

'Ik vermoed dat de man bij een groep hoort die niet zo vaak een DNA-analyse van zichzelf laat maken.'

'Kan er geen materiaal van verwanten in wetenschappelijke rapporten zijn verwerkt? Ik weet dat er heel wat onderzoeken zijn gedaan naar de vraag waarom sherpa's zulke goede klimmers zijn op grote hoogte,' zei Paulina, trots dat ze opeens mee kon praten.

'Dat is zo,' zei Lisbeth, een beetje afwezig nu.

'En het is denk ik ook een vrij kleine populatie?'

'Er zijn maar ruim twintigduizend sherpa's in de hele wereld.'

'Nou dan?' zei ze, en ze hoopte dat ze misschien samen een poging konden doen.

Lisbeth ging echter naar een andere link op haar computer, een kaart van Stockholm, zo te zien.

'Waarom is het zo belangrijk voor je?'

'Het is niet belangrijk.'

Lisbeths ogen werden weer zwart. Paulina stond teleurgesteld op, kleedde zich zwijgend aan en ging de kamer uit, de stad weer in, naar de Burcht van Praag.

13
25 AUGUSTUS

Rebecka Forsell, die toen nog Loew heette, was verliefd geworden op Johannes' kracht en op zijn opgewektheid. Rebecka was als arts mee geweest op de Everest-expeditie van Viktor Grankin. Ze was er lang sceptisch over gebleven en was niet ongevoelig voor kritiek erop. Er werd in die jaren zelfs gesproken over commercialisering van de Mount Everest.

Er werd gesproken over cliënten die een plek op de top kochten zoals anderen een Porsche, en die mensen werden niet alleen beschouwd als bezoedelaars van het pure bergbeklimmen. Men zei ook dat de risico's op de berg toenamen en Rebecka was bang dat te veel mensen in hun groep veel te onervaren waren, vooral Johannes, die zelfs nog nooit boven de vijfduizend meter hoogte was geweest.

Toen ze echter het basiskamp naderden en anderen last hadden van hoesten en hoofdpijn en twijfelden aan de hele onderneming, hoefde ze zich om Johannes wel de minste zorgen te maken. Hij huppelde gewoon over de morene, werd goede maatjes met iedereen, zelfs met de plaatselijke bevolking, en misschien kwam dat doordat hij hen tegelijkertijd met alle respect en zonder enig respect bejegende. Hij spotte met hen zoals hij dat met iedereen deed, lachte en vertelde verhalen.

Hij was zoals hij was, en werd beschouwd als ongekunsteld en oprecht. Rebecka wist niet of dat echt zo was. Zij zag hem eerder als een intellectueel die heel bewust luchtig naar de wereld keek, maar dat maakte hem eigenlijk nog beminnelijker. Soms wilde ze gewoon met hem wegrennen en het leven omhelzen.

Het klopte dat hij door een diep dal was gegaan na de dood van Klara en Victor. Om de een of andere reden had hij het moeilijker met die tragedie dan alle anderen.

Hij was zwaar gedeprimeerd – totdat hij weer vrolijk en energiek was. Toen ging hij met haar naar Parijs en Barcelona, en het jaar daarna, in april – een paar maanden na de dood van zijn vader – trouwden ze in Östersund en verliet ze haar huis in het Noorse Bergen zonder er ooit naar terug te verlangen.

Ze hield van Östersund en Åre en van skiën, en ze hield van hem. Het verbaasde haar niet in het minst dat zijn bedrijf groeide en dat de mensen hem vertrouwden, en ook niet dat hij rijk werd en minister. Hij was een fenomeen. Het was alsof hij voortdurend rende, en toch onderweg tijd had om na te denken. Soms werd ze gek van hem, misschien wel juist daarom. Hij stopte niet en dacht dat elk probleem kon worden opgelost door de mouwen op te stropen en een beetje beter je best te doen.

Vaak was hij te streng voor de jongens. 'Dat kunnen jullie beter,' zei hij altijd, en hoewel hij altijd stimulerend was, had hij maar zelden tijd om naar haar zorgen te luisteren. Meestal gaf hij haar een kus en zei hij: 'Dat red je wel, Becka, dat red je wel.' Hij kreeg het steeds drukker, vooral sinds hij minister was natuurlijk. Vaak was hij tot in de kleine uurtjes aan het werk, maar toch was hij weer vroeg op om zijn vijf kilometer hard te lopen en zijn Navy SEALS te doen, zoals hij het noemde, zijn conditie-oefeningen. Het was een onmenselijk tempo, maar ze dacht dat hij ervan hield en dat het hem niet kon schelen dat de wind was gedraaid en dat hij die vroeger zo bewonderd werd, nu werd gehaat.

Vooral *zij* trok het zich aan. Dwangmatig googelde ze zijn naam, 's avonds en 's morgens, en ze bleef hangen in de afschuwelijkste tweets en beschuldigingen. Soms, op haar somberste momenten, dacht ze dat het allemaal haar schuld was – de schuld van haar Joodse afkomst. Zelfs Johannes, die er toch uitzag als een arisch pronkjuweel, werd slachtoffer van de antisemitische haatcampagnes. Toch schudde hij het heel lang moeiteloos van zich af en bleef hij hoopvol: 'We worden er sterk van, Becka. Het draait wel weer bij.'

Maar uiteindelijk begonnen de leugens toch blijkbaar ook aan hem te knagen. Niet dat hij ook maar één keer klaagde of zeurde. Het was eerder zo dat zijn enthousiasme op de automatische piloot ging. En afgelopen vrijdag nam hij, zonder een woord van uitleg, een week vakantie, wat zijn staf vast de nodige problemen had bezorgd. Daarom zaten ze nu in hun grote huis aan het water op Sandö. De jongens waren bij Johannes' moeder, maar de bewakers waren mee, de eeuwige bewakers met wie zij altijd babbelde en grapjes maakte. Johannes kwam zijn werkkamer op de eerste verdieping niet uit. Gisteren had ze hem horen schreeuwen aan de telefoon. Vanmorgen was hij niet gaan trainen. Hij had zwijgend ontbeten en had zich toen weer boven opgesloten.

Er was iets heel erg mis. Dat voelde ze. Buiten ging het harder waaien. Ze stond in de keuken een salade met rode biet, feta en pijnboompitten te maken. Het was bijna lunchtijd en het stond haar al tegen dat alleen maar tegen hem te moeten zeggen.

Toch ging ze naar boven, en hoewel ze beter had moeten weten ging ze zijn kamer binnen zonder te kloppen. Toen haalde hij nerveus een aantal papieren weg, en als hij niet zo wantrouwend had gedaan had ze er geen blik op geworpen. Nu zag ze nog net dat het een dossier van een psychiatrisch patiënt was, en dat vond ze gek, maar misschien was het een veiligheidscheck voor een medewerker. Ze probeerde net zo te glimlachen als anders.

'Wat is dat?' vroeg hij.

'De lunch.'

'Ik heb geen honger.'

Jij hebt verdomme altijd honger, wilde ze roepen.

'Is er iets gebeurd?' probeerde ze.

'Nee, niks.'

'Kom nou, ik zie dat er iets is.'

Ze voelde de woede in zich opkomen.

'Nee, er is niks, zei ik toch.'
'Ben je ziek?'
'Hoezo?'
'Ik zie dat je patiëntendossiers leest, dus dat is een logische vraag,' zei ze kribbig, en dat was fout.
Ze begreep het meteen. Hij keek haar aan met een van angst verkrampt gezicht waarvan ze zich doodschrok. Ze mompelde sorry, ging de kamer uit en merkte dat haar benen haar bijna niet meer konden dragen.
Wat is er gebeurd, dacht ze.
Kortgeleden waren we nog zo gelukkig.

Lisbeth wist dat Camilla zich nu in een appartement aan de Strandväg in Stockholm bevond. Ze wist dat Camilla's hacker Jurij Bogdanov en de oude GROe-agent en gangster Ivan Galinov bij haar waren, en ze begreep dat ze in actie moest komen. Ze wist echter niet goed hoe, en hoewel ze had besloten ermee op te houden, bleef ze bezig met Mikaels sherpa. Misschien was het ook een soort vlucht; dat wist ze niet. Met haar BAM Viewer kreeg ze 67 afwijkende markeringen in het DNA-segment. Die nam ze een voor een door en na een tijdje vond ze een haplogroep van de vaderskant.
Die heette DM174 en ook die was heel ongewoon. Of ze daar iets mee opschoot, wist ze nog niet. Op de site van Y-full in Moskou, het DNA-onderzoeksbedrijf waarover Paulina haar had getipt, zocht ze de groep op, en ze wachtte. Het duurde even, en ze riep nijdig uit: 'Wat is dat voor een traag gekloot?'
Ze geloofde er niet in en begreep eigenlijk niet wat ze aan het doen was. Ze zou het op moeten geven en zich op Camilla moeten concentreren. Maar toen het antwoord kwam, floot ze even. Ze had 212 treffers gekregen, verdeeld over 156 achternamen. Dat was beter dan verwacht. Ze deed haar ogen dicht, gaf zichzelf een paar klappen in het gezicht en bestudeerde ze allemaal. Ze zocht naar andere ongebruikelijke varianten in het segment en daarbij popte steeds dezelfde naam op. Die klonk totaal verkeerd, maar

hij bleef maar terugkomen: Robert Carson in Denver, Colorado.

De man zag er inderdaad een beetje Aziatisch uit, maar verder was hij volkomen Amerikaans: marathonloper, slalomskiër en geoloog aan de universiteit van Denver, tweeënveertig jaar, vader van drie kinderen, politiek actief democraat en fel tegenstander van de lobbyorganisatie NRA, National Rifle Association, want zijn oudste zoon had een schietpartij op school meegemaakt.

Robert Carson had als hobby genealogie, en hij had twee jaar geleden een grote Y-chromosoomanalyse laten uitvoeren. Hij bleek in zijn EPAS1 dezelfde mutatie te hebben als de bedelaar.

'Ik heb supergenen,' schreef hij in een bijdrage op de site rootsweb.ancestry.com, en hij had er een foto van zichzelf bij een beekje in de Rocky Mountains bij gezet: gekleed in een overall, een pet van ijshockeyclub Colorado Avalanche op zijn hoofd, uitgelaten zijn spierballen spannend.

Hij vertelde dat zijn opa, Dawa Dorje, in het zuiden van Tibet had gewoond, niet ver van de Mount Everest, maar dat hij in 1951, na de Chinese bezetting, het land was ontvlucht en zich had gevestigd bij familie in het Khumbudal, niet ver van het boeddhistische klooster Tengboche in Nepal. Er stond een foto van zijn opa en sir Edmund Hillary op internet, ter gelegenheid van de opening van het ziekenhuis in de stad Kunde. Zijn opa had zes kinderen, onder wie Lobsang, 'een wildebras, een knappe gozer en, geloof het of niet, een enorme Rolling Stones-fan,' schreef Robert.

Verder schreef hij: **Ik heb hem nooit ontmoet, maar mijn moeder vertelde dat hij de sterkste klimmer van de expeditie was, en altijd de knapste en de meest charismatische (aan de andere kant was mijn moeder in deze zeer partijdig, en ik trouwens ook).**

Blijkbaar had Lobsang Dorje deelgenomen aan een Engelse expeditie die in 1976 de westkam van de Mount Everest wilde beklimmen. Bij die groep zat ook een Amerikaanse: Christine Carson. Zij was ornitholoog en bestudeerde op de weg erheen het vogelleven – vooral de grote verscheidenheid aan roestvogels – op de hellingen van de Himalaya. Christine Carson was toen veertig, ongetrouwd en kinderloos, en professor aan de universiteit van Michigan. In het basiskamp werd ze vreselijk misselijk en kreeg ze enorme hoofdpijn, dus ze besloot naar Namche Bazaar terug te gaan voor medische hulp. Op 9 september kreeg ze te horen dat zes leden van de expeditie, onder wie Lobsang Dorje, niet ver van de top waren omgekomen.

Toen ze naar huis ging, was ze in verwachting van een kind van Lobsang Dorje. De zaak lag blijkbaar gevoelig. Lobsang was pas negentien, eenentwintig jaar jonger dan zij, en verloofd met een meisje in het Khumbudal. Maar Christine behield het kind en bracht op 1 april 1977 Robert ter wereld in Michigan. Hoewel het niet met zekerheid te zeggen viel – er zat altijd een zekere mate van toeval in de genetische selectie – waren Robert en de bedelaar waarschijnlijk achterachterneven of nog een stap verder, neven in de vierde of vijfde graad. Ergens in de negentiende eeuw zou een gemeenschappelijke stamvader moeten hebben geleefd. Dat was geen overdreven nauwe verwantschap, maar Lisbeth nam aan dat Mikael de gaten wel zou kunnen vullen, vooral omdat Robert Carson wel belangstelling voor dat soort dingen leek te hebben en ook wel mededeelzaam leek te zijn. Lisbeth vond foto's van hem van een jaar geleden, waarop hij familie van zijn vader in het Khumbudal ontmoette.

Ze stuurde Mikael een berichtje: **Je man is een sherpa. Hij is waarschijnlijk drager of gids geweest bij een klimexpeditie in Nepal, bijvoorbeeld op de Lhotse, de Everest of de Khangchendzonga. Hij heeft een familielid in Denver. Zie daarvoor de info in de bijlage. Moet je je stuk over de trollenfabrieken niet nalezen?**

De laatste zin haalde ze weer weg. Hoe hij zijn werk deed, was verdomme zijn eigen verantwoordelijkheid. Toen verstuurde ze het bericht en ging de deur uit om Paulina te zoeken.

Jan Bublanski maakte met Sonja Modig een wandeling over de Norr Mälarstrand. Het was een van zijn nieuwe aanwensels om zo te vergaderen. 'Volgens mij kunnen we dan beter denken,' legde hij uit. Maar waarschijnlijk wilde hij vooral zijn overgewicht bestrijden en iets aan zijn conditie doen.

Hij raakte tegenwoordig al van niets aan het hijgen en het viel hem niet mee om gelijke tred te houden met Sonja. Ze hadden het over van alles gehad, maar nu kwamen ze ook op de zaak waarover Mikael had gebeld. Sonja vertelde over haar bezoek aan de televisiewinkel aan de Hornsgata, en toen zuchtte hij nog erger. Waarom was iedereen zo gefixeerd op Forsell? Het was alsof de mensen dachten dat hij de kwade genius achter alles in de samenleving was. Bublanski hoopte dat het in godsnaam niets met Forsells Joodse vrouw te maken had.

'Ik begrijp het,' zei hij.

'Ja, het komt allemaal erg verward over.'

'Kun jij je een ander motief voorstellen?'

'Jaloezie, misschien.'

'Wat viel er jaloers te zijn aan die arme kerel?'

'Jaloezie is er ook aan de zelfkant van de samenleving.'

'Dat is wel zo.'

'Ik sprak een vrouw uit Roemenië, Mirela heet ze,' ging Sonja door. 'Die vertelde dat onze man meer geld binnenhaalde dan alle andere bedelaars in de buurt. Hij had een soort waardigheid in zijn houding waardoor mensen goedgeefs werden, en ik weet dat dat bij sommigen die al langer in die buurt werkten kwaad bloed zette.'

'Klinkt niet als iets waarvoor je iemand vermoordt.'

'Misschien niet. Maar die man had betrekkelijk veel geld omhanden. Hij was een regelmatige klant van de worstjeskraam aan het Bysistorg en van de McDonald's aan de Hornsgata. En natuurlijk van de staatsslijterij aan de Rosenlundsgata, waar hij wodka en bier haalde. En verder...'

'Ja?'

'Werd hij blijkbaar een paar keer op de Wollmar Yxkullsgata gezien, waar hij illegaal drank kocht.'

'Dus dat deed hij ook?'

Bublanski verzonk in gedachten.

'Ik denk dat ik weet wat je denkt,' zei Sonja. 'We moeten eens gaan praten met die lui die die drank verkopen.'

'Dat moeten we doen,' zei hij, en hij ademde diep door om tegen de Hantverkargata op te kunnen lopen. Weer dacht hij aan Forsell en zijn vrouw Rebecka, die hij weleens had ontmoet bij de Joodse gemeenschap in Stockholm, en van wie hij gecharmeerd was geraakt.

Ze was lang, zeker meer dan 1,85 meter, rank, elegant en met grote, donkere ogen die straalden van warmte en daadkracht, en even kon hij zich de woede op het stel wel voorstellen.

Natuurlijk kijken mensen met een schuin oog naar mannen en vrouwen die zo'n onuitputtelijke energie uitstralen. Vergeleken met zulke mensen voelen anderen zich nietig en zwak.

14
25 AUGUSTUS

Mikael las Lisbeths berichtje en bromde: 'Krijg nou wat.' Het was vijf uur in de middag. Hij stond ongerust op van achter zijn bureau en keek uit over het water. Het was daar nog harder gaan waaien, en in de verte laveerde een zeilboot tegen de storm in. Een sherpa, dacht hij. Een sherpa. Waar wees dat op?

Hij kon haast niet geloven dat het iets met de minister van Defensie te maken had. Maar toch... je kon er niet omheen: Johannes Forsell had in mei 2008 de Mount Everest beklommen. Dus Mikael besloot toch tot op de bodem uit te zoeken wat er was gebeurd. Er was geen gebrek aan materiaal over het drama, en dat kwam, zoals hij al had geconstateerd, door Klara Engelman.

Klara Engelman was glamour, ze was als het ware gemaakt voor geroddel: knap, geblondeerd haar, opgevulde lippen en vergrote borsten, en getrouwd met de veelbesproken industriemagnaat Stan Engelman, die hotels en andere onroerende goederen bezat in New York, Moskou en Sint-Petersburg. Klara kwam zelf niet uit de high society, maar was een voormalig model uit Hongarije. In haar jonge jaren had ze tijdens een reis naar de Verenigde Staten een Miss Bikini-wedstrijd in Las Vegas gewonnen. Daarbij had ze Stan ontmoet, die toen in de jury zat, wat natuurlijk een pikant detail was waar de tabloids wel pap van lustten.

Maar in 2008 was ze zesendertig en moeder van hun toen twaalfjarige dochter Juliette. Ze had een diploma public relations van het St. Joseph's College in New York en leek te willen bewijzen dat ze ook op eigen kracht iets tot stand kon brengen. Nu, na ruim tien jaar, was de verontwaardiging waarmee ze destijds in het basiskamp werd ontvangen niet meer helemaal voorstelbaar. Haar blog, gepubliceerd in *Vogue*, bevatte weliswaar veel, nogal klunzig, gestileerde foto's van haar in modieuze kleding. Maar bij nader inzien was toch ook duidelijk hoe seksistisch en laatdunkend er over haar werd geschreven. De journalisten maakten een grotere bimbo van haar dan ze was en schilderden haar af als het tegenovergestelde van de bergen en de lokale bevolking. Ze symboliseerde de vulgariteit van het rijke Westen tegenover de ongerepte grootsheid van de bergen.

Klara Engelman maakte deel uit van dezelfde expeditie als Johannes Forsell en zijn vriend Svante Lindberg, die tegenwoordig secretaris-generaal op zijn ministerie was. Alle drie hadden ze 75.000 dollar betaald om naar de top te worden begeleid, en dat verklaarde de woede voor een deel. Men zei in die tijd dat de Mount Everest een verblijfplaats was geworden voor rijken die hun ego wilden opkrikken. De expeditie was georganiseerd en werd geleid door de Rus Viktor Grankin en bestond uit drie gidsen, een hoofd basiskamp, een arts en veertien sherpa's – en dan nog tien cliënten. Er was veel voor nodig om die naar boven te helpen.

Zou de bedelaar een van die sherpa's zijn geweest? Die gedachte was meteen in Mikael opgekomen en voordat hij zich verder in het drama zelf verdiepte, zocht hij hen stuk voor stuk op. Zou een van hen in Zweden terecht zijn gekomen of een bijzondere relatie hebben gehad met Forsell? Dat was niet zo gemakkelijk na te gaan, en over de meesten van hen vond hij niets. Het dichtst bij een verband kwam de jonge sherpa Jangbu Chiri.

Forsell en hij hadden elkaar weer ontmoet in Chamonix, drie jaar later, en samen een biertje gedronken, en natuurlijk hadden ze daarna aartsvijanden kunnen worden, maar op de foto's op internet zagen ze er belachelijk vrolijk uit en staken ze hun duim op. Er was op deze expeditie ook geen sherpa die een kwaad woord had gezegd over Forsell, voor zover Mikael kon nagaan. Er waren anonieme beschuldigingen – die hadden nu, tijdens de desinformatiecampagne, de kop opgestoken – dat Forsell aan de dood van Klara Engelman had bijgedragen doordat hij in de bergen vertraging had veroorzaakt voor de groep. Maar volgens alle getuigenverklaringen was het eerder andersom: degene die de expeditie ophield, was Klara zelf, en toen het dodelijke drama zich afspeelde, hadden Forsell en Svante Lindberg de anderen al achter zich gelaten en waren ze alleen doorgegaan naar de top.

Nee, Mikael geloofde het nog steeds niet. Of wilde hij het niet geloven? Hij was altijd – dat hoorde bij zijn werk – op zijn hoede voor de streken die wensdenken kon leveren bij journalistiek onderzoek, en hier stond het hem echt tegen om te denken dat de man die de internettrollen haatten, betrokken zou zijn bij het vergiftigen van een aan lagerwal geraakte stakker in Stockholm. Maar toch... verdomme.

Hij ging door, las Lisbeths bericht en het bijgevoegde document over het vermoedelijke familielid, Robert Carson in Colorado, nog een keer. Robert Carson leek hem – maar zijn oordeel was misschien een beetje gekleurd door de research – net zo iemand als Forsell: vrolijk en energiek. Zonder er lang over na te denken belde hij het nummer dat Lisbeth had genoemd.

'Bob,' antwoordde een stem.

Mikael stelde zich voor en wist opeens niet meer hoe hij het moest aanpakken. Hij besloot eerst iets vleiends te zeggen.

'Ik zie op internet dat u een supergen hebt.'

Robert Carson schoot in de lach.

'Goed, hè?'

'Geweldig. Ik hoop dat ik niet stoor?'

'Nee, hoor. Ik lees net een saai proefschrift. Ik praat liever over mijn DNA. Werkt u voor een wetenschappelijk tijdschrift?'

'Niet direct. Ik onderzoek een verdacht sterfgeval.'

'Ai!'

Hij leek te schrikken.

'Het betreft een dakloze, tussen de vierenvijftig en zesenvijftig jaar oud, met geamputeerde vingers en tenen, die kortgeleden dood is aangetroffen onder een boom in Stockholm. Hij had dezelfde variant in zijn EPAS1-gen als u. Waarschijnlijk zijn jullie neven in de vierde of vijfde graad.'

'Dat is triest. Hoe heet hij?'

'Dat is het nu juist. Dat weten we niet. Dat hij aan u verwant is, is voorlopig het beste wat we te weten zijn gekomen.'

'Hoe kan ik helpen?'

'Ik weet het eerlijk gezegd niet, maar mijn collega denkt dat hij een heel goede drager is geweest bij een bergklimexpeditie en dat hij een vreselijk drama heeft meegemaakt, waarbij hij dat letsel heeft opgelopen. Hebt u sherpa's in de familie die aan die beschrijving voldoen?'

'Och god, dat zijn er veel, denk ik, als we naar ons hele geslacht kijken. We zijn nogal extreem, mag ik wel zeggen.'

'Hebt u geen concrete tips?'

'Als ik er even over mag nadenken vast wel. Ik heb een hele stamboom gemaakt met biografische gegevens. Hebt u niet meer informatie die je me zou kunnen sturen?'

'Als u me belooft daar discreet mee om te gaan, kan ik het obductierapport en de DNA-analyse sturen.'

'Dat beloof ik.'

'Dan komt het er zo aan. Ik zou heel dankbaar zijn als u er al snel naar kunt kijken.'

Robert Carson zweeg even.

'Weet u,' zei hij toen. 'Het zou me een eer zijn. Dat ik een familielid in Zweden zou hebben gehad, vind ik mooi, al zou het triest zijn als hij een zwaar leven heeft gehad.'

'Daar ziet het helaas wel naar uit. Een vriendin van mij heeft hem gesproken.'

'En?'

'Hij was vreselijk opgewonden en zei onsamenhangende dingen over Johannes Forsell, die nu onze minister van Defensie is, maar die in mei 2008 de Mount Everest heeft beklommen.'

'In mei 2008, zei u?'

'Ja.'

'Was dat niet toen Klara Engelman omkwam?'

'Inderdaad.'

'Grappig.'

'Hoezo?'

'Ik had inderdaad een familielid dat toen mee was, een legendarische man zelfs. Maar die is al drie, vier jaar dood.'

'Dan kan hij niet in Stockholm zijn opgedoken.'

'Nee.'

'Ik kan u een lijst sturen van de sherpa's van wie ik weet dat ze toen op de berg waren, dan kunt u misschien andere aanwijzingen vinden.'

'Dat zou mooi zijn. Hoewel ik eigenlijk niet denk dat het met de Mount Everest te maken heeft,' zei Mikael, het laatste meer tegen zichzelf dan tegen Robert Carson. 'Het is wel een heel eind van deze man naar de minister van Defensie.'

'Dus het moet een onbevooroordeeld onderzoek zijn.'

'Dat denk ik wel. Het was interessant om uw levensverhaal te lezen.'

'Dank u,' zei Robert Carson. 'Ik meld me weer.'

Mikael hing op en verzonk in gedachten. Hij stuurde een mailtje aan Lisbeth waarin hij vertelde over Forsell en de Mount Everest, over Mats Sabin en de rest. Ze kon maar beter het complete plaatje hebben.

Lisbeth zag het mailtje om tien uur 's avonds, maar ze las het niet. Ze had andere dingen aan haar hoofd. Bovendien zat ze midden in een ruzie.

'Kun je niet ophouden met op die vervloekte computer te kijken,' brieste Paulina.

Lisbeth hield op met op haar vervloekte computer te kijken. Ze keek naar Paulina, die naast haar bureau stond met haar lange, golvende haar loshangend en haar scheve, uitdrukkingsvolle ogen vol tranen en woede.

'Thomas slaat me dood.'

'Je kunt toch naar je ouders in München, zei je.'

'Dan komt hij daarheen, en hij windt ze zó om zijn vinger. Ze zijn dol op hem. Of ze denken dat ze dol zijn op hem.'

Lisbeth knikte en probeerde helder na te denken. Moest ze dan toch afwachten? Nee, nee, was haar conclusie. Ze kon nu niet meer terug en ze kon Paulina absoluut niet meenemen naar Stockholm. Ze moest er nu meteen heen – alleen. Ze kon niet meer passief blijven en in het verleden blijven hangen. Ze moest weer in actie komen en de jacht van dichterbij volgen. Anders zouden andere mensen eronder lijden, zeker nu Galinov in Stockholm was.

Ze antwoordde: 'Moet ik met hen praten?'

'Met mijn ouders?'

'Ja.'

'Nooit van mijn leven.'

'Waarom niet?'

'Omdat jij een sociale ufo bent, Lisbeth, weet je dat niet?' snauwde Paulina. Ze pakte haar tas en smeet de deur achter zich dicht.

Lisbeth vroeg zich af of ze achter haar aan moest gaan, maar zoals gewoonlijk zat ze als bevroren achter haar computer. Ze besloot door te gaan en de bewakingscamera's rondom het pand aan de Strandväg te hacken waar Camilla zich nog steeds bevond. Maar dat ging moeizaam. Te veel andere dingen vroegen om haar aandacht. Niet alleen Paulina's uitval, maar nog van alles. Ook het mailtje van Mikael, al leek dat op dit moment het minst dringend.

Er stond: **Ik snap niet hoe je het doet. Applaus, applaus. Hoed af. Ik moet misschien zeggen dat de bedelaar raaskalde over minister Johannes Forsell van Defensie. 'Me took him. I left Mamsabin,' zei hij. Of iets dergelijks (misschien Mats Sabin). Niet duidelijk. Maar Johannes Forsell heeft wel in mei 2008 de Everest beklommen en het scheelde niet veel of hij had het loodje gelegd. Ik stuur een lijst van de sherpa's die rond die tijd aan de zuidkant van de berg waren. Misschien vind je daar ook iets. Ik heb gesproken met Robert Carson. Hij zal proberen te helpen.**

Pas goed op jezelf.

Bedankt, M

PS Er was een Mats Sabin, majoor bij de kustartillerie en militair-historicus op de militaire academie. Hij stierf een paar jaar geleden in Abisko en had ooit een hooglopende ruzie met Forsell.

'Ja ja,' mompelde ze. 'Ja ja.' Meer niet. Ze sloot het mailtje en keek weer naar de bewakingscamera's. Blijkbaar leefden haar vingers echter een eigen leven. Na een halfuur toetste ze Forsell en Everest in, en ze kwam terecht in een eindeloos verhaal over een vrouw die Klara Engelman heette.

Klara Engelman leek een beetje op Camilla, vond ze, een goedkopere uitgave van haar zus, met dezelfde uitstraling, dezelfde vanzelfsprekendheid waarmee ze in het centrum van de belangstelling stond, en Lisbeth was echt niet van plan zich voor haar in te spannen. Ze had wel iets beters te doen. Toch las ze door, zij het niet erg geconcentreerd. Ze stuurde een mailtje naar Plague over de camera's en belde Paulina, maar kreeg geen gehoor. Maar stapje voor stapje kreeg ze toch een beeld, vooral van het klimmen van Johannes Forsell.

Hij en zijn vriend Svante Lindberg waren op 13 mei 2008 om één uur in de middag op de top aangekomen. De lucht was helder en ze bleven een tijdje van het uitzicht staan genieten, namen foto's en rapporteerden aan het basiskamp. Kort daarna, op de smalle rotsformatie Hillary Step, op weg naar de zuidelijke top, kwamen ze in de problemen, en de tijd verstreek.

Om halfvier, toen ze nog niet verder waren dan het zogeheten Balkon op 8.400 meter hoogte, begonnen ze zich zorgen te maken dat ze niet genoeg zuurstof meer hadden en of ze er nog wel in zouden slagen om kamp 4 te bereiken. Het zicht werd ook slechter en hoewel Forsell niet wist wat er aan de hand was, had hij wel het vermoeden dat het iets ergs was. Op de communicatieradio hadden ze wanhopige stemmen gehoord. Maar tegen die tijd was hij te uitgeput om het nog te bevatten, zei hij later. Hij strompelde door de witte wereld en kon zich nauwelijks op de been houden.

Even later sloeg het noodweer toe, en toen was het één striemende chaos. De kou was extreem, wel zestig graden onder nul. Ze hadden het koud en konden geen hand voor ogen zien. Het was dus niet zo gek dat ze geen van beiden erg gedetailleerd konden navertellen hoe ze bij de tenten op het zuidoostelijke kamp waren teruggekomen.

Als er al een tijdstip was waarop iets had kunnen gebeuren wat later niet bekend was geworden, dan was dat tussen zeven en elf in de avond, en ook al was het niet veel, Lisbeth zag bepaalde verschillen tussen hun verhalen, vooral wanneer het erover ging hoe ernstig de situatie voor Forsell was geweest.

Het leek alsof de crisis rond Forsell later wat was afgezwakt. Dat lag voor de hand, dacht ze, gezien het echte drama, dat zich op een andere plek in de bergen afspeelde, waar Klara Engelman en haar gids Viktor Grankin die middag stierven. Het was niet zo gek dat daar kolommen over werden volgeschreven. Waarom was, van alle klimmers die er die dag op de berg waren, juist de prestigecliënt omgekomen? Waarom stierf juist zij, de meest besproken en gehoonde deelnemer aan de expeditie?

Er werd een tijdlang gezegd dat daar afgunst, klassenhaat en misogynie aan ten grondslag lagen, maar toen de eerste consternatie was gaan liggen werd duidelijk dat er geen gebrek was geweest aan inspanningen om Klara Engelman te redden en dat ze al vanaf het begin – vanaf het moment dat ze plotseling in elkaar zakte in de sneeuw – reddeloos was.

De assistent-gids Robin Hamill zei zelfs: 'Er is niet te weinig gedaan om Klara te redden, maar te veel. Ze werd zo belangrijk geacht voor Viktor en voor de expeditie dat we de levens van veel anderen in de waagschaal hebben gesteld bij de pogingen om haar te redden.' Dat klonk redelijk, vond Lisbeth.

De publicitaire waarde van Klara Engelman was zo groot dat niemand haar aan haar lot wilde overlaten toen dat had gemoeten. Toen ze moeite had om vooruit te komen liep de hele expeditie vertraging op en nadat ze even voor één uur in de middag in een soort wanhoopsdaad haar zuurstofmasker had afgerukt werd ze steeds zwakker.

Ze zakte op haar knieën en viel voorover in de sneeuw. Er ontstond grote paniek. Viktor Grankin, die die dag blijkbaar niet zijn gebruikelijke sterke zelf was, schreeuwde dat iedereen moest stoppen, en er werden serieuze pogingen gedaan om haar naar beneden te brengen. Niet veel later verslechterde het weer echter en moesten ze tegen een sneeuwstorm opboksen. Enkele andere leden van de groep – vooral de Deen Mads Larsen en de Duitse Charlotte Richter – kwamen in acute problemen. Enkele uren zag het uit naar een enorme ramp.

Maar een van de sherpa's op de expeditie, vooral sirdar Nima Rita, deed goed werk in de storm. Hij bracht mensen aan een touw naar beneden of door hen onder de schouders vast te houden. Toen de avond viel, waren ze allemaal gered behalve Klara Engelman en Viktor Grankin, die weigerde Klara achter te laten, zoals een kapitein op zijn zinkende schip wil blijven.

Het drama werd naderhand heel goed uitgezocht en op dit moment waren de meeste vraagtekens wel opgehelderd. Het enige wat niet goed verklaarbaar was – zelfs als je bedenkt wat voor harde straalwinden daar waaien – was dat Klara Engelman een kilometer verder naar beneden werd gevonden, hoewel alle getuigen zeiden dat Viktor Grankin en zij samen in de sneeuw waren gestorven, vlak bij elkaar.

Lisbeth dacht daarover na en over alle andere lichamen die jaar in jaar uit op de hellingen bleven liggen omdat niemand erbij kon komen om ze te begraven. Terwijl de uren verstreken bleef ze de verslagen bestuderen, totdat ze echt begon te denken dat er iets niet klopte, en toen las ze zelfs wat Mikael over Mats Sabin had gezegd. Maar uiteindelijk liet ze de zaak rusten en ging ze naar de sociale media. Daar kwam ze op een heel ander idee – maar verder kwam ze niet.

De deur ging open en Paulina kwam terug, behoorlijk boven haar theewater, en schold haar uit voor een totaal misbaksel, en Lisbeth schold flink terug, totdat ze zich op elkaar stortten en waanzinnig vrijden, vanuit een gemeenschappelijk gevoel van wanhoop en ontheemding.

15
26 AUGUSTUS

Mikael rende 's morgens precies tien kilometer langs het water en toen hij in zijn vakantiehuis terugkwam, ging de telefoon. Het was Erika Berger. Het volgende nummer van *Millennium* moest de volgende dag naar de drukker, en Erika was nog niet helemaal tevreden, al was ze ook niet overdreven ontevreden.

'We zijn terug op onze gebruikelijke cijfers,' zei ze, en ze vroeg wat hij aan het doen was.

Hij zei dat hij vakantie had en dat hij met hardlooptraining begonnen was, maar hij vertelde ook dat hij enige belangstelling had opgevat voor de minister van Defensie en de haatcampagne tegen hem, en toen zei Erika dat ze dat grappig vond.

'Waarom is dat grappig?' vroeg hij.

'Sofie Melker gaat daar in haar stuk ook op in.'

'Hoe dan?'

'Ze schrijft over de aanvallen op de kinderen van Forsell en over de politie, die voor de Joodse school moet patrouilleren.'

'Dat las ik.'

'Zeg...'

Ze klonk verontrustend nadenkend, zoals altijd wanneer ze met een voorstel voor een artikel kwam.

'Als je het dan toch vertikt om door te gaan met je onderzoek naar de beurskrach, dan zou je een portret van Forsell kunnen schrijven, hem weer een beetje menselijk maken. Ik meen me te herinneren dat jullie het goed konden vinden.'

Hij keek uit over de zee.

'Ja, dat is wel zo.'

'Dus, wat vind je daarvan? Je zou de lezers dan ook kunnen helpen met wat feitenchecks.'

Hij zweeg even.

'Misschien niet zo'n gek idee,' zei hij.

Hij dacht aan de sherpa en de Mount Everest.

'Ik heb net gelezen dat Forsell een weekje vakantie heeft ingelast. Heeft hij niet een tweede huis bij jou in de buurt?'

'Aan de andere kant van het eiland.'

'Nou dan,' zei ze.

'Ik zal erover nadenken.'

'Vroeger dacht je niet zoveel na. Toen dééd je gewoon.'

'Ik heb ook vakantie,' zei hij.

'Jij hebt nooit vakantie.'

'O nee?'

'Jij bent een veel te schuldbewuste workaholic om te snappen wat de lol van vakantie is.'

'Dus het is niet eens de moeite van het proberen waard, vind je?'

'Nee,' zei ze lachend, en toen lachte hij braaf terug. Hij was blij dat ze niet vroeg of ze naar hem toe moest komen.

Hij wilde het niet nog ingewikkelder maken voor Catrin, dus hij wenste Erika succes en zei haar gedag, en verzonk in gedachten, terwijl hij uitkeek over het door de storm opgezweepte water. Wat moest hij doen? Bewijzen dat hij snapte hoe het zat met vakantie? Of doorwerken?

Hij kwam tot de conclusie dat hij Forsell misschien wel wilde spreken, maar dat hij dan meer moest lezen over alle bagger die over hem was uitgestort, en na wat gekreun en gezucht en een lange douche begon hij. Aanvankelijk met tegenzin, alsof hij zich in dezelfde misère stortte als toen hij aan de trollenfabrieken werkte, maar langzaam maar zeker raakte hij geboeid, en hij stak er heel wat energie in om de oorspronkelijke bronnen van alle beweringen te vinden en in kaart te brengen hoe de berichten waren verspreid en verdraaid. Hij kwam net weer in de buurt van de gebeurtenissen op de Everest toen hij schrok. Zijn mobiel ging. Ditmaal was het niet Erika, maar Robert Carson uit Denver.

Robert klonk opgewonden.

Charlie Nilsson zat op een bankje voor het verslavingszorgcentrum Prima Maria – de Droogleggerij, zoals hij het noemde – en fronste zijn wenkbrauwen. Hij hield er niet van om met de politie te praten, en al helemaal niet als zijn maten het zagen. Maar de vrouw, die Moedig of Sterk heette of zoiets, joeg hem schrik aan, en hij wilde geen gelazer.

'Hou op, zeg,' zei hij. 'Ik zou nooit een fles verkopen waarmee geknoeid was.'

'Zou je dat nooit doen? Dus je proeft eerst alles?'

'Klets niet.'

'Kletsen?' vroeg Moedig of Sterk. 'Heb je enig idee hoe weinig ik klets?'

'Nokken nou,' probeerde hij. 'Iedereen kan hem toch een vergiftigd drankje hebben gegeven? Weet je hoe ze het hier noemen?'

'Nee, Charlie, dat weet ik niet.'

'De Bermudadriehoek. De mensen lopen van de Droogleggerij naar de staatsslijterij en die bierwinkel daar, en dan verdwijnen ze gewoon.'

'Wat wil je daarmee zeggen?'

'Dat er hier een hoop vuiligheid gebeurt. Er duiken hier allerlei heel maffe types op en die brengen slechte stuff en foute pillen aan de man. Maar wij doen hier serieuze zaken, wij staan hier in weer en wind, bij nacht en ontij, wij kunnen ons zulke troep niet permitteren. Wij moeten goed spul leveren, waar we de volgende dag nog voor kunnen instaan, anders is het met ons gedaan.'

'Daar geloof ik geen snars van,' zei Moedig of Sterk. 'Ik ben ervan overtuigd dat jullie het helemaal niet zo nauw nemen, en ik denk dat het er op dit moment slecht voor je uitziet. Zie je die heren in politie-uniform daar?'

Charlie zag hen. Hij had hen de hele tijd al gezien en gevoeld hoe ze naar hem loerden.

'We nemen je nu mee als je niet vertelt wat je weet. Je zei dat je drank aan die man had verkocht,' vervolgde Moedig of Sterk.

'Ik heb hem drank verkocht. Maar ik vond hem akelig en ik bleef zo ver mogelijk bij hem uit de buurt.'

'Hoezo was hij akelig?'

'Hij had akelige ogen en hij had stompjes in plaats van vingers en een vreselijke vlek in zijn gezicht, en hij mompelde en ijlde maar over de maan. "*Luna, luna*," zei hij. Dat betekent toch maan?'

'Ik geloof het wel.'

'Dat deed hij in elk geval één keer. Hij kwam aanzetten uit de Krukmakargata, sloeg met zijn hand op zijn borst en zei dat Luna alleen was, en hij riep hem, en nog iemand die Mam Sahib heette, of zoiets, weet ik veel, en ik werd bang. Hij was totaal schizofreen, en ik heb hem zijn spul gegeven, ook al had hij niet genoeg geld. Het verbaasde me niks dat hij later gewelddadig werd.'

'Werd hij gewelddadig?'

Verdomme, dacht Charlie Nilsson. Hij had beloofd dat hij niets zou zeggen. Maar dat had hij nu toch gedaan, dus nu moest hij maar doorgaan.

'Maar niet tegen mij.'

'Tegen wie dan wel?'

'Tegen Heikki Järvinen.'

'En wie is dat?'

'Een klant. Een van mijn nettere klanten, feitelijk. Heikki kwam die vent midden in de nacht op het Norra Bantorg tegen. Tenminste, hij moet het zijn geweest. Heikki had het over een kleine Chinees zonder vingers in een groot donzen jack, die tegen hem tekeerging dat hij tussen de wolken was geweest of weet ik veel, en toen Heikki dat niet geloofde, kreeg hij zo'n klap dat hij ervan stond te tollen. Die Chinees was zo sterk als een beer, zei hij.'

'Waar vind ik Heikki Järvinen?'

'Järvinen is overal en nergens, dus dat weet ik niet.'

De rechercheur die Moedig of Sterk heette, schreef een paar dingen op, knikte en viel hem niet langer lastig. Toen ging ze weg, en Charlie Nilsson slaakte een zucht van verlichting. Hij had het altijd al geweten, dacht hij. Er was iets met die Chinees, en hij haastte zich om Heikki Järvinen te bellen voordat de politie hem vond.

Mikael hoorde onmiddellijk dat Robert Carsons stem veranderd was, alsof hij een doorwaakte nacht had gehad of een verkoudheid had opgelopen.

'Het is toch een beschaafde tijd bij u, hè?' vroeg de Amerikaan.

'Ja, hoor.'

'Hier niet. Ik heb het gevoel dat mijn kop elk moment kan barsten. Weet u nog dat ik zei dat ik een familielid had dat in 2008 mee was geweest de berg op?'

'Jazeker.'

'En weet u nog dat ik zei dat hij dood was?'

'Ja, dat weet ik nog heel goed.'

'Dat was hij ook. Tenminste, er werd aangenomen dat hij dood was. Maar misschien is het beter als ik bij het begin begin.'

'Dat klinkt verstandig.'

'Ik belde mijn oom in Khumbu. Hij is een soort informatiecentrum voor dat gebied, en we hebben de hele lijst doorgenomen die u me had gestuurd, maar het enige familielid dat we konden vinden was die man, en toen wilde ik het al opgeven. Als hij dood was, was hij dood, en dan kon hij niet in Stockholm opduiken en nog een keer doodgaan. Maar toen hoorde ik dat zijn lichaam nooit gevonden was; daarom ben ik er toch ingedoken en ontdekte ik dat zijn leeftijd klopte, en zijn lengte ook.'

'Hoe heette hij?'

'Nima Rita.'

'Hij was een van de leiders, niet?'

'Hij was sirdar, hoofd van de groep sherpa's. Degene die zich die dag op de berg het hardst heeft afgebeuld.'

‘Ik weet het, ik weet het. Hij heeft Mads Larsen gered, en Charlotte Dinges.’

‘Klopt. Hij heeft ervoor gezorgd dat de ramp niet nog groter werd. Maar daar heeft hij een hoge prijs voor betaald. Hij rende op en neer als een galeislaaf, en daarna had hij ernstige bevriezingsverschijnselen in zijn gezicht en op zijn borst. Zijn tenen en vingers moesten bijna allemaal worden geamputeerd.’

‘Dus u denkt echt dat hij het is?’

‘Het moet wel. Hij had een tatoeage van een boeddhistisch wiel op zijn pols.’

‘Godsamme,’ zei Mikael.

‘Precies. Alles klopt. Nima Rita was mijn achterachterneef, zoals dat heet, en het is heel logisch dat hij en ik allebei die speciale Y-chromosoomvarianten hebben die uw collega heeft aangegeven.’

‘Hebt u een aannemelijke verklaring voor het feit dat hij in Zweden terecht is gekomen?’

‘Nee, maar de zaak heeft nog wel een interessant staartje.’

‘Vertel! Ik ben nog niet voldoende ingewerkt in die hele toestand.’

‘Om te beginnen kregen de assistent-gidsen, Robert Hamill en Martin Norris, de eer voor het reddingswerk – voor zover je nog van eer kunt spreken na de dood van Klara Engelman en Grankin,’ vervolgde Robert Carson, ‘maar toen de eerste langere verslagen werden gepubliceerd, was wel duidelijk dat Nima Rita en zijn sherpa’s een beslissende rol hadden gespeeld in het drama. Hoewel ik niet weet of Nima daar veel blijer van werd.’

‘Waarom niet?’

‘Omdat zijn leven toen al een hel was. Zijn bevriezingswonden waren vierdegraads en ontzettend pijnlijk, en de dokters hebben tot het laatst gewacht met amputeren. Ze wisten dat hij voor zijn levensonderhoud volkomen afhankelijk was van het klimmen. Nima Rita had best veel verdiend voor iemand uit het Khumbudal, maar weinig in vergelijking met Europeanen, en het geld stroomde hem tussen de vingers door. Hij dronk veel en had geen spaargeld. Maar het ergste was dat er over hem werd geroddeld. En hij werd door zijn eigen demonen achtervolgd.'

'Hoezo?'

'Het bleek dat hij in het geheim geld had gekregen van Stan Engelman om speciaal voor Klara te zorgen, en dat was dus totaal mislukt. Hij werd ervan beschuldigd dat hij haar had tegengewerkt. Ik denk dat dat niet waar was. Nima Rita was een heel loyale man, maar zoals veel sherpa's was hij ook ontzettend bijgelovig. Hij beschouwde de Everest als een levend wezen, dat de klimmers straft voor hun zonden, en Klara Engelman... U hebt vast wel over haar gelezen?'

'Ik heb de reportages gelezen.'

'Ze wekte de woede van veel sherpa's op. Al in het basiskamp werd gefluisterd dat ze ongeluk zou brengen op de berg en ongetwijfeld ergerde Nima zich ook aan haar. In elk geval heeft hij er naderhand verschrikkelijk onder geleden. Hij was min of meer aan het hallucineren, zeiden ze. Dat was misschien voor een deel neurologisch verklaarbaar: hij had een hersenbeschadiging overgehouden aan zijn tijd boven de achtduizend meter en hij werd steeds verbitterder en vreemder. Hij had veel vrienden verloren. Niemand hield het lang met hem uit. Behalve zijn vrouw, Luna.'

'Luna Rita dus, neem ik aan. Waar is zij?'

'Dat is het hem nou juist. Luna zorgde na de operaties voor Nima. Ze bakte brood, verbouwde aardappels en ging af en toe naar Tibet om wol en zout te kopen, die ze in Nepal verkocht. Maar uiteindelijk leverde dat niet genoeg op en zocht ze werk in het klimmen. Ze was veel jonger dan Nima en ze was sterk, dus ze maakte snel promotie van kokshulp tot klimmende sherpani. In 2013 nam ze deel aan een Nederlandse expeditie naar de Cho Oyu, de op vijf na hoogste berg van de wereld, en daarbij viel ze van grote hoogte in een spleet. De omstandigheden waren chaotisch. Er was een lawine en het stormde, en de klimmers moesten zo snel mogelijk naar beneden. Ze lieten Luna in de spleet achter om te sterven. Nima werd gek van verdriet en beschouwde het als racisme. "Als het een sahib was geweest, hadden ze hem meteen omhooggehaald," schreeuwde hij.'

'Maar het was maar een vrouw van de lokale bevolking.'

'Ik heb geen idee of dat een rol speelde. Ik betwijfel het. Maar bij Nima zette het idee zich vast, en hij probeerde een expeditie op touw te zetten om haar uit de spleet te halen en een waardige begrafenis te geven. Hij kreeg niemand mee, en ten slotte ging hij zelf op weg, veel te oud en niet helemaal nuchter ook.'

'Jesses.'

'Als je het aan mijn familie in Khumbu vraagt, geeft die tocht, meer dan al zijn beklimmingen van de Mount Everest, aan hoe geweldig hij was. Hij bereikte de spleet, zag Luna liggen, voor eeuwig bewaard in de kou, en besloot af te dalen en naast haar te gaan liggen, zodat ze samen gereïncarneerd konden worden. Maar toen...'

'Ja?'

'Toen fluisterde de berggodin hem in het oor dat hij beter de wereld in kon trekken om het te vertellen.'

'Dat klinkt...'

'... krankzinnig, ja,' vervolgde Robert Carson. 'En als hij de wereld al in is gegaan, al was het maar naar Kathmandu, en het heeft verteld, dan was er niemand die hem verstond. Hij werd steeds onsamenhangender. Ze zagen hem soms huilend zitten onder de vlaggen van de stoepa Boudhanath. Soms plakte hij muurkranten aan in het winkeldistrict van Thamel, in slecht Engels en in een nog slechter handschrift. Hij bleef maar praten over Klara Engelman.'

'Waarom?'

'Vergeet niet dat hij tegen die tijd ernstig ziek was, psychisch. Misschien gooide hij van alles door elkaar, Luna en Klara en nog veel meer. Hij kon geen kant meer op. Nadat hij een keer een Engelse toerist had lastiggevallen en een dag in arrest had gezeten, bracht zijn familie hem naar het psychiatrisch ziekenhuis in Jeetjung Marg in Kathmandu, en daar verbleef hij af en toe, tot eind september 2017.'

'Wat gebeurde er toen?'

'Wat er al heel vaak was gebeurd: hij ging ervandoor om bier en wodka te kunnen drinken. Hij stond blijkbaar vreselijk wantrouwend tegenover de medicijnen die de artsen hem gaven en zei dat drank het enige was wat de stemmen in zijn hoofd tot zwijgen kon brengen. Ik geloof dat het personeel dat min of meer oogluikend toeliet. Ze lieten hem ervandoor gaan omdat ze wisten dat hij altijd weer terugkwam. Maar deze keer bleef hij weg, en in het ziekenhuis werden ze steeds ongeruster. Ze wisten dat hij bezoek verwachtte waar hij enorm naar uitkeek.'

'Wat voor bezoek was dat?'

'Dat weet ik niet. Maar het is niet onmogelijk dat het een journalist was. Toen het tien jaar geleden was dat Klara Engelman en Viktor Grankin omkwamen, werden er allerlei artikelen en documentaires gemaakt, en Nima zou ontzettend blij zijn geweest dat er eindelijk iemand naar hem wilde luisteren.'

'Maar u weet niet meer over wat hij had willen zeggen?'

'Niet meer dan dat het vreselijk onsamenhangend was, en dat er veel spoken en geesten aan te pas kwamen.'

'Maar niets over Forsell, onze minister van Defensie?'

'Voor zover ik weet niet. Maar ik heb de informatie ook maar uit de tweede hand, en ik denk dat het ziekenhuis zijn dossiers niet zomaar loslaat.'

'Wat deden ze toen hij niet terugkwam?'

'Eerst gingen ze zoeken, natuurlijk, vooral op plekken waar hij vaak kwam. Maar ze konden hem niet vinden. Geen spoor, al kwam er wel informatie dat zijn lijk niet ver van de rivier de Bagmati was gezien. Daar worden de doden gecremeerd. Maar zijn lichaam is daar ook niet gevonden, en na een jaar of zo zijn ze gestopt met zoeken. Ze verloren de hoop en zijn familie hield in Namche Bazaar een kleine herdenkingsdienst, of liever... hoe zal ik het zeggen... een bijeenkomst waarop ze voor hem baden. Die was blijkbaar heel mooi. Hij had de laatste jaren een slechte naam gekregen, maar toen kreeg hij min of meer eerherstel. Nima Rita had elf keer zonder zuurstof de top van de Everest bereikt, elf keer! En dan zijn beklimming van de Cho Oyu, dat was...'

Robert Carson praatte opgewonden door. Mikael luisterde niet meer zo goed. Hij googelde op Nima Rita, en hoewel er vrij veel over hem was geschreven en er een Engelse en een Duitse Wikipedia-pagina over hem was, kon hij maar twee foto's vinden. Op de ene stond Nima Rita met de Oostenrijkse topklimmer Hans Mosel na de beklimming van de Everest via de noordkant in 2001. Op de andere, iets recentere, stond hij en profil voor een stenen huis in het dorp Pangboche in Khumbu, en net als de eerste foto was hij van veel te veraf genomen, zeker te veraf om door een gezichtsherkenningsprogramma te halen. Maar voor Mikael bestond er geen twijfel. Hij herkende de ogen en het haar, en de zwarte vlek op de wang.

'Bent u er nog?' vroeg Robert Carson.

'Ik ben nogal geschokt,' zei hij.

'Dat snap ik. U hebt zich een echt mysterie op de hals gehaald.'

'Dat kun je wel zeggen. Maar Robert, eerlijk...'

'Ja?'

'Ik begrijp dat u supergenen hebt. U bent fantastisch.'

'Die supergenen gaan alleen over klimmen op grote hoogte, niet over detectivewerk.'

'Ik vind dat u uw detectivegenen ook moet checken.'

Robert Carson lachte vermoeid.

'Mag ik u vragen dit zo lang mogelijk stil te houden?' ging Mikael door. 'Het is niet goed als dit bekend wordt voordat we meer weten.'

'Ik heb het al tegen mijn vrouw gezegd.'

'Hou het dan vooral binnen de familie.'

'Beloofd.'

Na het gesprek schreef Mikael aan Fredrika Nyman en Jan Bublanski wat hij te weten was gekomen. Daarna ging hij door met lezen over Forsell, en later die middag belde hij hem om te vragen om een interview.

Johannes stookte de tegelkachel op. Rebecka rook het beneden in de keuken. Ze hoorde hem boven heen en weer lopen. Ze was niet gerust op dat geijsbeer en vond zijn zwijgen en de glans in zijn ogen onverdraaglijk. Ze zou alles doen om hem weer te zien glimlachen.

Er is iets mis, dacht ze weer. Mis. Ze wilde net naar boven gaan en erop staan dat hij met haar praatte toen hij de gebogen trap af kwam. Eerst was ze blij: hij had zijn trainingspak en zijn Nikes aan, en dat hoorde een teken te zijn dat zijn levenskracht terug was. Ze zag echter ook iets anders, iets nieuws in zijn houding wat haar bang maakte. Ze liep hem halverwege tegemoet en streelde met haar hand over zijn wang.

'Ik hou van je,' zei ze.

Hij keek haar zo wanhopig aan dat ze terugdeinsde, en zijn antwoord was niet geruststellend: 'Ik hou ook van jóú.'

Het klonk als een afscheid, en ze kuste hem. Maar hij schudde haar van zich af en vroeg waar de bewakers waren. Ze aarzelde even voordat ze antwoordde. Ze hadden twee terrassen en de bewakers zaten op het westelijke, met zicht op het water. Ze moesten zich eigenlijk omkleden en met hem mee rennen als hij ging hardlopen. Normaal gesproken hadden ze moeite om zijn tempo bij te houden. Af en toe rende hij een stukje heen en terug om hun krachten te sparen.

'Op het westelijke terras,' zei ze, en toen aarzelde hij.

Hij leek iets tegen haar te willen zeggen. Zijn borst ging omhoog. Zijn schouders waren onnatuurlijk gespannen en er zaten rode vlekken in zijn hals die ze daar nog nooit had gezien.

'Wat is er?' vroeg ze.

'Ik probeerde je een brief te schrijven, maar het ging niet.'

'Waarom zou je me in godsnaam een brief schrijven? Ik sta hier!'

'Maar ik...'

'Maar jij?'

Ze ging er kapot aan en besloot dat ze hem niet zou laten gaan voordat hij precies had verteld wat er aan de hand was, dus ze greep zijn handen en keek hem in de ogen. Maar toen gebeurde het ergste wat ze zich kon voorstellen.

Hij rukte zich los, zei 'Het spijt me' en liep weg, niet naar de bewakers, maar naar het oostelijke terras, dat uitkeek op het bos, en in een oogwenk was hij verdwenen. Toen schreeuwde ze zo hard als ze kon, en toen de bewakers naar binnen stormden, riep ze buiten zichzelf: 'Hij is bij me weggerend, hij is bij me weggerend.'

16
26 AUGUSTUS

Johannes Forsell liep zo hard dat zijn slapen ervan bonsden en zijn hele leven trok meedreunend aan hem voorbij. Maar niets bracht ook maar een streepje licht, zelfs zijn gelukkigste momenten niet. Hij probeerde aan Becka en zijn zonen te denken, maar het enige wat er in hem opkwam was de teleurstelling en de schaamte in hun ogen en toen hij in de verte, als vanuit een andere wereld, de vogels hoorde, kwam hem dat onbegrijpelijk voor. Hoe kon iemand zingen en willen leven?

Zijn hele wereld was zwart en zonder hoop. Toch wist hij niet wat hij wilde. Als hij in de stad was geweest, had hij zich voor een vrachtwagen of een metrotrein kunnen gooien. Hier was alleen maar water, en dat trok wel aan hem, maar hij besefte dat hij een veel te goede zwemmer was en dat hij zelfs midden in deze wanhoop een onbedwingbare levenskracht had, en hij wist niet of hij die wel zou kunnen uitschakelen.

Dus hij rende maar, niet zoals hij gewend was, maar alsof hij van het leven zelf wilde wegrennen. Hoe kwam dit? Het was onbegrijpelijk. Hij had gedacht dat hij het allemaal zou doorstaan. Hij had gedacht dat hij zo sterk was als een beer. Maar hij had een fout gemaakt en was betrokken geraakt bij iets waarmee hij niet kon leven. Ja, eerst had hij willen terugslaan, willen vechten. Maar ze hadden hem te pakken. Ze wisten dat ze hem te pakken hadden en nu was hij hier. Om hem heen fladderden vogels op en verderop sprong een ree geschrokken weg. *Nima, Nima.* Uitgerekend hij. Het was niet logisch.

Hij had van Nima gehouden, nou ja, houden van was natuurlijk het verkeerde woord, maar toch... ze hadden een band gehad, een verbond. Nima had als eerste door dat Johannes 's nachts in het basiskamp Rebecka's tent binnensloop, en daar maakte hij zich zorgen om. Zijn godin op de Everest voelde zich gekwetst door seks op haar goddelijke hellingen.

'*Makes mountain very angry*,' zei hij, en op een gegeven moment kon Johannes het niet laten om de spot met hem te drijven, en hoewel iedereen hem ervoor waarschuwde – *met die man valt niet te spotten* – vatte Nima het goed op: hij lachte. Waarschijnlijk hielp het dat Rebecka en Johannes allebei single waren.

Erger was het bij Viktor en Klara, die allebei getrouwd waren, maar niet met elkaar. Dat was veel erger. Hij dacht terug aan Luna, de dappere, fantastische Luna, die soms 's morgens de berg op kwam met vers brood, geitenkaas en jakboter. Hij dacht terug aan zijn besluit om hen te helpen. Waarschijnlijk was het toen allemaal begonnen. Johannes gaf hun geld, alsof hij een schuld voldeed waarvan hij nog niet wist dat hij die had.

Maar er was niets meer aan te doen. Hij rende maar door en werd ondanks alles naar het water gezogen. Op het strand trok hij zijn schoenen, zijn sokken en zijn trui uit, stortte zich in het water en begon te zwemmen zoals hij had gerend: woest en uitzinnig alsof hij een honderdmeterfinale liep. Algauw merkte hij dat er schuimkoppen op de golven stonden, dat het verderop in zee kouder was dan hij had gedacht en dat er veel stroming was. Maar in plaats van langzamer te gaan zwemmen verhoogde hij het tempo.

Hij wilde zwemmen en vergeten.

De bewakers hadden versterking opgeroepen en zonder te weten wat ze er moest, ging Rebecka naar boven, naar Johannes' werkkamer. Misschien hoopte ze iets te vinden waardoor ze min of meer begreep wat er was gebeurd, maar ze zag niets wat haar aanknopingspunten gaf. Ze gaf met haar rechterhand een klap op het bureau, en net op dat moment begon er iets te zoemen. Even dacht ze dat zij dat had veroorzaakt.

Het was echter Johannes' mobiele telefoon. Er stond 'Mikael Blomkvist' op het display en ze liet hem bellen. Een journalist was wel de laatste met wie ze wilde praten. Ze hadden hun leven verpest, en ze wilde huilen en schreeuwen: *Kom terug, domoor. We houden toch van je*, en wat er toen precies gebeurde, wist ze niet. Misschien begaven haar benen het.

Opeens zat ze op de grond te bidden – hoewel ze dat sinds haar kindertijd al niet meer had gedaan – en toen begon de telefoon weer te zoemen. Ze stond wankelend op en zag dat het Blomkvist weer was. Blomkvist, dacht ze. Had die hen niet verdedigd? Ze meende van wel. Misschien wist hij wel iets. Dat kon toch? In een opwelling nam ze op, en ze hoorde zelf de wanhoop in haar stem: 'Met Rebecka, op de telefoon van Johannes Forsell.'

Mikael begreep meteen dat er iets was gebeurd, maar hij wist niet hoe erg het was. Misschien was het wel een echtelijke ruzie. Het kon van alles zijn, dus hij vroeg: 'Stoor ik?'

'Ja... Of nee.'

Hij merkte dat ze in alle staten was.

'Moet ik later terugbellen?'

'Hij is zomaar weggegaan,' riep ze. 'Hij rende zomaar weg bij zijn bewakers. Wat gebeurt er toch?'

'Zijn jullie op Sandö?'

'Huh? ... Ja,' stamelde ze.

'Wat denkt u dat hij heeft gedaan?'

'Ik ben doodsbang dat hij zichzelf iets aandoet,' antwoordde ze, en hij zei een paar troostende woorden dat het vast wel goed zou komen.

Toen rende hij naar zijn motorbootje, dat vastgemaakt lag aan de steiger, en hij ging op weg. De boot ging niet snel, Sandö was 54 hectare groot en het huis van de Forsells lag een heel eind weg. Het zou even duren. Het waaide hard en zijn boot was klein en wiebelig. Het water spatte in zijn gezicht en hij vloekte. Waar was hij mee bezig? Hij wist het eigenlijk niet. Maar zo ging hij met crisissituaties om. Hij kwam in actie. Hij maakte tempo, en even later hoorde hij een helikopter in de lucht.

Hij nam aan dat dat met Forsell te maken had en dacht weer aan zijn vrouw. Het was alsof ze het in het wilde weg had gevraagd: *Wat gebeurt er toch?* Hij had de wurgende angst in haar stem gehoord en hij keek naar de zee. Maar het hielp een beetje dat hij de wind in de rug had. Hij naderde de zuidkant van het eiland. Een speedboot kwam onbesuisd op hem af en de boeggolven smeten hem heen en weer. Hij probeerde zich niet op te winden en niet te gaan schelden op snotneuzen vol gierende hormonen.

Hij verbeet zich en keek speurend om zich heen. Er waren niet opvallend veel mensen op het strand en er was zo te zien ook niemand aan het zwemmen. Hij begon zich net af te vragen of hij niet beter aan land kon gaan om in het bos te gaan zoeken toen hij in de verte een stipje in de golven zag. Hij voer erheen en schreeuwde: 'Hé daar, wacht.'

De wind smoorde het geluid en Johannes Forsell bevond zich helemaal in zijn eigen wereld. De zware inspanning die hij van zijn spieren vroeg en de beginnende kramp in zijn armen voelden haast bevrijdend aan. Hij was er volledig op geconcentreerd door te zwemmen tot hij kon ontspannen en in het water, uit het leven kon wegzakken. Toch was dat niet zo gemakkelijk. Hij wilde niet leven. Maar hij wist niet of hij er wel voor wilde sterven. De hoop was domweg vervlogen. Alleen de schaamte was er nog en de zinderende woede, die niet meer was dan een imploderende kracht, een naar binnen gericht zwaard. Hij kon er niet meer tegen, hij hield het niet meer uit.

Hij dacht aan zijn zonen, Samuel en Jonathan, en hij begreep dat hij het een noch het ander aankon: hij kon hen niet in de steek laten door te sterven, maar hij kon ook niet blijven leven en hun laten zien wat voor schandelijk iemand hij was, dus hij zwom maar door – alsof de zee zijn tweestrijd moest beslechten. Boven zich hoorde hij een helikopter en hij kreeg een slok water binnen. Hij dacht dat het een golf was die hem verraste, maar het waren zijn krachten die het begaven.

Het kostte hem moeite boven water te blijven en hij ging over op schoolslag. Dat hielp niet veel. Zijn benen werden zwaar en opeens, zonder dat hij begreep hoe het kwam, was hij helemaal onder water. Hij kwam niet meer boven en toen maakte de paniek zich van hem meester, hij zwaaide met zijn handen en voelde met pijnlijke scherpte: hij wilde wel dood, maar niet op deze manier. Hij knokte zich weer naar boven, hapte naar adem, draaide zich om naar het strand en kwam vijf of tien meter vooruit.

Toen zonk hij weer weg, en nu greep de angst hem echt bij de keel. Hij hield zijn adem in. Maar het ging niet meer. Hij kreeg nog meer water binnen en er ontstond wat artsen een reflectorisch laryngospasme noemen. Hij haalde helemaal geen adem meer. Zijn lichaam beschermde hem zolang het kon. Toen begon hij in een op hol geslagen doodsangst onweerstaanbaar te hyperventileren en kreeg hij vocht in zijn longen en in zijn maag.

Zijn borst en zijn hoofd barstten van de pijn en de angst, hij verloor het bewustzijn en kreeg het terug. Maar toen was hij al op weg naar de bodem, en hij dacht – voor zover hij überhaupt nog dacht – aan zijn familie, aan alles en niets, en zijn lippen vormden een 'vergeef me' of een 'help me', dat wist hij zelf niet.

Het hoofd daarginds verdween in de golven en kwam weer boven, en Mikael schreeuwde: 'Hou vol, ik kom.' Maar zijn boot was te traag en toen hij weer keek, zag hij alleen nog maar zee, een meeuw die een duikvlucht maakte en een blauwe zeilboot verder weg. Hij probeerde vast te stellen waar hij het hoofd de laatste keer had gezien. Daar misschien... of daar. Hij moest gokken en hopen. Hij zette de motor uit en tuurde in het water. Het was troebel – daar had hij al over gelezen: het kwam door de regen en de algengroei, door chemicaliën en humusdeeltjes. Hij zwaaide naar de helikopter boven hem, maar hij had geen idee of dat zin had. Vervolgens trok hij zijn schoenen en sokken uit. Hij bleef even staan in de boot, die hevig deinde in de wind. Toen sprong hij in het water.

Het was kouder dan hij had verwacht. Hij zwom onder water en keek om zich heen, maar zag helemaal niets. Het was hopeloos en zinloos, en toen hij na een minuutje weer bovenkwam om adem te halen, zag hij dat zijn boot al een heel eind was afgedreven. Maar daar was niets aan te doen. Hij dook weer, nu in tegengestelde richting, en zag waarachtig een lichaam dat steil en levenloos, als een zinkende pilaar, wegzakte. Hij zwom erheen en greep de gestalte onder de oksels. De man was loodzwaar en Mikael had al zijn krachten nodig om met zijn benen zwemslagen te maken. Langzaam, centimeter voor centimeter, bracht hij de man naar boven. Maar hij maakte een denkfout.

Hij had gedacht dat het gemakkelijker zou gaan als hij hem maar naar het oppervlak bracht, maar het voelde alsof hij een boomstam bij zich had. De man was er slecht aan toe en was boven water nog net zo zwaar. Hij toonde geen enkel teken van leven en het drong tot Mikael door hoe ver ze op zee waren. Hij zou hem nooit aan land kunnen krijgen. Toch bleef hij vechten. Lang geleden, in zijn jeugd, had hij reddend zwemmen geleerd, en hij probeerde voortdurend van techniek te veranderen en het lichaam beter vast te houden.

Maar dat werd alsmaar zwaarder. Mikael zwom wat hij kon, maar hij kreeg water in zijn longen en kramp in zijn spieren. Het ging niet meer. Hij zou de man los moeten laten, anders zou hij mee de diepte in worden getrokken. Het ene moment besloot hij het op te geven, maar het volgende had hij daar alweer spijt van. Hij knokte tot het hem zwart voor de ogen werd.

17
26 AUGUSTUS

Jan Bublanski zat nog laat in zijn kantoor op het politiebureau en keek op de nieuwssites. Minister van Defensie Johannes Forsell lag in coma op de intensivecareafdeling van het Karolinska-ziekenhuis, nadat hij bijna was verdronken. Zijn toestand werd als kritiek omschreven. Ook al zou hij weer bij bewustzijn komen, dan was er toch nog kans op ernstig hersenletsel. Er was sprake van een hartstilstand, een osmotisch longoedeem, hypothermie, aritmie en cerebraal letsel. Het zag er niet goed uit.

Zelfs in de serieuze media werd gezegd dat het weleens een poging tot zelfmoord kon zijn geweest. Dat betekende dat iemand uit zijn naaste omgeving had gelekt. Het was algemeen bekend dat Forsell een uitstekende zwemmer was, dus de voor de hand liggende verklaring zou zijn geweest dat hij zichzelf had overschat, te ver de zee in was gegaan en door de koude stroming was meegevoerd. Maar dat was lastig uit te maken. Er werd geschreven dat hij door een privépersoon was gered, door een boot van de reddingsbrigade uit zee was gehaald en met een helikopter naar het ziekenhuis was gebracht.

Er waren ook artikelen – het leken wel necrologieën – waarin hij werd geprezen als 'een sterke, daadkrachtige minister, die zich inzette voor fundamentele menselijke waarden'. Er stond dat hij had 'gestreden tegen intolerantie en destructief nationalisme' en een 'onverbeterlijke optimist' was geweest die 'altijd streefde naar consensus'. Er stond ook dat hij slachtoffer was geworden van een 'bijzonder onrechtvaardige haatcampagne', die kon worden herleid tot Russische trollenfabrieken.

'Dat is ook mooi op tijd,' bromde Bublanski, en hij knikte instemmend bij het lezen van een column van Catrin Lindås in *Svenska Dagbladet*, waarin stond dat dit een gevolg was van 'een klimaat waarin mensen tegen elkaar worden opgezet en gedemoniseerd'.

Hij keek Sonja Modig aan, die met haar laptop op schoot in de versleten fauteuil naast hem zat.

'En,' zei hij, 'krijgen we al duidelijkheid in de zaak?'

Sonja keek hem niet-begrijpend aan.

'Dat kan ik niet zeggen. We hebben Heikki Järvinen nog altijd niet opgespoord. Maar ik sprak net een van de artsen die Nima Rita behandelden in het psychiatrisch centrum in Kathmandu dat Blomkvist noemde.'

'En wat zei hij?'

'Zij zei dat Nima Rita zwaar psychotisch was en vaak stemmen en hulpgeroep hoorde. Hij was wanhopig dat hij die niet kon helpen. Het was alsof hij de hele tijd iets herbeleefde, dacht ze.'

'Wat dan?'

'Dingen die hij op de berg had meegemaakt, momenten waarop hij zich ontoereikend voelde. Ze vertelde dat ze hem met medicijnen en elektroden probeerden te behandelen, maar dat ging niet zo goed.'

'Heb je haar gevraagd of hij weleens over Forsell sprak?'

'Ze herkende de naam, zei ze, maar meer ook niet. Hij praatte meestal over zijn vrouw en over Stan Engelman. Voor hem was hij bang. Dat was heel duidelijk, zei ze, en dat is iets wat we moeten uitzoeken, vind ik, want Engelman is een man zonder veel scrupules, als ik het goed heb begrepen. Maar ik hoorde nog iets, en dat is nog interessanter.'

'Wat dan?'

'Na het drama op de Mount Everest in 2008 wilden alle journalisten Nima Rita spreken. Maar die belangstelling droogde al snel op toen bekend werd dat hij ziek en verward was, en hij werd min of meer vergeten. Maar ter gelegenheid van de tiende herdenking van het ongeluk nam een journalist van *The Atlantic* contact met hem op. Ze heet Lilian Henderson. Ze was een boek over het drama aan het schrijven en heeft Nima Rita aan de telefoon gehad toen hij in die instelling zat.'

'En wat vertelde hij haar?'

'Vrijwel niets, als ik het goed begrepen heb. Maar ze maakte een afspraak met Nima Rita voor als ze naar Nepal ging om research te doen. Maar toen ze kwam, was hij al weg, en met het boek is het uiteindelijk ook niets geworden. De uitgever was bang voor aanklachten.'

'Van wie?'

'Van Engelman.'

'Waar was hij zo bang voor?'

'Dat moeten we uitzoeken, vind ik.'

'Dus we weten heel zeker dat de bedelaar en die Nima Rita een en dezelfde persoon zijn?' vroeg Bublanski.

'Dat mogen we wel stellen. Er zijn zoveel overeenkomsten, en er is blijkbaar een portret waar hij op lijkt.'

'Hoe heeft Mikael Blomkvist dit allemaal uitgevonden?'

'Ik weet niet meer dan wat hij jou heeft geschreven. Ik heb contact met hem gezocht, maar niemand schijnt te weten waar hij is, zelfs Erika Berger niet. Ze is ongerust, zegt ze. Ze hadden het gehad over een portret van Forsell, en na het ongeluk heeft ze hem koortsachtig gebeld.'

'Heeft hij niet ook een zomerhuis op Sandö?' vroeg Bublanski.

'Ja, in Sandhamn.'

'Hebben de inlichtingendienst of de veiligheidspolitie hem soms opgepakt? Er wordt zo geheimzinnig gedaan over dat incident.'

'Dat is zo. We hebben het nagevraagd bij Defensie, maar daar is niet op gereageerd.'

'Dat schiet dus ook niet op.'

'En we weten ook niet of Mikael ons wel alles heeft verteld.

Misschien heeft hij inderdaad een verband ontdekt tussen de sherpa en Forsell.'

'Het lijkt nogal een smerig zaakje, vind je ook niet?' vroeg Bublanski.

'Hoezo?'

'Forsell heeft kritiek op Rusland en beschuldigt de Russen ervan dat ze de Zweedse verkiezingen hebben beïnvloed, en plotseling wordt hij door iedereen gehaat en door leugens tot wanhoop gedreven. Dan duikt er opeens een dode sherpa op die recht naar hem wijst. Ik krijg het gevoel dat iemand hem een loer wil draaien.'

'Als je het zo formuleert, klinkt het niet goed.'

'Nee,' zei hij. 'Hebben we nog steeds geen idee hoe die bedelaar het land is binnengekomen?'

'Ik heb net bericht van de Immigratiedienst gekregen dat hij niet in hun registers voorkomt.'

'Raar.'

'Hij zou toch in onze databases moeten voorkomen.'

'Misschien heeft de inlichtingendienst dat ook in de doofpot gestopt,' mopperde hij.

'Dat zou me niks verbazen.'

'En we mogen ook niet praten met Forsells vrouw?'

Sonja Modig schudde haar hoofd.

'We moeten haar snel horen, dat snappen ze toch wel? Ze mogen ons niet hinderen in ons werk,' zei hij.

'Ik heb helaas het gevoel dat ze vinden dat ze dat wel mogen.'

'Zijn zij ook ergens bang voor?'

'Daar lijkt het wel op.'

'Nou ja, het is niet anders. We zullen het moeten doen met wat we hebben.'

'Ik vrees van wel.'

'Een zootje,' zei Bublanski, en hij kon niet nalaten nog een blik op de nieuwssites te werpen.

Johannes Forsells toestand was nog steeds kritiek.

Thomas Müller kwam laat uit zijn werk thuis in de grote loft aan de Østerbrogade in Kopenhagen. Hij pakte een biertje uit de koelkast en ontdekte dat het aanrecht smerig was en dat de afwas van het ontbijt niet in de machine was gezet. Hij vloekte en liep door het appartement. Er was helemaal niet schoongemaakt.

De schoonmaaksters hadden er de brui aan gegeven. Alsof hij het nog niet moeilijk genoeg had. Gezeur en gezanik op zijn werk. Zijn secretaresse was achterlijk. Vandaag had hij zo hard naar haar geschreeuwd dat zijn slapen er zeer van deden. En dan natuurlijk als klap op de vuurpijl Paulina. Hij kon er niet meer tegen. Hoe kon ze! Na alles wat hij voor haar had gedaan. Toen ze elkaar ontmoetten, stelde ze niets voor: een waardeloos journalistje van een lokale krant. Hij had haar alles gegeven en ze waren niet eens – een grote fout natuurlijk – op huwelijkse voorwaarden getrouwd. Die vervloekte pot.

Toen ze als een natte dweil terugkwam, moest hij doen alsof hij lief was. Dat zou hij haar betaald zetten. Nooit zou hij haar vergeven, zeker niet na de ansichtkaart die hij had gekregen. **Ik heb je verlaten,** stond daarop. **Ik heb een vrouw ontmoet. Ik ben verliefd.** Dat was alles. Hij had zijn mobiel en zijn kristallen vaas kapotgesmeten en zich ziek moeten melden. Nee, daar wilde hij niet meer aan denken.

Hij trok zijn colbertje uit, ging met een biertje op de bank zitten en dacht erover Fredrike te bellen, zijn maîtresse. Maar haar was hij ook zat. Hij zette de tv aan en hoorde dat de Zweedse minister van Defensie tussen leven en dood zweefde. Daar kon hij zich echt niet druk om maken. Dat was zo'n halfgare politiek correcte idioot. Dat wist iedereen. Een huichelaar, een ritselaar. Hij ging naar het economische nieuws op Bloomberg, maar kon zijn gedachten er niet bij houden. Hij was al zeker tien keer naar een andere zender gezapt toen er werd aangebeld. Hij vloekte. Wie komt er in godsnaam om tien uur 's avonds aan de deur? Hij wilde eigenlijk niet opendoen.

Toen bedacht hij dat het misschien Paulina was, dus hij sleepte zich naar de deur en maakte die met een ruk open. Maar het was niet zijn vrouw. Er stond een klein, chagrijnig, zwartharig grietje in spijkerbroek en hoody met een tas in haar hand voor de deur. Ze keek naar de vloer van de hal.

'Ik wil niks hebben,' zei hij.

'Het gaat over het schoonmaken,' zei ze.

'Zeg maar tegen je baas dat ze de boom in kan,' antwoordde hij. 'Ik heb geen tijd voor schoonmaaksters die hun werk niet doen.'

'Het schoonmaakbedrijf kan er niets aan doen,' zei de vrouw.

'Waar heb je het over?'

'Ik heb het schoonmaken opgezegd.'

'Wat heb je gedaan?'

'Ik heb het afgezegd en het zelf gedaan.'

'Doe niet zo achterlijk. Ik wil geen schoonmaakster meer hebben. Maak dat je wegkomt,' snauwde hij, en hij smeet de deur dicht.

Maar de vrouw kreeg er een voet tussen en stapte over de drempel. Toen pas merkte hij dat er iets vreemds aan haar was. Ze bewoog zich gluiperig, zonder haar armen of haar bovenlichaam te bewegen, en hield haar hoofd een beetje schuin, alsof ze naar een onzichtbaar punt bij het raam keek. Hij bedacht dat ze misschien wel crimineel was, of psychisch gestoord. Haar ogen glansden kil. Ze leek niet helemaal aanwezig en hij zei met alle autoriteit die hij kon opbrengen: 'Als je nu niet meteen opdondert bel ik de politie.'

Ze gaf geen antwoord. Ze leek het zelfs niet te hebben gehoord. Ze bukte alleen maar, haalde een lang stuk touw en een rol tape uit haar tas. Eerst kon hij geen woord uitbrengen.

'Eruit!' schreeuwde hij toen, en hij greep haar hand.

Maar op de een of andere manier greep zij hém in plaats daarvan, en ze duwde hem naar de eettafel. Hij werd woedend en tegelijk ook bang. Hij rukte zich los en wilde haar een klap geven of tegen de muur duwen, maar dat lukte niet. Ze wierp zich tegen hem aan, waardoor hij achteroverviel en op zijn rug op de tafel belandde, en in twee tellen stond ze met die ijzig glanzende ogen boven hem en snoerde ze hem vast.

Met haar eentonige stem zei ze: 'Nu zal ik je overhemd strijken.'

Vervolgens plakte ze zijn mond af met tape en keek ze hem aan als een roofdier dat zijn prooi beloert. Thomas Müller merkte dat hij nog nooit van zijn leven zo bang was geweest.

Ook Mikael was zwaar onderkoeld geraakt en had veel water in zijn longen gekregen, en hij was met dezelfde helikopter als Forsell naar het ziekenhuis gebracht. Een tijdlang was hij min of meer bewusteloos geweest, maar hij was toch vrij snel weer opgeknapt en na de avondronde van de artsen en drie verhoren door de militaire inlichtingendienst kreeg hij zijn spullen terug, waaronder de mobiele telefoon die ze uit zijn boot hadden gehaald.

Hij kreeg te horen dat hij naar huis mocht, maar dat de dokters hem aanraadden om nog een nachtje in het ziekenhuis te blijven en dat een officier van justitie die Matson heette hem geheimhoudingsplicht had opgelegd, en toen wilde hij protesteren en zijn zus bellen, de advocaat Annika Giannini.

Hij wist dat de wettelijke mogelijkheden om journalisten de mond te snoeren nogal veranderlijk waren en het beviel hem ook absoluut niet dat de mannen van de inlichtingendienst zo eigengereid optraden. Hij liet het echter maar zitten. Hij zou toch geen woord opschrijven voordat hij de zaak tot op de bodem had uitgezocht. Een tijdlang bleef hij gewoon op het bed zitten en probeerde hij moed te vatten om weg te gaan. Maar hij werd niet lang met rust gelaten.

Er werd weer op de deur geklopt en een lange vrouw van in de veertig, met donkerblond haar en rooddoorlopen ogen kwam naar hem toe. Om de een of andere reden – misschien omdat hij net op zijn mobiel keek naar alle oproepen die hij had gemist – duurde het even voordat hij begreep dat het Rebecka Forsell was. Ze droeg een grijs jasje en een wit T-shirt en haar handen trilden. Ze zei dat ze hem toch even wilde bedanken voordat hij wegging.

'Gaat het al beter met hem?' vroeg Mikael.

'De ergste crisis is voorbij, maar we weten nog niet of hij hersenletsel heeft. Het is nog te vroeg om daar iets over te zeggen.'

Hij vroeg haar te gaan zitten op de stoel naast het bed.

'Ik begrijp het,' zei hij.

'Ze zeggen dat u zelf ook bijna was verdronken.'

'Dat is overdreven.'

'Maar toch... ik hoop dat u begrijpt hoe belangrijk het is wat u voor ons gedaan hebt. Begrijpt u? Het is fantastisch.'

'Dat is ontroerend,' zei hij. 'Dank u wel.'

'Kunnen we iets voor u doen?' vroeg ze.

Alles vertellen wat je over Nima Rita weet, dacht hij. Kom op met de waarheid.

Hij zei: 'Zorg ervoor dat uw man weer gezond wordt en een rustigere baan krijgt.'

'Het was een afschuwelijke tijd.'

'Dat begrijp ik.'

'Weet u...'

Ze zag er verward uit en wreef nerveus met haar hand over haar linkerarm.

'Ja?'

'Ik las net op internet over Johannes, en opeens waren de mensen weer aardig – niet allemaal, natuurlijk, maar veel wel. Het was haast onwerkelijk. Het was alsof ik nu nog beter besef in wat voor nachtmerrie we leefden.'

'Ik heb *Dagens Nyheter* gebeld en verteld dat het een zelfmoordpoging was, ook al wist ik dat niet eens zeker. Was dat verkeerd?'

'U zult er wel uw redenen voor hebben gehad, neem ik aan.'

'Ik wilde dat ze begrepen hoever het ging.'

'Dat klinkt redelijk.'

'De mannen van de MUST vertelden me iets heel geks,' zei ze, en ze keek hem vertwijfeld aan.

Hij zei zo kalm mogelijk: 'Wat dan?'

'Dat u al wist dat Nima Rita dood was gevonden in Stockholm.'

'Ja, dat is heel raar. Kenden jullie hem?'

'Ik weet niet of ik wel iets durf te zeggen. Ze zitten de hele tijd achter me aan dat ik mijn mond erover moet houden.'

'Zo zitten ze ook achter mij aan,' zei hij, en hij voegde eraan toe: 'maar we hoeven toch niet zo gehoorzaam te zijn?'

Ze glimlachte verdrietig.

'Misschien niet.'

'Nou dan? Kenden jullie hem?'

'In het basiskamp maakten we hem een tijdje mee. We mochten hem graag, en ik geloof dat hij ons ook wel mocht. "*Sahib, sahib*," zei hij de hele tijd over Johannes. "*Very good person*." Hij had ook een lieve vrouw.'

'Luna.'

'Luna,' herhaalde ze. 'Ze verwende ons allemaal en ze was steeds bezig. We hielpen hen later een huis te bouwen in Pangboche.'

'Mooi.'

'Ik weet het niet. We voelden ons allemaal schuldig aan wat er met hem gebeurd was.'

'Hebt u enig idee hoe hij uit Kathmandu kon verdwijnen, waar hij voor dood werd gehouden, en drie jaar later in Stockholm kon opduiken om daar nog een keer dood te gaan?'

Ze keek hem wanhopig aan.

'Ik krijg er buikpijn van,' zei ze.

'Dat begrijp ik.'

'Je had de jongetjes in Khumbu moeten zien.'

'Wat was er met hen?'

'Ze aanbeden hem. Hij redde levens, maar betaalde er een verschrikkelijke prijs voor.'

'Het was gedaan met zijn klimcarrière.'

'Hij werd zwartgemaakt.'

'Maar toch niet door iedereen?'

'Wel door veel mensen.'

'Door wie dan?'

'Door iedereen die Klara Engelman kende.'

'Zoals haar man?'

'Ja, ja natuurlijk, die ook.'

Hij hoorde een andere klank in haar stem.

‘Wat een aarzelend antwoord.’

‘Ja, misschien wel. Maar weet je... het zit gecompliceerder in elkaar dan de mensen weten en er zijn een heleboel advocaten bij betrokken. Een jaar geleden of zo moest een Amerikaanse uitgeverij nog een boek over het ongeluk intrekken.’

‘Dat zijn advocaten van Engelman, toch?’

‘Inderdaad. Engelman is een onroerendgoedmagnaat, op papier ondernemer, maar in wezen een crimineel, een maffioso – volgens mij tenminste – en ik weet dat hij op het laatst niet meer zo blij was met zijn vrouw.’

‘Waarom niet?’

‘Omdat Klara verliefd was op onze gids, Viktor Grankin, en bij Stan weg wilde gaan. Ze wilde van hem scheiden, zei ze, en in de media bekendmaken wat voor narcistische hufter hij was, en dat heeft Engelman heel handig stil weten te houden, al kun je er op sommige roddelsites nog wel iets over vinden.’

‘Ik snap het,’ zei hij.

‘Het was vreselijk heftig allemaal.’

‘Wist Nima Rita ervan?’

‘Ze hielden het geheim, maar hij wist het vast wel. Hij had de zorg voor haar.’

‘Hield hij zijn mond ook?’

‘Ik geloof het wel. Zolang hij nog in redelijke psychische staat was, tenminste. Maar na de dood van zijn vrouw werd hij steeds verwarder, zeiden ze, dus het zou me niet verbazen als hij erover heeft lopen raaskallen – en over nog van alles.’

Mikael keek naar Rebecka Forsell, naar haar ogen en naar haar lange lijf, dat zich opkrulde op de stoel. Met tegenzin zei hij: ‘Op het laatst raaskalde hij ook over uw man.’

De woede laaide in haar op, maar Rebecka zorgde ervoor dat dat niet te zien was. Ze wist natuurlijk dat het onrechtvaardig was. Mikael Blomkvist deed ook gewoon zijn werk. Hij had het leven van haar man gered. Maar zijn woorden deden haar denken aan haar verontrustende vermoeden dat Johannes iets over de Everest en Nima Rita voor haar verborgen had gehouden, want eerlijk gezegd geloofde ze niet dat de haatcampagne hem had geknakt.

Johannes was een vechter, een strijder, een overoptimistische dwaas die ondanks slechte voortekenen overal op afstormde, en de enige keren dat ze hem geknakt had gezien waren nu op Sandö en na de beklimming van de Everest. Ze had dus zelf al gedacht dat er misschien een verband was tussen toen en nu, en dát maakte haar razend, dacht ze, niet Mikael Blomkvist. Ze wilde alleen maar schieten op de boodschapper.

'Ik begrijp het niet,' zei ze.

'Nee?'

Ze zweeg. Toen zei ze, en ze had er meteen weer spijt van: 'Je zou eens met Svante moeten praten.'

'Lindberg?'

'Ja.'

Ze had een hekel gekregen aan Svante en ze hadden thuis vreselijke ruzie gehad toen Johannes hem tot secretaris-generaal van zijn ministerie benoemde. Svante was op het oog een kopie van Johannes, met dezelfde energie en dezelfde militaire flinkheid. Maar eigenlijk was hij totaal anders. Terwijl Johannes het goede in alles en iedereen zag totdat het tegendeel bewezen werd, was Svante stiekem, berekenend en manipulatief.

'Wat kan Svante Lindberg vertellen?' vroeg Mikael.

Wat in zijn eigen belang is, dacht ze.

'Wat er op de Everest is gebeurd,' zei ze, en ze vroeg zich af of ze met die woorden verraad pleegde aan Johannes.

Aan de andere kant had Johannes haar verraden als hij niet alles had verteld wat er op de berg was gebeurd. Ze stond op, nam hartelijk afscheid van Mikael Blomkvist, bedankte hem nogmaals en ging terug naar de intensive care.

18
DE NACHT VAN 26 OP 27 AUGUSTUS

Inspecteur Ulrike Jensen maakte in het Rigshospital in Kopenhagen een proces-verbaal op van de aangifte van Thomas Müller, die om tien over elf in de avond naar het ziekenhuis was gekomen met brandwonden op zijn armen en aan de bovenkant van zijn borst. Ulrike, vierenveertig jaar en moeder van kleine kinderen, had zich lang met zedenmisdrijven beziggehouden, maar nu was ze overgeplaatst naar geweldsdelicten en deed ze vaak nachtdienst – dat kwam op dit moment het beste uit in het gezin – dus ze had al heel wat verwarde, dronken getuigenverklaringen te verwerken gekregen. Maar wat ze nu hoorde sloeg alles.

'Ik begrijp dat u veel pijn hebt en dat u onder de morfine zit,' zei ze. 'Maar laten we proberen een beetje zakelijk te blijven en ons te concentreren op het signalement.'

'Ik heb nog nooit zulke ogen gezien,' stamelde hij.

'Dat zei u al. Maar u moet iets concreter worden. Had die vrouw geen bijzondere kenmerken?'

'Ze was jong en klein, ze had zwart haar en ze praatte als een spook.'

'Hoe praat je dan?'

'Zonder emotie, of liever... alsof ze aan iets anders dacht. Het was net alsof ze er niet was.'

'Wat zei ze? Kunt u dat herhalen? Dan wordt het misschien wat duidelijker wat er is gebeurd.'

'Ze zei dat ze nooit haar eigen kleren streek, en daarom was ze er niet goed in en moest ik heel stil blijven liggen.'

'Wat vreselijk.'

'Het was krankzinnig.'

'En verder?'

'Ze zou nog een keer terugkomen als ik...'

'Als u?'

Thomas Müller woelde wat in het ziekenhuisbed en keek haar machteloos aan.

'Als u?' herhaalde ze.

'Als ik mijn vrouw niet met rust liet. Ik mocht haar nooit meer zien. Ik moest scheiden.'

'Uw vrouw is op reis, zei u?'

'Ja, ze...'

Hij mompelde iets onverstaanbaars.

'Hebt u uw vrouw iets aangedaan?'

'Ik heb helemaal niks gedaan. Zij is...'

'Ja?'

'Bij me weggegaan.'

'Waarom is ze bij u weggegaan, denkt u?'

'Ze is een godver...'

Hij stond op het punt iets vreselijks te zeggen, maar was verstandig genoeg om zijn zin niet af te maken en Ulrike Jensen vermoedde dat dit verhaal een voorgeschiedenis had die ook al niet zo fraai was. Maar daar ging ze voorlopig niet op in.

'Verder herinnert u zich niets wat ons kan helpen?' vroeg ze.

'Die vrouw zei dat ik pech had.'

'Hoezo?'

'Dat ze van de zomer een hoop shit had meegemaakt en min of meer gek was geworden.'

'Wat bedoelde ze daarmee?'

'Hoe moet ik dat weten?'

'Hoe ging ze weg?'

'Ze haalde de tape van mijn mond en herhaalde het allemaal nog een keer.'

'Dat u bij uw vrouw uit de buurt moest blijven?'

'En dat doe ik ook. Ik wil haar niet meer zien.'

'Oké,' zei Ulrike Jensen. 'Dat lijkt me voorlopig verstandig. Dus u hebt uw vrouw vanavond ook niet gesproken?'

'Ik heb zelfs geen idee waar ze is, zei ik toch. Verdomme...'

'Ja.'

'Jullie moeten snel iets doen. Dat mens is krankzinnig. Ze is levensgevaarlijk.'

'We doen ons best,' zei Ulrike Jensen. 'Dat verzeker ik u. Maar het ziet ernaar uit...'

'Waar ziet het naar uit?'

'Dat alle bewakingscamera's in die wijk net op dat moment niet werkten, dus we hebben heel weinig om mee te werken,' maakte ze haar zin af, en ze was opeens heel moe van haar werk.

Het was even na middernacht. Terwijl Lisbeth in een taxi vanaf vliegveld Arlanda zat en onderzoek deed naar een echtscheidingsadvocaat die Annika Giannini haar had aanbevolen, kwam er een versleuteld berichtje van Mikael binnen. Maar ze was te moe, te kapot om het te lezen. Ze stopte ook met het checken van die advocaat en staarde maar wat door de ruit. Wat was er toch met haar aan de hand?

Ze mocht Paulina graag. Misschien hield ze zelfs van haar, op haar eigen, vreemde manier. Maar hoe liet ze dat zien? Ze had haar volkomen wanhopig naar haar ouders in München laten gaan en haar man een lesje geleerd, alsof die wraakactie het gebrek aan liefde kon compenseren. Haar zus – die zoveel kwaad had aangericht – kon ze niet doden, maar in Kopenhagen had ze Thomas Müller zonder met haar ogen te knipperen om het leven kunnen brengen.

Toen ze met het strijkijzer boven op hem zat, gingen er herinneringen aan Zalachenko, advocaat Bjurman, psychiater Teleborian en allerlei andere klootzakken door haar hoofd. Het was alsof alles barstte. Alsof ze haar hele leven betaald wilde zetten, en slechts met uiterste wilskracht wist ze te voorkomen dat het helemaal uit de hand liep. Verdomme nog aan toe. Ze moest haar kop erbij houden. Anders zou het zo doorgaan – met twijfel als ze daadkracht nodig had en met waanzin als kalmte vereist was.

Het had te maken met die nieuwe inzichten die zich op de Tverskoj Boulevard aan haar hadden opgedrongen. Die hadden haar uit haar evenwicht gebracht. Niet alleen zijzelf had zonder iets te kunnen doen in bed gelegen als Zala 's nachts Camilla kwam halen, maar haar moeder ook. Wat wist zij? Had zij ook een oogje dichtgedaan voor de waarheid? Die gedachte bezwaarde Lisbeth steeds meer en maakte haar bang voor zichzelf, bang voor haar besluiteloosheid, bang dat ze een onbekwame strijder zou zijn in het grootste gevecht van haar leven, dat haar nu onvermijdelijk te wachten stond.

Doordat Plague haar hielp met het hacken van de bewakingscamera's rondom het appartement aan de Strandväg, wist ze dat Camilla bezoek had gehad van de motorclub Svavelsjö. Ze begreep dat haar zus met alle beschikbare middelen naar haar op zoek was en dat Camilla, als ze de kans kreeg, niet zou aarzelen. Dus ja, verdomme, ze moest zich vermannen. Ze moest weer sterk en doelgericht zijn. Maar om te beginnen moest ze een plek vinden waar ze naartoe kon.

Ze had geen huis meer in Stockholm en overdacht verschillende alternatieven. Toen las ze Mikaels mailtje toch maar. Het ging over Forsell en de sherpa, en was in allerlei opzichten interessant. Maar ze kon het niet opbrengen om zich erin te verdiepen. In een opwelling die haar zelf verbaasde, schreef ze terug: **Ben in de stad. Laten we nu meteen afspreken. In een hotel.**

Het was niet alleen een oneerbaar voorstel, dacht ze, of zelfs maar een reactie op de eenzaamheid en de hopeloosheid die ze had gevoeld. Het was ook... een veiligheidsmaatregel, want het was helemaal niet ondenkbaar dat Camilla en haar trawanten zich, als ze haar niet konden vinden, op mensen uit haar omgeving zouden storten, en dan was het maar beter om Kalle Blomkvist in een hotelkamer op te sluiten.

Aan de andere kant kon hij zichzelf ook ergens opsluiten, en toen hij na tien, vijftien, twintig minuten nog geen antwoord had gegeven, snoof ze, sloot haar ogen en had het gevoel dat ze een eeuwigheid zou kunnen slapen. En misschien dommelde ze echt even in, want toen Mikael reageerde, schrok ze alsof ze aangevallen werd.

Zijn zus, Annika, had hem schone kleren en andere schoenen gebracht en hem naar de Bellmansgata, naar huis gereden. Mikael dacht dat hij zou instorten zodra hij zijn bed zag. In plaats daarvan ging hij achter zijn computer zitten om informatie te zoeken over de zakenman Stan Engelman, die nu vierenzeventig jaar was, hertrouwd, en naar wie een onderzoek liep wegens omkoping en bedreiging in verband met de verkoop van drie hotels in Las Vegas. Hoewel daarover niets vaststond – zelf ontkende hij het natuurlijk – leek zijn zakenimperium te wankelen. Men zei dat hij hulp had gezocht bij zakenpartners in Rusland en Saoedi-Arabië.

Stan Engelman had zich niet één keer uitgelaten over Nima Rita. Wel had hij woedende beschuldigingen geuit tegen de overleden gids Viktor Grankin, die Nima als sirdar had aangesteld, en Grankins bedrijf Everest Adventures Tours aangeklaagd. Bij een rechtbank in Moskou was een schikking overeengekomen die het bedrijf onmiddellijk in een faillissement had gestort. Er bestond ongetwijfeld woede jegens de expeditie waarvan Nima Rita deel had uitgemaakt. Maar het verklaarde niet waarom de sherpa opeens uitgerekend in Stockholm was opgedoken. Mikael liet het voorlopig maar even zitten. Hij was te moe om zich in Engelmans onroerendgoedzaken, vrouwengeschiedenissen en idiote ondernemingen te verdiepen, dus hij verdiepte zich nu maar in Svante Lindberg, die waarschijnlijk het beste wist wat er op de Mount Everest met Forsell was gebeurd.

Svante Lindberg was luitenant-generaal, een oude commando en waarschijnlijk ook inlichtingenofficier en al sinds zijn jeugd een goede vriend van Forsell. Svante Lindberg was een ervaren bergbeklimmer. Voor de Everest had hij drie andere achtduizenders beklommen: de Broad Peak, de Gasherbrum en de Annapurna, en dat was ongetwijfeld de reden dat Viktor Grankin hem en Johannes voor de anderen uit naar de top liet gaan toen het tempo van de groep in de ochtend van 13 mei 2008 daalde. Maar wat er nu precies op de berg was gebeurd, moest Mikael later uitzoeken, morgen waarschijnlijk. Voorlopig constateerde hij alleen dat Svante Lindberg zelf ook een doelwit van de haatcampagne tegen Forsell was geweest.

Hier en daar werd beweerd dat hij de man was die het feitelijk voor het zeggen had op het ministerie van Defensie. Hij gaf echter slechts zelden interviews en het persoonlijkste wat Mikael kon vinden, was een vrij lang portret in het tijdschrift *Runner's World*, drie jaar geleden. Misschien las hij dat artikel ook wel, want hij kon zich later de uitspraak herinneren: 'Als je helemaal kapot bent, heb je nog zeventig procent over.' Maar hij moest in slaap gesukkeld zijn.

Hij werd wakker achter zijn computer, trillend over zijn hele lichaam, met het beeld van de verdrinkende Johannes Forsell op zijn netvlies, en het drong tot hem door dat hij niet alleen helemaal kapot was. Hij was ook in shock. Met moeite bereikte hij zijn bed. Hij verwachtte dat hij meteen in slaap zou vallen, maar er gingen nog te veel gedachten door zijn hoofd. Toen gaf hij het op, pakte zijn mobiel en zag dat Lisbeth had geantwoord.

Ben in de stad. Laten we nu meteen afspreken. In een hotel.

Hij was zo moe dat hij het twee keer moest lezen. Daarna voelde hij zich... ja, hoe? Gegeneerd, opgelaten? Hij wist het niet. Hij had de neiging om te doen alsof hij het niet had gezien, maar dat had bij haar geen zin. Ze had vast al een bevestiging gekregen dat hij het had gelezen. Wat moest hij doen? Hij kon het niet opbrengen om nee te zeggen, maar zeer zeker ook niet om ja te zeggen. Hij deed zijn ogen dicht en probeerde zijn gedachten te ordenen. Dus ze was in Stockholm en wilde hem nu meteen zien, in een hotel. Betekende dat meer dan dat ze hem nu meteen in een hotel wilde zien?

'Verdomme, Lisbeth,' mompelde hij.

Toen stond hij op. Hij begon nerveus door de flat te ijsberen, alsof ze zijn hele lichamelijke gesteldheid nog verder wilde slopen. Op een gegeven moment keek hij door het raam naar de Bellmansgata, en daar, bij de Bishops Arms, zag hij een figuur die hij onmiddellijk herkende. Het was die vent met het paardenstaartje, die hij in Sandhamn ook had gezien. Hij schrok alsof hij een stomp in zijn maag had gekregen, want nu was er toch geen twijfel meer mogelijk.

Hij werd in de gaten gehouden. Hij vloekte weer. Zijn hart ging tekeer en hij kreeg een droge mond. Hij moest eigenlijk meteen contact opnemen met Bublanski of met iemand anders van de politie. Maar in plaats daarvan schreef hij aan Lisbeth: **Ik word geschaduwd.**

Ze schreef terug: **Mijn schuld. Ik help je om ze af te schudden.**

Hij wilde schreeuwen dat hij de fut niet had om iemand af te schudden, dat hij alleen maar wilde slapen, dat hij verdomme vakantie had en wilde houden en dat hij alles wilde vergeten wat niet simpel en rustig was.

Maar hij schreef: **Oké.**

19
27 AUGUSTUS

Kira had de banden met de MC Svavelsjö het liefst willen verbreken. Ze had die bandieten er maar wat graag uitgegooid, met hun belachelijke jacks, hun spijkers, hun hoody's en hun tatoeages. Maar ze had hen weer nodig, dus ze had hen overladen met geld, verwezen naar Zalachenko en de opdracht omschreven als een erezaak tot zijn nagedachtenis.

Ze stonden haar tegen, ze wilde hen uitschelden voor *lowlifes* en losers, ze wilde hen naar de kapper en de kleermaker sturen. Ze behield echter haar kalmte en haar waardigheid en ze was andermaal blij dat Galinov was meegekomen. Hij droeg vandaag een wit linnen pak en bruine leren schoenen, en zat in de rode fauteuil tegenover haar een artikel te lezen over de verwantschap tussen het Zweeds en het Nederduits of zoiets, alsof het voor hem allemaal maar een studiereis was. Maar hij gaf haar rust, een band met het verleden. En nog beter: hij joeg die kerels van de motorclub angst aan.

Als ze tegenstribbelden of er moeite mee hadden om orders van een vrouw aan te nemen, hoefde Galinov alleen maar zijn bril te laten zakken en hen met zijn ijzig blauwe ogen aan te kijken, dan hielden ze hun mond en gehoorzaamden ze. Ze nam aan dat ze exact wisten waartoe hij in staat was, dus ze maakte zich geen zorgen over zijn inactiviteit.

Zijn rol zou later komen. De jacht op Lisbeth werd door Bogdanov en de motorclubbandieten uitgevoerd. Tot nu toe hadden ze niets gevonden, geen spoor. Het was alsof ze een schaduw achtervolgden. En alsof dat nog niet erg genoeg was, waren ze vannacht nog een ingang kwijtgeraakt, dus had ze Marko Sandström, de president van Svavelsjö, bij zich ontboden. Hij kwam de kamer binnen met een andere bandiet, Krille meende ze dat die heette, maar dat kon haar niets schelen.

'Nu wil ik geen excuses,' zei ze, 'maar gewoon een zakelijk verslag: hoe kon dit gebeuren?'

Marko glimlachte bezorgd, en dat beviel haar. Marko was net zo'n groot en dreigend type als de andere Svavelsjöers, maar hij had de goede smaak om geen baard en geen lang haar te hebben, en ook geen dikke buik, maar wel een gezicht dat prachtig kon worden genoemd en een borstkas waar ze nog altijd wel haar nagels in zou willen zetten, net als vroeger.

'Wat we moeten doen is niet eerlijk,' zei Marko, en hij probeerde enige autoriteit in zijn stem te leggen, hoewel hij het niet kon laten om tersluiks naar Galinov te kijken, die niet eens opkeek – en dat beviel haar ook.

Ze zei: 'Hoezo is dat oneerlijk? Ik wil gewoon dat hij dag en nacht in de gaten wordt gehouden, meer niet.'

'Dag en nacht, ja,' zei Marko. 'Daar heb je mensen en middelen voor nodig. We hebben het per slot van rekening niet over een nobody.'

'Hoe – kon – het – gebeuren?' vroeg ze, elk woord benadrukkend.

'Die klootzak...' begon de man van wie ze dacht dat hij Krille heette.

Marko viel hem in de rede: 'Laat mij maar. Camilla...'

'Kira.'

'Sorry, Kira,' vervolgde hij. 'Blomkvist ging er gisterenmiddag heel snel met zijn motorboot vandoor. Wij hadden geen kans om mee te gaan, en algauw werd de situatie precair. Het eiland wemelde van de politie en de militairen, en we moesten uit elkaar gaan. Jorma bleef in Sandhamn en Krille ging naar de Bellmansgata en wachtte daar.'

'En daar kwam Mikael naartoe?'

'Laat die avond, met een taxi. Hij zag er volkomen uitgeput uit. Niets wees erop dat hij niet thuis zou blijven en naar bed zou gaan. Ik vind dat we Krille een compliment moeten maken dat hij op zijn post bleef. Mikael deed het licht uit, maar toch kwam hij om één uur in de nacht met een weekendtas naar buiten. Hij liep naar de metro op het Mariatorg en keek niet één keer om. Op het perron zat hij met het gezicht in zijn handen.'

'Hij zag eruit alsof hij ziek was,' voegde Krille eraan toe.

'Precies,' vervolgde Marko. 'Daardoor ontspanden we. We waren minder op onze hoede. In de metro leunde hij met zijn ogen dicht tegen het raam. Hij zag er volkomen kapot uit. Maar toen...'

'Ja?'

'Op het station Gamla Stan, vlak voordat de deuren weer dichtgingen, vloog hij overeind alsof hij door een kanon werd afgeschoten, sprong eruit en verdween over het perron. En toen waren we hem kwijt.'

Kira zei aanvankelijk niets. Ze wisselde slechts een blik met Galinov en zag dat Marko dat zag. Toen keek ze naar haar handen, terwijl ze onbeweeglijk bleef zitten. Dat zwijgen, stilte, angstaanjagender is dan welke woede-uitbarsting dan ook had ze al vroeg geleerd en hoewel ze had willen schreeuwen en tieren, zei ze slechts droog en zakelijk: 'Die vrouw die Blomkvist mee had naar Sandhamn, weten we wie dat is?'

'Jazeker. Ze heet Catrin Lindås en woont op Nytorget 6. Het is een nogal bekend mediawijf.'

'Betekent ze iets voor hem?'

'Nou...' begon Krille weer.

Krille had een paardenstaart, een baard en kleine, waterige oogjes en zag er niet bepaald uit als een expert in liefdesrelaties, maar hij wilde kennelijk toch een poging doen.

'Ik vond dat ze verliefd deden. Ze klitten hele dagen aan elkaar in de tuin,' legde hij uit.

'Oké, goed,' zei ze. 'Dan wil ik dat we haar ook bewaken.'

'Verdomme, Camilla... sorry, Kira... daar vraag je nogal wat.

Dat worden dan drie adressen om in de gaten te houden,' zei Marko.

Ze zweeg weer en zei toen dat ze konden gaan. Ze was blij dat Galinov met zijn lange, mooie lijf opstond en hen uitliet. Waarschijnlijk zei hij ook nog iets wat op het eerste gehoor misschien klonk als een beleefdheid, maar wat hun, als het eenmaal ingezonken was, de stuipen op het lijf joeg. Daar was hij een expert in, en dat was wel nodig, dacht ze. Ze was het initiatief weer kwijt en keek kwaad om zich heen in het appartement. Dat was 170 vierkante meter groot en twee jaar geleden via stromannen gekocht, maar nog altijd te onpersoonlijk en te schaars gemeubileerd. Maar bij gebrek aan beter moest het maar.

Ze vloekte en ging zonder kloppen een hoekkamer rechts van haar in. Daar zat Jurij Bogdanov zwetend achter zijn computers.

'Hoe gaat het met de computer van Blomkvist?' vroeg ze.

'Dat hangt ervan af.'

'Hoezo?'

'Ik ben in zijn server gekomen, zoals ik al zei.'

'Maar geen nieuws?'

Hij schoof onrustig op zijn stoel en ze begreep dat ook hij geen goed nieuws voor haar had.

'Blomkvist heeft gisteren gegoogeld op Forsell, de minister van Defensie, en dat is natuurlijk interessant, niet alleen omdat Forsell een doelwit van de GROe is en omdat Galinov met hem te maken heeft gehad, maar ook omdat de minister gisteren...'

'Forsell kan me geen zak schelen,' beet ze hem toe. 'Ik ben alleen maar geïnteresseerd in de versleutelde links die Blomkvist heeft ontvangen en verstuurd.'

'Die heb ik niet kunnen kraken.'

'Wat nou, die heb je niet kunnen kraken? Je blijft het toch wel proberen?'

Bogdanov beet op zijn lip en sloeg zijn ogen neer.

'Ik kan er niet meer in.'

'Wat wil dat zeggen?'

'Iemand heeft mijn trojaan er vannacht uitgegooid.'

'Hoe kan dat nou?'

'Dat weet ik niet.'

'Niemand kan toch op tegen jouw trojanen?'

'Nee, maar...'

Hij beet op zijn nagel.

'Dus het was een verschrikkelijk genie, bedoel je?' foeterde ze.

'Daar lijkt het wel op,' mompelde hij. Kira werd gek van woede, maar toen bedacht ze iets anders, dus in plaats van te schelden en tekeer te gaan glimlachte ze.

Ze begreep dat Lisbeth dichterbij was dan ze had durven dromen.

Mikael lag in bed in Hotel Hellsten aan de Luntmakargata, terwijl Lisbeth op een rode stoel bij het raam zat, voor de dichte gordijnen. Ze keek hem afwezig aan. Mikael had niet meer dan een paar uur geslapen. Hij wist echt niet of het wel een goed idee was geweest om hierheen te gaan. Ze hadden niet bepaald een romantische nacht gehad of elkaar als oude vrienden begroet. Al in de deuropening was het misgegaan.

Ze staarde hem aan alsof ze hem de kleren van het lijf wilde rukken en hoewel hij onderweg hierheen aan Catrin had gedacht, zou hij zich daar waarschijnlijk niet tegen hebben verzet. Maar het was haar niet om hem te doen, het ging om zijn computer en zijn mobiel. Ze rukte hem uit zijn handen en trok zich terug achter zwarte schermen die ze had opgesteld. Daar zat ze op een vreemde manier op haar hurken, onbeweeglijk – alleen haar vingers waren koortsachtig aan het werk. Na een tijdje hield hij het niet meer uit. Hij werd ongeduldig en mopperde dat hij bijna was verdronken. Dat hij een minister had gered. Dat hij wilde slapen of op zijn minst praten en dat hij wilde weten wat ze aan het doen was.

'Sst,' zei ze.

'Godverdomme.'

Hij werd kwaad en wilde weg, haar niet meer zien. Maar op het laatst kon het hem niet meer schelen. Hij kleedde zich uit, ging aan één kant van het tweepersoonsbed liggen en viel als een boos kind in slaap. Ergens in de vroege ochtend kroop ze naast hem in bed en fluisterde hem, alsof het een krankzinnige verleidingstruc was, in zijn oor: 'Je had een trojaan binnengehaald, slimmerik,' en toen was het gedaan met de nachtrust.

Hij werd bang. Hij werd ongerust over zijn bronnen, eiste dat ze onmiddellijk vertelde wat er aan de hand was en begreep beetje bij beetje de hele waanzin die er gaande was – nou ja, niet de hele, natuurlijk. Ze was, zoals gewoonlijk, niet erg spraakzaam en het duurde niet lang of ze begon met haar ogen te knipperen, legde haar hoofd op het kussen en viel in slaap, zodat hij alleen wakker bleef en geschrokken in bed lag. Hij vloekte en was ervan overtuigd dat hij de slaap niet meer zou kunnen vatten. Maar op de een of andere manier was dat blijkbaar toch gebeurd en toen hij weer wakker werd, zat Lisbeth op die stoel bij de gordijnen, in niet meer dan een slipje en een veel te lange blouse en in iets wat een toestand tussen droom en werkelijkheid leek. Hij keek verbaasd naar haar beenspieren en naar de zwarte kringen onder haar ogen, en vervolgens naar de kamerdeur. Toen hoorde hij haar stem.

'Daar staat een ontbijt.'

'Fijn,' antwoordde hij, en hij haalde twee dienbladen en zette die op het bed.

Hij maakte koffie met het Nespresso-apparaat bij het raam en ging in kleermakerszit op het bed zitten. Toen kwam ze tegenover hem zitten. Hij keek haar aan alsof ze een vreemde en een goede vriendin tegelijk was en voelde duidelijker dan ooit: hij begreep haar en hij begreep haar niet.

'Waarom aarzelde je?' vroeg hij.

Mikaels vraag beviel Lisbeth niet. Zijn gezichtsuitdrukking beviel haar ook niet. Ze wilde vluchten of hem in bed trekken, hem laten zwijgen. Ze dacht aan Paulina en haar man, aan het strijkijzer in haar eigen hand en aan veel ergere dingen, vroeger in haar kinderjaren, en ze wilde eigenlijk helemaal geen antwoord geven.

Toch zei ze: 'Ik moest ergens aan denken.'

Mikael keek haar doordringend aan en ze had meteen spijt dat ze haar mond niet had gehouden.

'Waar moest je aan denken?'

'Niks.'

'Kom op.'

'Ik moest aan ons gezin denken.'

'Waaraan?'

Hou op, dacht ze. Hou op!

'Het schoot me te binnen...' begon ze, alsof ze er niets aan kon doen, alsof iets in haar het toch onder woorden wilde brengen.

'Ja?'

'Mijn moeder wist dat Camilla ons bestal en tegen de politie loog om Zala te beschermen. Ze wist dat Camilla kwaad van ons sprak bij de sociale instellingen en dat ze een aandeel had in de hel bij ons thuis.'

'Ik weet het,' zei hij.

'O ja?'

'Holger heeft het me verteld.'

'Maar wist je ook...'

'Nou?'

Moest ze het opgeven? Ze spuwde de woorden bijna uit: 'Dat mijn moeder er op het laatst genoeg van had en Camilla het huis uit dreigde te zetten?'

'Dat wist ik niet.'

'Maar zo was het wel.'

'Camilla was nog maar een kind.'

'Ze was twaalf.'

'Maar toch...'

'Misschien was het alleen maar een uitbarsting en had het niets te betekenen. Maar ze stond altijd aan mijn kant, dat weet ik wel. Ze hield niet van Camilla.'

'Dat komt in alle families voor. Een van de kinderen is het lievelingetje.'

'Maar hier had het gevolgen. Het maakte ons blind.'

'Blind waarvoor?'

'Voor wat er gebeurde.'

'Wat gebeurde er dan?'

Stop, dacht ze. Stop!

Ze wilde schreeuwen en weggaan, maar ze ging door, alsof ze gedreven werd door niet meer te controleren krachten.

'We dachten dat Camilla Zala had. Dat het twee tegen twee was in die oorlog bij ons thuis, mijn moeder en ik tegen Zala en Camilla. Maar zo was het niet. Camilla was alleen.'

'Jullie waren allemaal alleen.'

'Voor haar was het het ergst.'

'Hoezo?'

Ze wendde haar ogen af.

'Zala kwam soms 's nachts naar onze kamer,' zei ze. 'Ik begreep toen niet waarom. Maar ik dacht er ook niet erg over na. Hij was slecht en hij deed wat hij wilde. Zo was het nou eenmaal, en in die tijd dacht ik maar aan één ding.'

'Je wilde dat er een eind kwam aan de mishandeling van je moeder.'

'Ik wilde Zala doden, en ik wist dat Camilla zijn kant had gekozen. Ik had geen reden om me druk te maken om Camilla.'

'Dat is begrijpelijk.'

'Maar natuurlijk had ik me af moeten vragen waarom Zala veranderd was.'

'Hoezo veranderd?'

'Hij bleef 's nachts veel vaker, en dat paste niet in het plaatje. Hij was gewend aan luxe en bediening. Toch was onze flat opeens goed genoeg, en dat kwam waarschijnlijk omdat er een nieuwe pion in het spel was gekomen, en daar op de Tverskoj Boulevard begreep ik wat het was. Net als alle andere mannen voelde hij zich tot Camilla aangetrokken.'

'Dus in die nachten kwam hij voor háár.'

'Hij nam haar altijd mee naar de woonkamer, en als ik naar hun stemmen luisterde, klonk het alsof ze plannen maakten om weer iets uit te halen tegen mijn moeder en mij. Maar ik geloof dat ik ook wel geluiden hoorde die ik toen nog niet thuis kon brengen. Ze gingen ook vaak weg met de auto.'

'Hij misbruikte haar.'

'Hij maakte haar kapot.'

'Dat mag je jezelf niet verwijten,' zei Mikael.

Ze wilde wel schreeuwen. Maar ze zei: 'Ik gaf alleen maar antwoord op je vraag. Ik begreep dat mijn moeder en ik geen snars deden om haar te helpen. Dat besefte ik en dat maakte dat ik aarzelde.'

Mikael zat zwijgend tegenover haar op het bed. Hij leek haar woorden tot zich door te laten dringen. Toen legde hij een hand op haar schouder. Ze duwde die weg en keek door het raam naar buiten.

'Weet je wat ik denk?' vroeg hij.

Ze gaf geen antwoord.

'Ik geloof gewoon niet dat jij iemand bent die mensen op die manier doodschiet.'

'Onzin.'

'Dat geloof ik niet, Lisbeth. Dat heb ik nooit geloofd.'

Ze pakte een croissantje van het dienblad en mompelde meer tegen zichzelf dan tegen Mikael: 'Maar ik had haar dood moeten schieten,' zei ze. 'Nu heeft ze het op ons allemaal gemunt.'

20
27 AUGUSTUS

Jan Bublanski had een fles twaalf jaar oude Grant's bij zich – die had al jaren onaangeroerd bij hem thuis gestaan – en dat was natuurlijk tegen zijn principes. Maar omdat de getuige om whisky had gevraagd, wilde hij niet kleinzielig zijn. Sinds gisteren concentreerde hij zich volledig op het onderzoek naar de dood van Nima Rita, dus hij had kosten noch moeiten gespaard om de laatste getuige te pakken te krijgen die de sherpa nog in leven had gezien, en hij had hem uiteindelijk hier in Haninge in een appartementje in een geel huurhuis aan de Klockarled gevonden.

De flat was niet de slechtste die Bublanski had gezien, maar ook niet bepaald de beste. Het stonk er en overal lagen flessen, asbakken en etensresten. De getuige zelf straalde echter een bohemienachtige elegantie uit. Hij droeg een wit overhemd en een Franse alpinopet.

'Meneer Järvinen,' zei Bublanski.

'Commissaris.'

'Is deze goed?'

Hij liet zijn fles zien en kreeg een glimlachje terug, waarna ze op blauwe houten stoelen in de keuken gingen zitten.

'U hebt de man van wie we nu weten dat hij Nima Rita heette, in de nacht van 14 op 15 augustus ontmoet, nietwaar?' vroeg Bublanski.

'Inderdaad... ja... een volkomen gestoorde gek. Ik voelde me rot en wachtte op een man die altijd bij de ingang van het parkje aan het Norra Bantorg iets staat te verkopen om te drinken, en toen was die zwerver daar opeens, helemaal in de lorum, en ik had natuurlijk niks moeten zeggen. Je kon van een afstand zien dat hij gek was. Maar ik ben nogal praatgraag van nature, dus ik vroeg misschien niet zo beleefd en tactvol hoe het met hem ging, en toen begon hij te schreeuwen.'

'In welke taal?'

'In het Engels en het Zweeds.'

'Dus hij sprak Zweeds?'

'Nou ja, spreken. Een paar woorden, in elk geval. Er was geen chocola van te maken. Hij schreeuwde dat hij tussen de wolken was geweest en ruzie had gehad met de goden en had gesproken met de doden.'

'Kan het zijn dat hij het over de Mount Everest had?'

'Dat kan best. Ik heb niet zo goed geluisterd. Ik was dus vreselijk rillerig en ik kon niet tegen dat geleuter.'

'Dus u weet niet concreet meer wat hij zei?'

'Hij had het leven van een hoop mensen gered. "*I saved many lives*," zei hij, en hij liet me zijn stompjes van handen zien.'

'Zei hij iets over minister Forsell?'

Heikki Järvinen keek hem verbaasd aan, schonk een glas whisky in en goot dat met trillende handen naar binnen.

'Grappig dat u dat zegt,' zei hij.

'Waarom is dat grappig?'

'Omdat ik me verbeeldde dat hij Forsell wel op de een of andere manier noemde. Maar dat is eigenlijk ook niet zo gek. Iedereen heeft het over hem.'

'Wat zei hij concreet?'

'Dat hij hem kende, geloof ik. Dat hij allerlei belangrijke mensen kende, en dat was natuurlijk niet erg geloofwaardig. Hij kletste me de oren van het hoofd, en daar kon ik niet tegen. En toen liet ik me iets stoms ontvallen.'

'Wat dan?'

'Nou... niet racistisch of zo, maar misschien toch niet zo slim.

Ik vergeleek hem met een ching chong chinaman, en toen vloog hij me aan en verkocht me een dreun, en daar was ik zo verbluft van dat ik geen kant op kon. Hij sloeg me helemaal verrot. Snapt u?'

'Ik snap dat het vervelend was.'

'Ik bloedde als een rund,' ging Järvinen woedend door. 'Ik heb er nog steeds een wond van. Hier.'

Hij wees op zijn lip, waar inderdaad een wondje zat. Maar hij had overal korsten en blauwe plekken, dus dat maakte niet veel indruk op Bublanski.

'En wat gebeurde er toen?'

'Hij ging weg en had alle mazzel van de wereld – hoewel, mazzel moet ik misschien niet zeggen als hij de volgende dag is doodgegaan. Maar zo zag het er toen wel uit. Hij kwam een verkoper tegen zodra hij in de Vasagata was.'

Bublanski boog zich naar hem toe.

'Een drankverkoper?'

'Een man hield hem aan op het trottoir bij het hotel daar, u weet wel, en die gaf hem een fles. Zo zag het er tenminste uit. Maar het was best ver weg en ik kan me vergissen.'

'Wat kunt u zeggen over die man?'

'Over die verkoper?'

'Ja?'

'Niks. Hij was slank en lang en had donker haar. Hij had een zwart jack en een spijkerbroek aan en een pet op. Maar zijn gezicht heb ik niet gezien.'

'Zag hij er zelf uit als een alcoholist?'

'Dat vind ik niet. Hij liep niet zo.'

'Hoe bedoelt u?'

'Hij liep te gemakkelijk en te snel.'

'Alsof hij getraind was?'

'Zoiets.'

Bublanski zweeg even en nam Järvinen in zich op. Hij had de indruk dat dat een man was die zwaar aan het verloederen was, maar toch zijn best deed om de schijn op te houden. Hij had de strijd nog niet opgegeven.

'Zag u waar hij heen ging?'

'Richting Centraal Station. Ik dacht er even over om achter hem aan te gaan. Maar er was geen kans dat ik hem in zou halen.'

'Dus hij was er misschien niet op uit om drank te verkopen? Misschien wilde hij alleen Nima Rita een fles geven.'

'Dus u bedoelt...'

'Ik bedoel niets. Maar Nima Rita is gestorven door vergiftiging en gezien zijn levenswandel is het niet onwaarschijnlijk dat hij het gif heeft binnengekregen via een fles drank, dus u begrijpt dat ik heel geïnteresseerd ben in die man.'

Heikki Järvinen dronk nog een glas whisky en zei: 'Ik moet misschien nog iets vertellen.'

'En dat is?'

'Hij zei dat ze vroeger hadden geprobeerd hem te vergiftigen.'

'Hoezo?'

'Nou... dat was ook niet te volgen. Hij ging tekeer over al die geweldige dingen die hij had gedaan en al die chique mensen die hij kende. Maar toch kreeg ik het idee dat hij in een gesticht had gezeten en zijn medicijnen had geweigerd. "*They tried to poison me*," riep hij. "*But I ran. I climbed down a mountain to the lake.*" Dat geloof ik tenminste dat hij zei. Dat hij aan artsen of zo was ontsnapt.'

'Van een berg af naar een meer?'

'Dat meende ik te verstaan, ja.'

'Klonk het alsof het over een ziekenhuis in Zweden ging of ergens in het buitenland?' vroeg Bublanski.

'In Zweden, geloof ik. Hij wees achter zich, alsof het hier ergens was. Maar aan de andere kant wees hij de hele tijd naar alle kanten, alsof de hemel en de goden waar hij mee in de clinch had gelegen ook vlak om de hoek lagen.'

'Ik begrijp het,' zei Bublanski, die daarna zo snel mogelijk vertrok.

Lisbeth zat aan het bureau in haar hotelkamer en zag dat de mannen van de motorclub, onder wie hun president Marko Sandström, het pand aan de Strandväg verlieten. Ze vroeg zich af wat ze daartegen kon doen. Ze kon niets bedenken.

Ze logde uit en zag dat Mikael aangekleed en wel op het bed op zijn mobiel zat te lezen. Ze moest hem met rust laten, dacht ze. Meer vragen over haar leven kon ze niet aan, laat staan theorieën dat ze inwendig eigenlijk lief was, of wat Mikael net ook had geprobeerd te zeggen.

Ze vroeg: 'Wat doe je?'

'Huh?'

'Waar ben je mee bezig?'

'Dat verhaal over die sherpa,' antwoordde hij.

'Heb je nog iets gevonden?'

'Ik ben me aan het verdiepen in die Stan Engelman.'

'Leuke kerel, hè?'

'Nou en of. Helemaal jouw type.'

'En dan hebben we die Mats Sabin ook nog,' zei ze.

'Ja, die ook.'

'Wat vind je van hem, dan?'

'Daar ben ik nog niet aan toegekomen.'

'Ik denk dat je hem kunt vergeten,' zei ze.

Hij keek haar nieuwsgierig aan.

'Waarom?'

'Omdat ik denk dat dat zoiets is wat je tegenkomt en waar je je druk om maakt omdat het op de een of andere manier klopt. Maar ik geloof er niet in.'

'Waarom niet?'

Ze stond op, liep naar het raam, keek door een kier tussen de gordijnen uit over de Luntmakargata, dacht aan Camilla en de MC Svavelsjö, en kwam op een idee. Ze vroeg zich af of ze hen toch niet onder druk moest zetten.

'Waarom niet?' herhaalde Mikael.

'Je had hem een beetje snel gevonden, niet? Voordat je zelfs maar wist wat hij had gezegd.'

'Dat is zo.'

'Je kunt beter verder teruggaan in de geschiedenis, naar de koloniale tijd.'

'Hoezo?'

'Die hele Mount Everest is toch een restant van de koloniale tijd, met blanke klimmers en mensen met een andere huidskleur die hun spullen dragen?'

'Ja, dat is misschien wel zo.'

'Ik vind dat je je daarop moet richten, en moet nagaan hoe Nima Rita zich verder uitdrukte.'

'Kun je voor één keer niet eens duidelijke taal spreken?'

Mikael zat op het bed te wachten op haar antwoord, maar hij zag dat Lisbeth weer verdween, net als vanmorgen in de fauteuil, en hij bedacht dat hij het dan net zo goed zelf kon uitzoeken. Hij begon in te pakken. Hij kon maar beter opschieten, dacht hij, en Lisbeth dan later weer zien. Hij stopte zijn computer in zijn tas en stond op. Hij wilde haar omhelzen en op het hart drukken om voorzichtig te zijn, maar zelfs toen hij dicht bij haar kwam, reageerde ze niet.

'*Earth to Lisbeth*,' zei hij, en hij voelde zich dom. Toen pas werd haar blik helderder. Ze keek naar zijn tas. Het was alsof die haar iets zei.

'Je kunt niet naar huis,' zei ze.

'Dan ga ik ergens anders heen.'

'Ik meen het,' ging ze door. 'Je kunt niet naar huis of naar iemand anders met wie je een goede band hebt. Ze houden je in de gaten.'

'Ik kan wel voor mezelf zorgen.'

'Nee, dat kun je niet. Mag ik je mobiel even hebben?'

'Hou op. Niet weer!'

'Geef op.'

Hij vond dat ze wel genoeg met zijn mobiel bezig was geweest en wilde hem in zijn zak stoppen, maar ze griste hem uit zijn handen. Hij was geïrriteerd, op de grens van kwaad, maar dat maakte helemaal niets uit. Ze was al bezig met haar programmacodes, dus hij liet haar maar begaan. Ze had altijd met zijn computers gedaan wat ze wilde.

Maar na een tijdje kreeg hij er toch genoeg van en snauwde: 'Waar ben je nou mee bezig?'

Toen keek ze op, zelfs met een aanzetje tot een glimlach op haar gezicht.

'Dat is een goeie,' zei ze.

'Wat is een goeie?'

'Die zin.'

'Welke zin?'

'Waar ben je mee bezig. Maar kun je het niet in het meervoud zeggen? Met dezelfde intonatie?'

'Waar heb je het over?'

'Zeg het nou maar gewoon.'

Ze hield hem zijn mobieltje voor.

'Wat?'

'Waar zijn jullie mee bezig?'

'Waar zijn jullie mee bezig?' zei hij.

'Goed zo. Perfect.'

Ze deed nog iets met zijn telefoon en gaf hem aan hem terug.

'Wat heb je gedaan?'

'Nu kan ik zien waar je bent en horen wat er om je heen gebeurt.'

'Wel alle...!'

'Inderdaad.'

'Dan heb ik toch helemaal geen privéleven meer!'

'Je mag elk privéleven hebben dat je wilt. Ik ben niet van plan je onnodig af te luisteren. In elk geval niet als je die zin niet uitspreekt.'

'Dus ik kan over je blijven roddelen.'

'Wat?'

'Dat was een grapje, Lisbeth.'

'Oké.'

Hij glimlachte.

Zij ook – of misschien ook niet. Hij pakte zijn mobiel aan, keek haar weer aan en zei: 'Dank je wel.'

'Hou je gedeisd,' zei ze.
'Zal ik doen.'
'Goed.'
'Gelukkig kent niemand me.'
'Wat?'
Die had ze ook niet door. Hij omhelsde haar, ging de deur uit en probeerde op te gaan in het stadsleven, maar dat lukte niet erg. Al op de Tegnérgata wilde een man een selfie met hem maken. Hij liep door over de Sveaväg en hoewel hij er waarschijnlijk voor had moeten zorgen dat hij niet opviel, ging hij op een bankje in de buurt van de Stadsbibliotheek zitten. Hij zocht weer op Nima Rita en vond na een tijdje een lang artikel van augustus 2008 in *Outside*.

Nergens had Nima Rita zich uitvoeriger uitgesproken dan daar. Het citaat was echter niet iets om je over op te winden, op het eerste gezicht althans. Het waren dingen die Mikael al eerder gelezen had, plichtmatige of bedroefde opmerkingen over Klara Engelman. Toch werd hij gealarmeerd, al begreep hij aanvankelijk niet waardoor. Het kwam door de simple, wanhopige zin: **I really tried to take care of her. I tried. But mamsahib just fell, and the storm came, and the mountain was angry, and we couldn't save her. I am very, very sorry for mamsahib.**

Mamsahib.

Natuurlijk. Mamsahib – het kon ook memsahib zijn, las hij, de vrouwelijke vorm van sahib, de benaming voor blanken in het koloniale India. Waarom had hij daar niet eerder aan gedacht? Hij had toch in zijn research gezien dat veel sherpa's die uitdrukking gebruikten voor westerse klimmers?

I took Forsell and I left mamsahib.

Dat had hij natuurlijk gezegd, en daarom had hij logischerwijs de naam Klara Engelman niet genoemd. Maar wat betekende het? Had Nima Rita Johannes Forsell gered in plaats van haar? Dat klopte niet met de loop van de gebeurtenissen.

Klara en Johannes waren op verschillende plaatsen op de berg en Klara was al dood toen Forsell in de problemen kwam. Maar toch... Was er daar op die berg iets gebeurd wat verdoezeld moest worden? Zo kon het in elkaar zitten. Het kon ook heel anders in elkaar zitten. Hij had het gevoel dat hij weer tot leven kwam en dat de vakantie nu definitief was afgelopen, maar hij was er nu nog meer van overtuigd dat dit tot op de bodem moest worden uitgezocht.

Maar allereerst stuurde hij Lisbeth een berichtje: **Waarom ben jij toch altijd zo verdomd slim?**

21
27 AUGUSTUS

Paulina Müller zat in haar pyjama op het bed van haar vroegere tienerkamer in de Münchense wijk Borgenhausen te bellen, terwijl ze warme chocolademelk dronk die haar moeder voor haar had klaargemaakt. Die sloofde zich uit en zorgde voor haar alsof ze weer tien jaar was, en dat was eigenlijk zo gek nog niet.

Want ze wilde het liefst weer kind zijn, geen enkele verantwoordelijkheid dragen en alleen maar uithuilen. Bovendien had ze zich vergist. Haar ouders wisten maar al te goed wat voor iemand Thomas was. Ze had geen spoor van ongeloof in hun ogen gezien toen ze vertelde wat hij haar had aangedaan. Maar nu had ze zich opgesloten en geroepen dat ze niet gestoord wilde worden.

'Dus u hebt geen idee wie die vrouw is,' zei inspecteur Ulrike Jensen, die ze aan de lijn had, op een toon alsof ze haar helemaal niet geloofde – en daar had ze natuurlijk alle reden toe.

Paulina had niet alleen onmiddellijk begrepen wie de vrouw met het strijkijzer was, ze zag er ook een duistere logica in en was doodsbang dat ze de actie op de een of andere manier gesanctioneerd had. Hoe vaak had ze op haar reis naar huis niet gezegd: 'Ik wil hem nooit meer zien, ik kan het niet. Ik ga nog liever dood.'

'Nee,' zei ze. 'Het klinkt niet als iemand die ik ken.'

'Uw man zei dat u een vrouw had ontmoet op wie u verliefd was geworden,' hield Ulrike Jensen aan.

'Dat heb ik alleen maar geschreven om hem te pesten.'

'Toch leek het alsof de dader een emotionele band met u had. Het leek zelfs alsof ú haar boodschap was. Uw man moest zweren dat hij u nooit meer lastig zou vallen.'

'Wat vreemd.'

'Is dat echt zo vreemd? De buren vertelden dat u de laatste dagen voordat u verdween een verband om uw arm had. U zei dat u zich aan het strijkijzer had gebrand.'

'Dat klopt.'

'Maar niet iedereen geloofde u. Ze hadden geschreeuw gehoord in uw flat. Geschreeuw en ruzie.'

Paulina wist niet goed wat ze moest antwoorden.

'O ja?' vroeg ze.

'Dus misschien verbrandde Thomas u?'

'Misschien.'

'Dus u begrijpt dat wij vermoeden dat het een wraakactie is geweest van iemand die om u geeft.'

'Ik weet het niet.'

'U weet het niet.'

Zo ging het nog een tijdje door, totdat Ulrike Jensen opeens op een heel andere toon zei: 'Trouwens...'

'Ja?'

'Ik denk dat u zich geen zorgen meer over hem hoeft te maken.'

'Hoe bedoelt u?'

'Uw man wekt de indruk dat hij bang is voor die vrouw. Ik denk dat hij wel bij u uit de buurt blijft.'

Paulina aarzelde weer. Toen zei ze: 'Was dat alles?'

'Voorlopig wel, ja.'

'Dan zeg ik maar: bedankt.'

'Tegen wie?'

'Ik weet het niet,' zei ze, en ze voegde eraan toe, omdat ze dacht dat dat wel goed klonk, dat ze hoopte dat het gauw weer beter zou gaan met Thomas.

Maar ook dat was niet helemaal waar, en toen ze net had opgehangen en, nog steeds op haar bed gezeten, de informatie probeerde te verwerken, ging de telefoon opnieuw. Het was een echtscheidingsadvocaat die Stephanie Erdmann heette; Paulina had weleens over haar in de krant gelezen. Erdmann wilde haar vertegenwoordigen. Over de betaling hoefde ze zich geen zorgen te maken, want die was al geregeld.

Sonja Modig kwam hem in de gang van het politiebureau tegemoet en schudde haar hoofd. Hij nam aan dat dat betekende dat Nima Rita ook niet in het register van de provinciale gezondheidszorg voorkwam, maar ze hadden wel toestemming gekregen om dat te doorzoeken en dat was al heel wat, want er waren obstakels genoeg. De communicatie met de militaire inlichtingendienst was tot nu toe eenrichtingsverkeer geweest. Dat irriteerde hem steeds meer. Hij keek Sonja aan en zei peinzend: 'Misschien hebben we een verdachte.'

'O ja?'

'Maar geen naam en nauwelijks een signalement.'

'En dat noem jij een verdachte.'

'Een spoor, dan.'

Hij vertelde over de man die Heikki Järvinen ergens tussen één en twee uur in de nacht van vrijdag 14 op zaterdag 15 augustus vanaf het Norra Bantorg had gezien en die Nima Rita misschien een fles illegale alcohol had gegeven.

Sonja maakte aantekeningen terwijl ze naar zijn kamer liepen. Daar gingen ze tegenover elkaar zitten, aanvankelijk zwijgend. Bublanski zat niet op zijn gemak. Ergens in zijn onderbewuste zat hem nog iets dwars.

'Dus we kunnen nergens een aanwijzing vinden dat hij met de Zweedse gezondheidszorg in aanraking is geweest?' vroeg hij.

'Voorlopig niet,' antwoordde Sonja Modig. 'Maar ik geef het nog niet op. Hij kan ergens ingeschreven hebben gestaan onder een andere naam, toch? We hebben een gerechtelijk bevel aangevraagd om breder te kunnen zoeken, ook op zijn lichamelijke kenmerken.'

'Hebben we een idee hoe lang hij in de stad gezien is?' vroeg Bublanski.

'Het gevoel voor tijd van mensen is natuurlijk altijd lastig, maar alles wijst erop dat hij niet langer dan een paar weken in die buurt is geweest.'

'Kan hij uit een ander stadsdeel of uit een andere plaats zijn gekomen?'

'Dat kan niet kloppen – zegt mijn intuïtie.'

Bublanski ging achteroverzitten op zijn stoel en keek uit het raam naar de Bergsgata. Toen wist hij opeens wat hij zocht.

'Södra Flygeln,' zei hij.

'Wat?'

'De gesloten afdeling van het psychiatrisch ziekenhuis Södra Flygeln. Daar zou hij gezeten kunnen hebben.'

'Waarom denk je dat?'

'Omdat het klopt.'

'Hoe dan?'

'Dat is precies zo'n plek om iemand te stallen die je wilt verstoppen. Södra Flygeln valt ook niet onder de provinciale gezondheidszorg. Het is een aparte stichting en ik weet dat Defensie met die kliniek samenwerkt. Kun je je die oude, gek geworden VN-militair uit Kongo herinneren, Andersson, die mensen op straat lastig begon te vallen? Die zat ook in Södra Flygeln.'

'Ik kan me hem herinneren,' zei Sonja. 'Maar het klinkt toch wel heel speculatief.'

'Maar het goede nieuws is dat ik nog niet klaar ben.'

'Ga door dan, commissaris.'

'Volgens Järvinen zei Nima dat hij van een berg naar beneden was geklauterd om vrij te komen, naar een meer. En dat klopt ook, hè? Södra Flygeln ligt een beetje dramatisch aan de rand van een klip tegenover Årstaviken. Bovendien is het daarvandaan niet zo ver naar het Mariatorg.'

'Klinkt goed,' zei Sonja.

'Het is maar een gok.'

'Maar ik zal het meteen nagaan.'

'Uitstekend, hoewel...'

'Ja?'

‘Het zou nog altijd niet verklaren hoe Nima Rita in Zweden is terechtgekomen, door allerlei douanecontroles en zonder dat zijn naam ergens is geregistreerd.’

‘Nee,’ zei Sonja. ‘Maar het zou wel een begin zijn.’

‘Een goed begin kan ook zijn om met Rebecka Forsell te gaan praten. Maar dat mogen we blijkbaar ook niet.’

‘Nee,’ zei ze, en ze keek hem nadenkend aan.

‘Wat is er?’

‘Maar er is nog een vrouw in de stad die Nima Rita en Klara Engelman kende.’

‘Wie dan?’

Sonja vertelde het hem.

Catrin Lindås liep over de Götgata en probeerde Mikael weer te bellen. Maar hij nam ook nu niet op – hoewel ze soms wel de bezettoon kreeg – en ze vloekte. Wat kon hij haar schelen? Ze had belangrijkere dingen om aan te denken. Ze had net haar podcast opgenomen waarop ze met minister van Cultuur Alicia Frankel en hoogleraar journalistiek Jörgen Vrigstad discussieerde over de haatcampagne tegen Johannes Forsell, maar daar was ze niet van in een beter humeur geraakt. Ze was uit haar evenwicht, zoals zo vaak na een opname.

Er was altijd een vraag of een antwoord waarmee ze niet blij was, en nu was ze bang dat ze te hard was uitgevaren en net zo vooringenomen was geweest als de media die ze bekritiseerde, dat ze nuances had geëist en zelf ongenuanceerd was geweest. Aan de andere kant was ze altijd zelfkritisch en wist ze dat ze zich de hetze tegen Forsell persoonlijk had aangetrokken. Misschien kwam het meer door haarzelf dan door hem.

Ze wist maar al te goed hoezeer haat en leugens dingen misvormen en kapotmaken, en hoewel ze zelf nooit had overwogen om een eind te maken aan haar leven, was ze soms radeloos en depressief, net als in haar jeugd, en vandaag had ze zich al de hele dag, vanaf het moment dat ze in de vroege ochtend wakker werd en terwijl ze zich voorbereidde op de opname, ellendig gevoeld, alsof de oude somberheid terugkwam. Maar ze zette dat gevoel van zich af. Er liepen veel mensen op de Götgata. Voor haar op het trottoir liep een rumoerig groepje kinderen van een kinderdagverblijf met ballonnen en ze liep via de Bondegata naar het Nytorg, waar ze min of meer herademde.

Het Nytorg was een van de chicste pleinen van Södermalm en hoewel het ook een scheldwoord was, een synoniem voor de coterie van de media-elite, gaf de buurt haar een gevoel van veiligheid, alsof ze thuiskwam en toch ergens anders was. Ze had een te hoge hypotheek, dat was waar. Maar sinds haar radioprogramma zo'n succes was, voelde ze zich veilig. En ze kon de flat altijd weer verkopen en naar een voorstad verhuizen. Dat ze op elk moment alles kon kwijtraken, was voor haar evident.

Ze ging sneller lopen. Hoorde ze daar toch voetstappen achter zich? Nee, dat was maar inbeelding, oude demonen. Toch wilde ze zo snel mogelijk naar huis, de wereld vergeten en zich verliezen in een romantische komedie of iets anders wat niets met haar eigen leven te maken had.

Mikael zat op een balkon in Östermalm. Hij interviewde de vrouw over wie Sonja Modig het had gehad. Hij had de Koninklijke Bibliotheek verlaten, waar hij de hele dag had zitten lezen, en begon nu inzicht te krijgen in de loop der gebeurtenissen, maar vooral in wat er nog ontbrak en wat hij moest uitzoeken.

Daarom had hij zichzelf bij Elin aan de Jungfrugata uitgenodigd. Elin was nu negenendertig, een elegante, wat stijve vrouw met een regelmatig gezicht, zo slank als een den. Ze was getrouwd en noemde zich nu Felke, maar in 2008 heette ze Malmgård en was ze een fitnessster – met een eigen vragenrubriek in *Aftonbladet* – en had ze deelgenomen aan de expeditie van de Amerikaan Greg Dolson naar de Mount Everest.

De groep van Dolson ging op dezelfde dag naar de top als die van Viktor Grankin: op 13 mei. De expedities hadden tijdens de acclimatiseringsperiode ook dicht op elkaar gezeten in het basiskamp en Elin had haar landgenoten Forsell en Lindberg goed leren kennen, maar ze was ook bevriend geraakt met Klara Engelman.

'Bedankt dat u me wilt ontvangen,' zei Mikael.

'Geen dank. Maar zoals u begrijpt ben ik die geschiedenis behoorlijk zat. Ik heb er bijna tweehonderd lezingen over gegeven.'

'Dan zult u er ook wel goed aan verdiend hebben,' zei hij.

'Er was toen een financiële crisis, als u dat nog weet, dus het leverde niet zoveel op als voor die tijd.'

'Dat is spijtig. Maar vertel eens over Klara Engelman. Ik weet dat Grankin en zij samen iets hadden, dus daar hoeft u niet geheimzinnig over te doen.'

'Gaat u me citeren?'

'Niet als u dat niet wilt. Ik wil vooral weten wat er is gebeurd.'

'Oké, ze hadden een affaire. Maar daar gingen ze discreet mee om. Er waren er niet veel in het basiskamp die het wisten.'

'Maar u wel?'

'Klara heeft het me zelf verteld.'

'Is het niet een beetje vreemd dat Klara bij de expeditie van Viktor Grankin zat? Had ze met haar geld en connecties niet beter kunnen kiezen voor de Amerikaanse, zoals die van Dolson, die ook nog gerenommeerder was?'

'Grankin had ook een goede reputatie, maar dat was iets tussen Viktor en Stan Engelman. Zij kenden elkaar op de een of andere manier.'

'En toch kon Grankin niet van Engelmans vrouw afblijven?'

'Ja, dat moet een hele klap zijn geweest.'

'Ik las dat u vond dat Klara Engelman de eerste tijd in het basiskamp ongelukkig was.'

'Dat vond ik helemaal niet,' antwoordde ze. 'Ik beschouwde haar als de vleesgeworden verwaandheid. Maar na verloop van tijd begreep ik dat ze ongelukkig was en toen drong het tot me door dat dat hele Everest-avontuur een manier voor haar was om zich te bevrijden. Ze hoopte dat het haar de moed zou geven om te scheiden. Op een avond, toen we wijn zaten te drinken in haar tent, vertelde ze dat ze een advocaat in de arm had genomen.'

'Charles Mesterton, hè?'

'Dat kan zijn, ik weet het niet meer. En ze had contact met een uitgeverij. Ze zei dat ze een boek wilde schrijven, niet alleen over de beklimming van de berg, maar ook over Stans affaires met prostituees en pornosterretjes, en over zijn hele criminele netwerk.'

'Dus we mogen aannemen dat Stan Engelman zich door haar bedreigd voelde.'

'Dat kan ik me nauwelijks voorstellen.'

'Waarom niet?'

'Klara had misschien één advocaat, maar hij had er wel twintig. En ik weet dat ze angstig was. "Hij zal me kapotmaken," zei ze.'

'Maar toen gebeurde er iets.'

'Toen zette ons aller held zijn charmes in.'

'Grankin.'

'Inderdaad.'

'Hoe deed hij dat?'

'Dat weet ik niet. Maar het was gemakkelijk om je door Viktor te laten charmeren. Hij straalde zo'n heerlijke rust uit tegenover alles wat serieus of lastig was. We hoefden maar naar hem te kijken en dan voelden we: Viktor fikst het wel. Hij had een fijne, beerachtige uitstraling en wuifde alle zorgen weg met een hartelijke lach. Ik weet nog dat ik jaloers was dat wij hem niet als leider hadden.'

'En Klara viel voor hem.'

'Als een blok.'

'Waarom, denkt u?'

'Later heb ik me afgevraagd of het misschien toch met Stan te maken had. Ik geloof dat Klara zich verbeeldde dat ze het gevecht met haar man kon winnen als ze Viktor aan haar zijde had. Hij zag eruit alsof hij gewoon lachend in een kogelregen zou kunnen staan.'

'Maar later werd dat anders.'

'Ja.'

'Vertel.'

'Zelfs Viktor begon nerveus te kijken, en daardoor raakten we allemaal gestrest. Het was een beetje zoals wanneer een rustige stewardess tijdens een vlucht opeens zenuwachtig wordt. Dan ga je denken dat het vliegtuig zal neerstorten.'

'Wat was er gebeurd, denkt u?'

'Geen idee. Maar misschien werd hij nerveus door zijn slippertje. Misschien drong het tot hem door dat er met Stan niet te spotten viel, dat het muisje een staartje zou hebben. En eerlijk gezegd...'

'Ja?'

'... begrijp ik dat helemaal. In die tijd was ik nog heel jong en vond ik die romance alleen maar te gek. Het was alsof ik het grootste geheim van de wereld kende. Maar nu, achteraf, vind ik het vreselijk onverantwoord, en dan bedoel ik niet tegenover Stan of tegenover Viktors vrouw, maar tegenover de klimmers van die expeditie. Viktor had zich om hen allemaal moeten bekommeren en er niet eentje moeten voortrekken. Hij liet de anderen in de steek door zich zo op Klara te fixeren. Ik denk dat dat een van de redenen was waarom het verkeerd afliep. Hij wilde haar tot elke prijs naar de top brengen.'

'Hij had haar naar het dal terug moeten sturen.'

'Zeker weten, maar dat kon hij waarschijnlijk niet over zijn hart verkrijgen, en niet alleen omdat ze zo'n grote publiciteitswaarde had. Hij was boos over de kwaadaardige manier waarop er standaard in de pers over haar gesproken werd. Hij wilde de wereld laten zien dat ze het kón.'

'Ik las ergens dat Grankin niet helemaal zichzelf was bij de beklimming vanaf kamp 4.'

'Dat heb ik ook gehoord. Misschien kostte het hem moeite om de groep bij elkaar te houden.'

'Hoe was zijn relatie met Nima Rita?'

'Viktor had een enorm respect voor hem.'

'En hoe was Klara's relatie met Nima?'

'Die was... bijzonder.'

'Hoezo?'

'Ze zaten niet op één lijn.'

'Behandelde ze hem slecht?'

'Hij was zo ontzettend bijgelovig.'

'Deed ze daar hatelijk over?'

'Ja, misschien wel, maar ik geloof niet dat hij daaronder leed. Hij bleef gewoon zijn werk doen. Wat hun band in de weg zat was iets heel anders.'

'En wat was dat?'

'Hij had een vrouw.'

'Luna.'

'Ja, Luna heette ze. Zij was alles voor hem. Ik geloof dat je echt alles tegen hem kon zeggen. Je kon hem als lucht of als oud vuil behandelen. Dat deed hem niets. Maar als je een kwaad woord zei over zijn vrouw werd hij kwaad. Op een ochtend kwam Luna naar het basiskamp met een prachtig versierde mand vol vers brood, kaas, mango, lychees en nog veel meer. Ze ging de tenten langs om het uit te delen, en iedereen fleurde op en bedankte haar. Maar toen ze bij de tent van Klara kwam, struikelde ze over een paar stijgijzers, geloof ik, of over een handtas die Klara daar op de berg vast niet nodig had, en alles viel op het grind, en Luna had schaafwonden aan haar handen. Dat was nog niet zo heel erg, maar Klara zat er vlak naast, en in plaats van haar te helpen snauwde ze alleen maar "Kijk toch uit", en speelde de gestoorde primadonna, zo stom, en toen sprong Nima bijna uit zijn vel. Ik zag het aan hem en ik was bang dat hij helemaal door het lint zou gaan. Maar voordat er iets kon gebeuren was Johannes Forsell erbij om Luna op de been te helpen en het brood en het fruit op te rapen.'

'Dus Johannes Forsell had een goede band met hen?'

'Die had met iedereen een goede band. Hebt u hem weleens ontmoet? Ik bedoel, voordat iedereen hem begon te haten.'

'Ik heb hem geïnterviewd toen hij net minister van Defensie was.'

'Dan begrijpt u er vast ook niks van. In die tijd mocht iedereen hem graag. Hij was net een sneeuwstorm. Hij stormde maar door, met zijn duim omhoog, en lachte voortdurend. Maar misschien heb je gelijk en was hij bijzonder op Nima gesteld. "*Let me bow to the mountain legend,*" zei hij, dat soort dingen, en hij herhaalde steeds maar weer: "*What a wife you have! What a beautiful woman,*" en dat maakte Nima natuurlijk heel gelukkig.'

'Heeft Nima later iets voor hem teruggedaan?'

'Hoe bedoel je?'

Mikael wist niet hoe hij het moest zeggen. Hij wilde ook geen ongegronde beschuldigingen uitspreken.

'Ik vroeg me af of Nima Johannes Forsell op de berg heeft geholpen, misschien ten koste van Klara Engelman.'

Elin keek hem verbouwereerd aan.

'Ik zou niet weten hoe hij dat had moeten doen,' zei ze. 'Nima was bij Viktor en Klara, nietwaar, en Svante en Johannes gingen al snel weg van de groep en bereikten de top samen.'

'Ik weet het. Maar daarna. Wat gebeurde er toen? Overal staat dat Klara Engelman niet meer te redden was. Maar was dat echt zo?' vroeg hij, en toen gebeurde er iets onverwachts.

Elin werd kwaad.

'Dat was ze echt, verdomme,' voer ze uit. 'Daar word ik toch zo moe van! Al die idioten die niet eens in de buurt van die berg zijn geweest en maar denken dat ze alles zo goed weten. Ik zal u vertellen...'

Het was alsof ze moeite had om de woorden te vinden.

'Hebt u enig idee hoe het daarboven is? Je kunt nauwelijks denken, het is ondraaglijk koud en zwaar, en als je geluk hebt, heb je nog net genoeg kracht om voor jezelf te zorgen en stap voor stap vooruit te gaan. Niemand, zelfs Nima Rita niet, kan iemand naar beneden brengen die op 8.300 meter hoogte levenloos, met een bevroren gezicht in de sneeuw ligt – en zo lag ze daar. We hebben hen zelf zien liggen toen we naar beneden gingen. Dat weet u toch? Zij en Viktor, in elkaars armen in de sneeuw.'

'Ja, dat weet ik.'

'Het was afgelopen. Er was geen schijn van kans dat iemand haar nog kon helpen. Ze was dood.'

'Ik probeer alleen maar alle puzzelstukjes op hun plaats te krijgen,' zei hij.

'Daar geloof ik geen bal van. U suggereerde iets, of niet? U hebt het op Forsell gemunt, zeker, net als iedereen.'

Nee, wilde hij roepen. Dat is niet zo! Maar in plaats daarvan ademde hij even diep door.

'Het spijt me,' zei hij. 'Ik denk alleen...'

'Nou?'

'Dat er in dit verhaal iets niet klopt.'

'Zoals?'

'Zoals dat Klara later niet meer bij Viktor lag. Ik weet dat dat pas een jaar later werd ontdekt en dat er daar in die tijd van alles kan zijn gebeurd, lawines en verschrikkelijke stormen en zo. Maar toch...'

'Ja?'

'De verklaring van Svante Lindberg die ik las, staat me ook niet aan. Het is net of hij niet de hele waarheid heeft verteld.'

Elin kalmeerde en keek naar de tuin onder haar balkon.

'Daar kan ik wel inkomen,' zei ze.

'Hoezo?'

'Omdat Svante Lindberg het grote raadsel van het basiskamp was.'

22
27 AUGUSTUS

Catrin Lindås zat thuis aan het Nytorg met opgetrokken benen en met haar kat op schoot op de bank en keek op haar mobiel. Ze had al veel te vaak naar Mikael gevraagd en dat maakte haar kwaad en gegeneerd. Ze had zich laten kennen en niet meer teruggekregen dan een cryptisch sms'je: **Ik denk dat de bedelaar mamsahib tegen je zei, zoals in mamsahib Klara Engelman. Kun je je dat niet meer herinneren? Elk woordje kan waardevol zijn.**

Mamsahib, dacht ze, en ze zocht het op: 'Een woord dat in het koloniale India respect uitdrukt voor een blanke vrouw, meestal geschreven als memsahib.' Dat kon best zijn wat hij had gezegd, wat kon haar dat schelen? En wie was Klara Engelman in vredesnaam?

Ze had er lak aan, ze had lak aan die ellendige Mikael ook. Zelfs een beleefdheidsfrase kon er niet af, nog geen 'Hoi, hoe gaat het?'. Niets, en al helemaal geen 'Ik mis je', zoals ze zelf in een aanval van onbegrijpelijke zwakheid had geschreven. Hij kon de pot op.

Ze ging naar de keuken om iets te eten te halen, maar ze had geen trek, merkte ze, en ze gooide de koelkastdeur weer dicht, greep een appel van een schaal op tafel, maar at die ook niet op. Misschien kwam dat doordat er op hetzelfde moment een belletje in haar achterhoofd begon te rinkelen. Klara Engelman? Die naam kwam haar bekend voor. Hij klonk glamoureus, ze zocht hem op en toen schoot alles haar weer te binnen.

Ze had er ooit een stuk over gelezen in *Vanity Fair*, en bij gebrek aan beter keek ze naar foto's van Klara Engelman, een hele serie waarop ze poseerde in het basiskamp en ook foto's van de gids, Viktor Grankin, die samen met haar was omgekomen op de Mount Everest. Klara was knap op een wat vulgaire manier, maar ook treurig, dacht ze, of liever krampachtig vrolijk, alsof ze voortdurend een glimlach op haar gezicht moest hebben om de depressie te weerstaan, en Grankin zag er eerder uit als... tja, hoe?

Hij was ingenieur en beroepsklimmer, stond er, en adviseur voor reisbureaus in de avontuurlijke sector, maar Catrin vond dat hij er eerder uitzag als een militair, een elitemilitair, vooral op een foto op de Everest waarop hij stond naast... Johannes Forsell. Ze vloekte en vergat zelfs dat ze kwaad was op Mikael Blomkvist.

Ze schreef terug: **Wat heb je gevonden?**

Net was Elin Felke nog verontwaardigd en boos. Nu keek ze onzeker en vragend, alsof ze zomaar van het ene uiterste naar het andere was geswitcht.

'Ja, god, wat moet ik zeggen over Svante? Nou, veel zelfvertrouwen, hè, niet te bevatten. Hij kon mensen tot alles overhalen. We gingen in het basiskamp zelfs allemaal die smerige zoete bosbessendrank van hem drinken. Hij had verkoper moeten worden of zo. Maar misschien kreeg hij op de Everest toch niet helemaal zijn zin.'

'Hoezo?'

'Svante was een van degenen die erachter kwamen dat Viktor en Klara iets hadden, en dat zat hem dwars of zo.'

'Waarom denkt u dat?'

'Dat gevoel had ik gewoon. Misschien was hij jaloers, weet ik het. En ik denk dat Viktor dat merkte. Ik denk zelfs dat dat een van de redenen was waarom hij steeds nerveuzer werd.'

'Waarom zou dat zo'n invloed op hem hebben?'

'Zoals ik net al zei: er was iets wat hem van zijn stuk bracht. Eerst was hij de steun en toeverlaat van iedereen in het kamp, maar hij werd steeds angstiger, en soms denk ik dat hij een beetje bang was voor Svante.'

'Waarom?'

'Als ik moet gokken: misschien was hij bang dat Svante het zou verklikken aan Stan Engelman.'

'Kon u ergens uit afleiden dat die twee contact met elkaar hadden?'

'Dat niet, maar...'

'Ja?'

'Svante had iets achterbaks – dat zag ik steeds duidelijker – en soms praatte hij over Engelman alsof hij hem kende. De manier waarop hij "Stan" zei, klonk min of meer... familiair. Maar misschien verbeeld ik me dat maar, hoor. Het is nu achteraf ook moeilijk om het me voor de geest te halen. Ik weet alleen dat Svante op het laatst veel minder stoer was. Toen liep hij als het ware op zijn tenen.'

'Dus hij was ook nerveus.'

'We waren allemaal nerveus.'

'Dat is logisch. Maar u noemde hem het grote raadsel van het basiskamp.'

'Dat was daarom. Hij was het grootste deel van de tijd zo zelfverzekerd als een keizer, maar toch heel gestrest en nerveus. Hij was royaal en hartelijk, maar ook gemeen. Hij kon je het ene moment hele potten stroop om de mond smeren en je het volgende moment een douw geven.'

'Hoe was zijn relatie met Johannes Forsell?'

'Ongeveer net zo, geloof ik. Aan de ene kant hield hij van Johannes...'

'Maar aan de andere kant...'

'Hield hij hem in de gaten, probeerde hij greep op hem te krijgen.'

'Waar leidde u dat uit af?'

'Ik weet het eigenlijk niet. Het komt vast door al die shit die Forsell in de media over zich heen krijgt.'

'Hoe bedoelt u?'

'Het lijkt allemaal zo onrechtvaardig. Soms vraag ik me af of Johannes niet moet boeten voor iets wat Svante heeft gedaan. Maar dat slaat waarschijnlijk nergens op.'

Mikael lachte voorzichtig.

'Dat zou kunnen. Maar ik ben blij dat u me helpt bij het nadenken. Voor mijn artikel hoeft u zich geen zorgen te maken, zoals ik al zei. Ik hou ook van speculeren, maar in mijn stukken moet ik me helaas aan de feiten houden.'

'Jammer.'

'Haha, ja, misschien wel. Maar het is net als bij bergbeklimmen, denk ik. Je mag niet ráden waar de volgende richel is. Dat moet je weten. Anders loopt het slecht met je af.'

'Dat is zo.'

Hij keek op zijn mobiel en zag dat Catrin had gereageerd. Ze had een vraag gestuurd als antwoord, en dat was de best denkbare reden om op te stappen. Hij nam vriendelijk afscheid van Elin Felke en liep met zijn weekendtas de straat op zonder dat hij enig idee had waar hij heen moest.

Fredrika Nyman kwam laat in de middag thuis in Trångsund. Ze had een lange mail gekregen van psychiater Farzad Mansoor, hoofdarts op de gesloten eenheid van de psychiatrische kliniek Södra Flygeln. Farzad Mansoor had gedetailleerde informatie van haar en van de politie gekregen om na te gaan of Nima Rita daar patiënt was geweest.

Fredrika geloofde er niet in. De sherpa was te haveloos om uit een instituut te komen, dacht ze, hoewel de sporen van antipsychotische medicatie die ze in zijn bloed had aangetroffen natuurlijk op het tegendeel wezen. Daarom was ze benieuwd wat Farzad schreef, en niet alleen om onderzoekstechnische redenen.

Farzads stem had aan de telefoon zacht en vriendelijk geklonken en wat ze van hem op internet zag, beviel haar ook wel: de glinstering in zijn ogen, de hartelijke glimlach en niet in de laatste plaats zijn belangstelling voor zweefvliegen, die bleek uit zijn posts op Facebook. Wat er nu in de mail stond – die geadresseerd was aan Bublanski en haar – was echter een verweerschrift vol woede en zelfverdediging.

Wij zijn geschokt en verdrietig, maar ik moet erbij zeggen dat het incident plaatsvond in de ongelukkigste tijd van het jaar, in die ene week in juli waarin zowel directeur Christer Alm als ikzelf afwezig was, en spijtig genoeg is de zaak tussen wal en schip gevallen.

Welk incident? Welke zaak? Welke wal? Welk schip? dacht ze nijdig, alsof het haar pijn deed dat haar aardige zweefvlieger zo van de wijs was geraakt. Maar toen ze het lange, breedvoerige mailtje doorlas, besefte ze dat Nima Rita inderdaad patiënt was geweest in Södra Flygeln, zij het onder een andere naam, en dat hij in de avond van 27 juli van dit jaar was verdwenen. De verdwijning was aanvankelijk niet bij de politie gemeld, en wel om diverse redenen, die er vooral mee te maken hadden dat de leidinggevenden vrij hadden. Maar ook omdat er een speciaal voorgeschreven geheime procedure ten aanzien van deze patiënt was, die gevolgd had moeten worden maar die genegeerd was – uit angst of door een fout.

Farzad Mansoor schreef:

Zoals u wellicht weet, hebben Christer en ik de leiding van Södra Flygeln in maart van dit jaar overgenomen. Wij ontdekten toen een reeks misstanden, onder meer dat aan meerdere patiënten dwangmaatregelen waren opgelegd waarvan wij vonden dat die een negatieve invloed op hen hadden. Een van die patiënten was een man die in oktober 2017 was ingeschreven onder de naam Nihar Rawal. Hij beschikte niet over identiteitspapieren, maar was volgens het dossier vierenvijftig jaar oud en leed aan paranoïde schizofrenie en ernstige neurologische kwetsuren. Hij zou afkomstig zijn uit de bergen van Nepal.

Fredrika keek naar haar dochters, die zoals gewoonlijk met hun mobieltjes op de bank zaten. Mansoor vervolgde:

De patiënt had zelfs geen tandheelkundige zorg gekregen of een cardioloog gezien, hoewel hij daar dringend behoefte aan had. In plaats daarvan kreeg hij zware medicatie en werd hij soms enige tijd vastgebonden. Dat was ontoelaatbaar. Er was informatie - waarop ik hier helaas niet verder kan ingaan - dat hij bedreigd werd. Wellicht hebben we de ernst daarvan onderschat. We willen onszelf absoluut niet aan onze verantwoordelijkheid onttrekken. Maar weet wel: voor Christer en mij had het welzijn van de patiënt de hoogste prioriteit. Wij wilden hem menselijkheid tonen en trachten het vertrouwen te herstellen. De patiënt was gedesoriënteerd. Het is nooit goed tot hem doorgedrongen waar hij was. Wel zat er woede in hem, woede dat niemand naar zijn verhaal wilde luisteren. Derhalve brachten wij de medicatie flink terug en startten we met therapeutische behandeling. Die was niet erg succesvol, vrees ik.

Zijn waanvoorstellingen waren te ernstig en hoe graag hij ook wilde praten, zijn wantrouwen tegen onze eenheid was te groot. Maar we konden in elk geval wel een paar misverstanden rechtzetten. We begonnen hem Nima te noemen - dat was belangrijk voor hem. Sirdar Nima, zeiden we.

We merkten ook dat hij dwangmatig gefixeerd was op zijn overleden vrouw Luna. 's Avonds liep hij vaak door de gang van het ziekenhuis terwijl hij haar naam riep. Hij zei dat hij haar hoorde huilen en om hulp hoorde roepen. In woeste, lastig te begrijpen uitvallen had hij het ook over een madam, ene Mam Sahib. Christer en ik namen aan dat dat een andere naam was voor zijn vrouw, want er waren grote overeenkomsten in de verhalen. Nu we lezen wat u tot dusver hebt ontdekt, vermoeden we dat het niet om één trauma ging, zoals wij dachten, maar om twee.

Het kan incompetent overkomen dat we niet meer duide-

lijkheid konden scheppen in zijn levensverhaal. Maar de situatie was al zeer slecht toen wij begonnen, en ik houd toch vol dat we vooruitgang boekten. Eind juni kreeg hij het donzen jack terug waarnaar hij had gevraagd, en dat leek hem een gevoel van veiligheid te geven. Hij vroeg wel voortdurend om drank – waarschijnlijk doordat hij minder kalmerende middelen kreeg – maar in sommige nachten leken de stemmen toch niet meer zo in hem te schreeuwen, en zijn nachtelijke angst nam ook af.

Toch gingen Christer en ik met enig vertrouwen op vakantie, herinner ik me. We hadden het gevoel dat we op de goede weg waren, met hem én met de kliniek als geheel.

Vast wel, dacht Fredrika. Maar het werd toch Nima Rita's dood, en het was duidelijk dat de leiding zijn wanhopige verlangen om daar weg te komen verkeerd had beoordeeld. Natuurlijk was het begrijpelijk dat ze hem op het terras toelieten, maar het moet toch tegen alle regels in zijn geweest dat hij op eigen houtje, zonder dat er personeel bij was, naar buiten kon.

In de loop van de middag van 27 juli verdween hij. Aan een stukje stof dat van zijn broek was gescheurd was te zien dat hij zich door de smalle opening tussen het dak en de hoogste tralie van het hek rondom het terras had gewurmd. Daarna moet hij over de steile rotsen naar beneden zijn geklommen, van Årstaviken naar Stockholm zijn gereisd en daar een verblijfplaats hebben gevonden in de omgeving van het Mariatorg.

Het ergste was echter dat er pas melding van zijn verdwijning was gemaakt toen Christer Alm op 4 augustus terugkwam van vakantie, en dat er ook toen nog geen aangifte bij de politie was gedaan, **aangezien er een zeer duidelijk protocol voorlag dat alle nieuwe gebeurtenissen en incidenten betreffende de patiënt dienden te worden gerapporteerd aan de aangewezen contactpersoon**. Wat een verschrikkelijk jargon en wat riekte dat naar complete geheimhouding, vond Fredrika. In elk geval leed het geen twijfel dat hun belangrijke informatie was onthouden, en nadat ze nog wat meer over Södra Flygeln in het algemeen had gelezen en een lang gesprek had gehad met commissaris Bublanski, deed ze hetzelfde wat ze al eerder had gedaan.

Ze belde Blomkvist.

Mikael had Catrin nog geen antwoord gegeven. Hij zat in de Tudor Arms aan de Grevgata, dronk een Guinness en probeerde een plan van aanpak te bedenken. Hij moest natuurlijk naar Svante Lindberg. Dat was een sleutelfiguur in het drama, daar raakte hij steeds sterker van overtuigd. Iets zei hem echter dat hij eerst meer concrete informatie moest hebben, en dan was de meest voor de hand liggende bron natuurlijk Johannes Forsell zelf.

Mikael wist echter niet hoe het met hem ging en hij kon de man niet te pakken krijgen, evenmin als Rebecka Forsell of zelfs maar de persvoorlichter, Niklas Keller. Uiteindelijk besloot hij het allemaal even te laten zitten en eerst een plek te regelen waar hij kon logeren. Hij moest een plek hebben om te werken en te slapen. Daarna kon hij doorgaan. Maar zover kwam het niet. Zijn telefoon ging.

Het was Fredrika Nyman, die zei dat ze iets interessants had gevonden. Hij vroeg haar op te hangen en stuurde een sms'je dat ze de app Signal moest installeren, zodat ze via een beschermde lijn konden praten.

Ze antwoordde: **Kan ik niet. Snap ik niet. Haat apps. Word er gek van.**

Hij schreef terug: **Had je geen dochters die de hele tijd met hun mobieltje zitten te spelen?**

Je vraagt naar de bekende weg.

Laat die de app dan downloaden. Zeg maar dat ze mama moeten helpen om detective te worden.

Haha, probeer ik, schreef ze.

Vervolgens duurde het even. Hij dronk zijn Guinness en keek uit over de straat, waar twee vrouwen met kinderwagens liepen. Hij liet zijn gedachten de vrije loop, totdat hij een sms'je met een heel ander taalgebruik kreeg.

Gast, ben jij Mikael Blomkvist fo sho?

Hij besloot te laten zien hoe modern hij was en stuurde een selfie terug waarop hij met beide handen het V-teken maakte.

Awesome.

Valt wel mee.

En mama wordt detective?

Zeker weten, antwoordde hij. Hij kreeg een smiley terug en bedacht dat dit toch zo gek nog niet was. Als hij nu maar niet weer een rood hartje verstuurde – dan zou hij de krant halen. Dus hij begon het meisje, dat Amanda heette, uit te leggen wat ze moest doen en een kwartier later belde Fredrika Nyman via de app. Hij ging de straat uit en nam op.

'Ik ben erg in aanzien gestegen bij mijn dochters,' zei ze.

'Dan heb ik vandaag toch iets zinnigs gedaan. Wat is er aan de hand?'

Fredrika Nyman ging met een glas wijn in de keuken zitten en vertelde wat ze te weten was gekomen.

Mikael zei: 'Dus niemand weet hoe of waarom hij daar terecht is gekomen.'

'Er heerst een vorm van geheimzinnigheid rond die zaak. Militair geheim, denk ik.'

'Alsof het een kwestie van nationale veiligheid zou zijn?'

'Ik weet het niet.'

'Of die geheimzinnigheid dient meer om bepaalde personen te beschermen dan het rijk,' zei hij.

'Dat kan natuurlijk.'

'Is het niet raar, allemaal?'

'Ja,' antwoordde ze aarzelend, 'en een flink schandaal ook. Hij heeft daar jaren opgesloten gezeten, geloof ik, zonder dat er zelfs maar een tandarts kwam, of wie dan ook. Ik weet niet of je die kliniek kent?'

'Ik heb ooit de beginselverklaring van Gustav Stavsjö gelezen, de oprichter,' zei hij.

'En die was prachtig, hè? De ziekste mensen verdienen de

meeste zorg. De waardigheid van een samenleving wordt bepaald door de manier waarop ze omgaat met haar zwaksten.'

'Hij geloofde heilig in zijn zaak, toch?'

'Absoluut,' zei Fredrika. 'Maar het was een andere tijd. Zijn geloof in de samenleving en de therapie was naïef, in elk geval voor die groep ernstig zieken, en de hele psychiatrie ging een andere kant op: meer medicatie en dwangmaatregelen. De kliniek ligt daar schitterend aan het water en ziet er meer uit als een residentie, maar het is steeds meer een bewaarplaats voor hopeloze gevallen geworden, vooral voor door de oorlog getraumatiseerde vluchtelingen, en het werd steeds lastiger om er personeel voor te vinden. Södra Flygeln kreeg een slechte naam.'

'Ja, dat heb ik gehoord.'

'Er waren vérgaande plannen om de kliniek te sluiten en de patiënten onder te brengen in de provinciale gezondheidszorg. Maar de zonen Stavsjö, die in de Gustav Stavsjö Stichting zitten, wisten dat te verhinderen door de gerenommeerde dr. Christer Alm te vragen om de leiding op zich te nemen. Alm begon de kliniek te moderniseren en te vernieuwen, en in de loop van dat proces kregen hij en zijn collega oog voor Nima, of Nihar Rawal, zoals hij in de dossiers heette.'

'Dus hij mocht tenminste zijn initialen houden.'

'Ja, maar er is toch iets duisters aan de hand. Hij had een speciale contactpersoon, wiens naam de kliniek weigert te noemen, die als eerste over alles geïnformeerd moest worden. En ik weet het niet, maar dat lijkt een hoge piet te zijn, iemand voor wie het personeel op de tenen liep.'

'Zoals topambtenaar Lindberg.'

'Of minister Forsell.'

'Wat een ellende.'

'Hoe bedoel je?'

'Er zijn te veel vragen.'

'Veel te veel.'

'Weet je of Nima Forsell heeft genoemd in de kliniek, bij hun pogingen tot therapie?' vroeg hij.

'Nee, ook niet.'

'Ik begrijp het.'

'Maar misschien heeft Bublanski gelijk en komt zijn fixatie op Forsell doordat hij die in de winkel aan de Hornsgata op tv zag. Dat is ook waarschijnlijk gezien het feit dat hij jouw telefoonnummer te pakken had gekregen.'

'Ik ga het tot op de bodem uitzoeken.'

'Succes,' zei ze.

'Dank je, dat kan ik wel gebruiken.'

'Mag ik iets heel anders vragen?' vroeg ze.

'Natuurlijk.'

'Die DNA-onderzoeker met wie je me in contact had gebracht, wie was dat?'

'Gewoon een vriendin,' zei hij.

'Die heeft geen manieren.'

'Daar heeft ze zo haar redenen voor,' zei hij.

Vervolgens wensten ze elkaar een goede avond, en Fredrika zat in haar eentje naar het meer te kijken, waarop de zwanen alweer te zien waren.

23
27 AUGUSTUS

Lisbeth Salander kreeg een versleuteld bericht van Mikael, maar ze besteedde er geen aandacht aan. Ze was met iets anders bezig. Die dag had ze niet alleen een nieuw wapen – een Beretta 87 Cheetah, net zo een als ze in Moskou had – en een IMSI-catcher gekocht, maar ook haar motor, haar Kawasaki Ninja, uit de garage aan de Fiskargata gehaald, waar hij nog altijd stond.

Ze had haar pak in de kast gehangen en een hoody, een spijkerbroek en sportschoenen aangetrokken, en nu zat ze in een kamer in Hotel Nobis aan het Norrmalmstorg, niet ver van de Strandväg. Ze hield een hele serie bewakingscamera's in de gaten en probeerde de wraaklust op te wekken die haar eerder in deze zomer had beheerst. Maar het verleden bleef zich maar aan haar opdringen, en dat stond haar absoluut niet aan.

Ze had geen tijd voor wat geweest was.

Ze moest gefocust blijven, zeker nu Galinov hier was. Galinov was meedogenloos. Niet dat ze, afgezien van de zee van geruchten op het darkweb, erg veel van hem wist, maar van sommige dingen had ze toch wel de bevestiging gekregen, en dat was meer dan genoeg: Ivan Galinov was gelieerd geweest aan haar vader, hij was diens discipel en bondgenoot bij de GROE.

Hij had vaak undercover gewerkt bij rebellen en wapensmokkelaars. Men zei dat hij het vermogen bezat om in elke omgeving op te gaan, niet omdat hij zich aanpaste of acteertalent had, maar juist omdat hij altijd zichzelf bleef. Dat wekte vertrouwen, zei men, zo'n zelfbewuste man móést gewoon wel 'een van ons' zijn.

Hij sprak elf talen vloeiend, en was receptief en geleerd, en door zijn lengte, zijn rijzige postuur en zijn gedistingeerde gezicht nam hij bezit van elke ruimte die hij betrad, en ook dat was in zijn voordeel geweest. Niemand kon zich voorstellen dat de Russen iemand die zo opvallend was als spion en infiltrant zouden inzetten, en hij had nooit moeite met de loyaliteitseisen. Hij was net zo gemakkelijk wreed als lief en vaderlijk.

Hij werd dikke vrienden met mensen die hij later moeiteloos martelde. Het was nu al lang geleden dat hij de inlichtingendienst had verlaten en undercover had gewerkt, en meestal noemde hij zichzelf zakenman of tolk, een eufemisme voor gangster. Maar hoewel hij in de eerste plaats behoorde tot het misdaadsyndicaat Zvezda Bratva, werkte hij vaak samen met Camilla, en dat was van grote waarde voor haar. Alleen al door zijn naam was zijn aanwezigheid voor haar een voordeel.

Maar wat Lisbeth erg verontrustte was Galinovs netwerk en zijn relaties met de GROe. Hij beschikte over middelen die haar vroeg of laat zouden lokaliseren, dus ze kon niet langer besluiteloos afwachten. Nu, aan het raam van haar hotelkamer met uitzicht op het Norrmalmstorg, was ze klaar voor wat ze de hele dag had voorbereid: hen onder druk zetten. Hen tot fouten proberen te dwingen.

Maar eerst keek ze naar Mikaels bericht: **Maak me zorgen om je. Ik weet dat je er een hekel aan hebt als ik dat zeg. Maar ik vind dat je politiebescherming moet vragen. Bublanski regelt dat. Ik heb met hem gesproken.**

Verder: Nima Rita was onder een valse naam opgenomen in de psychiatrische kliniek Södra Flygeln. Het leger schijnt daarbij betrokken te zijn geweest.

Ze gaf geen antwoord. Ze vergat het berichtje meteen weer, pakte haar pistool en stopte het in een grijze schoudertas. Toen trok ze de hoody over haar hoofd, zette een zonnebril op, ging de kamer uit, nam de lift naar beneden en stapte vastberaden het trottoir op.

Het raakte bewolkt. Er waren veel mensen op straat, de terrassen en de winkels waren vol. Ze ging rechtsaf, de Smålandsgata in en liep via de Birger Jarlsgata naar het metrostation Östermalmstorg, waar ze de metro naar Södermalm nam.

Rebecka Forsell zat aan het ziekbed van haar man in het Karolinska-ziekenhuis toen Mikael Blomkvist weer belde. Ze wilde net opnemen toen Johannes opschrok alsof hij een nachtmerrie had, dus ze streelde hem over zijn haar en liet de telefoon maar overgaan. In de gang zaten drie militairen, die naar haar keken.

Ze voelde zich bewaakt en tekortgedaan. Hoe konden ze haar zo behandelen? Ze hadden zelfs Johannes' moeder opgezocht. Het was schandalig. Het ergst was Klas Berg, het hoofd van de MUST, en dan natuurlijk Svante Lindberg. God, wat was die zogenaamd meelevend en ontdaan.

Hij was aan komen zetten met chocola en bloemen, en had haar jammerend en met tranen in zijn ogen omhelsd. Maar haar hield hij niet voor de gek. Hij zweette te veel, zijn ogen schoten heen en weer, en minstens twee keer vroeg hij of Johannes op Sandö nog iets had gezegd wat hij, Svante, moest weten. Toen had ze het wel willen uitschreeuwen: wat houden jullie voor mij verborgen? Maar ze zei niets. Ze bedankte hem voor zijn steun en vroeg hem weer te gaan.

Ze kon niet tegen bezoek, zei ze, en toen vertrok hij schoorvoetend. Dat was geweldige mazzel, want niet veel later werd Johannes wakker en zei: 'Het spijt me.' Dat klonk alsof hij helder was. Ze praatten even over hun zonen en over hoe hij zich voelde, maar op de vraag 'Waarom, Johannes, waarom?' gaf hij geen antwoord.

Misschien had hij daarvoor nog niet genoeg kracht. Of misschien wilde hij alleen maar weer weg, alles ontvluchten. Nu sliep hij of was hij weer teruggezakt in zijn bewusteloosheid. Het leek haar echter geen gelukkige toestand, dus pakte ze zijn hand. Toen kreeg ze een sms'je. Het was Blomkvist weer. Het speet hem, maar hij moest met haar praten via een versleutelde lijn of onder vier ogen. Maar nee, ze kon het niet aan, niet nu, en ze keek wanhopig naar haar man, die iets mompelde in zijn droom.

Johannes Forsell was terug op de Mount Everest. In gedachten strompelde hij weer door de snijdende sneeuwstorm. Het was koud en ondraaglijk. Hij kon nauwelijks meer denken. Hij zwoegde door, hoorde de stijgijzers knarsen en de lucht en de leegte dreunen, en vroeg zich af hoe lang hij het nog zou volhouden.

Vaak was hij zich alleen maar bewust van zijn gehijg in het zuurstofmasker en de contouren van Svante naast zich, en soms zelfs daarvan niet.

Soms was het landschap zwart. Misschien liep hij op die momenten met zijn ogen dicht, en als er een afgrond voor hem was geweest, zou hij er linea recta in zijn gestapt en naar beneden zijn gestort zonder een kreet te slaken of het erg te vinden. Zelfs de straalstromen leken te zwijgen. Hij was op weg naar een geluidloze duisternis, een niets, en toch was het niet lang geleden dat hij aan de woorden van zijn vader had gedacht, wanneer die hem aanmoedigde bij het skiën: 'Ga door, jongen. Ga door.' Toen de angst hen in zijn klauwen kreeg, klampte hij zich vast aan die woorden. Je kon altijd nog ergens iets extra's vandaan halen. Maar nu niet meer.

Nu had hij geen reserves meer. Hij keek naar de sneeuw die over zijn schoenen joeg en vroeg zich af of hij zou omvallen en het opgeven, maar toen hoorde hij een schreeuw, een gejammer dat met de winden meekwam en dat eerst heel onmenselijk klonk, alsof de berg zelf wanhopig schreeuwde.

Rebecka wist niet of het in zijn slaap was of tegen haar, maar Johannes zei nu heel helder en duidelijk: 'Hoor je dat?'

Zij hoorde niets anders dan wat ze de hele dag al had gehoord, het gedruis van het verkeer, het gezoem van de apparaten, de voetstappen en de stemmen in de gang, en ze gaf geen antwoord. Ze streek slechts een zweetdruppel van zijn voorhoofd en deed zijn haar goed. Toen sloeg hij zijn ogen op, en ze voelde een steek van hoop en verlangen. Zeg iets tegen me, dacht ze. Vertel wat er is gebeurd.

Hij keek haar zo angstig aan dat ze bang werd.

'Droomde je iets?' vroeg ze.

'Ik hoorde die schreeuw weer.'

'Die schreeuw?'

'Op de Everest.'

Vroeger hadden ze heel vaak gepraat over alles wat er op de berg was gebeurd, maar ze kon zich geen schreeuw herinneren en overwoog er niet op in te gaan. Ze zag aan de glans in zijn ogen dat hij nog niet helder was.

Ze zei: 'Ik weet niet goed wat je bedoelt.'

'Ik dacht dat het de storm was, weet je dat niet meer? Dat de wind bijna menselijk klonk.'

'Nee, lieverd, dat weet ik niet meer. Ik was daar toch niet bij je? Ik was de hele tijd in het basiskamp, weet je nog?'

'Maar ik heb het toch wel verteld?'

Ze schudde haar hoofd en wilde van gespreksonderwerp veranderen. Niet alleen omdat hij ijlde, maar ook omdat ze een onbehagen in zich voelde opkomen alsof ze al vermoedde dat die schreeuw iets noodlottigs betekende.

'Je moet nog maar een beetje rusten,' zei ze.

'Daarna dacht ik dat het wilde honden waren.'

'Huh?'

'Wilde honden op achtduizend meter hoogte. Kun je het je voorstellen?'

'Ik wil best met je praten over de Everest, als jij dat wilt,' zei ze. 'Maar eerst moet je me helpen het te begrijpen, Johannes. Wat bracht je ertoe om er zo vandoor te gaan?'

'Wanneer?'

'Nu, op Sandö. Je zwom de zee in.'

Ze zag aan zijn ogen dat hij terugkwam, en merkte onmiddellijk dat dat de zaak er niet beter op maakte. Het was alsof hij liever bij zijn wilde honden op de Everest was gebleven.

'Wie heeft me eruit gehaald? Erik?'

'Nee, niet een van je lijfwachten.'

'Wie dan wel?'

Ze was benieuwd hoe hij het op zou vatten.

'Mikael Blomkvist.'

'De journalist?'

'Ja, die.'

'Wat raar,' antwoordde hij, en het was natuurlijk onvoorstelbaar raar, maar zo klonk hij niet.

Hij klonk vlak en verdrietig, en keek naar zijn handen met een onverschilligheid die haar bang maakte. Ze wachtte op de volgende vraag, maar toen die kwam, klonk er geen nieuwsgierigheid in zijn stem.

'Hoe kwam dat?'

'Hij belde net toen ik helemaal hysterisch was. Hij was bezig met een reportage.'

'Wat voor reportage?'

'Je zult me niet geloven,' zei ze, hoewel ze vermoedde dat hij haar wel degelijk zou geloven.

Lisbeth stapte uit op station Zinkensdamm en liep via de Ringväg naar de Brännkyrkagata terwijl de herinneringen in haar opborrelden. Misschien kwam dat doordat ze terug was in de wijk van haar jeugd of domweg doordat ze weer gespannen was voor een nieuwe actie.

Ze keek naar de lucht. Die was nu donker. Het zou vast weer gaan regenen, net als in Moskou. Er hing een drukkende onweersdreiging in de lucht. Verderop zag ze een jonge man die over het trottoir gebogen stond alsof hij misselijk was. Ze zag overal dronken mensen. Misschien was er ergens in de buurt een feest aan de gang. Misschien hadden ze net hun loon gekregen of was het een feestdag.

Ze ging linksaf de trappen op en naderde Mikaels huis vanaf de Tavastgata. Ze was nu volkomen geconcentreerd en alert op alle details en figuren in de omgeving. Maar toch... zag ze niet wat ze had verwacht. Had ze zich vergist? Ze zag niets verdachts, alleen maar nog meer dronkaards. Maar wacht, daar bij het kruispunt...

Het was maar een rug, een breedgeschouderde rug in een manchester colbertje. Hij had een boek in zijn hand, en criminelen droegen geen manchester colbertjes en lazen geen boeken. Maar toch was er iets met die man wat haar aandacht opeiste: zijn houding of de manier waarop hij opkeek. Ze passeerde hem ongemerkt en wierp een snelle blik op hem – hij was lang en wat te zwaar – en begreep meteen dat ze het bij het juiste eind had. Het colbertje en het boek waren niet meer dan belachelijke camouflage, een onhandige poging om te doen alsof hij een Södermalmse hippie was. Ze besefte dat ze niet alleen wist wát hij was. Ze herkende hem ook.

Hij heette Conny Andersson, en nog niet zo lang geleden was hij *hangaround* en loopjongen geweest. Hij was bepaald geen prominent clublid en dat was ook niet zo vreemd. Hij had een rotbaantje: alleen maar staan wachten op een man die heel zeker niet zou komen. Toch wist Lisbeth dat Conny geen lieverdje was. Hij was bijna twee meter lang en werkte als *tough guy* wanneer er schulden moesten worden geïnd. Ze liep met gebogen hoofd door, alsof ze hem niet had gezien.

Toen draaide ze zich om en scande met haar ogen de straat. Een stukje verderop liepen twee dronken kerels van een jaar of twintig en nog een stukje daarachter een vrouw van in de zestig die veel te langzaam liep. Dat was niet goed. Maar Lisbeth had geen tijd om te wachten tot ze voorbij was. Zodra Conny Andersson haar in de gaten kreeg, was ze in het nadeel, dus ze liep rustig door.

Toen maakte ze een snelle draai rechtsom en liep ze recht op hem af. Hij keek op en grabbelde naar zijn wapen. Maar verder kwam hij niet. Ze gaf hem een knietje en toen zijn lichaam zich dubbelvouwde, gaf ze hem twee keer een kopstoot. Hij verloor zijn evenwicht en toen riep die vrouw natuurlijk: 'Hé, wat doen jullie?'

Maar daar kon Lisbeth niet op reageren. Ze had geen tijd om oude dametjes gerust te stellen, en ze was er vrij zeker van dat de vrouw zich niet dichterbij zou wagen. Bovendien zou ze de politie kunnen bellen zo vaak als ze maar wilde. Geen agent zou zich hierheen wagen, zeker niet nu Lisbeth Conny Andersson zo aanpakte dat hij tegen de straat klapte. Ze ging razendsnel boven op hem zitten, zette haar zonnebril af, haalde haar pistool uit haar tas en zette de loop op zijn adamsappel. Hij keek haar doodsbang aan.

'Ik ga je doodmaken,' zei ze.

Hij sputterde wat en was toch niet zo vreselijk stoer.

Met haar spookachtigste stem ging ze door: 'Ik ga je doodmaken. Ik ga jou en alle andere leden van jouw club doodmaken als jullie Mikael Blomkvist zelfs maar aanraken. Ze willen mij hebben, dus kom achter míj aan, en niemand anders. Hoor je dat?'

'Ja,' zei hij.

'Of nee... zeg maar tegen Marko dat het me geen zak kan schelen of jullie Mikael aanraken of niet. Ik neem jullie sowieso allemaal te grazen. Tot er niet meer van jullie over is dan jullie angstige meisjes en vrouwen.'

Conny Andersson reageerde niet. Ze drukte de loop van haar pistool harder tegen zijn hals.

'Nou?'

'Ik zal het doorgeven,' stamelde Conny.

'Goed zo. En, hé...'

'Ja?'

'Er staat een vrouw naar ons te kijken, dus ik zal je wapen niet weggooien of iets anders doen wat aandacht trekt. Ik schop je alleen maar tegen je kop, en als je je wapen ook maar aanraakt, schiet ik. Het zit namelijk zo...'

Ze fouilleerde hem snel met haar linkerhand en haalde zijn mobiele telefoon uit de zak van zijn spijkerbroek: een nieuwe iPhone met gezichtsherkenning.

'... dat ik mijn bericht toch wel bezorgd krijg, zelfs als jij doodgaat.'

Ze drukte het pistool tegen zijn kin.

'Dus kom op, Conny, *smile*.'

'Watte?'

Ze hield de mobiel voor zijn gezicht waardoor het apparaat ontgrendelde en deed razendsnel twee dingen die niet bepaald hoogtechnologisch waren. Ze gaf hem nogmaals een kopstoot en maakte een foto van hem. Toen zette ze haar zonnebril weer op en verdween in de richting van Slussen en de oude stad, terwijl ze Conny Anderssons contacten bekeek. Er stonden een paar namen bij die haar verbaasden: een bekende acteur, twee politici en een joet van de narcoticabrigade die waarschijnlijk corrupt was. Maar die konden haar niet schelen.

Ze haalde de andere leden van de motorclub Svavelsjö eruit en stuurde hun de foto waarop Conny haar doodsbang en verbluft aankeek. Vervolgens – nadat ze de inhoud van de telefoon had gekopieerd – schreef ze: **Het ventje heeft iets te vertellen.**

Toen gooide ze het mobieltje in de Riddarfjärd.

24
27 AUGUSTUS

Johannes Forsell wilde eigenlijk alleen maar terug in zichzelf vluchten en bescherming zoeken in zijn dromen en herinneringen. Maar nu de naam Nima Rita met onverwachte wrevel viel en hij de ingehouden woede in de stem van zijn vrouw hoorde, werd hij de werkelijkheid weer ingetrokken.

'Hoe kan hij zomaar in Zweden opduiken? Ik dacht dat hij dood was.'

'Wie zijn hier op bezoek geweest?' vroeg hij.

Hij merkte dat het haar irriteerde dat hij van onderwerp veranderde.

'Dat heb ik al verteld.'

'Maar ik ben het vergeten.'

'De jongens natuurlijk, en je moeder. Zij zorgt zolang voor hen.'

'Wat vinden ze ervan?'

'Wat zal ik zeggen, Johannes? Wat zal ik zeggen?'

'Het spijt me.'

'Dank je,' zei ze, en ze probeerde zichtbaar zich te vermannen en weer de oude, sterke Becka te zijn, maar dat lukte maar half.

Johannes wierp een blik op de militairen in de gang en allerlei uitwegen, vluchtroutes, bedreigingen, kansen en risico's fladderden als onrustige vogels door zijn hoofd.

'Ik kan nu niet over Nima praten,' zei hij.

'Zoals je wilt.'

Slechts met de uiterste wilskracht glimlachte ze liefdevol. Ze streelde hem over zijn haar. Hij schudde de streling van zich af.

'Waar kun je dan wel over praten?'

'Ik weet het niet.'

'Eén ding is je in elk geval wel gelukt,' zei ze.

'Wat dan?'

'Kijk maar eens om je heen. Al die bloemen. We hebben maar een klein deel kunnen aannemen. Het is ineens allemaal omgeslagen in liefde.'

'Dat kan ik me niet voorstellen.'

Ze hield hem haar mobiel voor.

'Kijk maar op internet, dan zie je het wel.'

Hij maakte een afwerende beweging met zijn hand.

'Dat zijn zeker necrologieën.'

'Nee, het is mooi, echt.'

'Zijn er hier mensen van de MUST geweest?' vroeg hij.

'Svante is geweest en Klas Berg en Sten Siegler, en nog een paar van die types, dus het antwoord is vast en zeker ja, neem ik aan. Waarom vraag je dat?'

Waarom vroeg hij dat?

Hij kende het antwoord: allicht waren ze hier geweest, en hij zag het wantrouwen in Becka's ogen en de hand waarmee ze door haar haar streek. Hij voelde opeens onverwacht sterk dat hij het wilde vertellen, maar realiseerde zich natuurlijk ook onmiddellijk dat dat niet kon.

Ze werden ongetwijfeld afgeluisterd. Hij dacht na, woog de alternatieven tegen elkaar af, dacht terug aan zijn wanhopige verlangen om te leven toen hij in de stroming naar beneden zonk.

'Heb je een pen en papier?' vroeg hij.

'Huh? Jawel.'

Ze zocht in haar handtas, haalde er een balpen en een blokje Post-its uit en gaf die aan hem.

Hij schreef: **We moeten hier weg.**

Rebecka Forsell las wat Johannes had geschreven en keek geschrokken naar de bewakers voor de deur. Die leken gelukkig verveeld en gingen op in hun mobieltjes. Ze schreef met nerveuze, slordige letters: **Nu?**

Hij antwoordde: **Nu. Maak me los van de machines en laat je mobiel en je handtas liggen, dan doen we alsof we naar de kiosk gaan.**

Doen alsof?

We gaan weg.

Ben je gek?

Ik wil het je vertellen en dat kan hier niet.

Wat vertellen?

Alles.

Ze hadden snel geschreven, met die ene pen die steeds van hand wisselde. Maar nu aarzelde Johannes. Hij keek haar aan met ogen die nog net zo droevig en radeloos waren als eerder, maar die ook een vleugje vertoonden van iets wat ze heel lang had gemist: zijn vechtlust – en toen was ze toch niet meer alleen maar bang.

Ze was niet van plan om met hem te vluchten, ze wilde al helemaal het ziekenhuis niet verlaten met al die bewakers en militairen en die hele paranoia die er om hem heen hing. Maar het zou heerlijk zijn als hij echt wilde praten. En misschien was het wel goed voor hem om wat te bewegen. Zijn hartslag was verhoogd maar stabiel en hij was sterk. Ze zouden vast wel ergens een plekje kunnen vinden waar niemand kon opvangen wat ze zeiden.

Maar ze wist ook dat niemand erbij gebaat was wanneer ze het ziekenhuispersoneel negeerde en hem losmaakte van het infuus en de andere apparaten, dus ze ging naar een schoon velletje in haar blokje en schreef: **Ik bel de zuster en zeg dat we naar de kiosk willen.**

Ze belde en hij antwoordde: **We gaan ergens heen waar niemand ons kan vinden.**

Houd op, dacht ze. Houd op. Ze schreef: **Wat ontvlucht je?**

De MUST.

Ze schreef: **Is het Svante?**

Hij knikte – tenminste, ze dacht dat hij knikte, en ze wilde wel schreeuwen: ik wist het! Toen ze weer ging schrijven trilde haar hand. Haar hart bonsde en haar mond was droog.

Heeft hij iets gedaan?

Hij antwoordde niet en knikte ook niet. Hij keek alleen maar naar buiten, naar de autoweg, en dat vatte ze op als een bevestiging.

Ze schreef: **Je moet aangifte tegen hem doen.**

Hij keek haar aan alsof hij wilde zeggen dat ze het niet snapte.

Of ga naar de media. Mikael Blomkvist belde net. Hij staat aan jouw kant.

'Mijn kant,' mompelde hij met vertrokken gezicht, en hij krabbelde een paar onleesbare zinnen op het blokje. Ze staarde ernaar.

Ik kan het niet lezen, schreef ze, hoewel ze dat misschien toch wel kon, en toen verklaarde hij zich nader.

Ik weet niet of dat een goede kant is om te staan.

Een nieuwe drang tot zelfbehoud kwam in haar op, alsof Johannes zich met die woorden van haar verwijderde. Of zelfs alsof het na die zin niet meer vanzelfsprekend 'wij' was, een verbond, maar twee echtelieden die niet per se meer bij elkaar horen, en ze vroeg zich af of ze misschien juist bij hem weg moest vluchten.

Ze keek naar de bewakers en probeerde een ander plan te bedenken. Maar net op dat moment hoorde ze voetstappen in de gang, en de dokter – die met die rode baard – kwam binnen en vroeg waarom ze hadden gebeld. Ze kon niets anders verzinnen en zei dat Johannes zich nu beter voelde, sterk genoeg voor een wandelingetje.

'We gaan naar beneden, naar de kiosk, om een krant en een pocketboek te kopen,' zei ze met een stem die niet klonk alsof hij van haar was, maar toch verrassend veel gezag had.

Het was halfacht in de avond en Jan Bublanski had al lang naar huis moeten gaan. Hij zat echter nog in zijn kamer op het politiebureau en tuurde naar een jong gezicht dat een soort kwaad idealisme uitstraalde en waarvan hij begreep dat het mensen kon ergeren. Maar hij hield wel van die houding. Misschien was hij op die leeftijd wel net zo geweest, had hij dat gevoel gehad dat de oudere generatie het leven niet zo serieus nam als het verdiende, en hij glimlachte haar hartelijk toe.

Hij kreeg een stijf lachje terug en vermoedde dat humor niet haar sterkste punt was, maar haar sociale betrokkenheid was beslist goed voor de wereld. De vrouw was vijfentwintig, ze heette Else Sandberg, ze was coassistent in het Sint-Görans Ziekenhuis, had een pagekopje en droeg een rond brilletje.

'Bedankt dat u even tijd voor ons wilde nemen,' zei hij.

'Niets te danken,' antwoordde ze.

Sonja Modig had de vrouw gevonden dankzij tips die ze had gekregen over een muurkrant die de sherpa bij de bushalte bij het Södra-station had opgeplakt. Ze had daar collega's neergezet die zo ongeveer iedereen hadden gesproken die geregeld bij die bushalte kwam.

'Ik hoorde dat u het niet heel exact meer weet, maar alles wat u zich herinnert, kan waardevol voor ons zijn,' zei Bublanski.

'Het was moeilijk leesbaar. De regels stonden heel dicht bij elkaar en het zag eruit als een paranoïde waanvoorstelling.'

'Dat is niet onmogelijk,' zei hij. 'Maar ik zou toch blij zijn als u het zich probeert te herinneren.'

'Het was een tekst vol schuldgevoel,' vervolgde ze.

Lieve kind, probeer het niet voor me te interpreteren, dacht hij.

'Wat stond er?' vroeg hij.

'Er stond dat hij een berg op ging. Nog een keer, schreef hij. Hij ging een berg "*one more time*" op. Maar hij zag slecht. Er stond een sneeuwstorm, hij voelde zich slecht en hij bevroor. Hij was verloren, dacht hij. Maar hij hoorde geschreeuw dat hem de weg wees.'

'Wat voor geschreeuw?'

'Van doden, geloof ik.'

'Hoezo?'

'Het was lastig te begrijpen, maar er gingen geesten met hem mee, stond er. Twee geesten, geloof ik: een goede en een kwade, een beetje...'

Ze giechelde, en Bublanski vond het charmant dat Else Sandberg opeens een menselijk trekje vertoonde.

'Zoals kapitein Haddock in *Kuifje*, u weet wel. Die heeft een duivel en een engel op zijn schouders als hij zin heeft in drank.'

'O ja,' zei Bublanski. 'Dat is een mooie metafoor.'

'Maar ik vatte het niet op als een metafoor. Hij leek het heel reëel te vinden.'

'Ik bedoelde dat ik het herken. Een goede en een kwade geest die me toefluisteren wanneer ik in verleiding word gebracht.'

Hij geneerde zich. 'Wat zei de kwade geest?' ging hij door.

'Dat hij haar boven moest laten.'

'Haar?'

'Ja, ik geloof dat hij dat schreef. Het was een zij, een madam of een mam nog wat, die was achtergebleven op de berg. Maar toen stond er iets over het Dal van de Regenboog, de Rainbow Valley, waar de doden hun handen uitstrekten en om eten vroegen. Het was allemaal heel raar, zoals ik al zei. Toen stond er zelfs dat Johannes Forsell verscheen. Heel gek. Verder ben ik niet gekomen, eerlijk gezegd. De bus kwam, er was een man die ruziemaakte met de chauffeur en ik werd afgeleid. In elk geval had ik toen wel al het vermoeden dat de man leed aan paranoïde schizofrenie. Er stond dat het geschreeuw in hem nooit ophield.'

'Dat kun je toch ook voelen zonder schizofrenie?'

'Hoe bedoelt u?'

Wat bedoelde hij eigenlijk?

'Ik bedoel...' zei hij.

'Ja?'

'Dat ik dat ook herken. Sommige dingen raak je nooit kwijt. Die blijven jaar in, jaar uit knagen en schreeuwen.'

'Jaja,' zei ze, iets aarzelender nu. 'Dat is zo.'

Else Sandberg knikte en Bublanski logde in op zijn computer, googelde iets – hij combineerde drie woorden – en draaide het scherm naar haar toe.

'Ziet u dit?'

'Verschrikkelijk,' zei ze.

'Ja, hè? Dit is Rainbow Valley op de Mount Everest. Ik wist nooit iets van deze wereld, maar de afgelopen dagen heb ik erover gelezen, en ik herkende het meteen toen u de naam noemde. Rainbow Valley is maar een bijnaam, natuurlijk. Maar hij wordt heel vaak gebruikt, en het is heel begrijpelijk waarom. Kijk maar.'

Hij wees op het scherm en vroeg zich af of hij onnodig hard was. Maar hij wilde haar overtuigen van de ernst. Op de ene foto na de andere waren dode bergklimmers te zien in de sneeuw boven achtduizend meter hoogte en hoewel sommigen er al jaren, misschien wel decennia hadden gelegen, zagen ze er nog gespierd en sterk uit. Ze waren bevroren in de tijd. Ze droegen allemaal kleurige kleren – rood, groen, geel en blauw – en om hen heen lagen zuurstofflessen, resten van tenten of boeddhistische gebedsvlaggen, ook die in felle kleuren. Het leek echt wel een regenbooglandschap, een macabere getuigenis van menselijke dwaasheid.

'Weet u,' zei hij. 'De man die die muurkrant schreef, was ooit drager en gids op de Mount Everest.'

'Dus hij is daar echt geweest.'

'Hij was sherpa, dus hij had die benaming misschien niet moeten gebruiken. Rainbow Valley is een westerse vondst, stomme galgenhumor. Maar waarschijnlijk is het toch bij hem blijven hangen en heeft het zich vermengd met zijn religieuze ideeën over geesten en goden daar in de bergen. Op dit moment hebben meer dan vierduizend mensen de berg beklommen en daarbij zijn 330 mensen omgekomen, van wie er veel niet naar beneden konden worden gehaald. Ik heb echt begrip voor deze man, die de berg elf keer heeft beklommen, als hij het gevoel had dat de doden tegen hem praatten.'

'Maar...' begon ze.

'Ik ben nog niet klaar,' ging Bublanski door. 'Het leven op die hoogte is verschrikkelijk. De risico's zijn aanzienlijk. Je kunt bijvoorbeeld HACE krijgen, High Altitude Cerebral Edema.'

'Dan zwellen de hersenen op, toch?'

'Ze zwellen op, inderdaad,' zei hij. 'U weet dat vast beter dan ik. Ze zwellen op, je krijgt moeite met praten en met rationeel denken. Je loopt het risico vreselijke fouten te maken en vaak krijgen mensen hallucinaties en verliezen ze het contact met de werkelijkheid. Veel zeer verstandige mensen, zoals u en ik – maar dan iets energieker en roekelozer dan ik, natuurlijk – hebben daar geesten gezien of mystieke ervaringen gehad en deze man klom altijd zonder zuurstof. Dat teert aan je krachten, zowel mentaal als fysiek, en bij het drama dat hij probeerde te beschrijven heeft hij enorm veel inspanning geleverd; hij ging de berg op en af en heeft veel mensen gered. Hij moet kapot geweest zijn, onvoorstelbaar, dus dan is het niet zo gek dat hij engelen en demonen zag, zoals kapitein Haddock, helemaal niet zo gek.'

'Sorry, het was niet mijn bedoeling om respectloos te zijn,' zei Else Sandberg, nu op verontschuldigende toon.

'Dat was u ook niet, en u hebt waarschijnlijk gelijk,' vervolgde Bublanski. 'De man was ernstig ziek, inderdaad schizofreen. Maar hij kan toch iets belangrijks te vertellen hebben gehad, dus daarom vraag ik u nog een keer: meer herinnert u zich niet?'

'Nee, echt niet, het spijt me.'

'Ook niet van wat hij over Forsell schreef?'

'Ja, misschien toch wel.'

'Wat dan?'

'U zei dat die man mensen redde, hè?'

'Ja.'

'Ik geloof dat hij schreef dat Forsell niet gered wilde worden.'

'Wat bedoelde hij daarmee?'

'Dat weet ik niet. Het schiet me nu pas te binnen. Maar ik weet het ook niet helemaal zeker. De bus kwam en de volgende dag hing die muurkrant er niet meer.'

'Dat weet ik,' zei Bublanski.

Toen de vrouw weg was, bleef Bublanski zitten met het eigenaardige gevoel dat hij een droom moest verklaren. Hij zat lang te turen naar de foto's van het dode lichaam van Klara Engelman, die door de straalstromen weg was geblazen van Viktor Grankin, die hoger lag. Een Amerikaanse expeditie had hen een jaar later gefotografeerd. Klara lag op haar rug, met haar armen bevroren in een smekend gebaar, alsof ze Grankin nog altijd probeerde vast te houden of misschien meer, dacht hij, als een kind dat zijn armen uitstrekt naar zijn moeder.

Wat was er gebeurd, daar op die berg? Waarschijnlijk niet meer dan wat er al eindeloos vaak over was geschreven. Maar zeker weten kon je het niet. Er werden steeds nieuwe lagen zichtbaar in deze geschiedenis. Nu leek er bijvoorbeeld weer een militair verband te bestaan met de sherpa, waarover de artsen van Södra Flygeln niet mochten praten. Bublanski had de hele middag en avond geprobeerd Klas Berg van de MUST te bereiken om een verklaring te krijgen.

Berg had beloofd dat hij de volgende ochtend alles zou uitleggen, maar hij had zich al ingedekt door te zeggen dat ook hij nog met veel vragen zat, en dat beviel Bublanski niet. Hij had er bovendien een hekel aan om afhankelijk te zijn van de inlichtingendienst. Niet omdat hij zich druk maakte om zijn prestige of zich ondergeschikt voelde, maar omdat hij wist dat het politieonderzoek eronder zou lijden, en hij was vastbesloten om het initiatief terug te nemen.

Daarom sloot hij de pagina met afbeeldingen van Klara Engelman op zijn computer en belde hij secretaris-generaal Svante Lindberg nog een keer, maar net als de vorige keren was die onbereikbaar. Commissaris Bublanski stond op en besloot een lange wandeling te gaan maken om zijn hoofd een beetje helderder te maken.

Svante Lindberg kwam de hoofdingang van het ziekenhuis binnen. Hij was er vandaag al eerder geweest, had zich niet erg welkom gevoeld bij Rebecka en had ook eigenlijk geen reden om terug te komen. Maar nu hij had gehoord dat Johannes bij bewustzijn was, moest hij met hem praten en zeggen... ja, wat? Dat wist hij niet, alleen dat hij hem koste wat kost zijn mond moest laten houden, dus hij zette zijn eigen mobiel uit, zodat hij zelf de chaos niet groter kon maken.

Hij was al helemaal niet van plan om Mikael Blomkvist te

woord te staan, die naar hem had gevraagd, of zelfs maar met commissaris Bublanski, die net al voor de derde keer belde. Hij moest het hoofd koel houden.

In zijn aktetas had hij een stapeltje geheime documenten over de Russische desinformatiecampagne. Die waren in deze omstandigheden niet overdreven urgent, maar ze zouden hem een excuus geven voor een privégesprek met Johannes, waarbij hij niemand zou laten toekijken. Geen seconde. Hij moest net zo sterk zijn als altijd. Het zou wel goed komen. Dat hield hij zichzelf voor.

Wat stonk hier zo? Ammoniak misschien? Desinfectiemiddelen? Of rook het naar ziekenhuis? Hij keek om zich heen in de hal, bang dat hier journalisten rondhingen, bang dat Blomkvist zou opduiken en dat die zijn diepste geheimen kende. Maar hij zag niets, alleen patiënten en personeel in witte jassen. Een bleke man werd voorbijgereden in een bed. Hij zag eruit alsof hij stervende was, maar daar besteedde Lindberg geen aandacht aan.

Hij keek naar de grond en verdrong de buitenwereld. Toch nam hij in zijn ooghoek iets waar. Hij draaide zich om en keek naar de rug van een lange, slanke vrouw in een grijs jasje, die bij de geldautomaat naast de apotheek stond.

Was dat Becka niet? Ja, het was beslist Rebecka. Hij herkende haar aan haar houding, aan de manier waarop ze zich voorover-boog. Moest hij naar haar toe gaan en een paar woorden met haar wisselen? Nee, nee, dacht hij. Dit was eerder een kans om onder vier ogen met Johannes te praten, zonder een smoes te hoeven verzinnen over geheime stukken, dus hij liep naar de liften. Even later draaide hij zich toch weer om, omdat hij zomaar het idee had dat ze niet alleen was. Maar nu zag hij haar niet meer.

Had hij zich dan toch vergist? Hij dacht het, en het kon hem eigenlijk niet schelen. Hij wilde net de andere kant op gaan toen zijn blik op de grote pilaar naast de geldautomaat viel. Ze verstopte zich toch zeker niet voor hem? Dat zou idioot zijn, of niet? Toch beving hem een ongemakkelijk gevoel. Hij liep naar de pilaar, eerst wat aarzelend, toen steeds sneller. Daar stak inderdaad iets uit wat op Rebecka's jasje leek.

Hij ging harder lopen en overwoog wat hij tegen haar moest zeggen. Of misschien werd hij kwaad – waarom verstopte dat mens zich voor hem? – maar opeens struikelde hij en viel. Hij dacht er echter niet over na en probeerde niet eens te begrijpen wat er was gebeurd. Hij zag beweging en hoorde voetstappen die snel wegrenden, vloekte, kwam overeind en ging erachteraan.

Deel 3

TWEE HEREN DIENEN

Dubbelagenten doen alsof ze loyaal zijn aan iemand, maar dienen in feite heel iemand anders.

Soms is het al vanaf het begin hun taak om bij een vijand te infiltreren en rookgordijnen op te trekken. Het komt ook voor dat ze overlopen of verstrikt raken in bedreigingen of verleidingen.

Soms wordt nooit duidelijk bij wie ze eigenlijk horen. Het gebeurt wel dat ze het zelf niet eens weten.

25
27 AUGUSTUS

Catrin Lindås had nog steeds niet gegeten, alleen wat gedronken en gelezen over Forsell en de Mount Everest. En steeds gingen haar gedachten terug naar haar ontmoeting met de bedelaar op het Mariatorg, alsof zijn woorden een raadsel waren dat moest worden opgelost, en elke keer kwamen ze haar wanhopiger voor.

Er kwam nog iets terug: herinneringen, pijnlijke momenten, het eind van de reis in haar jeugd naar India en Nepal, toen de ellende steeds groter werd en ze uiteindelijk doorreisden van Kathmandu naar Khumbu. Ze kwamen echter niet ver. Haar vader werd gewelddadig als hij zich van alcohol moest onthouden. Maar ze maakten toch kennis met de oorspronkelijke bewoners daar in de bergen, en nadat ze steeds maar weer had overdacht wat Mikael in zijn sms'je had geschreven, vroeg ze zich af of ze de bedelaar soms van het Khumbudal had herkend, en niet van Freak Street. Daarom stuurde ze Mikael een vraag, ook al had ze nog geen antwoord gekregen op haar eerdere vraag: **Was de bedelaar een sherpa?**

Ze kreeg onmiddellijk antwoord: **Zou niet met je moeten praten. ☺ Je bent van de concurrent.**

Je hebt je in je vorige sms'je lelijk laten kennen.

Ik ben een idioot.

En ik ben de vijand.

Inderdaad. Je zou me in je commentaren af moeten branden.

Ik ben mijn messen aan het slijpen.

Ik mis je, schreef hij.

Houd op, dacht ze. Houd op. Toch glimlachte ze onwillekeurig: eindelijk. Ze wilde er niet op ingaan, echt niet. In plaats daarvan ging ze naar de keuken, ruimde de tafel af en zette Emmylou Harris keihard op. Toen ze terugkwam in de woonkamer en op haar mobiel keek, zag ze dat Mikael nog een sms'je had gestuurd.

Kunnen we niet afspreken?

Nooit van mijn leven, dacht ze. Nooit van mijn leven.

Ze schreef: **Waar?**

Laten we dat via Signal doen.

Ze deden het via Signal.

Laten we afspreken in Hotel Lydmar, stelde hij voor.

Oké, antwoordde ze. Geen 'o, wat leuk, wat een goed idee', niets van dat alles. Alleen 'oké'.

Vervolgens kleedde ze zich om, vroeg de buurvrouw of ze voor de kat wilde zorgen en begon in te pakken.

Camilla stond op het balkon en voelde de regen op haar schouders en handen vallen. Er was slecht weer op komst. Toch wilde ze graag de deur uit. Op de Strandväg en op de boten in de baai was een leven gaande waartoe zij ook had behoord, maar dat haar nu alleen nog maar herinnerde aan alles wat haar ontnomen was. Het kan zo niet langer, dacht ze. Er moet een eind aan komen.

Ze deed haar ogen dicht, kreeg regendruppels op haar voorhoofd en haar lippen en probeerde zich te laten meeslepen door dromen en verlangens, maar ze werd de hele tijd teruggezogen naar de Lundagata, naar Agneta, die riep dat ze daar weg moest, en naar Lisbeth, die altijd alleen maar zweeg alsof ze hen allemaal met haar zwijgen en met haar verbeten woede wilde doden.

Ze voelde een hand op haar schouder. Het was Galinov, die ook het balkon op was gekomen. Ze draaide zich om en keek naar hem, naar zijn vriendelijke glimlach en zijn knappe gezicht. Hij drukte haar tegen zijn borst.

'Meisje toch,' zei hij. 'Hoe gaat het met je?'

'Goed, hoor.'

'Daar geloof ik niks van.'

Ze keek uit over de Strandväg.

'Het komt wel weer goed, je zult het zien,' zei hij.

Ze keek hem diep in de ogen.

'Is er iets gebeurd?'

'We hebben bezoek.'

'Van wie?'

'Van die lieve bandieten van je.'

Ze knikte, ging naar binnen en zag Marko en een andere zielenpoot in een spijkerbroek en een goedkoop bruin colbertje. De zielenpoot was bont en blauw en zag eruit alsof iemand hem had afgerost. Hij was minstens twee meter lang, walgelijk papperig en bleek Conny te heten.

'Conny wil iets vertellen,' zei Marko.

'Waarom vertelt Conny het dan niet?'

'Ik bewaakte het appartement van Blomkvist,' zei Conny.

'Is blijkbaar geweldig gelukt.'

'Hij is overvallen,' zei Marko.

Ze keek naar Conny's gebarsten lip.

'O ja?'

'Door Salander.'

Ze zei in het Russisch: 'Ivan, die Conny is langer dan jij, hè?'

'In elk geval zwaarder,' zei Galinov. 'En slechter gekleed.'

Ze ging door in het Zweeds.

'Mijn zus is 1,52 meter lang en zo mager als een lat, en ze heeft jou... een pak slaag gegeven.'

'Ze verraste me.'

'Ze pakte hem zijn telefoon af,' zei Marko, 'en stuurde alle leden van de club een sms'je.'

'En wat stond daar dan wel in?'

'Dat we naar Conny moesten luisteren.'

'Ik luister, Conny.'

'Salander zei dat ze ons allemaal te grazen zou nemen als we Mikael Blomkvist in de gaten blijven houden.'

'En toen zei ze nog iets,' voegde Marko eraan toe.

'En dat was?'

'Dat ze ons sowieso allemaal te grazen zou nemen en al ons werk kapot zou maken.'

'Bravo,' zei ze, terwijl ze er op de een of andere manier in slaagde haar kalmte te bewaren.

'Dus...' probeerde Marko.

'Dus wat?' vroeg ze.

'Er stond een heleboel gevoelige informatie op de mobiel die ze heeft gejat. We maken ons zorgen.'

'Dat lijkt me volkomen terecht,' zei ze. 'Maar niet over Lisbeth, nietwaar Ivan?'

Ivan knikte en ze bleef sarcastisch en dreigend kijken. Maar vanbinnen ging ze kapot en even later zei ze tegen Galinov dat hij het gesprek maar over moest nemen. Ze ging naar haar kamer en liet het verleden over zich heen komen als smerig, zwart water.

Rebecka kon er niet bij wat ze had gedaan. Maar ze had Johannes horen fluisteren: 'Hij mag me niet zien', en in een opwelling die ze nooit helemaal zou begrijpen lichtte ze Svante Lindberg beentje. Daarna renden ze door de schuifdeuren naar de taxi's die in de regen stonden te wachten.

Johannes koos een vrije taxi, zo eentje die niet bij een taxibedrijf hoort en doorgaans een taximeter heeft die met onverbiddelijke gretigheid doortikt.

'Rijden,' zei hij. De chauffeur draaide zich om – een jonge, donkere man met krullend haar en slaperige ogen.

'Waarheen?' vroeg hij.

Ze keek naar Johannes. Johannes zei niets.

'De Solnabrug over, richting stad,' mompelde ze, en ze dacht dat het dan vanzelf wel goed zou komen.

Maar er viel haar nog iets op, iets wat een onverwacht bevrijdend gevoel gaf. De chauffeur had niet van hen opgekeken. Misschien was dat ook waar Johannes op hoopte toen hij een vrije taxi koos: op iemand die zozeer buiten het gevestigde Zweden leefde dat hij niet eens wist hoe de meest gehate man van het land eruitzag. Maar als succes stelde dat natuurlijk niet veel voor, en terwijl ze langs het Solna-kerkhof reden, probeerde ze tot zich door te laten dringen wat ze hadden gedaan.

Het hoefde niet per se heel gek te zijn, hield ze zichzelf voor. Haar man bevond zich in een crisis, zij was arts en kon heel goed tot de conclusie zijn gekomen dat hij behoefte had aan rust, ver weg van de drukte van het ziekenhuis. Het was alleen zaak dat door te geven voordat er daar paniek uitbrak.

'Je moet me vertellen wat er aan de hand is. Anders kan ik zulke idioterieën niet uithalen,' fluisterde ze.

'Herinner je je die hoogleraar internationale relaties nog die we op de Franse ambassade hebben ontmoet?' vroeg hij bij wijze van antwoord.

'Janek Kowalski,' fluisterde ze.

Hij knikte. Ze keek hem niet-begrijpend aan. Janek Kowalski speelde geen rol in hun leven. Ze zou zich zijn naam zelfs niet hebben herinnerd als ze niet onlangs nog een artikel van hem had gelezen over de grenzen aan de vrijheid van meningsuiting.

'Precies,' zei hij. 'Hij woont aan de Dalagata. Bij hem kunnen we overnachten.'

'Waarom daar in vredesnaam? We kennen die man toch verder niet?'

'Ik ken hem wel,' zei hij, en dat vond ze ook maar niets.

Ze herinnerde zich hoe ze elkaar op de ambassade als vreemden hadden begroet en hoe ze beleefdheidsfrasen hadden uitgewisseld. Was dat maar spel geweest? Een stukje theater?

Ze fluisterde: 'Ik wil overal overnachten – als je maar belooft dat je me alles zult vertellen.'

Hij keek haar aan.

'Ik zal je alles vertellen. Daarna moet jij maar bepalen wat je wilt,' zei hij.

'Hoezo bepalen wat ik wil?'

'Of je me nog wilt hebben.'

Ze gaf geen antwoord, keek naar de Solnabrug en zei tegen de chauffeur: 'De Dalagata. We willen naar de Dalagata.' En ze dacht aan grenzen, misschien ook aan die van de vrijheid van meningsuiting, maar in elk geval aan die van de liefde: wat zou een reden voor haar zijn om hem te verlaten?

Wat voor daad – als het al een daad was – kon een einde maken aan haar liefde?

Catrin Lindås liet het Nytorg achter zich en toen ze de Götgata bereikte, kwam haar levenslust weer een beetje terug. Maar lieve hemel, wat regende het; het goot uit de lucht. Ze haastte zich met haar koffertje door de stad. Ze had natuurlijk te veel ingepakt, zoals gewoonlijk, alsof ze weken weg zou blijven. Aan de andere kant wist ze niet hoe lang ze in het hotel zouden blijven, ze wist alleen dat Mikael niet naar huis kon en helaas ook moest werken, maar daar stond tegenover dat zij dat ook moest.

Het was nu halftien in de avond en het drong tot haar door dat ze honger had. Ze had sinds het ontbijt nauwelijks iets gegeten. Ze liep langs de bioscoop Victoria en het theater Göta Lejon en hoewel ze zich echt beter voelde, ging het gevoel van onbehagen toch niet helemaal over. Ze keek naar de Medborgarplats.

Op het plein stond een lange rij jongeren in de regen, waarschijnlijk voor kaarten voor een concert. Zij wilde net het metrostation binnengaan toen ze schrok. Ze draaide zich om en keek om zich heen. Ze zag niets verontrustends, geen schaduwen uit het verleden, niets wat op een haatmailer leek, niets. Ze rende de trappen af, langs de sporen het perron op en probeerde zichzelf in te prenten dat alles in orde was, en ze werd ook rustiger.

Pas toen ze op het hoofdstation van de metro uitstapte en zich over de Hamngata voorbij Kungsträdgården door de regen naar Blasieholmen haastte, kwam de onrust terug. Ze ging steeds sneller lopen. Ze holde bijna, kwam hijgend de lobby binnen en ging de gebogen trap naar de receptie op. Een jong, donker meisje van amper twintig begroette haar glimlachend en ze antwoordde met 'Goedenavond', maar toen hoorde ze voetstappen op de trap achter zich en die brachten haar van haar stuk. Ze wist niet meer op welke naam Mikael de kamer had geboekt. Het was iets met een B, dat wist ze nog wel. Boman, Brodin, Brodén, Bromberg.

'We hebben een kamer gereserveerd op...' zei ze, en ze aarzelde. Ze besefte dat ze het op haar telefoon moest nakijken en dat leek haar verdacht of louche, alsof Mikael en zij samen iets smerigs deden. Toen ze keek en constateerde dat het inderdaad Boman was, noemde ze die naam zo zacht dat de receptioniste het niet verstond, dus toen moest ze hem herhalen, luider, en daarbij dacht ze aan degene die achter haar stond, dus ze draaide zich om.

Maar daar stond niemand. Er liep wel een man met lang haar in een jeansjasje naar buiten en terwijl ze zich inschreef, dacht ze daarover na. Was die man even boven geweest? Dat was toch raar? Of vond hij dat het hotel er te duur uitzag? Misschien beviel het hem niet. Ze maakte zich er niet druk om.

Ze probeerde zich er in elk geval niet druk om te maken, kreeg de sleutel, ging met de lift naar boven, zag het grote tweepersoonsbed met het hemelsblauwe dekbed en vroeg zich even af wat ze daar moest. Ze besloot in bad te gaan, haalde een flesje rode wijn uit de minibar en bestelde een hamburger met patat bij de roomservice. Maar het hielp allemaal niets, het eten niet, de drank niet en het bad niet. Haar hart bleef maar bonzen en ze begon zich steeds meer af te vragen waar Mikael toch bleef.

Janek Kowalski woonde helemaal niet aan de Dalagata, maar ze gingen daar wel ergens naar binnen. Via een binnenplaats kwamen ze uit op de Västeråsgata, slopen door een andere toegangsdeur weer ergens naar binnen en liepen vervolgens vijf trappen op naar een groot appartement – niet ongezellig, zeker niet, maar rommelig; het huis van een vrijgezel, een ouderwetse intellectueel die geen gebrek had aan geld of esthetisch inzicht, maar die het niet kon opbrengen om op te ruimen en schoon te maken.

Er was daar van alles te veel: te veel schalen en andere voorwerpen, te veel schilderijen en te veel boeken en mappen. Die lagen overal en Kowalski zelf was ongeschoren en ongekamd, een bohemien, zeker nu hij ook zijn ambassadekostuum niet aanhad. Hij was een jaar of vijfenzeventig en droeg een dunne kasjmieren trui met een paar mottengaatjes.

'Lieve vrienden. Wat was ik toch ongerust over jullie,' zei hij, en hij omarmde Johannes en kuste Rebecka op haar wangen.

De mannen kenden elkaar blijkbaar goed en nadat ze twintig minuten in de keuken hadden staan fluisteren, kwamen ze weer tevoorschijn met een dienblad met thee en Engelse sandwiches, en ook met een fles witte zijn. Ze keken haar met een ernstig gezicht aan.

'Lieve Rebecka,' zei Kowalski. 'Je man heeft me opdracht gegeven eerlijk tegen je te zijn, en daar heb ik met tegenzin in toegestemd. Dat is niets voor mij, dat moet ik toegeven. Maar ik zal proberen openhartig te zijn en ik vraag nu al excuus voor als ik nogal indirect ben.'

Zijn toon – aan de ene kant bedrukt, aan de andere kant koketterend – stond haar niet aan. Maar misschien was hij nerveus. Zijn hand trilde bij het inschenken van de thee.

'Ik moet misschien eerst vertellen wat ik werkelijk doe,' zei hij. 'Het is aan mij te danken dat jullie elkaar hebben ontmoet.'

Ze keek hem verbaasd aan.

'Hoezo?'

'Ik heb Johannes naar de Everest gestuurd. Vreselijk van mij, natuurlijk, maar Johannes wilde het. Hij stond er zelfs op. Hij is immers een man van de natuur, nietwaar?'

'Ik kan het niet volgen,' zei ze.

'Johannes en ik hebben elkaar in Rusland ontmoet voor ons werk en we zijn vrienden geworden. Ik beschouwde hem al snel als een bijzonder talent.'

'In welk opzicht?'

'In alle opzichten, Rebecka. Misschien was hij soms wat overijld en te ongedurig, maar verder was hij een uitstekende officier.'

'Dus jij was ook militair?'

'Ik was...'

Het leek wel of het hem tegenstond om het te zeggen.

'... een Pool die als kind de Britse nationaliteit kreeg. Mijn ouders waren politieke vluchtelingen die hulp kregen van *good old England*, en misschien beschouwde ik het daarom als mijn plicht om voor het Foreign Office te gaan werken.'

'Voor MI6?'

'Nou, laten we niet meer zeggen dan noodzakelijk is. In elk geval kwam ik na mijn pensionering hier terecht, niet alleen uit liefde voor dit land, maar ook als gevolg van bepaalde verwikkelingen die in zekere zin samenhangen met onze zaken daar. Je moet begrijpen, lieve Rebecka, dat Johannes en ik in die tijd een belangstelling voor riskante dingen deelden, ook zonder de Everest.'

'En waar ging dat om?'

'Om overlopers en mollen van de GROe, echte en vermeende, ingebeelde mag ik wel zeggen, en we staken de koppen bij elkaar. Mijn groep kwam erachter dat een kleine sectie van de Zweedse veiligheidspolitie een belangrijke pion van de GROe had ontmaskerd, die na zijn dood heel beroemd werd door iemand met wie jullie onlangs te maken hebben gehad.'

'Je spreekt in raadsels.'

'Dat zei ik toch? Dit valt niet mee voor mij. Maar ik bedoel Mikael Blomkvist, die de zogeheten affaire-Zalachenko onthulde, en daarover is al veel te veel gezegd, behalve misschien het allerbelangrijkste, namelijk dat wat ons in die tijd in het oor werd gefluisterd.'

'En wat werd er gefluisterd?'

'Hm, ja... hoe zal ik het zeggen? Laat het me eerst even resumeren. Een speciale afdeling van de veiligheidspolitie beschermde de overgelopen GROe-agent Alexander Zalachenko zo ongeveer ten koste van alles, omdat ze dachten dat hij hun unieke informatie over de Russische militaire inlichtingendienst gaf.'

'O ja,' riep ze uit. 'En ze hadden een dochter, nietwaar? Lisbeth Salander, die daar zwaar onder leed?'

'Inderdaad. Zalachenko kreeg in feite de vrije hand. Hij kon doen wat hij wilde – zijn gezin mishandelen, een crimineel imperium opbouwen – zolang hij maar geheimen doorgaf. Alle normen en waarden moesten wijken voor het hogere doel.'

'De veiligheid van het land.'

'Ik zou het niet zo plechtig willen formuleren. Ik zou het eerder een gevoel van exclusiviteit noemen, een informatieoverwicht dat bepaalde heren bij de Säpo zich volledig toe-eigenden. Maar misschien – en dat was wat mijn groep vermoedde – bestond dat informatieoverwicht niet eens.'

'Hoe bedoel je?'

'We kregen informatie dat Zalachenko Rusland trouw was gebleven. Dat hij tot zijn dood een dubbelagent was en dat hij de GROe meer gaf dan hij de Säpo vertelde.'

'Lieve hemel,' zei ze.

'Precies. Dat dachten wij ook. Maar voorlopig waren het alleen maar vermoedens, dus we probeerden die bevestigd te krijgen. Op een gegeven moment kregen we informatie over een man, een luitenant-kolonel, die voor de buitenwereld burger was, adviseur veiligheidszaken voor de reisbranche, maar die in feite undercover internetonderzoek deed voor de GROe en die een enorme corruptie op het spoor was gekomen.'

'Wat voor corruptie?'

'Heel wat agenten hadden connecties met het misdaadsyndicaat Zvezda Bratva. Maar hij was vooral kwaad. Woedend omdat die collaboratie maar bleef bestaan. We hadden gehoord dat hij uit protest zijn baan bij de GROe had opgezegd en zich wilde wijden aan zijn grote hobby: hoge bergen beklimmen.'

'Hebben we het nu over Grankin?' vroeg Rebecka opgewonden.

'We hebben het inderdaad over wijlen Viktor Grankin. Een zeer interessante persoonlijkheid, nietwaar?'

'Ja, jazeker, absoluut, maar...' stamelde ze.

'Jij was zijn expeditiearts. Dat verbaasde ons eigenlijk.'

'Het verbaasde mij ook,' zei ze nadenkend. 'Maar ik was in die tijd ook best een beetje avontuurlijk, en ik werd over Viktor getipt op een conferentie in Oslo.'

'Dat weten we.'

'Ga dan maar door.'

'Grankin leek heel erg down-to-earth, nietwaar? Ongekunsteld en eenvoudig. Maar in feite was hij ongelooflijk intelligent en complex, en ook heel sociaal. Hij werd heen en weer geslingerd tussen verschillende loyaliteiten: de liefde voor zijn land en zijn gevoel voor eer en fatsoen. In februari 2008 raakten wij er sterk van overtuigd dat hij niet alleen op de hoogte was van Zalachenko's dubbelspel en zijn collaboratie met de maffia, maar ook dat hij kwetsbaar was. Dat hij bang was voor de GROe en bescherming nodig had, nieuwe vrienden. Daarom kwam ik op het idee om Johannes mee te sturen met zijn expeditie naar de Everest. We dachten dat een avontuur van dat kaliber broederschap en vertrouwelijkheid zou kunnen opleveren.'

'Allemachtig,' zei ze weer, en ze keek Johannes aan. 'Dus jij was daar om hem voor het Westen te rekruteren?'

'Dat was het droomscenario natuurlijk,' zei Kowalski.

'En Svante dan?'

'Svante is het ongelukkige deel van dit verhaal,' vervolgde Kowalski. 'Maar dat wisten we toen nog niet. In die tijd was hij niet meer dan een heel redelijke eis van Johannes. We wilden natuurlijk het liefst dat hij iemand van ons meenam, maar Svante was Ruslandkenner, had bij de MUST nauw met Johannes samengewerkt en bovendien: hij was een ervaren klimmer. Hij leek de perfecte man om hem te assisteren. Mijn naam is hij nooit te weten gekomen, en ook niet dat het meer een Britse dan een Zweedse operatie was.'

'Ik kan er niet bij,' zei ze, alsof het nu pas tot haar doordrong. 'Dus het was allemaal een spionageopdracht?'

'Het werd veel meer, beste Rebecka. Johannes heeft jou ontmoet. Maar ja, het was een dienstreis, en dat hielden we goed in de gaten.'

'Het is te gek voor woorden. En ik had geen idee!'

'Het spijt me dat je het in zulke omstandigheden als nu moet horen.'

'Maar hoe ging dat dan?' vroeg ze. 'Ik bedoel... voordat het allemaal misging?'

Johannes spreidde zijn armen uit en weer deed Janek het woord.

'Johannes en ik hebben daar niet dezelfde mening over. Ik vond dat hij fantastisch werk leverde. Hij bouwde vertrouwen op en het zag er veelbelovend uit. Maar de situatie werd steeds gespannener, en wij zetten Viktor natuurlijk ook vreselijk onder druk. We profiteerden van hem in een vreselijk hachelijke situatie voorafgaand aan de beklimming. Dus ja, misschien heeft Johannes ook gelijk. We hebben te veel op het spel gezet. Maar vooral...'

'Misten we op één punt vitale kennis,' vulde Johannes aan.

'Ja, helaas,' zei Janek. 'Maar hoe hadden we dat kunnen weten? Niemand in het Westen had daar in die tijd een vermoeden van, zelfs de FBI niet.'

'Waar hebben jullie het in godsnaam over?' vroeg Rebecka.

'Over Stan Engelman.'

'Wat was er met hem?'

'Hij had al sinds hij in de jaren negentig met de bouw van zijn hotel in Moskou begon een relatie met Zvezda Bratva, en dat wist Viktor wel, maar wij niet.'

'Hoe kon hij dat dan weten?'

'Het was een van de dingen waar hij in zijn werk voor de GROe achter was gekomen, maar zoals ik al zei: dubbelspel spelen was een deel van zijn werk, en daarom deed hij alsof hij een band had met Stan. Maar heimelijk vond hij het een schoft.'

'Dus hij pakte hem zijn vrouw af.'

'Die romance was meer een bonus.'

'Of juist een katalysator,' zei Johannes.

'Zouden jullie het zo willen vertellen dat ik het snap?' vroeg Rebecka.

'Ik denk dat Johannes bedoelt dat de liefdesrelatie en dat wat Klara hem vertelde, juist maakte dat Viktor in actie wilde komen,' vervolgde Janek.

'Hoe dan?'

'Als hij zijn collega's bij de GROe dan niet kon afstraffen, dan kon hij in elk geval een door en door corrupte Amerikaan ontmaskeren.'

26
27 AUGUSTUS

Het gebeurde wel dat Galinov haar vroeg: wat betekent hij op dit moment voor je? Wat vind je van hem? Meestal ging ze daar niet op in, maar één keer zei ze: 'Ik herinner me het gevoel van uitverkorenheid,' en dat was waar.

Een tijdlang waren haar vaders leugens het beste wat haar overkwam en was ze ervan overtuigd dat de macht bij haar lag. Dat zij hém verleidde, en niet andersom. Dat was een illusie die haar natuurlijk werd ontnomen en die plaatsmaakte voor een afgrond. Maar toch... het idee van verhevenheid bleef hangen en soms vergaf ze het Zala, zoals je een roofdier vergeeft. Het enige wat nooit doofde, was haar haat tegen Lisbeth en Agneta, en nu, liggend op haar bed aan de Strandväg, putte ze daar moed uit, net als in haar tienerjaren, toen ze gedwongen was zichzelf opnieuw uit te vinden en een nieuwe Camilla te creëren, een die vrij was van alle banden.

Buiten, op de Strandväg, viel de regen. Er loeiden sirenes en er naderden stappen – ritmische, zelfverzekerde stappen. Het was Galinov weer. Ze stond op en deed de deur open. Galinov glimlachte naar haar. Ze wist dat zij tweeën de haat en het gevoel van verhevenheid deelden.

'Er is misschien toch hoopgevend nieuws,' zei hij.

Ze reageerde niet.

'Het is niet geweldig,' vervolgde hij, 'maar het kan toch een uitgangspunt zijn. De vrouw met wie Blomkvist in Sandhamn is gezien heeft zojuist haar intrek genomen in Hotel Lydmar in Stockholm.'

'Ja, en?'

'Zij woont toch hier in de stad? Dus waarom gaat ze naar een hotel? Tenzij ze iemand wil ontmoeten die niet bij haar thuis of in zijn eigen huis gezien wil worden...'

'Zoals Blomkvist?'

'Precies.'

'En wat vind je dat we moeten doen?'

Galinov ging met zijn hand door zijn haar.

'Het is geen erg geschikte plek. Er zijn daar te veel mensen, ook 's avonds. Er zijn terrassen. Maar Marko...'

'Verknoeit die het weer?'

'Nee nee, integendeel, ik heb hem weer in het gareel gekregen. Hij zegt dat hij daar vlak om de hoek een auto klaar kan hebben staan, een ambulance zelfs, die een van hun handlangers in een opwelling heeft gestolen. En ik...'

'En jij, Ivan?'

'Ik kan misschien ook een rol spelen. Als we Bogdanov mogen geloven hebben we een gezamenlijke interesse, Blomkvist en ik.'

'Hoezo?'

'We zijn allebei geïnteresseerd in de Zweedse minister van Defensie en een paar oude affaires waarbij die betrokken is geweest.'

'Goed,' zei ze, en ze voelde zich al wat beter. 'Regel het maar.'

Rebecka had de informatie nog niet verwerkt, maar ze gunde zich daar ook niet de tijd voor. Ze begreep dat het ergste nog moest komen.

'Nu begrijpen we dat Stan Engelman juist Viktor Grankins expeditie uitkoos voor zijn vrouw, omdat hij ervan overtuigd was dat Victor een van hen was,' vervolgde Janek. 'Maar in feite had Grankin het syndicaat in kaart gebracht en was hij steeds kwader geworden. En ik denk dat Johannes, met zijn talent om allianties te smeden en vertrouwen te wekken, hem bijna zover had dat hij erover wilde praten. Johannes had zogezegd het zaad in hem gezaaid. Ik denk dat Klara afmaakte waar Johannes mee was begonnen.'

'Hoe bedoel je?'

'Bij Klara luchtte Viktor zijn hart. Ik denk dat ze elkaar opstookten. Dat zij vertelde wat voor klootzak haar man thuis was en dat Viktor dat aanvulde met verhalen over Stans betrokkenheid bij Zvezda Bratva.'

'Hun liefde maakte dat ze het elkaar vertelden,' zei ze.

'Ja, misschien was dat het. Dat is in elk geval Johannes' theorie. Maar dat maakt eigenlijk niet zoveel uit. Het ergste was dat het – hoe voorzichtig ze ook waren – helemaal doorsijpelde naar Manhattan.'

'Lekte er iemand?'

'Die arme sherpa van jullie.'

'Nee toch?'

'Ja, helaas wel.'

'Nima vertelde toch zeker niets door!'

'Ik denk dat hij het niet zo opvatte,' zei Kowalski. 'Hij had extra betaald gekregen om voor Klara te zorgen en te rapporteren wat ze in het basiskamp deed. Hij beschouwde het waarschijnlijk als een deel van zijn werk.'

'Wat ontdekte hij?'

'Dat weten we niet precies, maar genoeg om hem in gevaar te brengen. Daar kom ik nog op terug. Vaststaat dat Engelman hoorde van de romance. Dat alleen al zorgde voor een hoop woede en wantrouwen, er volgde informatie van anderen en het duurde niet lang of Stan wist precies wat er op het spel stond. Dat niet alleen zijn huwelijk op instorten stond, maar ook zijn toekomst als zakenman, en dat misschien zelfs zijn dagen in vrijheid geteld waren.'

'Wie lekten er nog meer?'

'Dat kun je vast wel zelf bedenken,' zei Kowalski. 'Maar je vroeg naar Nima Rita en of hij het zou kunnen doorvertellen. Vergeet niet dat Nima ongerust en kwaad was, zoals veel sherpa's, dat jaar.'

'Doel je nu op zijn religieuze opvattingen?' vroeg Rebecka.

'Daarop en op zijn vrouw, Luna. Klara had haar heel slecht behandeld, nietwaar? Nima had zijn eigen redenen om niet loyaal aan haar te zijn.'

'Nu doe je hem onrecht, Janek,' zei Johannes. 'Nima wilde niemand kwaad doen. Hij werd net als Viktor heen en weer geslingerd tussen loyaliteiten. Mensen zeiden tegen hem: doe dit en doe dat. Hij kreeg alles op zijn schouders, kreeg orders en tegenorders, en dat werd hem op het laatst te veel. Hij kreeg een veel te zware last te dragen, en toch was hij degene die kapotging van de wroeging – en niet al die anderen.'

'Sorry, Johannes, ik was er alleen op afstand bij, als het ware. Misschien moet jij het hiervandaan maar overnemen,' ging Janek door.

'Dat weet ik niet,' zei Johannes mismoedig.

'Je hebt beloofd dat je me alles zou vertellen,' zei Rebecka.

'Ja, maar het maakt me kwaad als Nima de schuld krijgt. Hij heeft al meer dan genoeg geleden.'

'Zie je, Rebecka: Johannes is een goed mens, daar hoef je niet aan te twijfelen. Hij komt altijd op voor de zwakkeren,' zei Kowalski.

'Dus je relatie met Nima was zo goed als die eruitzag?' vroeg ze. Ze hoorde de bezorgdheid in haar eigen stem.

'Die was goed,' zei hij. 'Misschien wel iets té goed, toen het erop aankwam.'

'Hoe bedoel je?'

'Ik zal het je vertellen.'

'Doe dat.'

'Ja,' vervolgde hij. 'Het meeste weet je al. Maar misschien moet ik eerst vertellen dat de relatie tussen Viktor en mij verslechterde toen we naar de top gingen, en ik weet heel zeker dat dat met Stan Engelman te maken had. Ik geloof dat Viktor bang werd dat ook onze relatie via omwegen naar de GROe en naar Zvezda Bratva zou uitlekken. Dan zouden zijn dagen definitief geteld zijn, dus ik hield me gedeisd. Onrust zaaien was wel het laatste wat ik wilde.

Wij moesten juist een veilige haven zijn en zoals je weet, Becka, verlieten we kamp 4 allemaal op 13 mei, meteen na middernacht. De omstandigheden leken perfect.'

'Maar het tempo ging omlaag.'

'Ja. Klara kreeg problemen en Mads Larsen ook, en misschien was Viktor ook niet helemaal zichzelf. Maar daar dacht ik op dat moment eigenlijk niet over na. Ik merkte wel dat Svante geïrriteerd raakte en me opjoeg. Hij wilde dat wij met z'n tweeën naar de top gingen. Anders was onze kans verkeken, zei hij, en na een tijdje liet Viktor ons gaan. Misschien was hij blij dat hij me kwijt was. Wij gingen weg.'

'Dat weet ik,' zei ze ongeduldig.

'Ja, sorry, ik zal het kort proberen te houden. Wij gingen weg en hadden geen idee van de ramp die onze expeditie te wachten stond. We ploeterden door en bereikten de top ruim op tijd. Maar op de weg terug van Hillary Step kwam ik in de problemen. De lucht was toen nog helder, het waaide niet overdreven hard en we hadden genoeg zuurstof en drinken. Maar de tijd verstreek, en...'

'En toen hoorden jullie lawaai, een klap.'

'Het was een donderslag bij heldere hemel. Er kwam onweer, uit het noorden, als een geweerschot. In een mum van tijd zagen we niets meer. De sneeuwstorm sloeg ons in het gezicht en de temperatuur daalde drastisch. Het werd ondraaglijk koud en we strompelden voort. Wij konden onze eigen voeten nauwelijks zien. Een paar keer zakte ik door mijn knieën, en dan kwam Svante, stak zijn hand uit en hielp me overeind. Maar we gingen steeds langzamer en de uren vlogen voorbij. Het werd namiddag en avond, en we waren bang dat het donker zou worden. Ik herinner me dat ik weer viel, en dat ik dacht dat het nu gebeurd was. Maar precies op dat moment zag ik...'

'Ja?'

'Blauw-rode contouren vóór me, als in een waas, en ik bad dat het eindelijk de tenten van kamp 4 waren of in elk geval andere klimmers, die ons konden helpen. Dat gaf me hoop, ik kwam weer overeind en toen zag ik dat het niets goeds was, integendeel.

Er lagen twee lichamen dicht bij elkaar in de sneeuw, het ene iets kleiner dan het andere.'

'Dat heb je niet verteld.'

'Nee, Becka, dat heb ik niet verteld, maar daar begon de hel.'

'Vertel!'

'Dat wil ik, maar ik kan het nog altijd niet goed beschrijven. Ik was zo kapot. Ik kon niet meer. Ik wilde alleen maar gaan liggen en sterven, en daardoor was het alsof ik mijn eigen lot in de ogen keek. Mijn eigen angst was tastbaarder dan wat er voor me lag. Het kwam niet eens in me op dat het mensen waren die ik kende. Ik dacht dat het enkele van die honderden doden waren die daar liggen. Ik rechtte mijn rug, trok mijn zuurstofmasker af en zei dat we snel naar beneden moesten, daar weg, en ik begon te lopen – ik deed een paar stappen, in elk geval. Maar toen kreeg ik een raar gevoel.'

'Hoezo?'

'Er ging van alles door me heen. Op onze communicatieradio hadden we gehoord dat er bij onze expeditie een noodsituatie was, misschien dacht ik daaraan. Waarschijnlijk had ik toch ook de kleding herkend, en nog meer. Maar het kwam vooral doordat er iets griezeligs was met het kleinere lichaam. Ik boog me er weer overheen en keek naar het gezicht. Daar was niet veel van te zien. De capuchon zat over de muts en het voorhoofd. De zonnebril zat nog op zijn plaats. Er lag een laagje ijs op de wangen, de neus en de mond. Het hele gezicht was begraven onder een laag sneeuw. En toch wist ik het.'

'Dat het Klara was?'

'Dat het Klara en Viktor Grankin waren. Ze lag half op haar zij en had haar arm om zijn middel geslagen, en ik wist zeker dat ik hen zo zou laten liggen. Maar dat gekke gevoel ging niet weg. Ze zag er volkomen bevroren uit, maar toch had ik het gevoel dat ze niet helemaal levenloos was, dus ik trok haar weg van Viktor en probeerde de sneeuw van haar gezicht te halen. Dat ging niet, hij was te hard, te bevroren, en ik had geen kracht in mijn handen. Toen pakte ik mijn ijshamer. Dat zag er ongetwijfeld absurd uit.

Ik zette haar zonnebril af en hakte in haar gezicht. De ijsplakken vlogen eraf. Svante riep dat ik moest ophouden en dat we naar beneden moesten, maar ik ging als een bezetene door. Ik probeerde wel voorzichtig te zijn, maar mijn vingers waren bevroren en ik had geen controle over mijn bewegingen. Ik verwondde haar. Ik hakte een diepe snee in haar lip en haar kin, en toen schrok haar gezicht op. Ik dacht dat het de terugslag van mijn klap was en beschouwde het niet als een teken van leven. Toch deed ik mijn zuurstofmasker weer af en zette het haar op. Ik hield het daar lang, hoewel ik zelf naar adem hapte en er geen moment in geloofde. Maar opeens werd er lucht opgezogen. Ik zag het aan het slangetje en het masker. Ik kwam overeind en schreeuwde naar Svante. Maar die schudde alleen maar zijn hoofd – en hij had natuurlijk gelijk. Het maakte niet uit dat ze ademde. Ze was zo goed als dood en ze lag op achtduizend meter hoogte. Er was geen hoop. Ze was niet te redden. We zouden haar nooit beneden krijgen, en bovendien waren we zelf in levensgevaar.'

'Maar jullie riepen om hulp.'

'We hadden al zo vaak om hulp geroepen dat we de hoop verloren hadden. Ik herinner me dat ik het zuurstofmasker weer opzette en dat we naar beneden gingen. We struikelden maar wat en langzaam maar zeker verloor ik mijn greep op de werkelijkheid. Ik kreeg hallucinaties. Ik zag mijn vader in een badkuip en mijn moeder in de sauna in Åre. Ik zag van alles – dat heb ik wel verteld.'

'Ja, dat heb je verteld,' zei ze.

'Maar ik heb je nooit verteld dat ik ook monniken zag, hè? Die boeddhistische, die we in Tengboche hadden gezien, en toen een andere gestalte, die op die monniken leek, maar toch heel anders was. Hij liep naar boven in plaats van naar beneden, en in tegenstelling tot die monniken was hij echt. Het was Nima Rita, en hij kwam naar ons toe.'

Mikael was laat en had er spijt van dat hij Catrin had overgehaald om naar het Lydmar te gaan. Daar had hij een andere dag voor moeten uitkiezen. Maar het viel niet mee om rationeel te blijven, zeker niet met vrouwen zoals zij, dus nu liep hij door de regen over de Dronninggata naar het hotel op Blasieholmen. Hij wilde net een sms'je met de tekst 'Ben er om 22 uur' wegsturen toen er twee dingen gebeurden.

Hij kreeg een berichtje – maar hij kreeg niet de tijd om het te lezen, want de telefoon ging en hij nam meteen op. Hij had het de hele dag zo vaak geprobeerd – op het laatst ook Svante Lindberg – dat hij dacht dat een van hen elk moment kon terugbellen. Maar aan de andere kant van de lijn hoorde hij geen van de mensen die hij had gebeld, maar een oudere man die zich niet eens voorstelde. Toch hing hij niet op. Het was een vriendelijke, oudere stem, die Zweeds sprak met een Brits accent.

'Zeg dat nog eens,' zei hij.

'Ik zit hier in mijn appartement thee te drinken met een echtpaar dat midden in een schokkend verhaal zit. Ze willen dat graag met u delen. Liefst morgenvroeg al.'

'Ken ik dat echtpaar?' vroeg hij.

'U hebt ze pas nog een grote dienst bewezen.'

'Pas nog?'

'Heel kortgeleden, op zee.'

Hij keek naar de lucht en naar de regen die maar bleef vallen.

'Die wil ik graag ontmoeten,' zei hij. 'Waar?'

'De details vertel ik graag via een andere telefoon, als u dat goedvindt, een mobiele telefoon die niet met u in verband kan worden gebracht en beschikt over de benodigde instellingen.'

Mikael dacht na. Het kon met Catrins mobiel en haar Signal-app.

'Ik kan u via een ander nummer een versleutelde link sturen,' zei hij. 'Maar eerst wil ik de bevestiging dat ze inderdaad bij u zijn en dat het goed met hen gaat.'

'Goed zou ik niet willen zeggen,' zei de man, 'maar ze zijn hier, en uit vrije wil. Ik geef u even de echtgenoot.'

Mikael deed zijn ogen dicht en bleef staan. Hij bevond zich op de Lejonbacke, vlak bij het Koninklijk Paleis, en keek over het water naar het Grand Hôtel en het Nationaal Museum. Later kon hij zich niet herinneren hoe lang het duurde, misschien maar twintig, dertig seconden, maar het leek een eeuwigheid.

'Mikael Blomkvist,' zei een stem ten slotte. 'Ik ben u veel dank verschuldigd.'

'Hoe gaat het met u?' vroeg hij.

'Beter dan toen.'

'Dan wanneer?'

'Dan toen ik op het punt stond te verdrinken.'

Er was geen twijfel mogelijk: het was Johannes Forsell.

'U wilt praten,' zei hij.

'Liever niet.'

'Niet?'

'Maar mijn vrouw, Rebecka, die nu bijna alles heeft gehoord, staat erop en ik zie geen andere uitweg.'

'Ik begrijp het,' zei Mikael.

'Dat denk ik niet. Maar mag ik het stuk lezen voordat het wordt gepubliceerd?'

Mikael begon weer naar de brug naar de Kungsträdgård te lopen en dacht even na.

'U mag de tekst veranderen waar ik u citeer en u mag mijn feiten controleren. U mag me er zelfs van proberen te overtuigen dat ik het artikel anders moet schrijven. Maar ik kan niet beloven dat ik dat ook doe.'

'Dat klinkt redelijk.'

'Goed.'

'Dan zitten we klaar.'

'Komt voor elkaar.'

Johannes Forsell bedankte hem opnieuw en de andere man nam de telefoon weer over. Mikael en hij spraken af hoe ze het zouden aanpakken. Daarna stuurde Mikael hem Catrins nummer. Hij ging sneller lopen. Zijn hart bonsde. De gedachten tolden door zijn hoofd. Wat gebeurde er toch allemaal? Hij had meer vragen moeten stellen. Waarom was Johannes niet meer in het Karolinska, bijvoorbeeld? Was het eigenlijk niet raar dat hij al zo snel uit het ziekenhuis was, terwijl hij er toch zo slecht aan toe was? En wie was die Britse man die had gebeld?

Mikael had geen antwoorden, behalve dat het waarschijnlijk met Nima Rita en de Mount Everest te maken had en dat er waarschijnlijk meer aan de hand was dan hij wist – een Russische connectie, misschien, want Forsells hele leven wees in de richting van Rusland – of met Engelman in Manhattan?

Het zou wel blijken. Hij zou het gauw weten, nam hij aan, en hij voelde zich behoorlijk opgewonden. Dit is groot, dacht hij, groot. Maar eigenlijk wist hij zelfs dat niet. Hij moest het hoofd koel houden.

Hij pakte zijn mobiel weer en schreef Catrin via Signal: **Sorry, had een vreselijke dag, maar ben er zo. En nogmaals sorry, je moet me ook met iets anders helpen. Krijg je straks info over. Leg ik uit. Verlang naar je.**

Kus

M

Toen schoot hem het sms'je te binnen dat hij vlak voor het telefoontje had ontvangen. Hij drukte het tevoorschijn en las het. Vreemd, vond hij. Het was bijna een antwoord op zijn vragen en hij vroeg zich af of het met het telefoontje van daarnet te maken had, of juist andersom: of het van de andere kant kwam – al wist hij niet welke kanten er nu precies waren in deze geschiedenis.

Er stond: **Men heeft mij in het oor gefluisterd dat u geïnteresseerd bent in wat er in mei 2008 op de Everest is gebeurd. Ik zou u aanbevelen te kijken naar Viktor Grankin, de gids van de expeditie, die op de berg omkwam. Zijn achtergrond is veel interessanter dan men weet. Daar ligt de sleutel van deze geschiedenis. Grankin was er de oorzaak van dat Johannes Forsell in het najaar van 2008 werd uitgewezen uit Rusland.**

Er zijn geen openbare bronnen, maar met uw ervaring kunt u beslist achterhalen dat zijn cv fictief is, een façade. Ik bevind me toevallig in Stockholm. Ik verblijf in het Grand Hôtel. Daar zou ik u graag ontmoeten om te vertellen wat ik weet. Ik heb ook schriftelijke documentatie.

Ik blijf tot laat op – een domme oude gewoonte. Bovendien last van een jetlag.

Charles

Charles? Wie was Charles in vredesnaam? Het klonk naar de Amerikaanse inlichtingendienst. Maar het kon evengoed iets anders zijn, zelfs een valstrik. Het was wel een beetje griezelig dat de man in het Grand Hôtel logeerde, recht tegenover hem, aan de andere kant van het water, naast het Lydmar. Aan de andere kant verbleven bijna alle vermogende of belangrijke buitenlanders in het Grand – zoals Ed the Ned van de NSA, herinnerde hij zich – dus zo vreemd was dat nu ook weer niet.

Maar het beviel hem niets. Nee, meneer Charles moest maar even wachten. Wat er tot nu toe was gebeurd was meer dan genoeg, en hij had al een slecht geweten tegenover Catrin, dus hij haastte zich langs het Grand naar het Lydmar en rende de trappen op.

27
DE NACHT VAN 27 OP 28 AUGUSTUS

Rebecka wist niet wat ze had opgeroepen en wat de gevolgen ervan zouden zijn voor haar en de jongens, maar ze zag geen andere mogelijkheid. Zwijgen kon niet, niet hierover. Ze zat met haar glas wijn in gedachten verzonken in de bruine fauteuil en ze hoorde Johannes en Janek in de keuken fluisteren. Hadden ze nog meer voor haar verborgen gehouden? Ze was ervan overtuigd, en ze was er zelfs niet zeker van dat het waar was wat ze had gehoord.

Er zaten gaten in het verhaal, maar ze dacht wel dat ze nu begreep wat er op de Everest was gebeurd. Er zat een onverbiddelijke logica in deze geschiedenis, en ze realiseerde zich hoe weinig zij, de andere deelnemers aan de expeditie, wisten, niet alleen toen in het basiskamp, maar ook later, toen de getuigenverklaringen werden opgenomen en tot een eenheid samengevoegd.

Ze wisten dat Nima Rita twee keer omhoog was gegaan en dat hij Mads Larsen en Charlotte Richter naar beneden had gehaald, maar niet dat hij nog een derde keer was teruggegaan; daar had hij in de interviews en in het onderzoek achteraf ook geen woord over gezegd. Het verklaarde wel waarom Susan Wedlock, de baas van het kamp, hem die avond niet te pakken kon krijgen. Hij was weer op weg naar boven.

Als ze Johannes' verhaal goed had begrepen, moest het toen al na acht uur in de avond zijn geweest. Het was al bijna donker en als het nu al koud en ondraaglijk was, dan zou dat straks nog veel erger worden. Maar Nima stortte zich er toch in, in een wanhopige poging om Klara Engelman naar beneden te halen, en hij was er al zo slecht aan toe. De gestalte die Johannes uit de sneeuwmist op zag doemen, wankelde met gebogen hoofd door de storm, natuurlijk zonder zuurstofmasker, alleen maar met een hoofdlamp die flakkerde in de sneeuwjacht.

Zijn wangen waren zwaar bevroren en het duurde een hele tijd voordat hij Johannes en Svante zag, terwijl zij, toen ze eenmaal begrepen dat hij echt was, hem beschouwden als door God gezonden. Johannes kon nauwelijks meer op zijn benen staan. Hij was op weg om het derde slachtoffer van die avond te worden. Maar daar had Nima Rita geen oog voor. *'Must get mamsahib,'* zei hij slechts. 'Must get mamsahib.' Svante schreeuwde dat dat zinloos was. Dat ze dood was.

Maar Nima luisterde niet, zelfs niet toen Svante brulde: 'Je vermoordt ons. Je redt een dode in plaats van ons, twee levende mensen.'

Nima Rita liep door, verder de berg op. Hij verdween in zijn fladderende donzen jack in de storm, en toen was het gebeurd. Johannes zakte weer in elkaar en kon niet meer overeind komen, niet op eigen kracht en niet met hulp. Later wist hij niet meer wat er was gebeurd en hoe lang hij daar lag, alleen dat het donker werd, dat hij bevroor en dat Svante nog harder schreeuwde: 'Godverdomme, ik wil je niet achterlaten, Johannes. Maar het moet. Het spijt me, maar anders sterven we allebei.'

Svante legde een hand op zijn hoofd en ging rechtop staan. Johannes besefte dat hij alleen zou blijven. Hij zou doodvriezen. Maar toen hoorde hij kreten, een onmenselijk gejammer. Tot op dit punt vond Rebecka het allemaal niet zo erg. Het was niet fraai, maar het was menselijk, en daar in de bergen kon je geen gewone maatstaven aanleggen. Daar heerste een andere moraal, en Johannes had niets verkeerd gedaan.

Hij was te uitgeput om zelfs maar te begrijpen wat er gebeurde, en daarom wilde ze, ongeacht wat er later gebeurde, dat Johannes het zou vertellen aan een journalist als Blomkvist, die zich in het verhaal zou kunnen verplaatsen en alle dwaalwegen en psychologische afgronden zou doorgronden. Maar misschien vergiste ze zich. Misschien was er iets nog ergers gebeurd, iets wat ze nog niet wist.

Dat was niet onmogelijk, zeker niet omdat Johannes opgewonden in de keuken stond te fluisteren en Janek hoofdschuddend zijn armen spreidde. God, wat was ze een idioot geweest. Misschien moesten ze toch proberen alles dood te zwijgen – omwille van de jongens. Omwille van haarzelf. O, God sta hen bij. Ze vervloekte Johannes.

Hoe kon hij hen in deze situatie brengen?

Hoe kon hij?

Mikael hoorde Catrin praten in haar slaap. Het was laat en hij was doodmoe, maar hij kon niet slapen. De gedachten tuimelden door zijn hoofd en zijn hart bonsde. Verdomme, dacht hij, hij liep toch al een tijdje mee, maar toch was hij zo opgewonden als een stagiair voor zijn eerste primeur.

Hij lag te woelen en dacht terug aan wat Catrin tegen hem had gezegd: 'Was die Grankin soms ook militair?'

'Waarom vraag je dat?' had hij gevraagd.

'Hij zag er zo uit,' antwoordde ze, en achteraf was hij het daar helemaal mee eens. Het was iets in zijn uitstraling, in de rechtheid van zijn houding, dat deed denken aan een hoge officier. Normaal gesproken trok Mikael zich daar niets van aan. Mensen konden het ene lijken en iets totaal anders zijn. Maar nu had hij ook een berichtje van die mysterieuze Charles gekregen, en dat wees ook in die richting. Grankin zou zelfs een van de redenen zijn waarom Forsell was uitgewezen uit Rusland. Dat klonk natuurlijk interessant.

Dat had Mikael meteen al gevonden. Hij had het de volgende ochtend vroeg willen uitzoeken, vóór het gesprek met het echtpaar Forsell. Maar nu kon hij toch niet slapen, dus dan kon hij net zo goed opstaan. Als hij Catrin maar niet wakker maakte. Hij had al een slecht geweten tegenover haar. Hij stond langzaam en voorzichtig op, sloop op zijn tenen weg en ging met zijn mobieltje in de badkamer zitten. Viktor Grankin, mompelde hij. Viktor Grankin?

Het was natuurlijk stom dat hij hem niet beter had onderzocht. Aan de andere kant, hij had Grankin alleen maar beschouwd als een gids op de Mount Everest, die niets met het gebeurde te maken had, behalve dat hij de pech had gehad verliefd te worden op een getrouwde vrouw en verkeerde besluiten te nemen op de berg, en dat hij daarbij nog omgekomen was ook. Maar inderdaad, de informatie over zijn achtergrond was te verbrokkeld en te onduidelijk.

Hij was in elk geval wel een eersterangsklimmer geweest en had veel van de moeilijkste toppen ter wereld beklommen: de K2, de Eiger, de Annapurna, de Denali, de Cerro Torre en natuurlijk de Everest. Maar verder was er niet veel concreets te vinden, alleen steeds maar weer dat hij adviseur voor avontuurlijke reizen was geweest. Wat hield dat eigenlijk in? Mikael vond er niet veel over, maar bleef uiteindelijk hangen bij een oude foto van Grankin en de Russische zakenman Andrej Koskov. Koskov, dacht hij. Kende hij die naam niet ergens van?

O god, ja, natuurlijk. Koskov was een zakenman en klokkenluider die in november 2011 in ballingschap connecties aan het licht had gebracht tussen de Russische inlichtingendienst en de georganiseerde criminaliteit. Niet veel later, in maart 2012, was hij tijdens een wandeling in Camden in Londen dood neergevallen. Aanvankelijk vond de politie niets verdachts, maar na een paar maanden werden er sporen van de *Gelsemiun elegans* in zijn bloed aangetroffen, een Aziatische tweezaadlobbige plant die soms ook *heartbreak grass* wordt genoemd omdat het in geconcentreerde vorm tot hartstilstand kan leiden.

Het was geen onbekend gif, las Mikael. Al in 1879 had niemand minder dan Conan Doyle er in het *British Medical Journal* over geschreven. Maar de plant was lange tijd uit de geschiedenis en het nieuws verdwenen en pas toen, in 2012, was hij weer actueel geworden, ook al doordat hij eveneens werd aangetroffen in het lichaam van een overgelopen GROe-agent, Igor Popov, in Baltimore in de Verenigde Staten. Mikael kwam opeens op een idee. Militaire inlichtingendienst, mogelijke gifmoord, Forsell van wie men zei dat hij de activiteiten van de GROe in kaart had gebracht en Rusland uitgezet was.

Bestond hier ook alleen maar een denkbeeldig verband tussen, net als bij de militair-historicus Mats Sabin? Dat kon natuurlijk. Per slot van rekening was het alleen maar een foto van Grankin met iemand die onder mysterieuze omstandigheden was gestorven. Maar toch... hij kon op zijn minst even aan die verdomde Charles vragen of hij iets wist.

Hij stuurde een sms'je met de vraag: **Wie was die Grankin in feite?**

Het duurde tien minuten voordat hij antwoord kreeg. Het luidde: **Militaire politie van de GROe. Luitenant-kolonel. Deed intern onderzoek naar collega's.**

Allemachtig, dacht hij. Allemachtig. Niet dat hij ook maar één moment geloofde dat het waar was – tenminste niet zolang hij niet wist met wie hij communiceerde.

Hij schreef: **Wie bent u?**

Het antwoord kwam meteen: **Ik ben een oude ambtenaar.**

MI6, CIA?

Geen commentaar, zoals het zo mooi heet.

Nationaliteit dan?

Amerikaans, helaas.

Hoe weet u dat ik met dit verhaal bezig ben?

Zulke dingen ben ik genoodzaakt te weten.

Waarom zou u naar de pers willen lekken?

Ik ben waarschijnlijk ouderwets.

Hoezo?

Vind dat misdaad aan de kaak moet worden gesteld en bestraft.

Is het zo simpel?

Misschien heb ik ook mijn eigen redenen, maar maakt dat uit? We hebben een gezamenlijk belang, Blomkvist, u en ik.

Dan moet u me iets geven. Zodat ik weet dat ik mijn tijd niet verdoe.

Het duurde vijf minuten. Toen kwam er een foto van een legitimatiebewijs van niemand minder dan luitenant-kolonel Viktor Aleksijevitsj Grankin met naast zijn foto het GROe-logo van die tijd: een rood klavertje vijf op een zwarte achtergrond. Voor zover Mikael kon zien, zag het eruit als degelijke informatie.

Hij schreef: **Hadden Grankin en Forsell nog meer gemeen dan belangstelling voor de Everest?**

Forsell was er om Grankin te rekruteren, maar het liep uit de hand.

Het liep totaal uit de hand, mompelde Mikael.

Hij antwoordde: **En u wilt mij dat vertellen?**

Discreet en met bronbescherming, ja.

Afgesproken.

Neem nu meteen een taxi. Ik wacht op u in de lobby. Daarna moet zelfs een nachtbraker als ik slapen.

Mikael antwoordde: **Oké.**

Was het onvoorzichtig? Hij wist niets van die man. Maar hij was blijkbaar goed geïnformeerd, en Mikael had zo veel mogelijk feiten nodig vóór het gesprek van morgenochtend, en een wandelingetje van een minuut naar het Grand Hôtel was toch nauwelijks een risico? De stad was wakker. Er stonden ook 's nachts altijd taxi's voor het Grand, wist hij, en vast ook bewakers bij de deur. Nee, het kon geen kwaad. Stil en voorzichtig kleedde hij zich aan, ging de kamer uit en nam de lift naar beneden en de trap naar buiten. Daar was het nat van de regen. Het was nog donker, maar de lucht klaarde op.

Het was fijn om buiten te zijn. Aan de overkant van het water lichtte het Koninklijk Paleis op en op de Kungsträdgård was nog een hoop te doen. Hij zag mensen, ook hier op de kade, en daar was hij blij om. Er liep een jong stelletje voorbij. Een serveerster met zwart, kort haar haalde glazen van het terras en aan de andere kant van de bar zat een man in een wit linnen pak over het water uit te kijken. Het was veilig, dacht hij, en hij ging op weg.

Hij was nog niet ver gekomen toen hij een stem achter zich hoorde: 'Blomkvist.'

Hij draaide zich om en begreep dat de man in het witte pak iets tegen hem zei: een lange heer van een jaar of zestig, met grijswit haar, regelmatige gelaatstrekken en een voorzichtig glimlachje, alsof hij zat te broeden op een nachtelijk grapje, misschien een opmerking over Mikaels journalistieke werk of over hemzelf. Maar er kwam geen grap.

Hij hoorde stappen achter zich, schrok en voelde dat zijn lichaam werd doordrenkt met elektriciteit. Hij zakte in elkaar, met zijn hoofd op straat, en het gekke was: zijn eerste reactie was geen angst of pijn, maar woede, en dan niet eens op degene die hem aanviel, maar op zichzelf: hoe kon hij toch in godsnaam zo stom zijn geweest? Hoe was het mogelijk? Hij probeerde te bewegen, maar hij kreeg nog een stoot en begon krampachtig te schokken.

'O god, wat is er met hem?'

Dat was de serveerster, dacht hij.

'Looks like an epileptic fit. I think we need to call an ambulance.'

Dat moest de man in het witte pak zijn. Zijn stem was ook nu kalm. De voetstappen verdwenen, er kwamen andere aan en Mikael hoorde het geluid van een auto. Toen ging het snel. Hij werd op een brancard gelegd en in een auto getild. Er ging een portier dicht, de auto startte, hij viel op de grond en probeerde te schreeuwen. Maar hij was zo verlamd dat hij alleen maar kon kreunen, en pas toen het voertuig de Hamngata kruiste, kon hij de woorden uitspreken die hij zich opeens herinnerde: 'Waar zijn jullie mee bezig? Waar zijn jullie mee bezig?'

Lisbeth werd wakker van een geluid dat ze niet thuis kon brengen. Ze was bang dat er iemand was binnengekomen en tastte slaapdronken naar haar pistool op het nachtkastje. Maar net toen ze dat te pakken had en de loop door de hotelkamer liet gaan, drong het tot haar door dat haar mobiel lawaai had gemaakt. Had iemand er iets in geroepen?

Ze wist het niet zeker en pas met een eigenaardige vertraging begreep ze dat dat alleen Blomkvist kon zijn. Ze deed haar ogen dicht, haalde diep adem en probeerde haar gedachten op een rijtje te krijgen. Kom op, dacht ze. Zeg dat je die woorden per ongeluk zei. Zeg dat!

Ze zette het volume harder en hoorde gerommel en geknetter in de telefoon. Het was nog steeds mogelijk dat het niets was, alleen maar het geluid van een auto of een trein waar hij in zat. Maar toen hoorde ze hem kreunen en zwaar, moeizaam ademen. Het klonk alsof hij het bewustzijn verloor. Ze vloekte, stond op en ging aan het bureau zitten. Lisbeth logeerde nog in Hotel Nobis aan het Norrmalmstorg. Nadat ze Conny Andersson had aangevallen, had ze het adres aan de Strandväg de hele avond in de gaten gehouden. Ze had een zekere activiteit waargenomen en gezien dat Galinov het appartement verliet. Ze had er echter niets opmerkelijks achter gezocht en was rond één uur – nog maar kortgeleden – in slaap gevallen. Ze had gedacht dat ze nog een dag respijt zou krijgen, maar ze had zich vergist.

Op de computer zag ze nu dat Mikael naar het noorden werd gebracht, Stockholm uit, en ongetwijfeld zouden ze heel snel zijn zakken doorzoeken en zich ontdoen van zijn mobiel. Als Galinov en Bogdanov erbij betrokken waren, wisten ze natuurlijk precies hoe ze hun sporen moesten uitwissen, dus ze kon hier niet maar een beetje dom blijven zitten en de rit op de kaart volgen. Ze moest iets doen. Daarom spoelde ze de band terug en luisterde ze naar Mikael, die riep: 'Waar zijn jullie mee bezig?'

Hij herhaalde die woorden nog een keer; hij was ongetwijfeld onthutst en geschokt, en even later hoorde ze hem niet meer, hoewel hij nog wel ademde. Hadden ze hem gedrogeerd? Ze sloeg met haar vuist op het bureau en stelde vast dat het voertuig zich op dat moment in de Norrlandsgata bevond, niet ver van haar hotel. Maar daar brachten ze hem vast niet heen, dus ze spoelde het bandje nog verder terug. Ze hoorde zijn voetstappen, zijn ademhaling en een stem die 'Blomkvist' zei, de stem van een oudere man, dacht ze, en toen een ai, een diepe zucht en een vrouw die riep: 'O god, wat is er met hem?'

Wat was er gebeurd?

Het was duidelijk op Blasieholmen. Ze zag niet exact waar, maar het moest in de buurt van het Grand Hôtel of het Nationaal Museum zijn geweest, daar ergens, dus ze belde de alarmcentrale en zei dat er in die buurt een overval had plaatsgevonden op de journalist Mikael Blomkvist. De jongeman die ze aan de lijn had, herkende de naam en vroeg opgewonden om meer details. Maar voordat Lisbeth meer kon zeggen, hoorde ze een andere stem op de achtergrond, die zei dat ze daarvandaan al een noodoproep hadden gekregen: een man had voor Hotel Lydmar een epileptische aanval gekregen en was weggebracht.

'Hoe?' vroeg ze.

Ze hoorde verwarring aan de andere kant van de lijn, er werd gepraat.

'Een ambulance heeft hem opgehaald.'

'Een ambulance?'

Even voelde ze opluchting, maar toen kreeg ze argwaan.

'Hebben jullie die ambulance gestuurd?'

'Dat neem ik aan.'

'Je neemt het aan.'

'Ik zal het even checken.'

Weer hoorde ze stemmen aan de andere kant van de lijn, maar ze kon niet verstaan wat er werd gezegd. De man kwam terug, duidelijk nerveus nu.

'Wie vraagt dat?'

'Salander,' zei ze. 'Lisbeth Salander.'

'Nee, wij schijnen hem niet te hebben gestuurd.'

'Hou hem dan tegen. Onmiddellijk!' beet ze de man toe.

Ze vloekte, hing op en luisterde realtime. Het was veel te stil, vond ze. Alleen het gedruis van het voertuig. Mikael ademde zwaar en gekweld. Verder was er niets te horen, geen kik van iemand anders. Maar toch... als het echt een ambulance was, had ze wel iets om mee te werken. Ze dacht er even over om de politie te bellen en een heleboel heibel te veroorzaken. Maar nee, als er geen idioten in die alarmcentrale zaten, waren ze er waarschijnlijk al naar op jacht.

Voor haar was het zaak om in actie te komen voordat de trackingsignalen ophielden, en net op dat moment – alsof ze bij wijze van uitzondering had getwijfeld wat ze moest doen – hoorde ze de sirene van de ambulance aangaan, en nog meer: een ritselend geluid, handen die Mikaels zakken doorzochten, dacht ze, en daarna stemmen en zwaar ademen. Toen een hard geluid, een klap, een krak, niet alsof de mobiel werd weggegooid, maar alsof hij met een hamer kapot werd geslagen. Daarna verdween alle informatie. De lijn was zo dood als een pier, de stroom was afgesloten. Ze schopte tegen haar stoel, greep een oud whiskyglas van de tafel, smeet dat in duizend stukken tegen de muur en schreeuwde: 'Godverdegodverdegodver!'

Toen schudde ze alle twijfel van zich af, vermande zich en keek waar Camilla zich bevond. Die zou vast nog wel op de Strandväg zijn. Misschien moest ze haar energie daar niet eens aan verspillen. Haar in haar sop laten gaarkoken.

Ze belde Plague en schreeuwde hem toe terwijl ze zich aankleedde en haar laptop, haar pistool en haar IMSI-catcher in een rugzak stopte. Toen vloekte ze nog een keer, trapte een lamp van de muur, zette haar helm en haar Google Glass op, liep het plein op naar haar motor, en reed weg.

Rebecka Forsell had gevraagd of ze de slaapkamer voor zichzelf mocht hebben. Ze vond dat Janek en Johannes wel samen konden kamperen. Maar dat betekende natuurlijk niet dat ze sliep. Ze lag wakker in een smal bed in een klein werkkamertje vol boeken en las het nieuws op haar mobiel. Geen woord dat Johannes uit het ziekenhuis was verdwenen. Aan de andere kant had het vast wel geholpen dat ze Klas Berg via een beschermde lijn had gebeld en had gezegd dat ze zelf voor Johannes wilde zorgen, waarbij ze zich niets had aangetrokken van vermaningen of dreigementen. Maar Klas Berg had dan ook geen idee hoe onbelangrijk hij in dit verband was.

Hij kon haar niets schelen, en de anderen van Defensie evenmin. Ze wilde alleen maar proberen te bevatten wat ze te horen had gekregen en misschien ook wel waarom ze daar nooit een vermoeden van had gehad. De signalen waren er wel geweest, besefte ze nu. Eerst Johannes' crisis natuurlijk in het basiskamp en zijn onwil toen om iets te vertellen. Er waren allerlei kleine dingetjes geweest die ze niet had begrepen, maar die ze nu in hun onderlinge verband kon zien. Op een avond in oktober bijna drie jaar geleden, bijvoorbeeld, toen de jongens al sliepen en Johannes net minister van Defensie was geworden; ze zaten thuis in Stocksund op de bank en Johannes had het, op ongewoon verontrustende toon, over Klara Engelman.

'Ik vraag me af wat ze dacht,' zei hij.

'Wanneer?' vroeg zij.

'Toen ze werd achtergelaten.'

Ze had geantwoord dat Klara waarschijnlijk helemaal niets meer dacht, dat ze waarschijnlijk al dood was. Maar nu, vannacht, begreep Rebecka wat Johannes toen bedoelde, en dat werd haar te veel.

28
13 MEI 2008

Klara Engelman dacht nergens aan toen ze de eerste keer werd achtergelaten. Haar lichaamstemperatuur was gedaald tot 28 graden en haar hart sloeg nog maar zacht en onregelmatig. De voetstappen die zich verwijderden en de huilende storm hoorde ze niet.

Ze was diep weggezakt in bewusteloosheid en wist niet dat ze een arm om Viktor heen had gelegd of zelfs maar dat het lichaam dat ze vasthield dat van Viktor was. Haar lichaamsfuncties werkten op de spaarstand, als laatste verdedigingsmechanisme, en het zou niet lang meer duren of ze zou sterven. Dat stond vast, en misschien was dat in zekere zin ook wel wat ze wilde.

Haar man, Stan, toonde openlijk zijn minachting voor haar en bedroog haar zonder zelfs maar een poging te doen om dat geheim te houden, en hun twaalfjarige dochter Juliette bevond zich ook in een crisis. Klara was al het gedoe ontvlucht naar de Everest en had, zoals altijd, gedaan alsof ze vrolijk was. Maar in feite leed ze aan een zware depressie, en pas de laatste weken had ze weer iets om voor te leven – en dat was niet alleen haar liefde voor Viktor. Ze was ook gaan hopen dat ze voor eens en voor altijd wraak zou kunnen nemen op Stan.

Ze voelde zich de laatste tijd weer sterk, zelfs toen de tocht naar de top van de berg begon, en ze had veel van die *blåbärssoppa* gedronken, die zoete, dikke Zweedse bosbessendrank waarvan ze had gehoord dat die zo nuttig was. Maar na een tijdje klimmen voelde haar lichaam eigenaardig zwaar aan; haar ogen begonnen te knipperen en ze kreeg het steeds kouder, en toen gebeurde het: ze zakte in elkaar. Ze gleed weg en merkte niets van de storm die onverwachts opstak uit het noorden en de hele expeditie in gevaar bracht. Voor haar verdwenen de uren in de duisternis en de stilte, en ze hoorde niets meer totdat er een ijshamer op haar gezicht begon te hakken.

Ze begreep overigens niet wat er gebeurde. Het was alleen maar gehak, dichtbij, dichtbij misschien, maar toch ver weg, als in een andere wereld. Maar niettemin... even later, toen haar luchtwegen een tijdje vrij waren, nadat de voetstappen waren verdwenen, deed ze haar ogen open. Dat was op zich al een wonder. Ze had allang dood moeten zijn. Maar Klara Engelman, die dood was verklaard, keek om zich heen. Eerst begreep ze er niets van, behalve dat ze zich in een soort hel bevond. Maar al vrij snel herinnerde ze zich iets. Ze keek naar haar benen en haar bergschoenen, en ze zag een arm waarvan ze niet goed begreep van wie hij was, en dat kwam niet alleen doordat ze zo versuft was. De arm zweefde in een verstijfde beweging in de lucht boven haar heup. Toen begreep ze dat het haar eigen arm was en probeerde ze hem te bewegen. Dat ging niet. Hij was dood. Ze was volledig bevroren. En toch gebeurde er iets waardoor ze op de been kwam.

Ze zag haar dochter voor zich. Ze zag haar zo duidelijk dat ze dacht dat ze haar kon aanraken, en nadat ze vier, vijf pogingen had gedaan, stond ze opeens. Ze wankelde naar beneden, als een slaapwandelaar, met haar bevroren handen voor zich. Ze wist nauwelijks wat links of rechts was, maar volgde een gegil, een onmenselijk geschreeuw dat haar de weg leek te wijzen. Pas na een halfuur begreep ze dat het haar eigen gegil was.

Nima Rita bevond zich in het landschap waarvan hij altijd al had geloofd dat het bevolkt werd door geesten en spoken, dus hij lette niet op het geschreeuw. Schreeuwen jullie maar, dacht hij, schreeuwen jullie maar. Waarom was hij eigenlijk weer naar boven gegaan? Hij kon het zelf niet eens geloven. Hij had haar immers gezien en afscheid van haar genomen. Er was geen hoop meer. Aan de andere kant wist hij dat hij te veel naar anderen had geluisterd en haar had achtergelaten die hij niet mocht achterlaten, dus misschien maakte het voor hem ook niet meer uit of hij omkwam of niet. Het enige wat van belang was, was dat hij liet zien dat hij het niet opgaf. Als hij stierf, zou hij in elk geval waardig sterven.

Hij was onvoorstelbaar moe, had ernstige bevriezingswonden en kon bijna niets zien. Hij hoorde enkel de storm en het gegil daar in de sneeuwmist. Maar dat bracht hij geen moment in verband met mamsahib, en hij wilde net even stoppen om uit te rusten toen hij ook voetstappen hoorde, krakende geluiden die dichterbij kwamen.

Toen zag hij een geestverschijning met uitgestrekte armen op zich afkomen, alsof de geest per se een geschenk wilde hebben van de levende wereld, een stukje brood, troost, een gebed misschien. Hij liep naar het spook toe, en een paar seconden later viel de wonderlijk zware gestalte hem in de armen. Ze vielen allebei om en tuimelden in de sneeuw. Hij stootte zijn hoofd.

'Help me, help me, ik moet naar mijn dochter,' zei de gestalte, en toen begreep hij het pas.

Niet meteen, maar langzaam en verward, en daarna ook met een gevoel van vreugde door zijn uitgeputte lichaam. Zij was het. Zij was het echt, en dat kon alleen maar komen doordat de berggodin het goed met hem voorhad. De godin had vast gezien hoe hij vocht, hoe slecht het met hem ging, hoe zwaar hij het had. Het zou lukken, dacht hij, dus hij verzamelde zijn laatste krachten, greep haar om haar middel en kreeg haar overeind. Zo strompelden ze naar beneden, terwijl zij gilde en hij de greep op de werkelijkheid steeds meer verloor.

Zijn gezicht was zo merkwaardig stijf en zwart. Het leek wel alsof hij in een andere wereld was, maar toch... hij hield haar vast en worstelde voort. Aan zijn ademhaling kon ze horen dat hij het verschrikkelijk zwaar had. Ze smeekte God dat ze thuis mocht komen bij haar dochter en spoorde zichzelf aan om niet op te geven. Om nooit, nooit meer om te vallen. Nu niet en later niet. Het komt goed, dacht ze.

Met elke stap die ze zette, was ze er zekerder van: als ik dit overleef, kan ik alles aan. Even later, iets lager op de berg, ontwaarde ze twee andere gestalten, en daar putte ze nog meer moed uit.

Nu ben ik in veiligheid.

Nu zal ik toch eindelijk in veiligheid zijn.

29
28 AUGUSTUS

Catrin werd om halfnegen in de ochtend wakker in het tweepersoonsbed in Hotel Lydmar en stak een hand uit om Mikael naar zich toe te trekken.

Maar Mikael was er niet, en ze riep: 'Blomsterkvist?'

Dat was een flauw koosnaampje dat ze gisteravond had bedacht toen hij geen woord had gehoord van wat ze had gezegd. 'Je doet je naam eer aan, Bloementak,' had ze gezegd, 'je hoofd zit takkevol,' en daar moest hij toch een beetje om lachen. Maar verder was hij hopeloos verdiept in zijn eigen gedachten. Aan de andere kant was dat ook niet zo moeilijk te begrijpen. Hij zou een exclusief interview krijgen met de minister van Defensie, en daarover werd heel geheimzinnig gedaan, met instructies via haar versleutelde mobiel. De enige manier om nog iets aan Mikael te hebben was over het interview te praten; toen was hij niet onuitstaanbaar. Op een gegeven moment probeerde hij haar zelfs te strikken voor *Millennium*. Vlak daarna wist ze zijn overhemdknoopjes open te krijgen, en alle andere knoopjes trouwens ook, en hem te verleiden. Daarna moest ze in slaap zijn gevallen.

'Blomsterkvist?' riep ze nog een keer. 'Mikael?'

Hij was er niet. Ze keek op de klok. Het was later dan ze had gedacht. Waarschijnlijk was hij er al lang vandoor en zat hij al in het interview. Het verbaasde haar wel dat ze niet wakker was geworden, maar ze sliep wel vaker merkwaardig vast. Buiten was het stil, er waren bijna geen auto's te horen. Ze bleef rustig liggen totdat haar mobiel overging.

'Met Catrin,' zei ze.

'Met Rebecka Forsell,' zei een stem.

'O, goeiemorgen,' zei ze.

'We begonnen ongerust te worden.'

'Is Mikael niet bij u?'

'Hij is al een halfuur te laat en zijn mobiel staat uit.'

'Dat is gek,' zei ze.

Dat was ontzettend gek. Niet dat ze Mikael al zo goed kende, maar hij zou toch vast geen halfuur te laat komen voor een interview van dat kaliber.

'Dus u weet niet waar hij is?' vroeg Rebecka Forsell.

'Hij was vanmorgen al weg toen ik wakker werd.'

'O?'

Ze hoorde een vleugje angst in Rebecka's stem.

'Hier word ik ongerust van,' zei Catrin.

Koud, had ze moeten zeggen. Ze werd er helemaal koud van.

'Hebt u daar speciale redenen voor?' vroeg Rebecka. 'Meer dan dat hij hier te laat is?'

'Tja...'

De gedachten tolden door haar hoofd.

'Ja?'

'Hij wilde een paar dagen niet thuis zijn. Hij zei dat hij in de gaten werd gehouden,' zei ze.

'Is dat wegens die geschiedenis met mijn man?'

'Nee, dat geloof ik niet.'

Catrin wist niet hoeveel ze mocht zeggen. Toen besloot ze eerlijk te zijn.

'Het heeft met zijn vriendin Lisbeth Salander te maken. Meer weet ik eerlijk gezegd niet,' zei ze.

'O god.'

'Waarom zegt u dat?'

'Dat is een lang verhaal. Maar weet u...'

Rebecka Forsell aarzelde. Ze klonk ontdaan.

'Ja?'

'Ik stelde erg op prijs wat u over mijn man geschreven hebt.'

'Dank u.'

'En ik begrijp dat Mikael u vertrouwt.'

Catrin vertelde niet hoe heilig ze die nacht had gezworen tegen niemand iets over die geschiedenis te zeggen, en hoe vaak het had geleken alsof hij haar helemaal niet vertrouwde. Ze mompelde alleen maar: 'Mm.'

'Wilt u even wachten?'

Ze wachtte, maar had er meteen spijt van. Ze kon hier toch niet zomaar blijven zitten? Ze moest iets doen. De politie bellen, misschien ook Erika Berger. Toen Rebecka Forsell eindelijk terugkwam, stond ze op het punt om op te hangen.

'We vroegen ons af of u niet ook hierheen zou kunnen komen,' zei Rebecka.

'Ik heb het gevoel dat ik de politie moet bellen.'

'Dat moet u ook zeker doen. Maar wij... Janek hier... hebben ook mensen die de zaak kunnen onderzoeken.'

'Ik weet het niet,' zei ze.

'We denken dat het het veiligst is als u hierheen komt. Als u ons het adres geeft, sturen we een auto.'

Catrin beet op haar lip en dacht terug aan de man die ze bij de receptie had gezien. Ze dacht terug aan het gevoel dat er voetstappen achter haar aan waren gekomen toen ze naar het hotel ging.

'Oké,' zei ze, en ze noemde het adres.

Maar verder kwam ze niet. Er werd op de hoteldeur geklopt.

In de hoop dat het tips van het publiek zou opleveren had Jan Bublanski het nieuws net doorgegeven aan het nationale persbureau. Hoewel ze sinds die ochtend vroeg keihard hadden gewerkt, hadden ze tot nu toe geen idee waar Mikael Blomkvist zich bevond. Ze wisten dat hij de late avonduren in het Lydmar had doorgebracht, hoewel niemand hem had gezien, zelfs de mensen van de receptie niet.

Even na twee uur had hij het hotel verlaten. Daar was een heel klein stukje video van en hoewel die beelden niet erg duidelijk waren, bestond er geen twijfel over dat Blomkvist er goed aan toe was, nuchter waarschijnlijk en een beetje gehaast: hij trommelde met zijn hand op zijn bovenbeen. Maar kort daarna gebeurde er iets onrustbarends. De bewakingscamera's gaven geen beeld meer. Ze begaven het gewoon. Wel waren er andere getuigenverklaringen, vooral van een jonge vrouw die Agnes Sohlberg heette. Zij was het terras aan het opruimen en zag een man van middelbare leeftijd uit het hotel komen.

Ze herkende hem niet als Mikael Blomkvist. Ze hoorde dat hij werd aangesproken door een oudere, slanke heer in een wit pak, die met zijn rug naar haar toe op een stoel aan het uiteinde van het terras zat. Even later hoorde ze snelle voetstappen en misschien ook een kreun, een zucht. Toen ze zich omdraaide, zag ze nog een man: jonger en steviger, in een leren jasje en een spijkerbroek.

Agnes Sohlberg dacht eerst dat het gewoon iemand was die was toegesneld om te helpen. Ze zag zelf dat Blomkvist – de man althans van wie ze later begreep dat het Blomkvist was – op het asfalt viel en ze hoorde ook een stem die in Brits-Engels iets zei over een epileptische aanval. Omdat ze haar mobiel niet bij zich had, rende ze naar binnen om de alarmcentrale te bellen.

Voor het vervolg moesten ze op andere getuigen afgaan, onder wie het echtpaar Kristoffersson, dat een ambulance zag aankomen vanuit de Hovslagargata. Blomkvist werd op een brancard in de ambulance getild en waarschijnlijk zouden ze dat heel normaal hebben gevonden als hun niet een zekere onzorgvuldigheid was opgevallen waarmee de broeders met het lichaam omgingen en als ze de mannen die bij Blomkvist stonden niet op een 'onnatuurlijke' manier in de auto hadden zien springen.

De ambulance – die zes dagen geleden in Norsborg was gestolen – werd later met de sirenes aan gezien op de Klarabergsled en de E4 naar het noorden, maar was daarna verdwenen. Bublanski en zijn groep waren ervan overtuigd dat de daders van auto waren gewisseld. Maar ze wisten niets zeker, alleen dat ook Lisbeth Salander de alarmcentrale had gebeld. Daar had Bublanski een slecht gevoel over.

Niet alleen omdat Lisbeth al zo snel wist wat er was gebeurd. Dat versterkte zijn vermoeden dat de overval iets met haar te maken had, en hij werd er niet geruster op toen hij haar zelf sprak. Op zichzelf was hij blij dat ze belde. Hij was blij met elk stukje informatie. Maar haar stem beviel hem niets. Hij kende haar razernij, haar vernietigende woede, en het maakte niet uit hoe vaak hij zei: 'Hou je erbuiten. Laat ons dit oplossen.'

Zijn woorden bereikten haar niet en hij geloofde niet dat ze hem alles had verteld. Hij dacht dat ze midden in haar eigen operatie zat en vloekte toen ze opgehangen hadden. En nu vloekte hij terwijl hij met zijn collega's Sonja Modig, Jerker Holmberg, Curt Svensson en Amanda Flod in de vergaderkamer zat.

'Wat?' vroeg hij.

'Ik vroeg hoe Salander zo snel kon weten dat Blomkvist was overvallen,' zei Jerker.

'Heb ik dat niet gezegd?'

'Je zei dat ze met zijn telefoon had geknoeid.'

'Precies. Dat had ze gedaan – met zijn toestemming. Ze kon hem afluisteren en zien waar hij was, tot aan het moment dat ze zijn mobiel kapotsloegen, tenminste.'

'Ik bedoel eigenlijk: hoe kon ze zo snel in actie komen,' ging Jerker door. 'Het klinkt... ik weet niet, alsof ze erop zat te wachten dat er zoiets zou gebeuren.'

'Ze was er al bang voor, zei ze,' vervolgde Bublanski. 'Als een soort worstcasescenario. De motorclub Svavelsjö had Mikael in de gaten gehouden, zowel in de Bellmansgata als in Sandhamn.'

'En we kunnen die club nog steeds niets maken.'

'We hebben Marko Sandström, de president, vanmorgen van zijn bed gelicht. Maar hij lachte ons vierkant uit. Zei dat het zelfmoord was om iets tegen Blomkvist te ondernemen. We zijn de andere leden aan het opsporen en gaan hen schaduwen. Maar voorlopig kunnen we geen van hen met de aanval in verband brengen. We kunnen alleen maar vaststellen dat ze niet te bereiken zijn.'

'En we weten nog altijd niet wat Mikael in Lydmar te zoeken had?' vroeg Amanda Flod.

'Geen idee,' antwoordde Bublanski. 'We hebben daar nu mensen. Maar Mikael schijnt de laatste tijd erg zwijgzaam te zijn geweest. Zelfs bij *Millennium* wisten ze niet waar hij mee bezig was. Hij had een soort vakantie, zegt Erika Berger. Maar hij was blijkbaar vooral bezig met een verhaal over die sherpa.'

'Dat misschien verband houdt met Forsell.'

'Dat misschien verband houdt met Forsell, en daar wordt de militaire inlichtingendienst nogal gestrest van, zoals jullie weten. En de veiligheidspolitie ook.'

'Kan het een buitenlandse operatie zijn?' vroeg Curt Svensson.

'Het hacken van de bewakingscamera's wijst daar wel op, en het bevalt me niks dat ze een gestolen ambulance gebruiken; dat lijkt zo provocerend, maar ik zie toch vooral...'

'Verband met Salander,' vulde Sonja Modig aan.

'Dat doen we allemaal,' zei Jerker.

'Misschien wel,' zei Bublanski, en hij verzonk weer in gedachten. Hij vroeg zich af wat Lisbeth voor hem achterhield.

Lisbeth had niet verteld over het huis aan de Strandväg. Ze hoopte dat Camilla haar naar Mikael zou leiden en wilde niet dat de politie die kans zou verstoren. Maar tot nu toe was Camilla daar nog. Misschien wachtte ze op hetzelfde als Lisbeth, waar Lisbeth voor huiverde: beelden van Mikael die werd gemarteld en de eis om van plaats te wisselen, zij voor hem, of nog erger, beelden van een dode Mikael en de dreiging dat anderen in haar buurt zouden worden vermoord als ze zich niet aan hen overleverde.

Lisbeth had die nacht Annika Giannini, Dragan, Miriam Wu en anderen, zelfs Paulina, van wie natuurlijk niemand iets wist, gebeld en gezegd dat ze zichzelf in veiligheid moesten brengen, en dat was niet bepaald leuk geweest. Maar ze deed wat ze moest doen.

Ze keek naar buiten. Het was een of ander weer. Zon, dacht ze. Er had evengoed een sneeuwstorm kunnen woeden. Het kon haar niet schelen. Ze had geen idee waar ze Mikael naartoe hadden gebracht, alleen dat het naar het noorden leek te zijn, en daarom had ze haar intrek genomen in Hotel Clarion bij Arlanda; dat lag in elk geval die kant op. Maar ze was zich net zo onbewust van haar kamer en het hotel als van alle andere dingen, en ze had geen oog dichtgedaan.

Ze had alleen maar uren achter elkaar aan het bureau gezeten om een spoor te vinden, een opening, en pas nu, in de middag, kreeg ze een signaal op haar computer. Ze schrok op en ging er goed voor zitten. Het was Camilla, die het huis aan de Strandväg verliet. Goed zo, zusje. Wees nu een beetje dom en breng me naar hem toe. Maar ze geloofde er niet in, eigenlijk. Camilla had haar Bogdanov, en Bogdanov was van hetzelfde niveau als Plague.

Daarom hoefde het helemaal geen doorbraak te zijn als haar zus haar werkelijk ergens heen leidde. Het kon ook een valstrik zijn. Een poging om haar ergens naartoe te lokken. Ze was op alles voorbereid, maar nu... ze tuurde naar de kaart. De auto waar haar zus in zat, ging dezelfde kant op als de ambulance gisteren: de E4 op naar het noorden. Dat was veelbelovend. Dat moest toch een goed teken zijn, dus Lisbeth pakte haar spullen en ging naar de receptie om uit te checken en weg te rijden op haar Kawasaki.

Catrin sloeg een ochtendjas om, liep naar de deur en deed die open. Er stond een politieagent in uniform voor de deur, een jongeman met blond, opzij gekamd haar en priemende oogjes. Ze bracht een nerveus 'Goedemorgen' uit.

'Wij zoeken mensen in het hotel die contact hebben gehad met de journalist Mikael Blomkvist, of die hem hebben gezien,' zei de agent, en toen merkte ze al: hij was achterdochtig, misschien wel ronduit vijandig.

Hij had een zelfbewuste blik en stond daar met uitgestrekte rug, alsof hij wilde laten zien hoe lang en sterk hij was.

'Wat is er gebeurd?' vroeg ze, en de angst in haar stem was natuurlijk onmiskenbaar.

De agent deed een stap naar voren en bekeek haar van boven

naar beneden met een blik die ze maar al te goed kende. Die had ze op straat vaak gezien. Het was een blik die haar wilde uitkleden en kwaad wilde doen.

'Hoe is uw naam?'

Dat was een onderdeel van de provocatie. Ze zag aan hem dat hij heel goed wist wie ze was.

'Catrin Lindås,' zei ze.

Hij noteerde het op een schrijfblokje.

'U hebt hem gezien, hè?'

'Ja,' antwoordde ze.

'Hebt u de nacht samen doorgebracht?'

Wat heeft dat ermee te maken, wilde ze schreeuwen. Maar ze was bang en beantwoordde ook die vraag met 'Ja'. Ze liep de kamer in en vertelde dat Mikael weg was toen ze die ochtend wakker werd.

'Was de kamer onder een valse naam geboekt?'

Ze probeerde rustig te ademen en vroeg zich af of er met die man te praten viel, zeker nu hij eigenmachtig de kamer binnenkwam.

'Hebt u zelf ook een naam?' vroeg ze.

'Huh?'

'Ik kan me niet herinneren dat u zich hebt voorgesteld.'

'Ik ben Carl Wernersson van de politie van Norrmalm.'

'Goed zo, Carl,' zei ze. 'Wil je me nu dan eerst vertellen wat er is gebeurd?'

'Mikael Blomkvist is hier vannacht overvallen en ontvoerd, dus u begrijpt dat we dat heel serieus nemen.'

Het was alsof de muren op haar afkwamen.

'Godallemachtig,' zei ze.

'Dus het is uitermate belangrijk dat u eerlijk vertelt wat er daarvóór gebeurd is.'

Ze ging op het bed zitten.

'Is hij gewond?'

'Dat weten we niet.'

Ze staarde hem aan.

‘U hebt geen antwoord gegeven op mijn vraag,’ zei hij.

Haar hart bonsde en ze zocht naar woorden.

‘Mikael moest vanmorgen naar een belangrijke bespreking, maar ik heb net vernomen dat hij daar nooit is aangekomen.’

‘Wat voor bespreking?’

Ze deed haar ogen dicht. Wat was dit voor een idioot? Ze had gezworen dat ze niets over dat gesprek zou vertellen, maar ze was doodsbang en in de war, en haar brein werkte blijkbaar niet.

‘Dat kan ik niet zeggen. Bronbescherming,’ zei ze.

‘Dus u wilt niet meewerken?’

Het was alsof ze geen lucht kreeg. Ze keek naar buiten en zocht naar een uitweg. Daarbij kreeg ze hulp van Carl Wernersson, die naar haar borsten staarde: dat maakte haar woedend.

‘Ik wil graag meewerken. Maar dan moet ik praten met iemand die enige rudimentaire kennis heeft van de wet op bronbescherming, en die ten minste respect toont voor naasten die een schokkend bericht hebben gekregen.’

‘Hoe bedoelt u?’

‘Ga naar je baas en donder op.’

Carl Wernersson leek haar ter plekke te willen arresteren.

‘Nú,’ zei ze nog woedender, en toen mompelde hij waarachtig ‘Oké’, maar natuurlijk moest hij er nog wel aan toevoegen: ‘Maar u blijft hier.’

Ze reageerde daar niet op en hield alleen de deur voor hem open. Daarna ging ze op het bed zitten en verloor ze zich in gedachten. Ze werd echter met een schok naar de werkelijkheid teruggehaald doordat haar mobiel in haar hand begon te zoemen. Het was een nieuwsflash van *Svenska Dagbladet*.

BEKENDE JOURNALIST OVERVALLEN EN ONTVOERD BIJ HOTEL LYDMAR, stond er, en ze verdiepte zich een paar minuten in het nieuws. Alarmerende koppen op alle sites, maar veel concreets bevatten die artikelen niet, of het moest zijn dat er een ambulance met hem weggereden was – een ambulance die door niemand was gebeld. Het klonk... onvoorstelbaar. Wat moest ze in godsnaam doen? Ze wilde schreeuwen. Toen herinnerde ze zich toch iets van de afgelopen nacht: een geluid in de badkamer, een opgewonden, gefluisterd woord van Mikael. Misschien had ze zelfs wel gereageerd met: 'Wat doe je?'

Of had ze dat alleen maar gedroomd? Het maakte niet uit. Het gefluister had vast iets met zijn verdwijning te maken. Om twee uur in de nacht was hij ontvoerd, stond er, voor het hotel, dus waarschijnlijk – ze probeerde helder te denken – was hij ergens opgewonden of ongerust door geraakt en was hij er in zijn eentje op afgegaan – om meteen te worden overvallen. Was het allemaal een valstrik geweest, een truc om hem naar buiten te lokken? Verdomme, verdomme. Wat gebeurde er toch? Wat was er aan de hand?

Ze dacht aan de bedelaar, aan Rebecka Forsell en de wanhoop in haar stem, en aan de hysterie gisteravond voor het interview. Maar die idioot van de politie kon naar de hel lopen. Ze kleedde zich verbeten aan en pakte haar spullen. Toen ging ze naar de receptie, betaalde de rekening en verdween in een zwarte diplomatenauto van de Britse ambassade, die op haar stond te wachten.

30
28 AUGUSTUS

Het was warm, want er brandde een hoog vuur in een grote open gasoven, maar verder was de ruimte hoog en donker. Alleen wat spots hier en daar zorgden voor de verlichting, daglicht kwam er niet binnen. De grote ramen in de muren waren zwartgeblakerd of gekleurd. Mikaels ogen dwaalden door het gebouw, over de betonnen balken en de ijzerconstructies, over de glassplinters op de grond en naar de blinkende metalen zijkanten van de oven, waarin hij zichzelf weerspiegeld zag.

Hij bevond zich in een leegstaande fabriek, mogelijk een oude glasblazerij, waarschijnlijk een flink eind uit de buurt van Stockholm, al had hij geen idee waar. Maar het was een lange reis geweest, dacht hij. Ze waren één of twee keer van auto gewisseld, maar hij was waarschijnlijk zwaar gedrogeerd en versuft, want hij had slechts fragmentarische herinneringen aan de nacht en de ochtend. Nu lag hij vastgebonden met leren riemen op een brits of een baar, niet ver van de oven.

Hij riep: 'Hallo! Godverdomme, hallo!'

Niet dat hij dacht dat het zou helpen, maar hij had de behoefte iets anders te doen dan zich in die riemen te kronkelen, te zweten en de hitte van het vuur tegen zijn voeten en tenen te voelen. Anders werd hij gek. De oven siste als een slang. Hij was doodsbang, kletsnat van het zweet en droog in zijn mond. En wat was dat? Het knisperde op de vloer, glassplinters werden vertrapt. Er kwamen voetstappen dichterbij, en hij voelde meteen: die voorspelden geen verbetering. Integendeel, ze klonken nonchalant, overdreven langzaam, en gingen vergezeld van gefluit.

Wie fluit er in zo'n situatie?

'Goedemorgen, Mikael.'

Het was dezelfde Engelse stem als die hem vannacht had aangesproken, maar hij zag nog niemand. Misschien was dat ook niet de bedoeling. Misschien moest het gezicht voor hem verborgen blijven.

Hij antwoordde in het Engels: 'Goedemorgen.'

De voetstappen bleven staan en het gefluit hield op. Mikael voelde iemands adem en rook een vage geur van aftershave. Hij bereidde zich voor op van alles, een klap, een duw, een stoot tegen de brits, waardoor hij met zijn voeten in de oven zou belanden. Maar er gebeurde niets.

De man zei enkel: 'Wat een onverwacht opgewekte begroeting.'

Mikael kon geen woord uitbrengen.

'Daar ben ik mee opgegroeid,' zei de stem.

'Waarmee?' stamelde Mikael.

'Altijd doen alsof je kalm bent, wat er ook gebeurt. Maar dat is hier niet nodig. Ik geef de voorkeur aan eerlijkheid, en ik geef graag toe dat ik een zeker... onbehagen voel. Een tegenzin.'

Mikael hakkelde: 'Hoe... hoezo?'

'Ik mag je, Mikael. Ik heb respect voor hoe jij met de waarheid omgaat, en deze toestand...'

De stem laste een kunstmatige pauze in.

'... zou een pure familieaangelegenheid moeten zijn. Maar zoals vaak bij bloedvetes raken er buitenstaanders bij betrokken.'

Mikael trilde, merkte hij.

'Je hebt het over Zala,' steunde hij.

'Kameraad Zalachenko, ja. Maar die heb jij nooit ontmoet, hè?'

'Nee.'

'Daar moet ik je eigenlijk mee feliciteren. Dat was een magnifieke ervaring, maar wel een die sporen naliet.'

'Dus jij kende hem?'

'Ik hield van hem. Maar het is een beetje sneu om van een god te houden. Je krijgt niets terug, alleen een hoop stralen die je verblinden, en daar word je dom van. En blind.'

'Blind?' herhaalde Mikael, zonder dat hij goed en wel wist wat hij zei.

'Ja, blind en gek. Dat ben ik nog altijd een beetje, vrees ik. Mijn banden met Zalachenko zijn onverbrekelijk en ik neem onnodige risico's. Wij zouden hier niet moeten zijn, Mikael, geen van tweeën.'

'Waarom zijn we hier dan?'

'Het simpelste antwoord is: wraak. Je vriendin had je moeten vertellen over de destructieve kracht van wraak.'

'Lisbeth,' zei hij.

'Inderdaad.'

'Waar is zij?'

'Ja, waar? Dat vragen wij ons ook af.'

Daarna volgde weer een pauze, misschien niet zo lang, maar lang genoeg voor Mikael om te denken dat de man zou gaan bewijzen hoe dom en blind hij nog was. Maar dat gebeurde niet. Hij kwam tevoorschijn en het eerste wat Mikael opviel, was zijn witte linnen pak, het pak dat de man ook afgelopen nacht aan had gehad, en in een huiveringwekkend schrikbeeld stelde Mikael zich voor hoe zijn eigen bloed het colbertje bevlekte.

Toen keek hij naar het gezicht van de man. Dat was harmonisch en regelmatig, met een lichte asymmetrie rond de ogen, en een bleek litteken in de lengte van zijn wang. Zijn haar was dik en grijs met krijtwitte plekjes. Hij was fijngebouwd en slank. In een andere situatie zou je hem kunnen aanzien voor een excentrieke intellectueel, een soort Tom Wolfe. Nu had hij echter iets ijzigs en onaangenaams over zich, een onnatuurlijke traagheid in zijn bewegingen.

'Ik neem aan dat je niet alleen bent,' zei Mikael.

'Er zijn hier ook bandieten. Jonge mannen die zich om ondoorgrondelijke redenen niet willen laten zien. En we hebben een camera, daar aan het dak.'

De man wees naar boven.

'Dus jullie gaan me filmen.'

'Maak je daar maar geen zorgen over, Mikael,' zei de man, en hij ging zomaar over op Zweeds. 'Beschouw dit maar liever als iets alleen tussen ons, een soort intimiteit.'

Mikaels lichaam begon nog erger te trillen.

'Je spreekt Zweeds,' zei hij doodsbang.

Het was alsof het vermogen van de man om op een andere taal over te gaan hem nog duivelser maakte.

'Ik ben een talenman, Mikael.'

'O ja?'

'Ja. Maar wij gaan samen een reis voorbij de taal maken.'

Hij vouwde een zwarte doek open die hij in zijn rechterhand had, en legde een paar glanzende voorwerpen op de stalen tafel naast hen.

'Hoe bedoel je?'

Mikael kronkelde steeds wanhopiger op de brits, terwijl hij naar het vuur keek dat daar loeide, en naar zijn verwrongen spiegelbeeld in de metalen ovenwanden.

'Er zijn een hoop mooie woorden voor de meeste dingen in het leven,' vervolgde de man. 'Misschien vooral voor liefde, nietwaar? Je hebt vast Keats en Byron en zo wel gelezen toen je jong was. Ik denk dat zij de liefde heel goed onder woorden hebben gebracht. Maar de bodemloze pijn, Mikael, daar zijn geen woorden voor; die is woordloos. Niemand heeft die ooit kunnen verwoorden, zelfs de grootste kunstenaars niet. En daar gaan wij heen, Mikael. Naar de woordloosheid.'

NAAR DE WOORDLOOSHEID

Jurij Bogdanov zat op de achterbank van een zwarte Mercedes die naar het noorden reed, richting Märsta. Hij liet Kira de film zien. Ze keek er met half dichtgeknepen ogen naar. Bogdanov zat te wachten op dat verhitte schijnsel dat altijd in haar ogen verscheen wanneer ze haar vijanden zag lijden.

Maar er gebeurde niets. Haar gezicht vertoonde alleen gekweld ongeduld, en dat beviel hem helemaal niet. Hij vertrouwde Galinov niet, en hij was ervan overtuigd dat het allemaal te ver ging. Dat ze Mikael Blomkvist aanpakten kon niets goeds opleveren. De gemoederen waren te verhit, en Kira's verbeten gezicht stond hem niet aan.

'Hoe gaat het met je?' vroeg hij.

'Stuur je dat naar haar toe?' reageerde ze.

'Ik moet eerst de link versleutelen. Maar eerlijk gezegd, Kira...'

Hij aarzelde. Hij wist dat dit haar niet zou bevallen, en hij keek haar niet in de ogen.

'Je zou eigenlijk niet naar dat gebouw toe moeten gaan,' vervolgde hij. 'We zouden je nu meteen naar huis moeten vliegen.'

'Ik vlieg nergens heen voordat zij dood is.'

'Ik denk...' begon hij. ... dat ze zich niet zo gemakkelijk laat vangen, wilde hij zeggen, dat je haar onderschat. Maar hij zei niets meer. Met geen woord of blik mocht hij laten merken dat hij eigenlijk bewondering had voor Lisbeth, of Wasp, zoals de naam was waaronder hij haar had leren kennen. Je had goede hackers, je had genieën, en je had Wasp. Zo zag hij het, maar in plaats van nog meer te zeggen, bukte hij en pakte hij een blauw, metalen doosje van de vloer.

'Wat is dat?' vroeg Kira.

'Een *noise*-generator. Een kooi van Faraday. Stop je mobiel hierin. We mogen geen sporen achterlaten.'

Kira keek naar buiten en legde haar telefoon in de bak. Daarna zeiden ze niets meer. Ze keken strak naar de chauffeur en naar het landschap, totdat Kira weer wilde zien wat er gebeurde in die fabriek in Morgonsala, en toen liet Bogdanov het zien.

Het waren beelden waar hij heel goed buiten had gekund.

Lisbeth reed langs het Norrviken-meer toen haar Google Glass de verbinding kwijtraakte. Ze vloekte en gaf met haar linkerhand een klap op het stuur. Maar ze had het wel verwacht, dus ze minderde vaart en vond een parkeerplaats met een picknicktafel aan de rand van een bos, en daar ging ze zitten met haar laptop. Ze hoopte dat al die uren die ze van de zomer had besteed aan het in kaart brengen van Camilla's omgeving zich nu zouden uitbetalen.

De hele operatie had onmogelijk uitgevoerd kunnen worden zonder hulp van de leden van de motorclub Svavelsjö. Lisbeth ging ervan uit dat zij uitsluitend met prepaidtelefoons werkten, maar ze hoopte toch dat iemand ergens een keer een foutje maakte, dus ze controleerde maar weer eens de mannen die Kira aan de Strandväg hadden bezocht: Marko, Jorma, Conny, Krille en Miro. Maar het leverde ook deze keer niets op, ook al had ze hun provider gehackt en had ze toegang tot de zendmasten. Ze sloeg met haar vuist op de tafel en wilde het al opgeven toen ze, nadenkend over andere manieren om haar doel te bereiken, aan Peter Kovic moest denken.

Peter Kovic was de zwaarste crimineel van de club. Er werd van hem gezegd dat hij problemen had met drank, vrouwen en discipline, en ze had hem niet in de buurt van de Strandväg gezien. Maar hij was de afgelopen zomer wel in de Fiskargata geweest, dus ze probeerde het ook met hem en zijn mobiel. Het duurde niet lang of ze vloekte van opwinding. Vanmorgen vroeg was Kovic in dezelfde richting gereden als Camilla zo-even, maar hij was verder naar het noorden gegaan, langs Storvreta en Björklinge richting Uppsala. Ze wilde net weer op haar motor stappen toen haar telefoon ging.

Geen haar op haar hoofd die eraan dacht om op te nemen, maar ze keek toch even. Het was Erika Berger van *Millennium*, en toen nam ze toch maar op. Eerst begreep ze er niets van. Erika schreeuwde alleen maar, en het enige wat ze verstond was: 'Hij verbrandt, hij verbrandt.'

Maar daarna kwam er meer.

'Ze hebben hem in een grote oven gereden. Hij schreeuwt en hij heeft vreselijk veel pijn, en ze zeggen, ze schrijven...'

'Wat schrijven ze?'

'Dat ze hem levend zullen verbranden als jij niet naar een bepaalde plek in het bos bij Sunnersta komt, Lisbeth. En ze schrijven dat, als ze in de buurt politie ontdekken of iets anders verdachts, dat Mikael dan een akelige dood krijgt, en dan pakken ze anderen uit jouw omgeving en die van Mikael, en ze houden niet op voordat jij je aan hen hebt overgegeven. O mijn god, Lisbeth, het is zo afschuwelijk. Zijn voeten...'

'Ik zal hem vinden. Hoor je? Ik zal hem vinden.'

'Ze zeggen dat ik je die film moet sturen, en een mailadres om met hen te communiceren.'

'Stuur die dan maar.'

'Lisbeth, vertel, wat gebeurt er?'

Lisbeth hing op. Ze had geen tijd om het te vertellen. Ze moest terug naar wat ze had gevonden: Peter Kovic had vannacht dezelfde route gereden als Camilla nu net, maar verder naar het noorden over de E4, richting Tierp en Gävle. Dat was veelbelovend, dat gaf echt even hoop. Ze trommelde met haar vingers op de tafel en vloekte zacht: 'Kom op nou, verrekte zuiplap. Breng me naar ze toe.'

Maar nee natuurlijk, in Mànkarbo hielden de sporen op. Lisbeth keek met lege ogen over de weg, en ze zag er zo woedend uit dat een jongeman in een Renault die net op de parkeerplaats was gestopt, geschrokken weer wegreed. Zij zag hem niet eens. Met opeengeklemde kaken speelde ze het filmpje af dat Erika Berger haar had gestuurd. Ze zag een close-up van Mikael.

Zijn ogen waren opengesperd en wit, alsof de pupillen in de oogkassen verdwenen waren, en zijn hele gezicht was zo gespannen en verwrongen dat hij nauwelijks herkenbaar was. Hij zweette overal: op zijn kin, op zijn lippen en op zijn overhemd. De camera ging over zijn lichaam naar zijn broek en zijn voeten. Hij had rode sokken aan, die langzaam een grote bruine tegelkachel in geduwd werden, waar het vuur loeiend oplaaide. Zijn sokken en broekspijpen vatten vlam, en met een eigenaardige vertraging, alsof hij hem zo lang mogelijk binnenhield, slaakte Mikael een waanzinnige, hartverscheurende kreet.

Lisbeth zei niets en vertrok bijna geen spier. Maar met haar hand, die op dat moment wel een klauw leek, trok ze drie diepe voren in het hout van de tafel. Toen las ze het bericht dat ze hadden gestuurd. Ze keek naar het mailadres – volkomen versleutelde shit natuurlijk – en stuurde het met een paar korte instructies, een foto van Peter Kovic en een kaart van de E4 en noordelijk Uppland naar Plague.

Toen pakte ze haar laptop en haar pistool, zette haar Google Glass weer op en reed richting Tierp.

'Vertel, wat gebeurt er?' riep Erika Berger in de telefoon.

Maar het enige wat ze hoorde waren alle collega's op de redactie aan de Götgata, die naar haar toe waren gekomen en alleen maar begrepen dat ze volkomen buiten zichzelf was. Sofie Melker, die het dichtst bij haar stond, dacht zelfs dat Erika flauw zou vallen. Ze rende naar haar toe en sloeg haar arm om haar heen. Maar zelfs dat had Erika niet in de gaten.

Ze probeerde wanhopig te bedenken wat ze moest doen. Ze mocht de politie niet bellen, hadden ze geschreven. In geen geval de politie erbij halen. Maar was dat een optie? Dit was niet alleen het ergste wat ze ooit had gezien, het ging ook nog om Mikael, haar oudste vriend, haar grote liefde, en ze was totaal onvoorbereid geweest. Ze had gewoon haar mail gecheckt op die manier dat je niet eens merkt dat je je mail checkt, meer uit gewoonte, en toen opeens dit...

Ze had Lisbeth gebeld voordat ze het tot zich had laten doordringen of zelfs maar had uitgesloten dat het allemaal maar een macabere grap was, een trucfilm. Maar al die gedachten verdwenen toen ze Lisbeths stem hoorde en begreep dat zij hier min of meer op had zitten wachten: het totale kwaad.

Het was onbeschrijfelijk. Ze vloekte luid en onsamenhangend, en merkte toen pas, alsof ze zich in een totaal andere werkelijkheid had bevonden, dat Sofie haar streelde. Even wilde ze vertellen wat er was gebeurd, maar toen maakte ze zich los en mompelde alleen: 'Sorry, laat me maar even met rust. Ik leg het later wel uit.'

Toen ging ze naar haar kamer. Ze sloeg de deur achter zich dicht en het was zonneklaar: als ze iets deed wat Mikael het leven kostte, zou zij het niet overleven. Maar dat betekende niet dat ze verlamd was, laat staan dat ze deed wat die smeerlappen wilden. Ze moest... Wat moest ze? ... Denken, zich concentreren natuurlijk. Was dat niet altijd zo bij dit soort misdaden?

De daders wilden er geen politie bij hebben, maar als ze gepakt werden, bleek de politie toch altijd in het geheim te zijn geïnformeerd. Ze moest Bublanski bellen via een veilige lijn. Of niet? Nadat ze even had getwijfeld, belde ze hem. Maar ze kwam er niet doorheen. Bublanski was in gesprek. Toen gebeurde er iets met haar. Ze begon onbedaarlijk te trillen.

'Godverdomme, Lisbeth,' bracht ze uit. 'Hoe kon je Mikael hierin meeslepen? Hoe kon je dat doen?'

Commissaris Bublanski had lang met Catrin Lindås gesproken. Nu gaf ze de telefoon over aan een man die zich voorstelde als Jan Kowalski. Hij zei dat hij verbonden was aan de Britse ambassade, en Bublanski kon niet veel anders dan hem op zijn woord geloven.

'Ik maak me enigszins zorgen,' zei de man, en Bublanski dacht het zijne van Engelse understatements.

Hij antwoordde droogjes: 'Hoezo?'

'Er lopen hier twee verschillende zaken heel delicaat door elkaar. Misschien is dat toeval, misschien ook niet. Want er is toch verband tussen Blomkvist en Lisbeth Salander, nietwaar, en tussen Blomkvist en Johannes Forsell?'

'Ja?' zei Bublanski ongeduldig.

'Tegen het eind van zijn tijd in Moskou, in 2008, werkte Forsell aan een onderzoek naar Lisbeths vader, Alexander Zalachenko, die naar Zweden was overgelopen.'

'Ik dacht dat alleen een groep van de veiligheidspolitie dat toen wist.'

'Niets is zo geheim als mensen graag zouden willen, commissaris. Het interessante is dat Camilla, de andere dochter, later nauwe banden aanknoopte met de man die Zalachenko bij de GROE het naast stond en die dat contact zelfs na Zalachenko's landverraad voortzette.'

'En wie is dat?'

'Ivan Galinov heet hij, en hij is om redenen die we niet helemaal begrijpen ook... hoe zal ik het zeggen... post mortem loyaal gebleven. Hij is na Zalachenko's dood achter diens oude vijanden aan gegaan en heeft mensen tot zwijgen gebracht die over belastende informatie beschikten. Hij is meedogenloos en gevaarlijk, en wij denken dat hij zich in Zweden bevindt en dat hij betrokken is bij de ontvoering van Blomkvist. Het zou ontzettend veel voor ons betekenen als hij kon worden opgepakt, dus we willen u daarbij onze hulp aanbieden, ook al omdat minister Forsell zo zijn eigen plannen heeft, waaraan ik ietwat onvoorzichtig mijn goedkeuring heb gegeven.'

'Dat kan ik niet volgen.'

'Dat komt wel, wees gerust. We sturen u materiaal en foto's van Galinov die helaas al een paar jaartjes oud zijn. Tot horens, commissaris.'

Bublanski knikte peinzend. Het was niet gebruikelijk dat hij hulp kreeg van dit soort ambtenaren, want inmiddels begreep hij maar al te goed wat voor iemand Kowalski was, en hij dacht even over alle verwikkelingen na. Toen stond hij op. Hij wilde net naar Sonja Modig gaan om het haar te vertellen, toen de telefoon weer ging. Het was Erika Berger.

Catrin zat in een bruine fauteuil in de woonkamer van Janek Kowalski, tegenover Johannes Forsell en naast Rebecka. Het kostte haar moeite zich te concentreren. Ze moest steeds aan Mikael denken. Maar ze mocht een bandrecorder gebruiken – haar mobieltje had ze moeten afstaan – en ze dacht dat het misschien toch allemaal goed zou komen, dus langzaam maar zeker ging ze meer in het verhaal op.

'Dus u kon geen stap meer zetten?' vroeg ze.

'Nee,' vertelde Johannes. 'Het was donker geworden en het was ijzig koud. Ik bevroor en hoopte maar dat het snel zou gaan. Dat ik in die laatste staat van verdoving zou wegzakken waarvan ze zeggen dat het lichaam zich van alle warmte ontdoet en dat je je weer goed voelt. Maar op dat moment hoorde ik gegil, en ik keek op. Eerst zag ik niets. Toen doemde Nima Rita weer op uit de storm, maar nu met twee hoofden en vier armen, als een Indiase god.'

'Hoe bedoelt u?'

'Zo zag ik hem. Maar in werkelijkheid sleepte hij iemand mee. Het duurde even voordat ik dat begreep, en nog langer voordat ik begreep wie het was. Ik was te moe om te denken. Te moe om op redding te hopen. Misschien zelfs wel te moe om te wíllen worden gered. Waarschijnlijk verloor ik het bewustzijn. Ik werd wakker doordat er iemand naast me lag: een vrouw, met haar armen uitgestrekt alsof ze me wilde omarmen. Ze mompelde iets over haar dochter.'

'Wat zei ze?'

'Dat kon ik niet verstaan. Ik weet nog dat we elkaar aankeken, wanhopig natuurlijk, maar toch ook verbaasd. Ik denk dat we elkaar herkenden. Het was Klara. Ik streelde haar hoofd en haar schouder, en ik weet nog dat ik dacht: ze zal nooit meer mooi zijn. Haar gezicht was verwoest door de kou. Ik zag de wond van mijn ijshamer in haar lip. Misschien heb ik wel iets gezegd. Misschien heeft ze wel iets teruggezegd. Ik weet het niet. De storm ging tekeer en boven ons stonden Svante en Nima ruzie te maken. Ze gromden naar elkaar en duwden elkaar. Het was heel gek. Het enige wat ik kon verstaan was zo absurd en akelig dat ik dacht dat ik het verkeerd verstond. Dat waren de Engelse woorden *slut* en *whore*, "slet" en "hoer". Waarom zeiden ze zoiets in zo'n crisis? Ik begreep er niets van.'

31
28 AUGUSTUS

Mikael had nog nooit de wil om te leven verloren, maar hij had ook nog nooit zo'n crisis meegemaakt. Maar nu, op deze verschuifbare brancard, met zware brandwonden aan zijn benen en voeten, wilde hij alleen maar inslapen en verdwijnen. Het enige wat er bestond was zijn pijn, en hij kon niet eens meer schreeuwen. Hij was helemaal verkrampt en probeerde de pijn te verbijten, erger kon het toch niet worden. Maar dat kon wel.

De man in het witte pak, die zich had voorgesteld als Ivan, pakte een scalpel van de tafel naast hem en sneed in de brandwond, en toen schoot Mikaels lichaam in een boog omhoog en schreeuwde hij het toch uit. Hij schreeuwde tot hij weer in de wereld om zich heen terug was. Maar het duurde even voordat hij begreep wat er gebeurde. Hij besefte vaag dat er nieuwe voetstappen aan kwamen, klakkende hakken ditmaal. Hij draaide zijn hoofd om en zag een roodblonde, bovenaards mooie vrouw. Ze glimlachte naar hem, en dat had hem misschien hoop op verlichting moeten geven, maar in werkelijkheid werd zijn angst alleen maar groter.

'Jij...' mompelde hij.

'Ik,' zei ze.

Camilla streelde hem over zijn voorhoofd en zijn haar. Er zat een ingehouden sadisme in die beweging.

'Hallo,' zei ze.

Mikael gaf geen antwoord. Hij was één schreeuwende wond. Maar toch tolden er gedachten door zijn hoofd, alsof hij haar iets belangrijks te zeggen had.

'Lisbeth baart me zorgen,' zei Camilla. 'En zij zou zich zorgen moeten maken over jou, Mikael. De klokt tikt door. Tiktak. Maar jij hebt geen idee van de tijd, hè? Ik kan je vertellen dat het al over elven is, en als Lisbeth je wilde helpen had ze toch iets van zich moeten laten horen. Maar we hebben niets van haar vernomen.'

Ze glimlachte weer en vervolgde: 'Misschien geeft ze niet zoveel meer om je, Mikael. Misschien is ze jaloers op al die andere vrouwen van je. Op die kleine Catrin van je.'

Hij rilde.

'Wat hebben jullie met haar gedaan?'

'Niets, schat, niets. Nog niet. Maar Lisbeth ziet jou liever dood dan dat ze met ons meewerkt. Ze offert je op, zoals ze al zoveel anderen heeft opgeofferd.'

Mikael sloot zijn ogen en probeerde uit zijn geheugen op te diepen wat hij dacht dat hij wilde zeggen, maar het enige waar hij aan kon denken was zijn pijn.

'Júllie offeren mij op,' zei hij. 'Niet zij.'

'Wij? Welnee. Lisbeth heeft een aanbod van ons gehad, en dat heeft ze niet aangenomen. Daar heb ik eigenlijk niets op tegen. Ik laat haar graag merken hoe het is om iemand te verliezen die belangrijk voor je is geweest. Jij was toch ooit belangrijk voor haar?'

Ze streelde hem opnieuw over zijn haar, en op dat moment zag hij iets in Camilla's gezicht wat hij niet had verwacht. Hij zag een overeenkomst met Lisbeth, misschien niet in hun uiterlijk, maar in die zwijgende, woedende blik in hun ogen, en hij stamelde: 'Degenen die...'

Hij vocht om zijn pijn de baas te worden.

'Ja, Mikael?'

'... belangrijk voor haar waren, waren haar moeder en Holger, en die heeft ze al verloren,' zei hij, en toen schoot hem te binnen wat hij had willen zeggen.

'Wat wil je zeggen?'

'Dat Lisbeth al weet hoe het is om iemand te verliezen die je lief is, terwijl jij...'

'Terwijl ik...'

'Iets veel ergers kwijt bent.'

'En wat mag dat dan wel zijn?'

Met samengeklemde kaken spuugde hij eruit: 'Een stuk van jezelf.'

'Hoe bedoel je?'

Haar ogen schoten vuur.

'Jij bent je moeder en je vader kwijtgeraakt.'

'Inderdaad.'

'Een moeder die niet wilde zien hoe slecht het met je ging en een vader... van wie je hield... maar die je misbruikte, en ik denk...'

'Wat denk jij, verdomme?'

Hij deed zijn ogen dicht en probeerde zich te concentreren.

'Dat jij bij jullie thuis het grootste slachtoffer was. Ze lieten je allemaal in de steek.'

Camilla greep hem bij de keel en snauwde: 'Wat heeft Lisbeth je wijsgemaakt?'

Hij kon bijna geen adem meer halen, en dat kwam niet alleen door Camilla's hand. Het was alsof het vuur dichterbij kroop, en hij was ervan overtuigd dat hij een fout had gemaakt. Hij had iets in haar willen wakker maken, maar hij had haar alleen maar woedend gemaakt.

'Zeg op!' schreeuwde ze.

'Lisbeth zei dat...'

Hij hijgde zwaar.

'Nou?'

'Dat ze had moeten begrijpen waarom Zala 's nachts naar jou toe kwam, maar dat ze toen zo gefocust was op het redden van haar moeder dat ze dat niet doorhad.'

Camilla's greep om zijn hals verslapte. Ze schopte tegen de baar, zodat zijn voeten de rand van de oven raakten.

'Heeft ze dat gezegd?'

Zijn hart sloeg op hol.

‘Ze had het niet door.’

‘Gelul.’

‘Nee nee.’

‘Ze heeft het altijd geweten. Natuurlijk heeft ze het altijd geweten,’ schreeuwde Camilla.

‘Rustig, Kira,’ zei Ivan.

‘Echt niet,’ snauwde ze. ‘Lisbeth heeft hem voorgelogen.’

‘Ze wist het niet,’ stamelde Mikael.

‘Dus dat zegt ze? Wil je weten wat Zala echt deed? Wil je dat weten? Zala maakte een vrouw van me. Dat zei hij.’

Camilla aarzelde even en leek naar woorden te zoeken.

‘Hij maakte een vrouw van me ongeveer zoals ik nu een man van jou maak, Mikael,’ zei ze toen, en ze keek hem in de ogen. En hoewel ze hem eerst alleen maar woedend en wraaklustig aankeek, veranderde er toch iets in haar blik.

Er flakkerde even iets kwetsbaars op in haar ogen en hij verbeeldde zich dat ze contact hadden, zelfs dat ze in zijn kwetsbaarheid iets van zichzelf terugzag. Maar waarschijnlijk had hij het mis. Het volgende moment draaide Camilla zich om en liep weg, terwijl ze een paar woorden in het Russisch riep. Ze klonken als een bevel.

Mikael bleef alleen achter met de man die zich Ivan noemde, en het enige wat hij kon doen was proberen het te doorstaan en niet in de vlammen te kijken.

13 mei 2008

Toen Klara de klimmers in de sneeuwmist zag, viel ze om. Ze rolde de helling af, weg van Nima Rita, en botste tegen een lichaam dat daar lag, een man. Was hij dood? Nee nee, hij leefde, hij bewoog, hij keek haar aan en schudde zijn hoofd. Hij had een zuurstofmasker op. Ze kon niet zien wie het was, maar hij streelde haar schouder.

Toen deed hij zijn zuurstofmasker en zijn bril af. Hij glimlachte met zijn ogen en zij glimlachte terug – dat probeerde ze althans. Maar het duurde niet lang en even later hoorde ze rumoer boven hen. Ze hoorde er maar flarden van. Het ging over alles wat Johannes – zeiden ze wel Johannes? – voor Nima had gedaan en nog zou doen. Een huis bouwen. Voor Luna zorgen. Maar ze bracht het niet in verband met zichzelf.

Ze had zo'n pijn. Ze lag daar maar hulpeloos in de sneeuw en kon niet opstaan. Ze bad tot God dat Nima haar weer zou helpen, en inderdaad, hij boog zich over haar heen, en het was alsof de hele wereld tot rust kwam. Ze zou worden gered. Ze zou haar dochter terugzien en thuiskomen. Maar Nima hielp niet haar overeind.

Ze kozen de man die naast haar lag. Aanvankelijk maakte ze zich geen zorgen. Ze namen hem gewoon als eerste mee. Dat had niets te betekenen, toch? Ze keek omhoog en zag dat de man nu op Nima hing zoals zij net ook op hem had gehangen, en ze dacht dat zij nu hulp zou krijgen van die andere persoon, die zo had geroepen en geruzied. Maar het duurde lang, en toen gebeurde er iets beangstigends: ze wankelden bij haar vandaan. Ze zouden haar hier toch niet laten liggen?

'Nee,' riep ze. 'Laat me hier niet liggen, alsjeblieft!'

Maar ze liepen alle drie weg. Ze draaiden zich niet eens om. Even staarde ze naar hun ruggen, die verdwenen in de storm, en pas toen ze alleen hun knarsende voetstappen nog hoorde, maakte de angst zich in volle omvang van haar meester. Ze schreeuwde tot ze niet meer kon, tot ze alleen nog maar kon huilen, en ze voelde een ongekende, ontzaglijke vertwijfeling.

Jurij Bogdanov zat in een nieuw bijgebouwtje met zijn rug naar Kira, die onderuithing in een leren fauteuil en nerveus een dure bourgogne dronk die ze natuurlijk speciaal voor haar hiernaartoe hadden gebracht.

Bogdanov tuurde op zijn computer. Hij had een hele serie beelden om in de gaten te houden, niet alleen van Blomkvist, die lag te kronkelen van de pijn, maar ook van camera's op de helling buiten. Het gebouw waar ze zaten, was een oude, failliet gegane glasfabriek voor exclusieve vazen en schalen die Kira een paar jaar geleden had geërfd. Het lag geïsoleerd, ver van andere bebouwing en dicht bij het bos, en hoewel de ramen groot en hoog waren, kon je er niet doorheen kijken. Bogdanov had er manisch op toegezien dat alle betrokkenen extreem voorzichtig waren. Hier zouden ze veilig moeten zijn. Maar het beviel hem toch niet, en af en toe dacht hij aan Wasp en aan wat hij over haar had gehoord. Er werd beweerd dat ze zelfs in het intranet van de NSA was binnengedrongen en dingen had gelezen die zelfs de president niet had gezien. Ze had dingen gedaan die voor onmogelijk werden gehouden, ze was een legende in zijn wereld, terwijl Kira... ja, god, Kira.

Hij keek tersluiks naar haar zoals ze daar achter hem op die stoel hing, de mooie Kira, die hem uit de goot had gehaald en rijk had gemaakt. Hij zou haar alleen maar dankbaar moeten zijn, maar toch – hij voelde het opeens als een steen op zijn maag – had hij genoeg van haar. Hij had genoeg van haar dreigementen en klappen en van haar wraaklust, en voordat hij er goed en wel erg in had, ging hij naar het mailadres dat hij had aangemaakt; hij keek er even zwijgend naar en voelde een eigenaardige opwinding door zijn lijf gaan.

Vervolgens typte hij de gps-coördinaten. Als zij Wasp niet konden vinden, moest Wasp maar hierheen komen, dacht hij.

Lisbeth zat met haar laptop op een andere parkeerplaats aan de E4, niet ver van Eskesta, toen er een auto aan de kant van de weg stopte. Het was een zwarte Volvo V90. Ze schrok en greep naar het pistool onder haar jack. Maar het was alleen maar een echtpaar van middelbare leeftijd met een klein jongetje dat moest plassen.

Lisbeth haalde haar ogen van hen af. Ze had net een berichtje van Plague gekregen met... ja, wat was het... zeker geen doorbraak, bij lange na niet, maar toch een andere richting, meer naar het oosten.

Het was zoals ze al hoopte: die vermaledijde Peter Kovic van Svavelsjö had een stommiteit begaan en zich om 3.37 uur vannacht laten vastleggen op de bewakingscamera van een benzinestation aan de Industrigata in Rocknö, ten noorden van Tierp. Hij zag er hopeloos uit, dik, waterig en papperig. Op de videobeelden zette hij zijn helm af en dronk hij uit een zilvergrijs waterflesje. Het water dat hij niet opdronk, gooide hij over zijn haar en zijn gezicht. Het leek wel of hij een verschrikkelijke kater van zich af wilde spoelen.

Ze schreef terug: **Hebben jullie hem verder gevolgd?**

Plague antwoordde: **Daarna nada.**

En geen signalen van zijn mobiel?

Morsdood.

Dat betekende dat die zatlap overal heen had kunnen gaan. Het binnenland van Norrland in of verder naar de kust. Ze had nog steeds geen idee waar ze Mikael heen hadden gebracht. Ze kon het wel uitschreeuwen en om zich heen slaan. Maar ze beheerste zich en bleef stil zitten nadenken of ze misschien toch contact met de ontvoerders moest opnemen en langs die weg moest proberen te achterhalen waar ze waren. Ze ging naar het mailadres dat ze haar hadden gegeven en zag dat daar iets nieuws stond: twee rijtjes cijfers en letters waarvan het even duurde voordat ze ze kon thuisbrengen. Toen begreep ze dat het gps-coördinaten waren. Ze wezen naar een plaats in de gemeente Morgonsala in Uppland.

Morgonsala.

Wat betekende dat? Eerder wilden ze dat ze naar een plek in de buurt van Sunnersta ging, maar toen hadden ze ontzettend nauwkeurig aangegeven wat ze precies moest doen. Nu stond er niets bij, geen woord, het was alleen een verwijzing naar een plaats die... waar...? – ze keek nauwkeuriger – op het platteland lag, op een akker. Morgonsala, zag ze, was een dorpje met achtenzestig inwoners ten noordoosten van Tierp, dat voornamelijk uit bos- en akkerland bestond. Er was natuurlijk een kerk, er waren een paar archeologische monumenten en er stonden een paar verlaten fabrieken uit de jaren zeventig en tachtig, toen er een flinke ondernemingslust in het plaatsje heerste. Die fabrieken vond ze wel interessant, dus ze opende Google Earth, zocht het dorp op en ontdekte daar midden op een weiland, niet ver van het bos, een lang, rechthoekig bakstenen gebouw met grote ramen.

Dat kon heel goed als schuilplaats dienen voor criminelen, maar het kon ook gewoon een van de vele privégebouwen in Zweden zijn. Ze konden overal in het land zijn. Maar één ding begreep ze niet: waarom wezen de coördinaten recht naar dat gebouw? Was het een dwaalspoor? Een valstrik?

Ze keek weer op de kaart en zag dat Rocknö, waar Peter Kovic was gestopt en water in zijn gezicht had gespoten, op de weg naar Morgonsala lag. Toen slaakte ze toch een opgewonden kreetje.

Had iemand uit de groep van Camilla gelekt? Was dat denkbaar? Die schoften van Svavelsjö hadden het vast niet leuk gevonden dat ze de opdracht hadden gekregen om een man als Mikael te ontvoeren. Dat hadden ze waarschijnlijk veel te riskant gevonden. Maar waarom zouden ze dan iets naar haar laten uitlekken? Wat hoopten ze ervoor terug te krijgen?

Ze kon het niet rijmen, maar ze moest het wel onderzoeken. Ze schreef naar Plague: **Heb mogelijk een spoor in Morgonsala.**

Hij antwoordde: **Tell me.**

Ze stuurde hem de gps-coördinaten en schreef erbij: **Ik ga daar nu heen. Zou jij de buurt onveilig willen maken?**

Ik maak graag iets onveilig. Hoe?

Stroom, mailbommen.

Begrepen.

Ik meld me weer.

Ze stapte weer op haar motor en zette koers naar Morgonsala. Na een paar minuten merkte ze dat er een wind opstak. De lucht betrok. Ze kneep zo hard in het stuur dat het bloed uit haar vingers in haar handschoenen trok.

32
28 AUGUSTUS

Ivan Galinov keek naar de journalist op de baar. Wat een kanjer. Het was lang geleden dat hij iemand zo stoïcijns dit soort pijnen had zien doorstaan. Maar dat maakte niet uit. De tijd verstreek en ze konden niet langer wachten. De journalist moest sterven – misschien zinloos. Maar dat deed er niet toe. Hij was er nu, hierheen gejaagd door de schaduwen van het verleden – door het vuur zelf, zou je kunnen zeggen.

Galinov had niet, zoals veel andere collega's bij de GROe, staan juichen toen Zalachenko's twaalfjarige dochter een molotovcocktail naar hem gooide en ze hem zagen branden in zijn auto. Hij was weggegaan en had gezworen dat hij het meisje er ooit voor zou laten boeten. Natuurlijk was de grond al jaren daarvoor onder zijn voeten weggezakt toen hij erachter kwam dat Zalachenko, zijn beste vriend en mentor, was overgelopen en het ergste van het ergste was geworden: een landverrader.

Later ontdekte hij echter dat het zo simpel niet was, en toen herstelden ze het contact. Het werd weer net als vroeger, bijna tenminste. Ze ontmoetten elkaar op geheime plekken, wisselden informatie uit en bouwden samen Zvezda Bratva op. Niemand had zoveel voor hem betekend als Zalachenko, zelfs zijn vader niet. Galinov zou zijn nagedachtenis altijd in ere houden, ook al wist hij dat Zala ook ontzettend veel slechts had gedaan, niet alleen als onderdeel van zijn beroep, maar ook in andere opzichten, tegen zijn eigen vlees en bloed, en dat was een ander aspect van dit drama dat hem hierheen had gebracht.

Hij deed alles voor Kira. In haar herkende hij zowel Zala als zichzelf, zowel de verrader als de verradene, degene die leed en degene die anderen deed lijden, en nooit had hij haar zo van haar stuk gezien als na het gesprek met Mikael hier bij de baar. Galinov strekte zijn rug. Het was al middag, hij was moe en zijn ogen deden zeer. Maar hij stond hier nog en hij moest het karwei afmaken. Hij had daar nooit plezier in gehad, zoals Kira en Zala. Voor hem was het niet meer dan zijn plicht.

Hij zei: 'Nu gaan we er een eind aan maken, Mikael. Hou je haaks.'

Mikael reageerde niet. Hij klemde zijn kaken op elkaar en bleef dapper. De baar waarop hij lag was nat van het zweet. Zijn voeten waren verbrand en opengescheurd, en het vuur dat daar brandde, moest er voor hem uitzien als een monster met opengesperde bek. Het kostte Galinov geen moeite zich te verplaatsen in Mikaels situatie.

Hij was zelf ook gemarteld en had geloofd dat hij zou worden geëxecuteerd. Hij dacht, als een soort troost voor zichzelf en Mikael, dat er waarschijnlijk een uiterste pijngrens bestond, een punt waarop het lichaam zichzelf uitschakelt. Het zou evolutionair immers geen zin hebben als we oneindig konden lijden, ook als alle hoop vervlogen was.

'Ben je klaar?' vroeg hij.

'Ik... heb...' zei de journalist, maar meer kon hij blijkbaar niet zeggen, want er kwam verder niets, dus Galinov liet het maar zo.

Hij controleerde de riemen van de baar, veegde het zweet van zijn wangen, zag een glimp van zichzelf in de metalen wanden van de oven en wilde de baar in beweging brengen.

Mikael had nog van alles willen zeggen, al was het maar om nog wat respijt te krijgen. Maar zijn krachten begaven het. Herinneringen en gedachten overvielen hem als een vloedgolf. Hij zag zijn dochter voor zich, zijn ouders, Lisbeth, Erika, van alles, veel meer dan hij kon overzien, en hij merkte dat zijn rug kromtrok in een boog. Zijn benen en heupen trilden, en hij dacht: nu gaat het gebeuren, nu verbranden ze me. Hij keek naar Ivan, maar hij kon niets meer onderscheiden.

De hele ruimte leek wel in de mist te hangen, dus hij wist niet of de lampen aan het plafond echt knipperden en uitgingen of dat hij alleen maar hallucineerde. Even dacht hij dat het donker bij zijn doodsangst hoorde, maar toen begreep hij dat er echt iets gebeurde. Hij hoorde voetstappen en stemmen, en zag dat Ivan zich omdraaide en in het Zweeds zei: 'Wat gebeurt er, verdomme?'

Er reageerden allerlei opgewonden stemmen. Wat was er? Mikael begreep het niet. Hij merkte wel dat er opeens onrust heerste in het gebouw en dat de stroom werkelijk was uitgevallen. Alles was gedoofd, behalve de oven, die nog altijd met dezelfde dreigende intensiteit brandde, en hij was nog steeds maar een duwtje verwijderd van een pijnlijke dood. Toch betekende het rumoer... hoop, ja toch? Hij keek om zich heen en zag schaduwen bewegen in het donker.

Misschien was de politie er. Hij probeerde te denken en zijn pijn te negeren. Kon hij hen nog banger maken? Zeggen dat ze omsingeld waren, dat het met hen gedaan was? Maar nee, dan zouden ze hem alleen maar nog sneller in de oven schuiven. Zijn keel kneep zich samen. Hij kreeg bijna geen lucht meer. Hij keek naar de leren riemen die om zijn benen waren gespannen. Het waren nieuwe, want de oude waren verbrand en in zijn huid gesmolten. Zijn kuiten bonsden en gierden van de pijn. Maar toch... de huid hing er in repen omheen. Zou hij zich los kunnen rukken? Hij besloot een poging te wagen. Het zou onbeschrijflijk zeer doen, maar daar mocht hij nu niet aan denken.

Hij deed zijn ogen dicht en wist uit te brengen: 'Jezus, het dak stort in.'

De man die zich Ivan noemde keek op, en Mikael haalde diep adem, rukte zijn benen uit de riemen en gaf een waanzinnige schreeuw, die door de lucht sneed. Zonder na te denken gaf hij Ivan een schop in zijn buik, en toen werd alles wazig en scheef.

Het laatste wat hij zich herinnerde voordat hij bewusteloos omviel, waren stemmen die in het Zweeds riepen: 'Schiet hem dood!'

Mei 2008

Op de weg terug naar het basiskamp, de volgende dag, kwamen ze terug, de woorden die hen door de storm en de sneeuwjacht maar nauwelijks hadden bereikt, het laatste wat ze van Klara hadden gehoord, haar vertwijfelde roepen: 'Laat me hier niet liggen, alsjeblieft!'

Dat was onverdraaglijk, en toen al vermoedde hij dat die woorden zijn hele leven in hem zouden weerklinken. Toch was het ingewikkeld. Hij leefde, en dat gaf hem een bedwelmende kracht, hij bleef de hele weg naar beneden bidden dat hij Rebecka in de armen mocht vallen. Dus nee, hij voelde zich niet alleen maar schuldig. Hij wilde ook leven, en daarom was hij natuurlijk ook dankbaar, niet alleen Nima, maar ook Svante. Zonder hem zou hij daar op de berg gestorven zijn, maar toch: hij durfde hem niet in de ogen te kijken. Hij keek vooral naar Nima Rita. Daarin was hij trouwens niet de enige. Iedereen keek ongerust naar hem.

Nima was een wrak. Er werd gezegd dat hij met een helikopter naar een ziekenhuis moest worden gebracht, maar hij weigerde alle hulp, en al helemaal van Svante en Johannes. Hij was een onzekere factor, dat viel niet te ontkennen. Wat zou hij zeggen als hij weer op krachten kwam? Dat zat Johannes dwars, en Svante blijkbaar nog meer. De sfeer werd steeds gespannener. Maar uiteindelijk liet Johannes het los. Het moest maar gaan zoals het ging. Naarmate zijn krachten afnamen en ze de veiligheid naderden, maakte zijn levenswil plaats voor apathie, en toen hij Rebecka ten slotte daadwerkelijk omhelsde, was dat niet zoals het in zijn dromen was geweest. Geen gevoel van geborgenheid, geen verlangen naar haar, alleen maar een bezwaard gemoed.

Hij wilde nauwelijks eten en drinken. Hij sliep alleen maar, veertien uur lang, en toen hij wakker werd, kon hij bijna niet meer praten. Het was alsof er een laag as over heel dat duizelingwekkende berglandschap lag, en nergens vond hij troost, zelfs niet in

Becka's glimlach. Het leven leek dood. Hij had maar één gedachte: hij moest het vertellen. Maar hij stelde het steeds weer uit, niet in de laatste plaats door Svante en diens verontrustende blikken. Ze kregen bericht dat het met de klimcarrière van Nima Rita gedaan was. Moest Johannes de laatste nagel aan zijn doodskist worden? Moest hij vertellen dat de man die door iedereen als de grote held van de Everest werd beschouwd en die hem het leven had gered, een vrouw in de sneeuw had achtergelaten om te sterven?

Dat leek hem onmogelijk. Toch zou hij het hebben gedaan als Svante tijdens de tocht naar het basiskamp niet naar hem toe was gekomen. Dat was ter hoogte van Namche Bazaar, in de buurt van een ravijn waarin een riviertje kabbelde. Hij liep op dat moment alleen. Rebecka liep een stuk voor hem uit bij Charlotte Richter, die zich zorgen maakte over haar bevroren gebit.

Svante sloeg een arm om Johannes' schouder en zei: 'We kunnen dit niet vertellen, nooit ofte nimmer, dat begrijp je wel, hè?'

'Het spijt me, Svante. Ik moet het vertellen. Anders kan ik mezelf in de spiegel niet meer recht in de ogen kijken.'

'Ik begrijp het, vriend. Ik begrijp het. Maar we zitten behoorlijk klem,' zei hij, en hij vertelde met zijn allervriendelijkste stem wat de Russen van hen wisten, en toen antwoordde Johannes dat hij dan toch nog maar even zou afwachten.

Misschien beschouwde hij het zelfs wel als een reddingsboei, een manier om te ontkomen aan de morele plicht om het te vertellen.

Het was nog niet zo makkelijk om er te komen. Lisbeth had niet de kortste weg durven nemen voor het geval dat het inderdaad het goede gebouw was. Ze had een bospad gevonden waarover ze met haar motor slippend doorreed tot een groepje bosbessenstruiken. Daar kon ze het pand observeren van achter een dennenboom.

Eerst zag ze binnen geen teken van leven, en ze raakte er al van overtuigd dat het een rookgordijn was, een manier om haar op een dwaalspoor te brengen. Het gebouw was lang en smal als een stal, van steen en tegels, en er waren tekenen van verval. Het dak moest worden gerepareerd en de verf begon af te bladderen. Van waar zij stond kon ze geen auto's of motoren zien staan. Maar toen zag ze dat er rook uit de schoorsteen kwam en gaf ze Plague opdracht de operatie te starten.

Even later kwam er een gestalte naar buiten, een man met lang haar, in donkere kleren. Ze kon hem maar vaag zien, maar ze stelde toch vast dat hij ongerust om zich heen keek, en daar had ze genoeg aan.

Ze stelde haar IMSI-catcher, haar mobiele basisstation, op en al na een paar tellen kwam er nog een man naar buiten, al net zo nerveus als de eerste. Het leken de ontvoerders wel te zijn – daar raakte ze steeds meer van overtuigd – en het waren er vast niet weinig, niet als ze Mikael daar vasthielden. Ze maakte foto's van het gebouw en stuurde de gps-coördinaten in een versleuteld bericht naar commissaris Bublanski, in de hoop dat de politie hier snel kon zijn. Toen liep ze naar het gebouw. Dat was natuurlijk riskant.

Op het open terrein was geen plek om zich te verbergen, maar ze wilde proberen door de hoge ramen aan de lange kant, die tot aan de grond kwamen, te kijken. Het waaide hard, de lucht was donker en ze liep gebogen, klaar om haar pistool te pakken. Maar algauw ging ze weer terug. Ze was te dichtbij gekomen en zag geen snars. De ramen waren geverfd, ze voelde gevaar, draaide zich op haar hielen om en keek op haar telefoon.

Ze had een sms'je opgevangen: **Mollen en wegwezen.**

Later was niet goed meer na te gaan hoe het precies ging. Lisbeth zelf had het gevoel dat ze weer aarzelde, net als op de Tverskoj Boulevard. Maar Conny Andersson, die haar op dat moment op een camerabeeld ontdekte, had juist het gevoel dat de figuur die naar het bos rende verpletterend doelgericht was.

Op zijn computerscherm zag ook Bogdanov haar, maar in tegenstelling tot Conny sloeg hij geen alarm, maar keek hij met onwillekeurige fascinatie toe hoe ze tussen de bomen verdween. Een paar seconden was ze weg. Toen hoorde hij het geluid van een accelererende motor en meteen daarna zag hij die op hoge snelheid recht op hen afkomen. De motor hobbelde en schokte over het open veld, en hij nam aan dat dat het laatste was wat hij van haar zou zien.

Schoten knetterden, glas brak en de motor gierde. Maar Bogdanov bleef niet staan om te zien hoe het af zou lopen. Hij pakte zijn autosleutels van het tafeltje naast zijn computer en ging ervandoor vanuit een impuls om eindelijk vrij te zijn, weg te komen van iets wat niet goed kon aflopen – niet voor hen en niet voor Wasp.

Mikael deed zijn ogen open en zag wazig een man voor zich staan, een ongeschoren, pafferig type van een jaar of veertig, met lang haar, brede kaken en rode ogen. Zijn handen trilden en het pistool dat hij vasthield trilde ook. Hij keek nerveus naar Ivan, die nog naar adem hapte.

'Moet ik schieten?' riep de man.

'Schieten!' zei Ivan. 'We moeten hier weg.' Mikael begon met zijn benen te zwaaien alsof hij met zijn kapotte voeten de kogels kon afweren. Hij zag dat de man zich concentreerde, dat zijn voorhoofd zich plooide, dat de spieren in zijn onderarmen zich spanden, en hij schreeuwde: 'Nee, in godsnaam, nee!' Op dat moment hoorde hij het brullende geluid van een auto of een motor dat razendsnel dichterbij kwam, en de man draaide zich om.

De mensen om hem heen begonnen te schieten, misschien met machinegeweren; dat kon Mikael er niet uit opmaken. Het enige wat zeker was, was dat het voertuig recht op hen afkwam. Er klonk een klap. Het regende glassplinters. Een motor bulderde naar binnen. Erop zat een mager figuurtje in zwarte kleren, een vrouw, dacht hij. Ze reed recht tegen een van de mannen aan, en werd door de klap tegen de muur geslingerd.

Intussen ging het schieten door. De pafferige man met de brede kaken schoot ook, niet op hem, maar op de vrouw die van haar motor was geworpen, maar blijkbaar miste hij. De vrouw was al in beweging. Wilde, snelle voetstappen kwamen naar Mikael toe, en hij zag Ivans gezicht verstijven van angst of concentratie. Daarna kreeg hij niet meer mee wat er gebeurde. Hij hoorde alleen maar meer schieten en schreeuwen en zonk weer weg in zijn pijn en misselijkheid.

Catrin, Kowalski en de Forsells hadden Indiaas eten laten bezorgen en een pauze ingelast. Maar nu zaten ze weer in de woonkamer. Catrin probeerde zich weer te concentreren. Ze wilde beter begrijpen wat Svante Lindberg tegen Forsell had gezegd toen ze teruggingen naar het basiskamp.

'Ik dacht gewoon dat hij het beste met me voorhad,' zei Johannes. 'Hij sloeg zijn arm om mijn schouders en zei dat hij bang was dat we ons aanklachten op de hals zouden halen als we het vertelden, dat de kans daarop nu al bestond.'

'Waarom dacht hij dat?'

'De leiding van de GROe wist wie wij waren. Ze zouden zich nu al afvragen of er een verband bestond tussen de dood van Grankin en onze aanwezigheid op de berg. Hij voegde er nog aan toe: "Je weet toch dat ze het al langere tijd op je gemunt hebben," en dat was zo, dat wist ik. De GROe beschouwde me als gevaarlijk en irritant, en op die manier herinnerde hij me er, nog steeds op die vervloekt vriendschappelijke toon, aan dat ze materiaal tegen me hadden.'

'Materiaal?'

'Compromitterend materiaal.'

'En waar doelde hij dan op?'

'Op een geschiedenis met Antonsson.'

'De minister van Handel?'

'Ja, die. Sten Antonsson was toen net gescheiden en een beetje in de war, en in het begin van deze eeuw werd hij verliefd op een jonge Russin die Alisa heette. Hij zat op een wolk, die arme kerel. Maar bij een bezoek in Sint-Petersburg, toen ik ook mee was, dronken ze een lading champagne in de hotelkamer. En midden in dat feest begon Alisa naar gevoelige informatie te vragen, en ik geloof dat het kwartje toen bij hem viel. Dit was niet zijn grote liefde, dit was een klassieke verleidingstruc, en toen brak er iets bij hem. Hij begon te schreeuwen en misbaar te maken, zijn bewakers kwamen binnen en het werd een enorme rel. En toen kwam iemand op het absurde idee dat ik de vrouw moest verhoren, dus ik werd naar die kamer geroepen.'

'En toen?'

'Ik kwam binnenrennen en de eerste die ik tegenkwam was Alisa, slechts gekleed in string en jarretelles en zo. Ze was volkomen hysterisch en ik probeerde haar te kalmeren. Toen begon ze te brullen dat ze geld wilde hebben, anders zou ze een aanklacht tegen Antonsson indienen wegens mishandeling. Ik was totaal overrompeld, en omdat ik een hoop roebels bij me had, gaf ik haar die. Dat was niet zo snugger, maar het was het enige wat ik op dat moment kon verzinnen.'

'En je was bang dat er foto's van bestonden?'

'Daar was ik bang voor, en toen Svante me aan dat incident herinnerde, werd het allemaal nog ingewikkelder, en ik dacht aan Becka. Ik hield zoveel van haar en ik was doodsbenauwd dat ze zou geloven dat ik feite zo'n louche type was.'

'Dus je besloot niet te vertellen wat er was gebeurd.'

'Ik besloot te wachten, en toen ik merkte dat Nima het ook niet vertelde, wachtte ik nog wat langer, en de tijd verstreek. En toen kregen we andere problemen.'

'Wat voor problemen?'

Janek Kowalski antwoordde: 'Het was naar de GROe uitgelekt dat Johannes had geprobeerd Grankin te werven.'

'Hoe was dat mogelijk?'

'Wij dachten dat het Stan Engelman was,' ging Kowalski door. 'Die zomer en herfst kregen we steeds sterkere aanwijzingen dat hij bij Zvezda Bratva zat. We hadden het vermoeden dat Engelman een bron in de expeditie had, die hem had geïnformeerd over de nauwe contacten tussen Johannes en Viktor. We dachten zelfs dat Nima Rita die bron was.'

'Maar dat was niet zo?'

'Nee, maar het was wel duidelijk dat de GROe was geïnformeerd. We dachten dat ze het niet zeker wisten, maar toch... er werd een protest ingediend bij de Zweedse regering. Er was zelfs sprake van dat Forsells pressie een van de oorzaken van Grankins stress op de Everest was geweest, en dat die hem het leven had gekost. Johannes werd uitgewezen uit Rusland, zoals je weet.'

'Dus dat was daarom?'

'Gedeeltelijk. Rusland wees in die tijd sowieso een heleboel diplomaten uit. Maar ja, het speelde ongetwijfeld mee, en het was een groot verlies voor ons allemaal.'

'Maar niet voor mij,' zei Johannes. 'Voor mij was het het begin van iets nieuws, iets beters. Ik was geen militair meer en dat voelde als een enorme bevrijding. Ik was verliefd en trouwde, ik bouwde mijn vaders bedrijf verder op, ik kreeg kinderen. Het leven lachte me weer toe.'

'En dat is gevaarlijk,' zei Kowalski.

'Wat cynisch,' zei Rebecka.

'Maar het is zo. Wie gelukkig is, laat zijn dekking zakken.'

'Ik verloor mijn behoedzaamheid en ik telde één en één niet meer netjes op,' zei Johannes. 'Ik bleef Svante beschouwen als mijn steun en toeverlaat. Ik benoemde hem zelfs tot secretaris-generaal op mijn ministerie.'

'En dat was een vergissing?' vroeg Catrin.

'Dat is nog zacht uitgedrukt. Het verleden achterhaalde me al snel.'

'Er barstte een desinformatiecampagne over u los.'

'Dat ook, maar het belangrijkste was dat Janek zich meldde.'

'En wat wilde hij?'

'Ik wilde het over Nima Rita hebben,' zei Kowalski.

'Hoezo?'

'Ik had lang contact gehouden met Nima, weet u,' nam Johannes het weer over. 'Ik had hem geld gegeven en een huis voor hem laten bouwen in Khumbu. Maar op het laatst maakte het helemaal niet meer uit wat ik deed. Na de dood van Luna stortte hij helemaal in en werd hij vreselijk ziek. Ik kreeg hem maar een paar keer aan de telefoon, en dan kon je hem bijna niet verstaan. Hij raaskalde maar wat. Het was één grote puinhoop in zijn hoofd, en niemand luisterde meer naar hem. Hij werd als ongevaarlijk beschouwd, zelfs door Svante. Maar in de herfst van 2017 veranderde dat. Een journalist van *The Atlantic*, Lilian Henderson, was een boek aan het schrijven over de gebeurtenissen op de Everest, dat een jaar later, tien jaar na het drama, gepubliceerd moest worden. Lilian was erg goed op de hoogte, niet alleen van de romance tussen Viktor en Klara, maar ook van Stan Engelmans connecties met Zvezda Bratva. Ze onderzocht zelfs een gerucht dat Engelman zijn vrouw en Grankin op de berg wilde ombrengen.'

'Jezus.'

'Ja, en Lilian Henderson had Engelman in New York ook een stevig interview afgenomen. Stan sprak alle beschuldigingen natuurlijk tegen, en het was ook niet evident dat Lilian er voldoende bewijs voor zou vinden, maar Engelman kreeg waarschijnlijk toch het idee dat hij serieus in gevaar was.'

'En toen?'

'Lilian Henderson was zo onvoorzichtig om zich te laten ontvallen dat ze naar Nepal wilde om met Nima Rita te praten, en Nima Rita mag dan normaal gesproken volkomen ongevaarlijk zijn geweest, zoals ik al vertelde, maar dat zou hij misschien niet zijn in gesprek met een onderzoekende journalist die bovendien voldoende kennis bezat om waanzin en feiten in zijn woordenvloed van elkaar te kunnen onderscheiden.'

'En wat waren de feiten?'

'Onder meer precies dat wat Lilian Henderson onderzocht,' zei Kowalski.

'Hoe bedoelt u?'

'Een man van onze ambassade in Nepal las Nima's muurkranten in Kathmandu, en daar, midden tussen allerlei andere dingen, stond dat Stan Engelman Nima had gevraagd mamsahib op de berg te doden, al had hij het blijkbaar wel over een "Angelman", dus het leek alsof hij dat bevel had gekregen van een donkere engel uit de hemel.'

'Maar het was wel waar, denkt u?' vroeg Catrin.

'Ja, dat geloven we wel,' vervolgde Kowalski. 'We denken dat Stan een tijdje met de gedachte heeft gespeeld om Nima Rita als instrument te gebruiken.'

'Echt waar?'

'Vergeet niet dat Engelman waarschijnlijk wanhopig was toen het tot hem doordrong dat Klara en Grankin samenspanden om hem te ontmaskeren.'

'Hoe reageerde Nima daarop? Weet u dat?'

'Hij was natuurlijk ontsteld,' zei Johannes. 'Zijn hele leven, zijn hele carrière was hij bezig geweest mensen te helpen, niet hen van het leven te beroven, en hij weigerde natuurlijk. Maar later, toen hij toch medeschuldig was aan haar dood, achtervolgde het hem wel. Dat kun je je natuurlijk wel voorstellen. Hij werd verteerd door schuldgevoelens en paranoia, en in de herfst van 2017, toen Janek contact met mij opnam, probeerde Nima in Kathmandu wanhopig zijn zonden te bekennen. Hij wilde publiekelijk biechten.'

'Ja, daar zag het naar uit,' zei Kowalski, 'en ik liet Johannes weten dat Nima Rita's leven in gevaar was nu Lilian Henderson hem wilde bezoeken. Ik zei dat de kans bestond dat Stan Engelman en Zvezda Bratva hem een kopje kleiner zouden maken, en toen zei Johannes meteen dat we het aan hem verplicht waren om hem te beschermen en te verzorgen.'

'En dat deden jullie?'

'Ja.'

'Hoe?'

'We lichtten Klas Berg van de MUST in, brachten hem met een Brits diplomatenvliegtuig hierheen en plaatsten hem in Södra Flygeln in Årstaviken, waar hij helaas...'

'Helaas?' drong Catrin aan.

'Geen erg goede zorg kreeg, en ik...' vervolgde Johannes.

'En u?'

'Ik bezocht hem daar niet zo vaak als ik van plan was geweest, en dat kwam niet alleen omdat ik het druk had. Het deed gewoon te zeer om hem daar zo te zien.'

'U koos liever voor het leven, want dat lachte u nog steeds toe.'

'Ja, zoiets, maar dat duurde niet zo lang.'

33
28 AUGUSTUS

Lisbeth Salander trok haar hoofd in toen haar motor het raam verbrijzelde, maar meteen daarna keek ze weer op, en ze zag dat een man in een leren jasje op haar aan het schieten was, dus ze reed recht op hem af. De klap was zo hard dat ze door de lucht vloog, met haar lichaam tegen de muur sloeg en op een stalen balk op de vloer terechtkwam. Ze stond onmiddellijk op en zocht dekking achter een pilaar, terwijl haar ogen alle details in het gebouw registreerden: het aantal mannen en hun wapens, de afstand, obstakels, en verderop: de oven die ze op de filmpjes had gezien.

Daar, vlak naast Mikael, stond een man in een wit pak die een lap op zijn gezicht drukte. Ze merkte dat ze, gedreven door een ontembare innerlijke kracht, al op weg naar hen toe was. Een kogel raakte haar helm. Andere floten om haar heen. Ze schoot terug, en een van de mannen bij de oven zakte in elkaar. Dat was gunstig, maar verder had ze geen plan.

Ze snelde er gewoon op af en zag dat de man in het witte pak de baar waarop Mikael lag, vastpakte om hem in de vlammen te schuiven. Ze schoot opnieuw, maar miste waarschijnlijk, dus ze rende pal tegen de man aan, en ze vielen samen in één beweging op de grond. Daarna gebeurde alles in een waas.

Het enige wat ze wist, was dat ze hem een kopstoot gaf waardoor zijn neus brak. Ze kwam overeind, schoot op een andere, schaduwachtige figuur en maakte een van de leren riemen om Mikaels armen los. Dat was een grote fout, maar het leek haar noodzakelijk. Mikael lag op een soort draagbaar op een stuk rails. Eén duwtje en hij zou in het vuur rollen. Maar hoewel het losmaken slechts een paar seconden duurde, leidde het haar even af.

Ze kreeg een klap in haar rug en een schot in haar arm, viel voorover en was niet snel genoeg om een voet af te weren die het wapen uit haar handen schopte. Dat was rampzalig. Voordat ze kon opstaan was ze omsingeld, en ze was ervan overtuigd dat ze haar onmiddellijk zouden neerschieten. Maar er heerste spanning en verwarring; misschien wachtten ze op bevelen.

Per slot van rekening was het hun de hele tijd om haar te doen geweest. Ze zocht met haar ogen naar een uitweg en zag dat er twee mannen op de grond lagen en dat een ander gewond was, maar nog wel op zijn benen stond. Ze stond nu dus tegenover drie man, en van Mikael was niet veel hulp te verwachten. Hij zag er versuft uit en zijn benen...

Ze wendde haar blik af en keek weer naar de criminelen. Ze herkende Jorma en Krille van de motorclub Svavelsjö, en de gewonde was Peter Kovic. Hij zag eruit alsof hij beter kon gaan zitten. Hij was de zwakke schakel, en Krille zag er ook niet gezond uit. Was hij degene tegen wie ze aan was gereden?

Verderop was een blauwe deur naar een andere ruimte, en ze dacht: daar zijn er natuurlijk nog meer. Achter zich hoorde ze de man kreunen die ze een kopstoot had gegeven, Galinov waarschijnlijk. Hij bewoog en was ook nog niet onschadelijk gemaakt. Het bloed gutste uit haar arm en ze begreep: ze was kansloos. Eén onvoorzichtige beweging en ze zouden haar neerschieten. Toch gaf ze het nog niet op. Haar hersenen draaiden op volle toeren. Wat voor elektronica was er in deze hal? Een camera natuurlijk, een computer en een aansluiting, maar misschien ook een alarm. Maar nee... daar kon ze nu niet bij. Bovendien was de stroom uitgeschakeld.

Ze kon niet meer doen dan proberen tijd te winnen. Ze keek weer naar Mikael. Ze had hem nodig. Ze had alle hulp nodig die ze kon krijgen, en ze moest misschien proberen positief te denken. Mikael had ze in elk geval gered, al was het misschien maar tijdelijk. De rest was één grote mislukking. Sinds haar aarzeling op de Tverskoj Boulevard had ze alleen maar problemen en lijden veroorzaakt, en ze vloekte inwendig, terwijl haar brein een oplossing zocht.

Ze nam de lichaamstaal van de mannen in zich op en mat de afstand tot het gat in het raam, haar motor en een ijzeren staaf, een *pontello*, dacht ze – een stuk gereedschap voor glasblazers – die op de vloer lag. Ze bedacht en verwierp ideeën om uit deze benarde situatie te ontsnappen. Het was alsof ze elk detail van het gebouw fotografeerde, en ze luisterde naar geluiden en ongewone dingen, maar ze vernam ook een soort waarschuwingssignaal. Het volgende moment ging de blauwe deur in de verte open, en er kwam een maar al te bekende gestalte tevoorschijn, die naar haar toe kwam; haar stappen weergalmden in de hal, triomfantelijk en wanhopig tegelijk.

De ruimte was vervuld van nervositeit en plechtstatigheid, en een uitgeputte stem achter haar zei in het Russisch: 'In godsnaam, Kira. Ben je er nog?'

30 september 2017, Kathmandu

Nima Rita zat op zijn knieën in een achterafstraatje, niet ver van de rivier de Bagmati waar de doden gecremeerd worden. Hij zat te zweten in zijn donzen jack, het jack dat hij had gedragen toen hij Luna voor het laatst had gezien in de spleet op de Cho Oyu. Hij zag haar voor zich: ze lag op haar buik, met haar armen uitgestrekt alsof ze vloog, en riep vanaf de andere kant van het leven: 'Laat me hier niet liggen, alsjeblieft!'

Ze riep hetzelfde als mamsahib. Ze was net zo eenzaam en wanhopig. Die gedachte was onverdraaglijk, en Nima Rita sloeg zijn bier achterover. Niet dat het geroep daardoor ophield – daar kon niets een einde aan maken – maar het bier dempte het toch een beetje, en maakte dat de wereld wat vriendelijker meezong. Hij keek naast zich. Hij had nog drie flessen over, en dat was goed.

Die zou hij opdrinken. Daarna zou hij teruggaan naar het ziekenhuis om met Lilian Henderson te praten, die helemaal uit Amerika was gekomen om hem te spreken. Dat was belangrijk, iets wat hem voor het eerst sinds jaren hoop gaf, ook al was hij natuurlijk bang dat ook Lilian Henderson zich van hem af zou keren.

Er rustte een vloek op hem. Niemand luisterde meer naar hem. Zijn woorden dreven weg zoals de as op de rivier. Hij was als een ziekte waarvoor mensen op de vlucht slaan. Een pestlijder. Toch bad hij voortdurend tot de goden van de bergen dat iemand als Lilian hem zou begrijpen, en hij wist precies wat hij wilde zeggen. Hij wilde zeggen dat hij het verkeerd had gedaan. Mamsahib was niet slecht. De slechte mensen waren degenen die dat hadden beweerd: sahib Engelman en sahib Lindberg. Die wilden haar dood hebben, ze hadden hem misleid en hem akelige dingen ingefluisterd. Díé waren slecht, niet zij – dat wilde hij vertellen, maar zou het lukken? Hij was ziek, dat wist hij zelf ook.

Alles liep bij hem door elkaar. Hij had het gevoel dat hij niet alleen mamsahib, maar ook zijn Luna in de sneeuw had achtergelaten om te sterven, en daarom moest hij mamsahib bewenen en beminnen, net zoals hij Luna elke dag beweende en beminde – en dat maakte zijn verdriet dubbel zo groot. Honderd keer zo groot. Maar hij moest dapper zijn, onderscheid proberen te maken tussen de stemmen, niet alles door elkaar halen zodat hij Lilian bang maakte, zoals hij alle anderen bang maakte, dus dronk hij zijn bier methodisch en snel, en met zijn ogen dicht. Om hem heen rook het naar kruiden en zweet. Het wemelde er van de mensen, maar nu hoorde hij voetstappen die heel dichtbij kwamen. Het waren twee mannen, een oudere en een jongere.

Ze zeiden in Brits-Engels: 'We zijn hier om u te helpen.'

'Ik moet het vertellen aan mamsahib Lilian,' zei hij.

'Dat mag,' antwoordden ze.

Wat er daarna gebeurde, wist hij niet zo goed, alleen dat hij korte tijd later in een auto op weg naar het vliegveld zat en dat hij Lilian Henderson nooit zou zien. Er zou nooit iemand zijn die het begreep, en het maakte niet uit hoe vaak hij de goden om vergeving vroeg. Hij was verloren.

Hij zou sterven als verlorene.

Catrin boog zich naar Johannes Forsell toe en keek hem in de ogen.

'Als Nima Rita met journalisten wilde praten, waarom mocht dat dan niet?'

'Men vond dat hij er te slecht aan toe was.'

'U zei dat hij slecht werd verzorgd. Dat hij het grootste deel van de tijd opgesloten zat. Waarom kreeg hij dan geen hulp om zijn verhaal te ontrafelen?'

Johannes Forsell sloeg zijn ogen neer. Zijn lippen bewogen nerveus: 'Omdat...'

'... u het eigenlijk niet wilde,' viel ze hem in de rede, feller dan ze had bedoeld. 'U wilde uw gelukkige leventje niet op het spel zetten, nietwaar?'

'Mijn hemel,' zei Janek Kowalski, 'heb een beetje mededogen alstublieft. Johannes is niet de schurk in dit verhaal, en gelukkig was hij dus niet zo lang.'

'Dat is zo,' zei ze. 'Sorry. Ga door.'

'U hoeft zich niet te excuseren,' zei Johannes. 'U hebt natuurlijk gelijk. Ik was een slappeling. Ik verdrong Nima en kreeg ook genoeg van mijn eigen leven.'

'Door die hele golf van haat?'

'Die heb ik me eigenlijk nooit zo erg aangetrokken,' vervolgde Johannes. 'Ik hield het voor wat het ook was: bluf en desinformatie. Nee, het ging pas kortgeleden mis, in augustus.'

'Hoe kwam dat dan?'

'Ik zat in mijn kamer op het ministerie. Toen wist ik sinds een paar dagen dat Nima was verdwenen uit Södra Flygeln. Ik maakte me zorgen en zat erover na te denken toen Svante binnenkwam, en toen merkte ik dat er iets mis was. Ik had er nooit over gesproken dat we Nima hierheen hadden gebracht, weet u. Met geen woord. Dat hadden Janek en zijn groep me verboden. Maar op dat moment kon ik er niet meer tegen. Ik had zijn manipulatieve kanten inmiddels wel leren kennen, maar in crisissituaties leunde ik toch vaak op hem. Dat had ik overgehouden aan de Everest. Ik vertelde hem alles. Ik liep helemaal leeg.'

'Hoe reageerde hij?'

'Rustig, beheerst. Hij was verbaasd, natuurlijk, maar ik merkte niets alarmerends, totaal niet. Hij knikte alleen maar en ging weer weg. Ik dacht dat het allemaal wel goed zou komen. Toen had ik al contact gehad met Klas Berg, en die had gezegd dat ze Nima wel zouden vinden en dat ze hem naar de instelling terug zouden brengen. Maar er gebeurde niets en op zondag 16 augustus belde Svante. Hij zat in zijn auto voor ons huis in Stocksund en wilde praten. Ik mocht mijn telefoon niet meenemen, zei hij, en toen begreep ik dat het over iets geheims ging. In de auto had hij de muziek heel hard staan.'

'Wat zei hij?'

'Dat hij Nima had gevonden en had ontdekt dat hij muurkranten ophing waarin stond wat er op de Everest was gebeurd en dat hij contact probeerde op te nemen met journalisten. We konden ons niet permitteren dat dat soort informatie naar buiten kwam, zei hij, niet nu we toch al zo onder druk stonden.'

'En wat zei u toen?'

'Dat weet ik niet meer. Ik weet alleen dat hij zei dat hij de zaak wel over zou nemen en dat ik me geen zorgen meer hoefde te maken. Ik werd woedend en eiste dat hij precies vertelde wat hij had gedaan, en toen zei hij doodgemoedereerd: "Dat wil ik best doen, maar dan heb jij ook vuile handen. Dan hebben we het samen gedaan," en toen riep ik terug: "Dat kan me geen zak schelen, ik wil weten wat je hebt gedaan," en toen vertelde die klootzak het.'

'Wat vertelde hij?'

'Dat hij Nima Rita in de buurt van het Norra Bantorg had aangetroffen en dat hij hem een fles geprepareerde drank had gegeven zonder dat Nima hem had herkend, en dat Nima de volgende dag rustig was ingeslapen. Zo zei hij dat, "rustig ingeslapen", en toen ging ik door het lint. Ik begon te schreeuwen. Dat ik hem zou aangeven en dat ik zou zorgen dat hij de rest van zijn leven in de bak zou zitten, en nog veel meer. Ik was volkomen buiten mezelf. Maar hij keek me alleen maar heel kalm aan, en toen begreep ik het eindelijk. Ineens ging me een licht op en was alles me duidelijk.'

'Wat was u duidelijk?'

'Wie hij was en waartoe hij in staat was. Zoveel dingen vielen op hun plaats dat ik gewoon niet weet waar ik moet beginnen. Ik moest bijvoorbeeld denken aan die blåbärssoppa op de Everest.'

'Blåbärssoppa?' vroeg Catrin verbaasd.

'Svante werd gesponsord door een bedrijf in Dalarna dat een bijzonder voedzame blåbärssoppa maakte, en jullie weten natuurlijk dat dat een typisch Zweeds drankje is. Maar op de Everest was hij daar zo enthousiast over dat alle leden van onze expeditie het begonnen te drinken, en toen we daar in die auto zaten, kwam het allemaal weer bij me boven: dat hij in kamp 4, vlak voordat we naar de top gingen, flessen van dat spul uitdeelde die onze sherpa's naar boven hadden gesjouwd. Het schoot me te binnen dat hij Viktor en Klara ook een flesje gaf, en toen bedacht ik dat ze later zo sloom waren, en toen begreep ik...'

'Dat hij al eerder flessen had geprepareerd.'

'Ik kan het niet bewijzen en hij gaf het ook niet toe, maar ik begreep dat het zo was gegaan. Hij had iets in hun drankje gedaan waardoor ze zwakker werden, misschien ook wel een slaapmiddel. Ik begreep dat Engelman en hij samenwerkten. Dat ze zichzelf en Zvezda Bratva beschermden.'

'Maar u durfde hen niet aan te geven?'

'Nee, en dat nekte me.'

'Wat wist Svante Lindberg van u?'

'Hij had die foto's natuurlijk waarop ik Antonssons minnares geld gaf, en dat was al erg, maar dat was niet alles. Lang niet alles. Er was allerlei informatie dat ik een hoerenloper was en dat ik vrouwen sloeg. Er was een heel dossier, zei hij. Dat was zo absurd dat ik hem alleen maar met open mond zat aan te kijken. Ik heb nog nooit een vrouw iets misdaan, dat weet je, Becka. Maar ik zag het aan hem, het was alsof ik het voor het eerst doorhad.'

'Wat?'

'Dat het helemaal niet uitmaakte dat het nepfeiten waren. Het deed er ook niet toe dat we vrienden waren geweest. Hij zou me kapotmaken als hem dat zo uitkwam, en ik zal nooit vergeten dat hij mij de schuld van de moord op Nima Rita in de schoenen zou schuiven als ik het tegen hem op zou nemen. Ik was zo bang dat ik niet meer wist wat ik moest doen. Ik zag een totale ramp op ons afkomen, Becka, en daar kon ik niet tegen. In plaats van iets te doen nam ik vrij en ging ik naar Sandö, en de rest weten jullie. Ik kon er niet mee leven, dus ik liep de zee in.'

'Wat een klootzak,' zei Catrin.

'Onvoorstelbaar,' zei Rebecka.

'Dat dossier waar Lindberg het over had, bestaat dat? Of blufte hij maar?'

'Dat bestaat helaas,' zei Janek met een nieuw soort teleurstelling in zijn stem. 'Maar het is misschien beter als jij dat ook vertelt, Johannes, dan vul ik je wel aan als je daar behoefte aan hebt.'

Kira zag een tafereel waar ze haar hele volwassen leven naar had uitgekeken en voelde... ja, wat? Vooral teleurstelling, dacht ze. Niet alleen omdat het nu eindelijk zover was en ze er niet meer over hoefde te dromen, maar ook omdat de triomf niet zo groots was als ze zich die had voorgesteld. Het moment werd behoorlijk bedorven door de agitatie en de onrust die in de lucht hingen. Maar het kwam vooral door Lisbeth zelf.

Lisbeth zag er helemaal niet uit zoals ze had gehoopt – niet gebroken of bang. Ze was onvoorstelbaar smerig en mager, zoals ze daar lag, op haar buik, terwijl het bloed uit haar arm stroomde. En toch zag ze er op de een of andere manier uit als een kat die op het punt staat om te springen. Ze leunde met haar bovenlichaam op haar ellebogen alsof ze een uitval wilde doen. Haar zwarte ogen keken langs hen heen naar de buitendeur en dat alleen al – dat gevoel van niet eens te worden waargenomen – maakte Kira razend. Kijk naar me, zus, wilde ze roepen. *Kijk naar me.* Maar ze mocht zich niet laten kennen.

Ze zei: 'Zo, daar ben je dan eindelijk.'

Lisbeth reageerde niet. Haar blik dwaalde door de hal en bleef rusten op Mikael en zijn kapotgebrande benen, en op de oven daarachter. Haar ogen leken hun spiegelbeeld te zoeken in het glimmende metaal van de oven, en daar putte Kira wat kracht uit. Misschien was Lisbeth toch wel bang.

'Je zult branden, net als Zala,' zei ze.

En toen reageerde haar zus dan toch: 'Zul je je daarna beter voelen, denk je?'

'Dat zou jij moeten weten.'

'Het voelt niet beter.'

'Voor mij straks wel.'

'Weet je waar ik spijt van heb, Camilla?'

'Het kan me geen reet schelen waar jij spijt van hebt.'

'Het spijt me dat ik het niet doorhad.'

'Je kletst.'

'Het spijt me dat we niet samen een front tegen hem vormden.'

'Het had nooit...' begon Camilla, maar verder kwam ze niet, misschien omdat ze geen idee had wat ze wilde zeggen of misschien omdat ze wist dat het verkeerd was wat ze zou gaan zeggen. Daarom maakte ze haar zin niet af, maar riep: 'Schiet haar in haar benen en breng haar naar de oven,' en ondanks alles voelde ze toch een steek van opwinding in haar borst.

En die stomme idioten schoten ook wel, maar ze twijfelden waarschijnlijk net een seconde te lang. Lisbeth was omgerold en Blomkvist stond opeens op zijn benen – hoe kon dat nou, verdomme? Camilla deinsde terug en zag dat haar zus een roestige ijzeren stang van de grond opraapte.

In de chaos rondom Lisbeth had Mikael ongemerkt zijn handen uit de leren riemen weten te bevrijden, en hoewel zijn benen hem nauwelijks konden dragen stond hij op. Gesterkt door de adrenaline die door zijn bloed joeg, wist hij overeind te blijven en een van de messen van het tafeltje naast de baar te pakken.

Een paar meter bij hem vandaan rolde Lisbeth met een ijzeren stang in haar hand helemaal naar haar motor en trok die met een snelle, krachtige beweging overeind. Even gebruikte ze hem als schild tegen de kogels. Toen sprong ze erop, startte hem, reed door het gat in het raam en verdween over het open veld. Dat was zo verrassend dat de bandieten zelfs stopten met schieten. Sloeg ze op de vlucht?

Het was nauwelijks te bevatten. Maar het geluid van de motor werd inderdaad steeds zwakker en stierf ten slotte weg. Het was alsof er een koude wind over Mikael heen streek.

Hij keek in de brandende oven en naar zijn verbrande benen en besefte dat het mes in zijn hand niets voorstelde, alsof hij met een houtspaander een dodelijk gevecht wilde aangaan. Hij voelde zijn ondraaglijke pijn en viel op de grond. Even gebeurde er niets.

Alles stond stil in een plotselinge verbijstering en het enige wat er te horen was, was gehijg en gekreun, en daarna het geluid van zijn kwelgeest Ivan, die opstond. Zijn neus bloedde en was aan gort geslagen, zijn pak was besmeurd door as en bloed, en hij gromde dat ze moesten maken dat ze daar wegkwamen. Camilla keek hem aan en maakte een onbestemde beweging met haar hoofd, die 'ja' kon betekenen, of 'nee', of helemaal niets. Ze leek net zo geschokt als alle anderen, vloekte zacht en schopte tegen een van de mannen die gewond op de grond lagen. In de verte riep iemand iets over Bogdanov.

Maar net op dat moment hoorde Mikael nog een geluid: een op volle toeren draaiende motor die het gebouw naderde. Dat moest Lisbeth zijn. Wat deed ze nu weer? Ze kwam terug, maar niet zo snel ditmaal, en ze kwam ook niet door het gat in het raam. Ze kwam naar hem toe, naar de oven, en de bandieten schoten weer, wild en zonder na te denken. Maar het motorgeluid bleef dichterbij komen, en daar daverde de motor de hal in, door het raam vlak bij Mikael.

Lisbeth werd zichtbaar in een regen van glassplinters die door de ruimte spatten en Ivan in het hoofd en de schouders raakten. Hij schrok alsof hij een geest zag, en dat was niet zo gek. Lisbeth zag er lijkbleek en volkomen waanzinnig uit. Ze had het stuur niet meer vast, maar de ijzeren stang. Ze sloeg een van de mannen het pistool uit de handen, botste tegen de baar en stoof over Mikael heen tegen de muur, maar ze kwam razendsnel weer overeind, greep het pistool dat over de vloer was weggegleden en begon te schieten.

Het hele gebouw bliksemde. Mikael kreeg niet mee wat er precies gebeurde. Hij hoorde alleen maar schieten en schreeuwen, voetstappen, gehijg, gegrom en vallende lichamen. Maar toen het kabaal eindelijk ophield, voor even in elk geval, besloot hij in actie te komen. Hij moest iets doen, wat dan ook.

Hij had nog steeds het mes in zijn hand, merkte hij terwijl hij probeerde op te staan. Het lukte niet. Het deed te zeer. Maar hij probeerde het opnieuw, en toen stond hij, wankelend en wel. De pijn was onvoorstelbaar en met wazige ogen keek hij om zich heen. Er stonden nog maar drie mensen op hun benen: Lisbeth, Ivan en Camilla.

Lisbeth was de enige met een wapen. De situatie was in haar voordeel omgeslagen en ze zou nu aan alles een eind kunnen maken. Toch gebeurde er niets. Ze bleef eigenaardig stilstaan, alsof ze in een beweging was verstijfd. Zelfs haar ogen waren onbeweeglijk; ze knipperden zelfs niet. Er was iets mis. Mikael voelde het als een angststeek in zijn borst, en toen zag hij het ook: Lisbeths hand trilde.

Ze kon niet schieten. Ivan en Camilla durfden dichterbij te komen, allebei van een andere kant. Ivan bloedend en behoedzaam, Camilla trillend van woede. Ze keek Lisbeth een paar seconden vol haat, bijna waanzinnig aan. En toen, in een plotselinge uitval, alsof ze doodgeschoten wílde worden, vloog ze recht op haar zus af. Maar Lisbeth schoot niet – ook deze keer niet.

Door de duw viel ze achterover en klapte ze met haar hoofd tegen de wand van de oven. Ivan snelde toe en pakte haar beet, en een eindje achter hem stond een man op. Het leek weer gedaan met Lisbeth en Mikael.

34
28 AUGUSTUS

'Ik werd in de dagen daarna steeds wanhopiger, en dat kwam niet alleen door de angst,' zei Johannes Forsell. 'Het was ook zelfverachting. Svante bedreigde me niet alleen, hij slaagde er ook in mijn hele zelfbeeld te vervormen. Dat waar hij me van wilde beschuldigen kroop me onder de huid en ik kreeg het gevoel dat ik het niet verdiende om te leven. Ik had het net al over de haatcampagne in de media. Daar heb ik me nooit echt druk om gemaakt. Maar na dat gesprek met Svante in de auto had ik plotseling het gevoel dat alles wat er werd gezegd waar was, reëel, een deel van mijn huid, en ik kon niets meer. Ik lag daar maar in mijn kamer op Sandö, als verlamd.'

'Toch hoorde ik je schreeuwen aan de telefoon,' zei Rebecka. 'Het leek alsof je voortdurend ruzie aan het maken was.'

'Dat is zo. Ik wilde ook vechten. Ik had Janek gebeld en het hem verteld, en ik zat een paar keer met de telefoon in mijn hand om de premier en het Openbaar Ministerie te bellen. Ik stond op het punt om iets te doen. Dat wil ik tenminste graag geloven. Maar Svante was waarschijnlijk ongerust geworden toen ik vrij nam. Hij kwam naar Sandö. Achteraf vraag ik me af of hij me in de gaten hield.'

'Waarom denkt u dat?'

'Op een ochtend toen Becka weg was om boodschappen te doen, kwam hij onaangekondigd langs, en toen hebben we een tijd op het strand staan praten. Toen liet hij me het dossier zien.'

'Hoe zag dat eruit?'

'Het was allemaal nep, natuurlijk, maar het was griezelig knap gedaan, met foto's van bont en blauw geslagen vrouwen, getuigenverklaringen, kopieën van aangiftes bij de politie, ondersteunende getuigen, verklaringen die eruitzagen als technisch bewijs. Het was een dik dossier, duidelijk professioneel werk, en ik besefte onmiddellijk dat die informatie door genoeg mensen lang genoeg voor waarheid zou worden aangezien om onherstelbare schade aan te richten. Ik weet nog dat ik daarna thuiskwam en om me heen keek. Elk voorwerp daar, de keukenmessen, de ramen op de bovenverdieping, de stopcontacten, alles was veranderd in iets wat mij schade kon toebrengen. Op dat moment wilde ik dood.'

'Dat klopt toch niet helemaal, Johannes,' zei Janek. 'Er zat nog een klein beetje vechtlust in je. Je belde mij weer en vertelde wat er was gebeurd.'

'Dat is zo, dat heb ik gedaan.'

'En je gaf ons zoveel informatie dat wij er de bevestiging van konden krijgen dat Svante Lindberg in het begin van deze eeuw door Zvezda Bratva was geworven. Het werd duidelijk dat hij niet alleen door en door corrupt was, we begrepen ook eindelijk wat er nu werkelijk was gebeurd.'

'Dat hij Viktor Grankin en Klara Engelman had vergiftigd?'

'Nu begrepen we zijn motief. Net als Stan Engelman was hij bang voor wat Klara en Viktor zouden kunnen onthullen. We denken dat Grankin Lindbergs rol in het syndicaat niet kende, maar dat maakt niet zoveel uit. Als je er eenmaal bij zit, moet je doen wat je wordt gezegd. Zvezda Bratva had tegen die tijd alle reden om zich te ontdoen van Viktor en Klara.'

'Ik begin het te begrijpen,' zei Catrin.

'Mooi,' ging Janek door. 'Dan snapt u misschien ook dat Svante Lindberg meer redenen had om Klara daar achter te laten om te sterven dan alleen maar een vriend helpen.'

'Hij wilde haar tot zwijgen brengen.'

'Dat ze als het ware uit de dood was opgestaan betekende dat het gevaar voor het syndicaat ook terugkwam.'

'Verschrikkelijk.'

'Inderdaad. Maar het trieste was dat wij zo hard bezig waren met die informatie dat we helemaal vergaten om Johannes in te lichten.'

'Jullie lieten hem in de steek,' zei Rebecka.

'We vergaten hem de steun te geven die hij verdiende, en dat vind ik heel pijnlijk.'

'Dat mag ook wel.'

'Ja, dat is zo. Het is allemaal verschrikkelijk ongelukkig en onrechtvaardig, en ik hoop dat u dat ook vindt,' zei Janek tegen Catrin, 'nu u dit alles hebt aangehoord.'

'Dat ik wat vind?'

'Dat Johannes de hele tijd het juiste heeft willen doen.'

Catrin gaf geen antwoord. Ze keek gespannen naar een nieuwsflash op haar mobiel.

'Is er iets gebeurd?' vroeg Rebecka.

'Er is een politieactie aan de gang in Morgonsala. Die zou verband kunnen houden met Mikael,' zei ze.

Lisbeth klapte met haar hoofd tegen de tegels van de oven en voelde de hitte van het vuur op zich afkomen. Ze moest zich vermannen, en niet alleen omwille van zichzelf. Maar het was alsof de duvel ermee speelde. Ze kon mannen verbranden met een strijkijzer. Ze kon woorden in hun borst tatoeëren en stapelgek worden. Maar ze kon haar zus niet neerschieten, zelfs niet als haar eigen leven ervan afhing. Dat besefte ze ook nu weer.

Ze had opnieuw getwijfeld en nu, midden in de waanzin die hen omringde, pakte Camilla haar bij haar gewonde arm en probeerde haar de oven in te trekken. Maar Lisbeth wist overeind te komen. Ze zag een man verderop – Jorma, dacht ze – zijn pistool op haar richten. Ze schoot terug en raakte hem in de borst. Er was beweging en dreiging aan alle kanten, en ook Galinov bukte zich om een wapen van de grond op te rapen. Ze wilde hem ook neerschieten, maar zover kwam het niet.

Met een van pijn vertrokken gezicht viel Mikael op de grond, maar in zijn val wist hij Galinov met het mes in de schouder te steken. Camilla deed een stap naar achteren en keek Lisbeth aan met ogen vol onmetelijke haat. Haar hele lichaam trilde en ze maakte zich klaar voor de aanval. Ze rende op Lisbeth af om haar in de oven te duwen, maar Lisbeth deed een stap opzij en Camilla struikelde door haar eigen snelheid voorover de oven in. Het was in een oogwenk gebeurd.

Toch leek het merkwaardig lang te duren. Niet alleen de beweging, de val en haar maaiende armen, maar ook het geluid: de klap waarmee haar lichaam in het vuur belandde, het gesis van haar verschroeiende huid en haar haar dat vlam vatte, haar door het vuur gesmoorde gegil, gevolgd door wanhopige pogingen om overeind te komen en ten slotte het geluid van haar voeten toen ze de oven uit strompelde, terwijl haar haar en haar blouse in brand stonden.

Camilla gilde, schudde haar hoofd en maaide met haar armen, terwijl Lisbeth er stil bij stond te kijken. Even leek ze zich af te vragen of ze haar zus moest helpen. Maar ze bleef roerloos staan, en toen gebeurde er iets anders. Camilla zweeg en bleef als verstijfd staan. Hoe het kwam, was niet duidelijk, maar waarschijnlijk zag ze haar eigen spiegelbeeld in de metalen ovenwanden, want opeens begon ze weer te schreeuwen.

'Mijn gezicht, mijn gezicht!'

Het klonk alsof ze meer dan haar leven had verloren. Toch was ze in zekere zin nog daadkrachtig, want ze bukte zich snel naar het wapen dat Galinov had laten vallen en richtte dat op haar zus, en toen schrok Lisbeth op uit haar verlamming. Toen was ze bereid om terug te schieten.

Camilla's haar brandde nog, en waarschijnlijk kon ze daardoor niet goed zien. Ze wankelde heen en weer met het pistool omhoog, alsof ze in het duister tastte. Lisbeth hield haar vinger om de trekker, klaar om op elk moment te schieten en even dacht ze dat ze dat ook inderdaad had gedaan. Er viel een schot. Maar Lisbeth had niet geschoten.

Het was Camilla. Ze schoot zichzelf door het hoofd en zonder dat ze het zelf in de gaten had stak Lisbeth een hand uit. Ze leek iets te willen zeggen. Er werd echter niets gezegd. Camilla viel en Lisbeth bleef stil naar haar zus staan kijken, terwijl er in haar hoofd een hele wereld voorbijraasde – een wereld vol vuur en verwoesting.

Ze dacht aan haar moeder en aan Zala, brandend in zijn Mercedes. Even later hoorden ze een helikopter over komen. Ze keek naar Mikael, die ook op de grond lag, niet ver van Camilla en Galinov.

'Is het voorbij?' vroeg hij.

'Het is voorbij,' antwoordde ze, en op hetzelfde moment hoorden ze buiten de politie aankomen en naar hen roepen.

35
28 AUGUSTUS

Jan Bublanski – of Bubbla, zoals hij soms werd genoemd – liep over het veld voor de oude glasblazerij. Het wemelde overal van de politie en de hulpverleners. Een tv-ploeg verzorgde een rechtstreekse uitzending en Bublanski kreeg te horen dat Mikael en andere gewonden al waren weggebracht. Tot zijn verbazing zag hij in een ambulance verderop echter een bekende gestalte zitten. De deur van de ambulance stond open en de gestalte was gewond en smerig; haar haar leek wel verschroeid en haar arm was verbonden. Ze keek met lege ogen naar een baar die uit het gebouw werd gedragen waarop een dode lag, gewikkeld in een grijze deken. Bublanski liep naar de gestalte toe.

'Lisbeth, lieverd, hoe is het met je?' vroeg hij.

Ze reageerde niet.

Ze keek hem niet eens aan, en hij ging door: 'We mogen je wel bedanken. Zonder jou...'

'Was het niet eens gebeurd,' viel ze hem in de rede.

'Wees toch niet zo hard voor jezelf. Maar mag ik je vragen om me te beloven...' probeerde hij, maar weer kreeg hij niet de kans om zijn zin af te maken.

'Ik beloof niets,' zei ze met een stem die hem beangstigde. Hij moest weer denken aan de gevallen engel in het paradijs, die niemand dient en niemand toebehoort, glimlachte moeizaam en sommeerde het ambulancepersoneel haar zo snel mogelijk naar het ziekenhuis te brengen.

Toen draaide hij zich om naar Sonja Modig, die over het veld naar hem toe kwam en bedacht voor de duizendste keer dat hij te oud was voor dit soort waanzin. Hij verlangde naar de zee, of naar welke plek dan ook die rustig en ver weg was.

Ze zaten alle vier op hun mobieltje te kijken. Een journalist deed rechtstreeks verslag op tv en vertelde dat Blomkvist en Salander gewond maar levend uit het gebouw waren gedragen, en Catrin merkte dat de tranen haar in de ogen stonden. Haar handen trilden en ze staarde met lege ogen voor zich uit. Ze voelde een hand op haar schouder.

'Het ziet ernaar uit dat ze het zullen overleven,' zei Janek.

'Laten we het hopen,' antwoordde ze, en ze vroeg zich af of ze hier niet meteen weg moest.

Maar ze besefte dat ze op dit moment niet erg kon helpen. Nu ze hier eenmaal aan begonnen was, kon ze het maar beter afmaken, en er was per slot van rekening nog één vraag die haar dwarszat.

Ze zei tegen Johannes: 'Ik denk dat de mensen wel begrip voor uw situatie zullen hebben. De goedwillenden in elk geval.'

'Dat zijn er meestal niet zoveel,' zei Rebecka.

'Dat moeten we maar afwachten,' zei Johannes. 'Kunnen we u ergens naartoe brengen?'

'Nee, ik red me wel,' zei Catrin. 'Maar één ding vraag ik me nog af.'

'Laat horen.'

'U zei dat u Nima Rita niet zo vaak opzocht in Södra Flygeln. Maar u was er wel een paar keer, en dan zag u toch wel dat het niet goed met hem ging?'

'Ja, dat zag ik.'

'Waarom eiste u dan niet dat er maatregelen werden genomen? Waarom zorgde u er niet voor dat hij op een betere plek kwam?'

'Ik heb allerlei eisen gesteld. Ik heb ze zelfs uitgescholden daar in die kliniek. Maar het hielp niet, en ik heb het te snel opgegeven. Ik ging het uit de weg. Misschien was het meer dan ik aankon.'

'Hoezo?'

'Sommige dingen kun je niet aan,' zei hij. 'En op het laatst wend je je hoofd dan af en doe je of het niet bestaat.'

'Was het zo erg?'

'U vroeg of ik hem bezocht. In het begin wel, toen was ik er heel vaak. Daarna duurde het bijna een jaar. Dat gebeurde gewoon, en ik weet nog dat ik nerveus was toen ik eindelijk weer ging. Hij kwam strompelend naar me toe, in grijze kleren. Hij zag eruit als een gevangene die gebroken was. Ik stond op en omhelsde hem. Zijn lichaam was stijf en levenloos. Ik probeerde met hem te praten, ik stelde een heleboel vragen, maar hij antwoordde steeds maar met één lettergreep. Het leek wel of hij het opgegeven had, en toen was het alsof er iets in me brak. Ik was vreselijk kwaad.'

'Op de kliniek?'

'Nee, op hem.'

'Dat begrijp ik niet.'

'Maar zo was het wel. Zo gaat dat met schuldgevoelens. Die leiden uiteindelijk tot een hoop woede. Nima was als het ware...'

'Ja?'

'Mijn andere kant. Hij was de prijs die ik had betaald om zo gelukkig te worden.'

'Hoe bedoelt u?'

'Begrijpt u dat niet? Ik had een schuld aan hem die niet terug te betalen was. Ik kon hem niet eens bedanken zonder dat ik herinnerd werd aan wat hem kapotmaakte. Ik leefde omdat Klara was opgeofferd. Ik leefde omdat híj was opgeofferd en uiteindelijk ook zijn vrouw, en dat was meer dan ik aankon. Ik ben niet meer teruggegaan naar Södra Flygeln. Ik keek weg.'

36
9 SEPTEMBER

Erika Berger schudde haar hoofd weer. Nee, zei ze. Ze wist niet hoe het was gegaan, maar hun woordkeus beviel haar niet. Ze is geen Juffrouw Perfect, geen blinde moralist. Integendeel, ze is verrekt goed. Ze schrijft krachtig en met inlevingsvermogen, en in plaats van te zeuren zouden jullie trots moeten zijn, dus rot op en doe je werk.

'Nu,' zei ze.

'Ja ja,' mompelden ze. 'We dachten alleen...'

'Wat dachten jullie?'

'Laat maar zitten.'

De jonge verslaggevers Sten Åström en Freddie Welander dropen af en ze vloekte. Maar ja, soms vroeg ze het zich ook zelf af. Hoe was het zo gekomen? Het was het onverwachte gevolg van een romance, van een nacht in een hotel, dat wist ze wel, maar toch... Catrin Lindås.

Catrin Lindås was wel de laatste van wie Erika zou hebben gedacht dat ze ooit voor *Millennium* zou schrijven. Maar Catrin had niet alleen een levensgrote onthulling aangeleverd, haar reportage straalde ook een zeldzame hartstocht uit. Al voordat het stuk was gepubliceerd was minister van Defensie Johannes Forsell afgetreden, en zijn secretaris-generaal Svante Lindberg was opgepakt op verdenking van moord, afpersing en spionage. Toch hadden zij de eer gekregen van alles wat naar de andere media was doorgesijpeld en wat uren- en dagenlang voor grote koppen had gezorgd, en de verwachtingen voor hun volgende nummer waren er ook bepaald niet geringer door geworden.

'Met het oog op de informatie in het komende nummer van *Millennium* heb ik besloten mijn ontslag aan te bieden,' had Johannes Forsell in zijn persbericht geschreven.

Dat was zonder meer fantastisch en het toonde maar aan hoeveel jaloezie er in de journalistiek bestaat dat een paar van haar eigen medewerkers niet blij konden zijn met het succes, maar kwamen roddelen over de vrouw die de primeur had aangeleverd, en dat ze ook nog zanikten over de samenwerking met het Duitse tijdschrift *Geo*, waarin een vrouw van wie nog nooit iemand had gehoord, Paulina Müller, een artikel had geschreven over het knappe staaltje wetenschappelijk werk dat had bijgedragen tot de identificatie van de sherpa Nima Rita.

Mikael zelf had daarentegen geen regel geschreven, hoewel hij natuurlijk al het voorwerk had gedaan. Hij had erg veel pijn gehad en een paar operaties ondergaan, en door de morfine was hij erg versuft geraakt. De artsen hadden wel goed nieuws voor hem: met een halfjaartje zou hij weer normaal kunnen lopen. Dat was natuurlijk een grote opluchting. Maar toch bleef hij gesloten en zwijgzaam. Slechts af en toe, zoals toen ze het over haar scheiding hadden, klonk hij weer als zijn oude zelf. Hij was zelfs in de lach geschoten toen ze vertelde dat ze een romance had met een man die Mikael heette.

'Dat is nog eens handig,' had hij gezegd. Maar over zichzelf en wat hij had doorstaan kon hij niet praten.

Hij kropte het allemaal op, en ze maakte zich zorgen om hem. Hopelijk zou hij zijn hart op een dag luchten. Hij zou die dag thuiskomen en ze was van plan hem die avond op te zoeken. Maar eerst wilde ze zijn verhaal over de trollenfabrieken doornemen, dat hij niet wilde publiceren en haar met grote tegenzin had toegestuurd. Ze zette haar bril op en begon te lezen. Nou, toch geen gek begin, dacht ze. Hij wist natuurlijk wel hoe je een verhaal moet beginnen, maar daarna... Ja, ze begreep hem wel een beetje.

Het was wat drammerig. Hij liep vast. Hij wilde te veel in één keer zeggen. Ze ging koffie halen en schrapte hier en daar een zin. Maar toen... Wat was dat? Verderop in het stuk, in een wat stijve aanvulling, stond dat een zekere Vladimir Kuznetsov de Russische trollenfabrieken niet alleen bezat, maar ook leidde. Hij was ook de man achter de haatcampagne die had geleid tot de moord op lgbt'ers in Tsjetsjenië, en dat was nog niet bekend.

Ze zocht het op. Nee, het enige wat er op internet over Kuznetsov te vinden was, was... bijna lief. Hij was kroegbaas, stond er, een lolbroek, een ijshockeyfanaat, en daarnaast specialist in berensteaks en elitefeestjes. Maar in het artikel van Mikael was hij iets heel anders. Hij was de man achter de desinformatiecampagnes en hackeraanvallen die de beurscrash van de afgelopen zomer hadden veroorzaakt. Hij was de grote generaal achter de leugens en de haat die over de wereld werden verspreid, en dat was niet minder dan een sensatie. Dus wat bezielde Mikael? Hoe kon hij dat soort informatie diep in het stuk verstoppen, en dan nog zonder bewijzen ook?

Erika las het stuk opnieuw en zag toen dat er onder de naam Kuznetsov een link zat naar diverse Russische documenten. Ze haalde Irina erbij, de redacteur en researcher die Mikael ook van de zomer had geholpen. Irina was vijfenveertig, gezet, donkerblond, en ze had een grote hoornen bril en een voorzichtig hartelijke glimlach. Ze ging meteen op Erika's stoel zitten, verdiepte zich in het materiaal en vertaalde het hardop.

Na een tijdje keken ze elkaar aan en zeiden: 'Niet te geloven.'

Mikael was net – op krukken – thuisgekomen in de Bellmansgata en hij begreep niet waar Erika zich aan de telefoon zo druk over maakte. Aan de andere kant: hij was nog niet zo snel van begrip. Hij zat nog vol morfine, had een zwaar hoofd en werd achtervolgd door flashbacks.

In het ziekenhuis had hij eerst gezelschap gehad van Lisbeth. Dat gaf hem een soort rust; het hielp om de enige persoon aan zijn zijde te hebben die kon begrijpen wat hij had meegemaakt.

Maar net toen hij aan haar aanwezigheid gewend was geraakt, verdween ze zonder gedag te zeggen. Dat leidde natuurlijk tot opschudding. De artsen en verpleegkundigen renden rond om haar te zoeken, evenals Bublanski en Sonja Modig, die nog niet klaar waren met hun getuigenverhoor. Maar dat leverde natuurlijk niets op.

Lisbeth was weg, en dat was een klap voor hem. Verdomme, Lisbeth, waarom ga je er altijd weer vandoor? Begrijp je niet dat ik je nodig heb? Maar het was nu eenmaal zo. Hij compenseerde haar afwezigheid met nog meer vloeken en krachttermen en nog meer pijnstillers.

Op sommige momenten, in het grensgebied tussen nacht en dag, werd hij tot de grens van de waanzin gedreven en wanneer hij in die uren in slaap viel, droomde hij altijd over de oven in Morgonsala. Hij droomde dat zijn lichaam stukje bij beetje de vuurzee in werd geduwd en door de vlammen werd verslonden, en als hij daarna met een schok of een schreeuw wakker werd, keek hij verdwaasd naar zijn benen om te zien of die niet echt in brand stonden.

Het beste waren de middagen, wanneer hij bezoek kreeg en zichzelf bijna kon vergeten of de herinneringen aan de glasfabriek in elk geval op afstand kon houden. Het verrassendste bezoek was van een donkerharige vrouw met glinsterende ogen en een boeket bloemen in haar armen. Ze had een lichtblauw pak met wijd uitlopende pijpen aan en had haar haar zorgvuldig gevlochten. Ze zag eruit als een hardloopster of een danseres en bewoog bijna geluidloos. Eerst wist hij niet waar hij haar van kende. Toen bedacht hij dat het Kadi Linder was, de beroepsbestuurder die hij aan de Fiskargata in de deuropening had gesproken.

Kadi wilde helpen, zei ze – volledig in de ban van wat ze over hem in de kranten had gelezen – maar ze leek nog iets kwijt te willen, en toen ze ogenschijnlijk verlegen in haar stoel heen en weer schoof, werd hij nieuwsgierig.

'Ik kreeg een mailtje,' zei ze. 'Hoewel, een mailtje is het verkeerde woord. Mijn scherm begon te knipperen en floep, daar had ik opeens een bestand over Freddy Carlsson van de Formea Bank, je weet wel, die me eerder dit jaar tegenwerkte en belasterde omdat ik in *Veckans Affärer* had gezegd dat hij oneerlijk was.'

'Daar staat me iets van bij,' zei hij.

'Nou, in dat bestand kreeg ik het ondubbelzinnige bewijs dat Freddy Carlsson in zijn tijd als directeur van de bank in de Baltische landen op grote schaal bij witwaspraktijken betrokken was, en toen begreep ik dat hij niet alleen oneerlijk was, maar ook crimineel.'

'Allemachtig.'

'Toch was dat niet waar ik het meest verbaasd over was. Dat was de mededeling eronder.'

'Wat stond daar?'

'Daar stond letterlijk: "Ik controleer met bewakingscamera's of er misschien iemand is die niet doorheeft dat ik ben verhuisd." Dat was alles. Eerst snapte ik het niet. Er stond geen afzender bij, geen enkele naam. Maar toen dacht ik aan jouw bezoekje en dat hele drama in Morgonsala daarna. Toen begreep ik dat ik het appartement van Lisbeth Salander had gekocht, en toen was ik...'

'Je hoeft je geen zorgen te maken,' onderbrak Mikael haar.

'Zorgen? Nee, joh, helemaal niet. Ik was *starstruck*! Ik begreep dat dat bestand over Freddy Carlsson Salanders manier was om mij te compenseren voor het ongemak dat ze me misschien bezorgde. Ik was helemaal van mijn stuk, eerlijk gezegd, en had nog meer behoefte om jullie allebei te helpen.'

'Dat is niet nodig,' zei Mikael. 'Het is al leuk dat je hier bent.'

Met een gewiekstheid die hem achteraf zelf verbaasde, vroeg Mikael of Kadi, met het oog op de kwetsbare positie van *Millennium* op de tijdschriftenmarkt en op alle agressieve overnamepogingen, voorzitter wilde worden van het bestuur van het blad. Ze fleurde op en zei meteen ja, en al de volgende dag schaarden Erika en de anderen zich achter dit voorstel.

Verder kreeg hij in het ziekenhuis natuurlijk vooral bezoek van Catrin, niet alleen omdat ze inmiddels een stel vormden, maar ook omdat hij zich natuurlijk bemoeide met haar artikel. Hij las het concept en ze discussieerden er steeds weer over.

Svante Lindberg en Stan Engelman waren opgepakt, Ivan Galinov ook, en het doek leek gevallen voor de motorclub Svavelsjö, maar niet voor Zvezda Bratva, dat waarschijnlijk te machtige beschermers had.

Met Johannes Forsell leek het echter goed te gaan en Mikael vond dat Catrin vaak te aardig voor hem was. Maar Forsell had hun de scoop bezorgd. Bovendien mocht Mikael Forsell, dus dat moest hij maar op de koop toe nemen, nam hij aan, en voor Rebecka en de kinderen moest het bevrijdend zijn.

Maar het mooiste was dat Nima Rita naar boeddhistisch gebruik was gecremeerd in Tengboche in Nepal. Er zou nog een herdenkingsbijeenkomst worden georganiseerd, en daar gingen Bob Carson en Fredrika Nyman naartoe. Zo leek alles wel min of meer goed te komen. Toch kon hij er niet echt blij om zijn. Hij stond aan de zijlijn, en nu had hij Erika aan de telefoon, die opgewonden aan het kletsen was. Waar had ze het in godsnaam over?

'Wie is Kuznetsov?' vroeg hij.

'Ben je niet goed wijs?'

'Hoezo niet goed wijs?'

'Je ontmaskert hem!'

'Vast niet.'

'Wat voor drugs geven ze je?'

'Veel te weinig.'

'Je schrijft ook als een drol.'

'Dat zei ik toch al.'

'Maar als een drol onthul je wel dat Vladimir Kuznetsov de man was die de beurscrash van de afgelopen zomer veroorzaakte. Hij is ook een van de mensen achter de moorden op homo's in Tsjetsjenië.'

Mikael begreep er niets van. Hij strompelde naar zijn computer en pakte zijn oude artikel.

'Dat hou je toch niet voor mogelijk.'

'En al helemaal niet dat jij zo reageert.'

'Het moet...'

Hij maakte zijn zin niet af, maar dat hoefde ook niet. Erika had blijkbaar dezelfde gedachte.

'Heeft Lisbeth er iets mee te maken?'

'Ik weet het niet,' zei hij geschokt. 'Maar vertel. Kuznetsov, zeg je?'

'Lees zelf maar. Irina is de bewijsstukken aan het vertalen die erbij zitten. Maar het is een waanzinnig verhaal. Kuznetsov is de man over wie de Pussy Strikers zingen in "Killing the world with lies".'

'Waarin?'

'Sorry, ik was even vergeten dat jij niet verder bent gekomen dan Tina Turner.'

'Hou op, zeg.'

'Ik zal het proberen.'

'Laat me in elk geval even uitzoeken hoe het zit.'

'Ik kom vanavond naar je toe en dan hebben we het er nog wel over.'

Hij dacht aan Catrin, die die middag zou komen.

'Laten we morgen maar afspreken, dan heb ik meer tijd om het uit te zoeken.'

'Oké. Hoe gaat het nu trouwens met je?'

Hij dacht na. Hij vond dat ze een serieus antwoord verdiende.

'Het was heel zwaar.'

'Dat begrijp ik.'

'Maar nu...'

'Ja?'

'Heb ik een kleine injectie met levenslust gekregen.'

Hij had plotseling haast om het gesprek te beëindigen.

'Ik moet...' ging hij door.

'Contact met een bepaald iemand opnemen.'

'Zoiets.'

'Pas goed op jezelf,' zei ze.

Hij hing op en deed wat hij in het ziekenhuis ook al ontelbare keren had geprobeerd: Lisbeth te pakken krijgen. Hij had nog geen teken van leven van haar teruggekregen en behalve het bericht aan Kadi Linder nog helemaal niets van haar vernomen, dus hij was ongerust. Dat was een deel van zijn angst, van de sluipende rusteloosheid die hem vooral 's nachts en in de ochtenden vervulde. Hij was bang dat Lisbeth niet zou kunnen ophouden, dat ze andere schaduwen uit het verleden zou opzoeken en terug zou slaan, en dat ze het geluk dan niet meer aan haar zijde zou hebben. Het was – die gedachte kon hij maar niet van zich afzetten – alsof ze voorbestemd was voor een gewelddadig einde, en dat kon hij niet verdragen.

Hij pakte zijn mobiel. Wat zou hij deze keer schrijven? Buiten betrok het. De wind zette op en rammelde zacht aan de ramen. Zijn hart bonsde. De herinneringen aan de gapende oven in Morgonsala overspoelden hem en hij overwoog iets te schrijven wat een beetje streng klonk: ze moest iets van zich laten horen, anders werd hij gek.

Toch schreef hij iets luchtigs, alsof hij bang was om te laten merken hoe ongerust hij was: **Dus het was niet genoeg om me te helpen met een primeur. Je moest me ook nog zo nodig het hoofd van Kuznetsov op een presenteerblaadje aanbieden.**

Maar ook deze keer kreeg hij geen antwoord. De uren verstreken, het werd avond, Catrin kwam, ze kusten elkaar, dronken samen een fles wijn leeg en hij vergat zijn onrust een tijdje. Ze praatten onafgebroken totdat ze tegen elf uur in elkaars armen in slaap vielen. Drie uur later werd hij wakker met het gevoel dat er een ramp ophanden was en hij pakte ongerust zijn mobiel. Maar er was geen bericht van Lisbeth, geen woord, dus hij pakte zijn krukken, strompelde naar de keuken en zat daar aan haar te denken totdat het licht werd.

EPILOOG

Er hing slecht weer in de lucht toen inspecteur Artur Delov zijn auto parkeerde op de halfverharde weg voor het afgebrande huis in Gorodisjtsje, ten noordwesten van Wolgograd. Het was niet duidelijk waarom de brand zo'n consternatie had veroorzaakt.

Er was niemand gewond geraakt en het huis stelde niet veel voor. De hele buurt was armoedig en slecht onderhouden, en niemand maakte aanspraak op het krot. Toch stonden er hoge pieten, mensen van de inlichtingendienst en ook gangsters, dacht hij, en natuurlijk een stel jochies die eigenlijk op school hadden moeten zijn of thuis bij hun moeder, dus die joeg hij weg. Hij keek naar de ruïne. Er was niet veel meer van het huis over dan een oude kachel en een afgebroken schoorsteen. De rest was verwoest en verbrand. De grond gloeide niet meer. Het hele perceel was een zwart, geruïneerd terrein, met middenin een gapend gat, als een luik naar de onderwereld, en ernaast een verschroeide, spookachtige boom met takken die deden denken aan verkoolde vingers.

Windvlagen bliezen as en roet op van de grond, waardoor ademen zwaar werd. Het leek wel alsof er gif in de lucht hing. Artur voelde druk op zijn borst, maar hij zette zijn ongenoegen van zich af en wendde zich tot zijn collega Anna Mazurova, die boven het puin gebukt stond.

'Waar gaat het om?' vroeg hij.

Anna's haar zat vol roet en schilfers.

'Het is een signaal, denken we,' antwoordde ze.

'Hoezo?'

'Het huis is een week geleden gekocht via een advocatenbureau in Stockholm,' zei ze. 'Het gezin dat hier woonde is verhuisd naar een nieuw, beter huis in Wolgograd. En gisteravond, toen het meubilair er al uit was, waren er explosies in het huis. Het vatte vlam en brandde tot de grond toe af.'

'En waarom maakt iedereen zich daar zo druk om?'

'Alexander Zalachenko, de oprichter van het syndicaat Zvezda Bratva, heeft hier de eerste jaren van zijn leven gewoond. Na de dood van zijn ouders verhuisde hij naar een kindertehuis in Sverdlovsk in de Oeral. Dat gebouw is eergisteren ook tot de grond toe afgebrand, en dat baart sommige hoge omes blijkbaar zorgen, zeker omdat het samenvalt met andere klappen die het syndicaat de laatste tijd te verwerken heeft.'

'Dus het lijkt erop dat iemand het kwaad met wortel en tak wil uitroeien,' zei hij, en hij verzonk in gepeins.

De lucht boven hen begon te rommelen. Een stormvlaag nam as en roet van de ruïne mee en blies ze weg, voorbij de boom, de buurt uit. Even later begon het te regenen, een verlossende regen, die de lucht schoon leek te maken, en Artur Delov voelde de druk op zijn borst wegvallen.

Niet veel later landde Lisbeth Salander in München. Toen ze in een taxi zat, zag ze op haar mobiel een hele serie sms'jes van Mikael. Ze besloot nu eindelijk antwoord te geven en schreef: **Ik heb er een punt achter gezet.**

Ze kreeg meteen antwoord: **Een punt?**

Het is tijd om opnieuw te beginnen.

Ze glimlachte, en zonder dat ze het wist, glimlachte Mikael in de Bellmansgata ook. Ja, het werd tijd voor iets nieuws.

DANKWOORD

Dank uit de grond van mijn hart aan mijn uitgever Eva Gedin en mijn agenten Magdalena Hedlund en Jessica Bab Bonde.

Veel dank ook aan Peter Karlsson, uitgever bij Norstedts, en mijn redacteur, Ingemar Karlsson. Dank aan de vader en de broer van Stieg Larsson, Erland en Joakim Larsson.

Dank aan de journalist en auteur Karin Bojs, die me tipte over het sherpagen, en aan Marie Allen, hoogleraar forensische geneeskunde, die me hielp met het onderzoeken daarvan.

Dank ook aan David Jacoby, veiligheidsonderzoeker bij het Kaspersky Lab, Christopher MacLehose, mijn Britse uitgever, George Goulding, mijn Engelse vertaler, Henrik Druid, hoogleraar forensische geneeskunde, Petra Råsten-Almqvist, afdelingschef bij het Instituut voor Forensische Geneeskunde in Stockholm, Johan Norberg, gitarist en schrijver, Jakob Norstedt, DNA-consultant, Peter Wittboldt, politie-inspecteur, en Linda Altrov Berg, Catherine Mörk en Kajsa Loord van uitgeverij Norstedts – en natuurlijk aan mijn eerste lezer, mijn Anne.